黄曙輝 編

洪鈞著作集

復旦大學出版社

圖書在版編目（CIP）數據

洪鈞著作集：全四卷／洪鈞著；黄曙輝編．—上海：復旦大學出版社，2022.8
（近代學術集林／傅傑主編）
ISBN 978-7-309-16312-4

Ⅰ.①洪…　Ⅱ.①洪…　②黄…　Ⅲ.①雜著-中國-近代　Ⅳ.①Z429.5

中國版本圖書館CIP數據核字（2022）第125181號

洪鈞著作集（全四卷）

洪　鈞　著
黄曙輝　編

出版發行　復旦大學出版社
上海市國權路五七九號　郵編：二〇〇四三三
八六一二一一六五六四二八五七（門市零售）
八六一二一一六五一一八八五三（團體訂購）
八六一二一一六五一〇九一四三（外埠郵購）
fupnet@fudanpress.com　http://www.fudanpress.com

出 品 人　嚴　峰
責任編輯　胡欣軒

印　　刷　上海世紀嘉晋數字信息技術有限公司
開　　本　720×1000　1/16
印　　張　103.25
字　　數　520千字
版　　次　二〇二二年八月第一版第一次印刷

書　　號　ISBN 978-7-309-16312-4/Z・114
定　　價　貳仟貳佰捌拾圓

《近代學術集林》

總序

傅傑

前賢身困道彌亨
每展新編輒眼明
——馬一浮

《近代學術集林》主要彙編影印十九世紀下半葉至二十世紀上半葉的學者著作，這是中國學術隨着社會發生根本巨變的時期。在十九世紀與二十世紀之交的一八九八年，經學大師皮錫瑞爲同心會作序，即因學派不齊、議論不一而感慨繫之：

學派有漢學，有宋學。漢學有西漢大義之學，有東漢訓詁之學。宋學有程朱之學，有陸王之學。近世又有以專講中國學者爲舊學，兼講西學者爲新學。互相攻駁，勢同敵讎，心安得同？議論或好安静，或好動作。好静主守舊，好動主維新。守舊者以爲舊法盡善，能守其法，天下自治，當一切不變；維新者以爲舊法盡不善，不盡改其法，天下無由而治，必掃地更新。一則近於道家清净無爲，一則近於法家綜覈名實。分黨競勝，二者交譏，心安得同？今欲同心，當化不同爲同。學派不齊者，當知漢宋之學，皆出孔門，不可分別門户，同室操戈，即西學非吾人所知，亦足以補中學之所未逮，但有一得，並宜兼收；議論不一者，當知一切不變，施之今世，固不相宜。掃地更新，望之今人，亦恐難逮，宜去其太甚，盡其所得。至於學派通矣，議論一矣。

進入二十世紀，皮氏「學派通，議論一」的願望非但没有實現，反因「孟陬失紀，海水横流。大道多歧，《小雅》盡廢」，政局更迭，憂患頻仍，跟政治糾纏在一起，反而更加争議不斷，辨難無已，正所謂「争奇鬥異各取勝，遂至荒誕無根原」，以致十來年後王國維在爲《國學叢刊》寫的創刊序中説：

學之義不明於天下久矣。今之言學者有新舊之争，有中西之争，有有用之學與無用之學之争。余正告天下曰：學無新舊也，無中西也，無有用無用也。凡立此名者，均不學之徒，即學焉而未嘗知學者也。

新舊、中西、有用無用之争，都被王氏歸爲無謂之争。他下了大判斷：「凡立此名者，均不學之徒，即學焉而未嘗知學者也。」其實他本人何嘗没有學有新舊、中西、有用無用的觀念，這裏語氣的决絶，態度的堅定，其實是他對當時學界熱衷争長競短的浮囂之習的抗議：新鄙視舊，西鄙視中，有用鄙視無用，反之亦然。學者不僅各執一詞，標準也是因人而異——不論别的，王國維本人就因兼涉新舊中西，儘管受到廣泛推崇，卻仍有人嫌其太新，有人嫌其太舊。另如章太炎也同樣獲得了來自不同陣營者的截然相反的評價，即其《新方言》一書，或以之爲誼屬新學的開山，或以之爲不脱舊學的窠臼。

在特殊的時代，據形勢的轉移，最應該着力倡導怎樣的研究風尚與研究方法是一回事，但是再值得倡導的研究風尚與研究方法，也不可能適應所有的學科、所有的研究對象，更不可能適應所有的研究者。研究者的天資不同，素養不同，學派不同，機緣不同，衹要真積力久，確有心得，無論用什麽方法從事的研究、以什麽面貌出現的著作，都有可能立於不敗之地。這是自古以來學術史的通例，近代也不例外。陳寅恪先生的「一時代之學術，必有其新材料與新問題。

取用此材料，以研求問題，則爲此時代學術之新潮流。治學之士，得預於此潮流者，謂之預流（借用佛教初果之名），其未得預者，謂之未入流」，固爲不刊名論，但如王國維《殷卜辭中所見先公先王考》那樣的「預流」之作別啟生面，石破天驚，足開一代風氣；而如章鈺《胡刻通鑑正文校宋記》那樣的「不預流」之作一循舊規，句櫛字比，亦未嘗可輕棄。祗是多種因素交互影響，有的著作起到了承上啟下的作用，成爲有口皆碑的名著；但也有數不在少的著作則漸漸淡出新一代學者的視界，被部分遮蔽甚至被完全遺忘——何況這其中有一些，還是從未獲得問世機會的稿本或抄本。

毋庸置疑，章太炎、王國維等爲學界公認的繼往開來的大學者絕對代表了這一時期的學術高峰。他們舊學邃密，新知深沉，天下翕然，奉爲宗師。近幾十年間，包括他們在内的不少傑出學者如皮錫瑞、廖平、嚴復、李詳、陳漢章、羅振玉、张元濟、孟森、梁啟超、柳詒徵、陳垣、馬一浮、余嘉錫、吕思勉、劉師培、吴梅、熊十力、楊樹達、黄侃、錢基博、岑仲勉、陳寅恪、胡適、郭沫若、趙元任、顧頡剛、湯用彤、梁漱溟、蒙文通、容庚、董作賓、錢穆、馮友蘭、傅斯年、李濟、于省吾、蕭公權、羅常培（上舉僅限於部分十九世紀下半葉出生的學者）等的全集或準全集都已編録出版，有的部分已有整理本或影印本，但仍有不少學者或未必經典、或不夠重要的著作沒有得到較具規模的流通。而對相關領域的研究者而言，這些著作還有參考借鑑的價值；對於文化積累而言，這些著作仍是可資利用的學術史或文化史資料。何況選擇何者經典，何者重要，有時還受到選擇者眼界與水準的侷限，未必就能形成終極的定見與廣泛的共識，或還需要經受更長歷史階段的檢驗。即使學術價值不高，從學術史的角度看，也可成爲後人總結教訓的材料。如吴士鑑是較早關注並收藏敦煌遺書的學者之一，不僅在未刊文集抄本裏有《敦煌石室古地考》、《敦煌石室殘本修文殿御覽書後》、《敦煌石室闡外春秋書後》諸文，另寫過《尚書釋文附校語》這樣的專著。該書校録粗疏，二十世紀三十年代即受到經學名家龔向農先生的批評，龔著《唐寫殘本尚書釋文考證》斥其「舛誤孔多」，「疏漏已甚」。但我們要全面認識敦煌學發展史，吴著也是早期文獻，何況亦非一無可採。有的更屬絶學，尤非常人所易得其要領。有鑑於此，我們承上海圖書館等相關單位的協助，編録了這部《近代學術集林》，擬彙輯多家近代學者的著作，希望能爲學術研究提供方便，也對文化積累有所貢獻。

叢書均爲影印，或係稿抄本，或係舊刊本。

二

稿抄本中，某些是未曾問世的，如夏敬觀與吴士鑒的文集、沈曾植的日記。某些是已有整理本的，但稿抄本或有與整理本比勘的價值。稿抄本有的相對工整清晰，從事者如果細心負責，自可使整理本足以信據；但有的字跡較潦草難認，會給過録帶來困難，整理本與稿抄本未必能全然相合，若經轉手過録風險更大。我以前撰文指出過，同一通由中國社會科學院近代史研究所收藏的章太炎書信，姜義華、朱維錚先生編的《章太炎選集》據友人抄示的文本與馬勇先生編的《章太炎書信集》過録的文本頗有異同，二者各有正誤。稿本可便學者比對，所以我們也把已有整理本的《春秋左傳讀》等稿本編入了《章太炎著作集》。

在刊本外再影印作者稿本，前人也有這麽做的。如曹元忠的《蒙韃備録校注》，光緒二十一年（一八九五）已收入《箋經室叢書》，後來王欣夫先生輯《箋經室遺集》，又影印了曹氏手稿，從中可窺見他校注時的增益。其書篇幅無多，這次我們就將刊本、稿本一併收録。某些著作已有印本，但其稿本猶存，且跟曹氏《蒙韃備録校注》一樣多見修改之跡，可讓讀者窺見其著述的歷程。如吴士鑒的鉅著《晉書斠注》，引書三百餘種，「旁搜博考，異者辨之，同者證之，謬者糾之，遺者補之」，雖以篇幅大，涉及廣，時有力不從心之處，曾受到楊伯峻先生《讀晉書斠注書後》等文的批評，但問世九十年，迄今仍是《晉書》最完備的注本，近年由中華書局據民國十七年吴興嘉業堂本影印，當初亦曾一印再印。葉景葵先生記：

> 第一次印本錯字最多，此第二次印本，業已校刻刓改。應再與原稿校對一過，以成定本。原稿係剪裁黏貼，歲久有散亂之虞也。

這是葉氏一九四二年的題識。當年「剪裁黏貼」而成的吴著原稿，並未像他擔憂的那樣慘遭「散亂」，還保存在上海圖書館。之所以不曾散亂是因爲鮮有人查，甚至鮮有人知。這次影印收入吴集，足備學者稽考，更望可爲有像葉氏所希望的願執原稿以校印本來做《晉書斠注》「定本」的學者創造條件。

有的稿抄本上還有他人批校，如沈曾植《元朝秘史注》有陶葆耕、孫德謙、張爾田諸家校語，張爾田題記云：

> 庚午夏重校一過。先生此注不及李芍農之繁博，而精審乃勝之也。經陶松存、孫隘堪兩君校過，舛誤無多，今復重勘，足稱定本矣。

這些前輩手澤，也都片言可寶。

舊刊本也有不同的情況。有的印數甚少，如精研音韻與《周易》的徐昂，生前以線裝自印《徐氏全書》，至二十世紀五十年代辭世後始出齊。他的著作駁雜，見解獨到，知音無多，所以儘管門人以及研究音韻與《周易》的學者並未忘懷於他，但徐著已殊不易見。某些民國時期的鉛印本，甚至較古刊本還難保存，已經亟需搶救，再不影印化身千百，可能即將蝴蝶羽化。更有某些著作是以蠟紙刻寫油印本問世的，如盧弼的詩文書信選集，薛學潛的《天文文字》。薛氏係晚清名臣薛福成之孫，從政之暇潛心鑽研，成書數種。當代易學名家潘雨廷先生多受其指點，在潘門高弟張文江先生記述的《潘雨廷先生談話録》中反復道及，也引過薛氏的《天文文字》，但其書更少流傳。我們從前輩學者鍾泰先生的文孫處獲見油印者九册，張文江先生推斷或屬海内孤本，商得收藏者的同意，我們收入薛集影印，俾其不致湮没，留待後人研究。

某些著作已有整理本，但舊刊經學者精校，由作者認可。如《章氏叢書》由章門高弟錢玄同、吴承仕校理，在章氏致錢、吴二氏的遺札中，可以看到從質量到進度，他都反復叮嚀，一再過問，《小學答問》是否用原鈔付刻，如何保證字體不走樣，當中還有誤字須改，以及《文始》刻木上石，誰寫篆字最佳等，都是由章氏「欽定」的。有趣的是，他還明確表示過對「排印諸書」的不屑：

> 廿一日接到手書並拙著十六部，自二十一年秋冬間經營創始，至今二稔而贏，始克就緒，雖歷時稍久，然以視排印諸書朝耕暮穫者，必不可同年而語矣。

樣本中的脱誤，他都隨時更正，囑吴承仕「增改宜速」，須「督工人速爲剜補」。那已是在章氏生命的最後時刻了，而他依然念兹在兹。是以《章氏叢書》校勘精善，字體美觀，仍不乏收藏或參照的價值。所以我們將《章氏叢書》與《春秋左傳讀》等稿本一併收入《章太炎著作集》，以爲整理本《章太炎全集》的參照。

某些著作曾編集過不止一次，也有了整理本，但初編已罕見。如一九二七年王國維自沉，兩年後王氏友人羅振玉主持編纂了《海寧王忠慤公遺書》，是爲王氏著作第一次大規模結集，當時頗具影響，伯希和還在《通報》上發表了書評。時隔近十年，參與前書編纂的王氏助手趙萬里以羅編本爲基礎加工重訂，纂録了更完備的《海寧王静安先生遺書》，是爲王氏著作第二次大規模結集。其中有的文章，趙編本據作者校訂本有所訂補。而入集者也有增删，增者如《静安文集續集》，乃是從《教育世界》等雜誌中補輯的；删者如《唐五代二十一家詞輯》，因原擬另編王氏不含箋注的古籍校勘類著作而被剔除。如今已經有了新編的《王國維全集》，而趙編本也由上海古籍書店暨後來的上海書店出版社改題爲《王國維遺書》一再刊行，但羅編本既有學術史上的意義，也是研究王國維仍需查考的資料，卻已頗不常見，以致冀淑英先生在爲趙萬里寫的傳記中，都把羅編本與趙編本混爲一談。我們在叢書中特收《海寧王忠慤公遺書》，以期爲學者的考索提供方便（至於一般讀者，我們仍建議閲讀趙編本或新編《王國維全集》）。

在首重未刊的稿抄本、批校本，次重校勘精良的木刻本，兼及稀見的石印本、鉛印本乃至油印本的方針之下，蒐羅學者著作編集影印。而過去有些影印本限於物力，常將四頁縮於一頁中，可資查考而不便閲讀，更不易體現原刻本的精良。今則利用現代信息科技手段原大掃描。如盧弼《三國志集解》，收入本叢書的影印本顯較以往的縮印本更爲悦目。

三

編録這部叢書的目標是務廣存真，力圖爲學術界瞭解把握近代學術全貌提供若干資料。也許在這樣的基礎上，我們纔有可能寫出較完備、較充實的近代學術史。在本叢書收録的《含嘉室文存》的《復由夒舉雲龍書》中，吴士鑒云：

習齋顔氏之學，於朱、程、陸、王之外自闢逕途，矯晚明空疏之弊，求孔門實踐之功，閎識孤懷，獨有千古。恕谷李氏承其師説，崑繩王氏復左右之，其時北方學者翕然嚮風。恕谷一遊浙西，雖以毛西河之博辯縱横，亦復推爲奇士，凡所著述，皆就恕谷折衷。即方望溪與恕谷宗旨互有異同，而讀其《後集》，亦謂必傳之書。自乾隆中葉，漢學標幟甚盛，紀文達撰《四庫提要》，於顏、李兩家未盡褒許，然謂顏氏於孔孟之旨會通一理，正未可謂之立異，謂李氏引而歸之人事，深得聖人垂教之旨，是紀公未嘗不推崇之也。唐確慎《學案小識》薈萃成編，初非定本。李次青作恕谷事略，而以習齋附之，淵源所自，輕重失宜，殆於兩家書未暇深考。咸同之際，戴子高撰《顏氏學記》一書，表彰絕學，發微闡幽，而後博野之學，始大顯於世。定州王氏又遍搜兩家遺著，遍校刊行，承學之士益得取而讀之。故近三十年漸有定論，蓋駸駸乎與夏峰先生後先方駕矣。

述顏李之學在三百年間的不同遭際，正揭明了收集印行學者的遺著對全面認識一個學者的意義。例如盧弼的《三國志集解》、吴士鑒的《晉書斠注》，治古史與古文獻的學者類皆知之。但也許祇有通過本叢書的彙集，纔可能使更多的讀者瞭解吴士鑒還編著過《西洋通史講義稿》、盧弼還跟人合譯過《憲法》、《法學通論》。不過需要聲明的是，我們試圖廣羅學者著作，但做的並非學者的全集。編近人全集殊不易。稿本抄本分散在公私藏家手裏，何况還涉及真僞的辨别。所以真要編録全集，即一家亦非經年累月不爲功，如已出版的章太炎、王國維以及正在進行中的沈曾植全集等都是如此。我們祇是依託上海圖書館等單位及部分私人藏家，利用現有的條件，抓住可能的機會，把較多近代學者的著作相對集中起來，便利保存，擴大流通。而我就即將首批付印的數種稍加檢閲，其内容的繽紛多彩，已經令人目不暇接。

夏敬觀的文集向未刊行，稿本今存上海圖書館，雖不能盡免應酬無謂的文字，但不乏可採的學術見解與可貴的文史資料。如二十世紀的復旦大學，五十年代之後最重要的校長自係陳望道先生，五十年代之前最重要的校長當推李登輝先生。一八七二年出生的李氏在十九世紀末畢業於耶魯大學，一九一三年成爲復旦公學掌門，一九一七年復旦公學改組爲大學，李氏擔任校長二十餘年。而繼馬相伯、嚴復出任過復旦公學監督亦即校長的夏氏則在一九四七年李氏逝世的次月，即向國史館提交了《李登輝先生傳》：

君姓李氏，諱登輝，字騰飛，閩之厦門人。厦門濱海，其民多行商南洋群島，輒久僑不返。君父諱開元，居積致富，治産爪哇，居巴達維亞紅亞村，爲大地主。既而以商敗，傾其産，歿，家貧。君年十五，就學新加坡英華書院，旋赴美利堅國入耶魯大學，歷年久，且工且讀，得文科學士。時中國尚禁立學校也。光緒辛丑，拳亂平，清廷悔悟，廢舊制，許民興學。乙巳，君歸，從事外僑西文社誌。未幾震旦學校生徒以信教自由，拒隸教會，起創公學，易名復旦，丹徒馬君良主之。余自良識君，與共朝夕理校事者三年，與爲友者四十餘年。君之蓄德淑行，蓋余所深知而服膺者也。當光緒末，召試諸遊學歸者，君不欲往，余敦促其行。既試，賜舉人，分部學習，君所學爲教育，而簽分外務部，君大笑，不顧而去。自是專志教育，不復一日離復旦。始復旦以吴淞提督署爲校，辛亥革命，爲軍所佔，幾廢，君假滬西李祠復之。既而身赴南洋諸埠，募金購地江灣，建築堂舍，今之宏規，君啟之也。君之設教也，誘掖來學，陶獎英異，增進校級，以達程大學，歷有年所，實諸學府之先進者。自始與迄今，群才繼踵出，皆君弟子。君年七十，值寇焰方熾，校内徙，顧不克盡從，其留者仍賴君維繫，敵不敢犯。寇平，校改國立，於是衆議建登輝堂紀君勳勞，而君已病目眚矣。今年十一月十九日，竟以腦溢血卒，年七十有五。配湯氏，前卒。生子三，不育，以弟第三子賢政爲嗣。君之友暨諸生徒，會葬君於八字橋長老會公墓。余與君交篤，且采衆議，宜傳君爲世學者模範，因爲文述君生平，爲之傳，備國史採擇焉。

該文字數無多，但作者跟李氏固非泛泛之交。他執掌復旦時李氏是教務長，「與共朝夕理校事者三年，與爲友者四十餘年」，故而既清楚地梳理了復旦發展的軌跡，尤明晰地記叙了李氏對復旦的貢獻，把李氏「專志教育，不復一日離復旦」的經歷呈現在讀者面前，堪稱珍貴的復旦校史文獻。

本叢書中其他若干未刊稿本與抄本也同樣給我們提供了值得注意的史料。如甲午戰争後，一度賦閑的袁世凱重獲重用，得到了天津小站編練新軍的大權，這是袁氏政治生涯的重要關節點。而他獲用之由撲朔迷離，衆説不一，要以台灣中國近現代史研究大家張玉法先生的長文《袁世凱的仕宦階梯（一八八一—一九一一）》最爲精審。張文詳述袁氏早年備受李鴻章賞識，而當有志練兵之際，「除向盛宣懷、李鴻藻自薦外，亦設法争取兵部尚書榮禄、户部尚書翁同龢、慶親王奕劻、宦官李蓮英以及兩江總督劉坤一、湖廣總督張之洞等的支持」，李鴻章不與焉。張文且進一步分析：

袁世凱得到督辦軍務處及清廷的信任，據有關資料顯示，似以三個人的關係最重要：一是他與軍機大臣李鴻藻聯絡，受到李的賞識；二是得關外舊友王英楷的資助，到北京結納太監李蓮英，而李最得慈禧之寵；三是因道員張景崇之助，與榮禄拉上關係，榮禄乃將袁薦之慈禧。從日後的史實來看，李鴻藻確是最早保薦袁世凱練兵的人，但不久袁又失去他的信任。

多種袁氏傳記以及相關文字，未見遇到如張説者。李鴻藻的保薦爲袁世凱取得練兵權起了最關鍵的作用。但據吴士鑒記録，李鴻藻所以力薦袁世凱，則袁氏的至交、李氏的幕僚張孝謙的遊説與引領功不可没——這似乎是迄今所有研究袁氏的論著中未提到過的。抄本《含嘉室文存》中的《書張翲之遺事》一文稱：

光緒甲午中日之後，廷議主戰，合肥主和。時項城駐朝鮮，連電請兵，遂開戰釁，水陸敗衄，遣使議款。明年乙未春，合肥訂約於馬關，還朝復命，寵眷遂衰。於是開北洋直督之缺，僅令入閣辦事。合肥固與翁常熟齟齬，而尤勿善項城也。項城歸，謁合肥。合肥嚴詞峻責，謂其張皇入告，致啟邊禍，辱國喪師，鑄成大錯。項城面發赬，噤不敢辯。時項城已簡浙江温處道，不願涖任，逗留京師，别圖進取，京朝士夫，尠與相習。商城張翲之前輩孝謙方官編修，居合肥幕府久，與項城交尤深。項城與樞府諸公，惟常熟以舊誼，得一進謁。而李高陽名位聲望，稍稍居常熟右，項城無由自達，謀諸翲之。翲之，高陽之門人也，亟游説於高陽。高陽令翲之挈以俱見，談次頗賞其才，乃與常熟合詞薦之恭邸。恭邸既見項城，亦謂其才氣可大用，且以其曾居吴壯武軍，略知兵事，而戰敗之後，重整淮軍，思得人而任之。至八月而小站創練新軍之命下矣。

張翲之亦即張孝謙是吴氏最相得的前輩「益友」，吴氏文中交代：「余時與翲之同官，兩共衡文之役，以道義相切劘，無旬日不詣翲之劇談，至則項城必在座，故於此事之顛末知之獨詳。」復述及其後果：

又明年丙申元旦，顨之詣合肥于賢良寺。坐甫定，合肥厲聲曰：「吾聞慰廷練兵之事，皆顨之一人之力，有諸乎？」顨之猝無以應。合肥曰：「慰廷可練兵耶？吾恐大清之天下，將亡於爾河南人之手矣。」夫合肥即甚明智，於辛亥禪讓之局，夫豈前知？特默窺宮廷意旨，誓將雪恥復仇，倘他日啟釁鄰邦，必召覆亡之禍，故不覺言之激切耳。而孰知竟爲後來之先識耶？

吳氏所述，未必就是袁世凱獲取練兵權的全部原因，他在文末且把袁世凱後來「縱横恣肆，藉兵力以更國體」都歸於當初張孝謙的一手推動，更不免簡單化之嫌，但他的叙述親聞於當事人，有本有末，或可豐富我們對史實細節的瞭解。

再如曾被錢鍾書先生稱爲「一代學人」的盧弼，年輩高，交遊廣，與錢基博、錢鍾書父子皆有交往，昔有錢鍾書研究者考論錢鍾書與盧氏的文字因緣，已僅覓得《慎園詩選》、《慎園文選》，盧氏自印的書信集《慎園啟事》則因印數太少無緣得見。其中除了致錢基博先生信，致錢鍾書先生的信亦頗有内容，或對錢著《宋詩選注》有所建議：

推陳出新，閱之快意，言語妙天下，雅俗共賞，鄙意開卷宜寫凡例數條，一覽而知内容，再閱三十葉之序文，一切瞭解。

或對近代詩壇大家有所譏貶：

尊公近代文學史，卷末論梁、胡，爲良史定評。大札論陳、鄭、樊、陳，亦極公允。某君成見太深，進言不易。山谷、臨川，咸有特性，流風所播，習爲固然。某君推鄭子尹爲清詩巨擘。巢經本經生，閱其詩者尚須置《經籍纂詁》於左右參證，陶冶性情翻成苦境，邊區枯槁之章，執中原騷壇之牛耳，可謂突起異軍。南皮不喜宋詩，見蘇戡序散原集，亡國哀音，先機已兆。某君於散原、蘇戡外，亦稱蒼虬。老友徐芷升謂，仁先同年，人可愛，詩可憎。弟與仁先經心書院同學，院生皆年長者，弟與仁先齒最少……不意後來詩境，與昔日綺年玉貌，背道而馳也。

以鄭珍爲清詩巨擘者夥頤。胡先驌《讀鄭子尹巢經巢詩集》稱其「卓然大家，爲有清一代冠冕，綜觀歷代詩人，除李、杜、蘇、黄外，鮮有能遠駕乎其上者」；陳聲聰《兼于閣詩話》稱其「以經學大師爲詩，奄有杜、韓、白、蘇之長，横掃六合，跨越前代」，可謂推崇備至。盧氏放言無忌，直陳胸臆，對鄭詩的評價未必人人同意，要不失爲一家之言。

少盧氏三十五歲的錢鍾書實屬晚輩。在《慎園啟事》中，更有致胡玉縉、張元濟、傅增湘、陳叔通、林宰平、瞿蜕園以及陳垣諸先生的信。陳智超先生所編《陳垣往來書信集》，一九九〇年由上海古籍出版社印行，其後「又發現了大批可以補充的書信」，二〇一〇年在三聯書店出版增訂本，字數已逾百萬。其中收盧氏信一通，但在《慎園啟事》中，另有一九三五年的一通：

> 前奉佳章，至爲感謝。《書目答問》著述家姓名略，有李潢，字雲門，鍾祥人（近日治考古學之李濟之即其後裔）；劉湘煃，字允恭，江夏人。劉氏又見《疇人傳》，撰著極富，章實齋深重其人，爲文推許之。大詩「楚材獨闕笑南皮」，謂南皮舉鄂人之少，則可謂未舉，似未允。若以楚材論，則所列湘人頗多。鄙省學風不尚標榜，不能盡歸咎於南皮也。拙題胡綏之雪夜校書圖詩，亦有論《書目答問》事，録呈教正。大著閎富，過於竹汀，檢閲目録，如入寶山。拙撰《三國志集解》已鈔成，前以《魏武紀》送胡綏之審閲，綏之評謂考徵議論，兼擅其勝，地理尤精云云，自係過譽之言。遲日擬將全稿攜至舊都，就正左右也。

替自己的老師張之洞作辯護，對陳垣先生就《書目答問》的非議提出商兑意見，附及陳氏以及自己著作的評價，這通失收的信較已入集者更有內容，自然是不應漏略的學術史資料。

即盧弼詩集，亦多有可觀。盧氏「少壯荒攻音律事，高生五十始言詩」，就詩藝言固非本色當行，但其學養湛深，見聞博洽，又喜以詩議人紀事，自道「繪鳳雕龍慚不敏，聊將禿管寫吾真」，故詩中有史料，有見識。如他是經嚴復授權的《天演論》最早的出版人，詩中一再吟詠：

名刊天演初流佈，駭俗當時詫異端。
欲假太玄貽話柄，錯將姓字列籌安。

這是他的《近人雜詠》之一，其下自注：「光緒中葉，先兄木齋命余刊《天演論》於武昌，爲最初刊本，幾道校稿猶存。」既揭示了《天演論》在當日的影響，又對嚴氏晚年名列「籌安會六君子」表示了異議。

哲學名言天演論，侯官嚴氏創鴻篇。
收歸慎始叢書裏，海内群推是覺先。

這是他的《七十一歲自述》之一，其下自注：「伯兄寄嚴幾道《天演論》稿本，余校刊於武昌，原稿猶存，以後海上翻印多本。」就詩而論絶非佳作，但卻別具史料意義。

《近代學術集林》的編纂剛起步，上舉祇是最先付印的第一輯部分著作中所見的例子。現在來闡説這部叢書的價值與意義，一來爲時過早，二來更不是淺學如我所能辦到的——那無疑需要多領域的學者在將來共同的努力。但即便從這幾個簡單的例子中，我們已可推知這是蘊含極爲豐富的寶藏，值得廣大的同道來開採挖掘。我們爲各集編了較詳細的目録，並請編者或特約編者以外的專家撰寫前言，對其人其書或略予介紹，或詳加述評。如張舜徽先生《清人文集別録》的《箋經室遺集》篇堪稱簡而得要，但以著作體例，自不必要也不可能展開詳論。而嚴壽澂先生的《曹元忠著作集》前言，則從「禮議」與「經説」兩端，詳剖曹氏立説的背景與得失，或有助於讀者對曹氏及其學術有更深入的體察。

四

《近代學術集林》工程浩大，編務繁雜，儘管我們抱有良好的願望，花了不少的氣力，但一來囿於編者見聞，二來限於客觀條件，絶無可能盡如人意。有的學者著作稿本乃至印本或藏於某些暫且不欲公諸於衆的圖書館、學術機構與藏家之手，即使知道也心有餘而力不足，何況還多有我們不知道的。但就我們目前的所知所能，做得不完備至少比不做好。如果能夠越做越具規模，也歡迎其他圖書館、學術機構與私人藏家參與進來。我們已做的工作祇是開端——唯願算得上是一個良好的開端。忝爲主編，我要特別致謝：上海歸藏文化傳播有限公司總裁黃曙輝先生對近代學者論著有濃厚的興趣與廣泛的瞭解，曾標校《通志堂集》、《十七史商榷》、《鄭堂讀書記》迄近代劉咸炘、張爾田、孫德謙等人的著作數百萬言，叢書從策劃到製作，很多具體工作都是他操持的。上海圖書館特藏部主任黃顯功先生與復旦大學出版社總編輯王衛東先生領導的工作小組，在自資料檢索至全書付梓的整個流程中竭能盡力，爲成書提供了强有力的保證。復旦大學出版社有限公司董事長嚴峰先生對叢書刊行積極支持，精心佈置，使叢書最終得以現在這樣既大氣又雅緻的面貌問世。

二〇一七年歲末，浙江敦和慈善基金會與浙江大學聯合成立了致力於中國傳統文化研究與傳習的馬一浮書院。馬先生早年執掌樂山復性書院，講習之餘，兼及刻書，有感於「儒術既絀，群書剖散」，草擬了龐大的刻書計劃，認定「多刻一板，多印一書，即使天壤間多留此一粒種子」，無奈經費支絀，於是鬻字籌款，因作百句長詩《神助篇——爲鬻字刻書作》以明志：

亢龍行有悔，甘井自願竭。
無爲無不爲，此物非他物。
種智不可斷，浮生有時畢。
古來達道人，孰敢愛其力？
吾當罄形壽，收此煨燼籍。
任取覆醬瓿，或作糞土擲。
旦暮苟不盡，萬一猶可接。

後來到杭州主持智林圖書館，他設定的宗旨即「徐圖甄採精要，纂輯叢書，示抉擇於丹鉛，寓精神於刪述，存先民之榘獲，貽後學之津梁」，熊十力先生譽其「精意卓裁，於學術界大有貢獻」。時光過去了半個多世紀，馬先生選刻的書今人還在重印，繼續爲世所用。馬一浮書院有志接續前賢尊經、重道、育人、刻書的傳統，《近代學術集林》的纂集是書院的工作之一。我們自不可能具備馬先生那般宏大的抱負與高遠的眼光，但馬先生爲文化傳承殫精竭慮的精神是後學應該也必須學習光大的。我們希望通過不懈的努力，能讓這部向馬一浮先生致敬的《近代學術集林》品質更好一些，讀者更多一些，存世更久一些；能讓這部冠以「馬一浮書院專刊」的叢書跟馬一浮書院一樣，在當代中國文化史與中國教育史上多少留下一點不易磨滅的印跡。

出版弁言

洪鈞，字文卿，江蘇吴縣人。同治七年進士，授修撰。出督湖北學政，歷典陝西、山東鄉試。遷侍讀，視學江西。光緒七年，歷遷内閣學士。母老乞終養，嗣丁憂，服闋，起故官。出使俄、德、奥、荷四國大臣，晉兵部左侍郎。其生平，有傳見《清史稿》列傳二百三十三卷，其鄉人臺灣道顧肇熙撰《洪文卿墓志銘》，可補《清史稿》本傳之未備，汪辟疆《光宣以來詩壇旁記・賽金花》載之。費念慈撰墓志銘，見《碑傳集補》卷五，亦可參閲。

洪鈞以賽金花事而爲人所知，然洪氏使俄時曾得回紇文元代舊史及中俄界圖，嘗據以撰《元史譯文證補》，又譯出《中俄邊界圖》，其人亦非僅以掇巍科工館書顯者。《中俄交界圖》初獲贊譽，後險因此賈禍。若《元史譯文證補》則爲光緒間研究元史者所推，乃新元史開辟之作。

洪鈞出使歐西時，多桑《蒙古史》已行世多年，適值英人霍渥斯出版其《蒙古史》，俄羅斯人貝勒津又譯出施拉特《史集》中之《太祖本紀》《蒙古部族考》，洪鈞學術眼光極敏鋭，得此數書，喜極欲狂，謂可補《元史》闕略，不可當其身而失之，遂發願比勘西方蒙元史料與漢文史籍，蒐異域之軼聞，訂舊史之謬誤。其與許景澄、薛福成函，述其著述心態與方法甚詳。

洪鈞與許景澄劄云：

弟自去年秋即有志於俄事，而覺《朔方備乘》之臆鑿，乃俄之先與蒙古爲緣，不考元事，不能詳俄事。而蒙古與俄開釁，始於西域之師，則尤須考西域，因此而擬作《元史補傳》。若西域，若旭烈兀諸王，一一爲之補傳。蓋華書失載，而回書綦詳，有西人譯西書以補《元史》，爲自來讀《元史》者指迷抉誤，度閣下亦嘉許之也，特斯事體大，有許多華書須查，而皆一時不可驟得，不稔能與瓜期具備否？矻矻伏案，已歷三時，大得金楷理之助，他人不足共斯役也。（按此劄見

《骨董瑣記》，鄧之誠定於光緒十五年）

洪鈞與薛福成劄云：

元史如何冥塗，國朝諸巨儒皆有志搜輯。而津筏罕得，撰述爲難。乃不料西人所考，有足證明元史者、有足補所未及者，非西人勝華人也。元成宗時，宗王合贊令波斯人修輯國史。自元帝先世譜牒，成吉思汗創業開基，以及西征之師，三藩之事，悉入記載。其書根依蒙古國史，最稱詳核，惟係波斯文字，不特中土所不及知，亦爲華人所不能譯。此外私家著録尚多，盡係回文，西人於近六十年中，譯述其書，乃得以假途西文，裨我掌故。弟前歲聞之，喜極欲狂。兩年以來，日與舌人操不律從事，始知《朔方備乘》等書都非可信。至於西人著書一道，究竟孟浪者多，誤譯妄言，在所不免。欲求傳信，不憚繁徵。前月到俄，復覓得俄人所譯之書，皆元太祖始起時事，俄文尤非俄館不能譯述，月内可以翻竣。更須修飾編次之功。現計朮赤諸王、察合台諸王、旭烈兀諸王皆爲補傳，此三藩也。太祖本紀則爲補證。蒙古氏族則爲之補考。西域之師，七年之久，則爲補西域上下二傳。此外地名之考，中土之通泰西，實始於元，亦有考。又紀元事者，中土有《親征録》、《元秘史》、宋孟珙《蒙達（韃）備録》、邱長春《西遊記》、耶律楚材《西遊録》，皆須一一爲之注釋。智小謀大，才力不逮，有志於此，欲罷不能。度須回華，而後再竭年餘之功，甫能脱稿。重洋數萬里，致書爲難，故非到華不可。（南京博物院藏薛福成藏劄原件，係其德嗣慈明先生裒集成册，由前蘇南文管會輾轉入藏南京博物院者，其中有洪鈞致薛福成劄五通，此劄作於光緒十六年九月二十日，南京博物院録文，見《東南文化》一九八六年第二期，間有標點錯誤，今已改正）

胡逢祥《洪鈞與元史譯文證補》一文舉出三種《元史譯文證補》之方法：一爲史料對勘比較法，即通過中西史籍對同一事件的記載異同比較，去發現問題。二爲對音法，由於洪鈞所得的蒙古史料語言不一，有的還係重譯而來，即使是同一人名、地名、部族名，讀音亦時有差異，翻譯考證極費躊躇。對此，他在參稽中外各文獻的同時，運用乾嘉樸學家以音韻學輔助考證的方法，通過對音，反復審其異同，取得了一些成果。三爲以譯文與調查相參證。爲使譯文更爲妥帖和研究成果更具説服力，洪鈞鑑於蒙古史涉及地域廣闊，史料來源不一，常就《元史譯文證補》編著中遇到的語言、史跡、地方風俗等問題，向各國外交官、學者請教。按洪鈞自謂「大得金楷理之助，他人不足共斯役也」，金楷理者，洋名

Karl Traugott Kreyer，曾任美北浸禮會傳教士與江南製造局翻譯。一八三九年一月十六日生於德國薩克森州，年輕時移民美國，一八六三年畢業於羅徹斯特大學，一八六五年畢業於羅徹斯特神學院。一八六六年五月受美北浸禮會差遣，往中國傳教。一八六六年，金楷理至寧波。一八七〇年，金楷理辭去教會職務，入上海江南製造局任翻譯，在廣方言館任德文教習。一八七五年左右，金楷理辭職擔任上海道臺通事。一八八〇年，金楷理出任中國駐柏林使館翻譯。此後數十年，一直服務於中國駐歐洲各國使館，先後派駐於巴黎、聖彼得堡、海牙、布魯塞爾、羅馬、維也納。一八九七年至一九〇二年間，曾入柏林大學進修政治經濟學與財政學。一九〇三年退休。一九一四年九月二十九日，金楷理在法蘭克福去世。

當時人對洪鈞此書極爲期待，李鴻章即一再致書稱許，光緒十六年三月初七日與洪鈞函云：「近聞博徵西事，以注《元史》。今執事以輶軒大使，徵海國異書，遂使六百年闕略茫昧之遺編，粲然可睹，且因此上溯漢唐舊史，亦各按籍可稽，若使前賢有知，當復如何驚羡？此非絶代通博之才，而值今日開通之會，是豈易言。執事成此盛業，何止突過曉徵，卑視仲約而已。」又光緒十七年三月初八日與洪鈞函云：「新著考定元代西北疆域前史不傳之地，一掃近人何、魏諸家向壁虚造之詞，質於今則未聞，稽於古則盡合，思精體大，前人所無，次非擅著作宏博之材，而又在輶軒大使之任者，詎易有此。亟望返旆，盡讀奇書，如觀壯武畫地之圖，借益慕容扣囊之智也。」

《元史譯文證補》經始於光緒十四年，至易簀時仍未定稿，臨殁以其初稿之雜摭者付其子洪路俾守之，以其清本交陸潤庠與沈曾植，曰：「數年心力，萃於此書，子爲我成之。」光緒甲午，陸潤庠典江西試，歸途聞洪路病故，世守之稿本已散失。其明年丁酉（一八九五），陸潤庠以養母乞假回籍，將洪鈞《元史》清本重校數過，並與沈曾植書函往來，商量體例，二十三年（一八九七）遂刊印問世。潤庠可謂不負亡友之所託矣。此本目録凡三十卷，其中十卷有録無書。後不斷再版，又收入《廣雅叢書》《皇朝藩屬輿地叢書》《叢書集成初編》《國學基本叢書》。

交付沈曾植之清本，龍榆生主編之《同聲》雜誌曾刊出部分（一九四三年，《同聲》三卷二號「元經世大典地圖」並洪鈞長跋，三卷六號「元史地理志西北地附録釋地」），蓋得之沈曾植子沈熲。《元史地理志西北地附録釋地》張爾田跋云：「此洪文卿家侍郎手稿，非乙盦先生所自著也。然據姚士達《聖武親征録》跋云：《元史》最難考者，《地理志》内西北地附録一卷。嘉興沈子培與吴縣洪文卿，爬梳剔抉，以滿蒙西域三合音古今方言，互證參攷，推繹十之四五，并求諸俄人土耳其繙譯蒙古天方之書，蓽路棰輪，札記凌雜。是洪氏屬稿時，固嘗與先生互相参訂者也。今稿中但云鈞奉使云云（洪氏名鈞），而不著先生説，不知何故？今亦無從辨别矣。此稿宜藏於家，以資掌聞。」《元史譯文證補》稿本，亦有張爾田題識，云：「此洪文卿侍郎《元史譯文證補》稿本。據陸文瑞刻洪書序云文卿以清本屬沈子培比部，當即此本，惟此本有《經世大典地圖》並長跋，陸本失載，尤可貴矣。慈護兄其藏之。」《元史地理志西北地附録釋地》與《元史譯文證補》稿本現均藏於上海圖書館，今並收録，以見洪鈞完整之著述形成史。

田虎曾撰《元史譯文證補校注》，一九九〇年在河北人民出版社出版。列舉《元史譯文證補》四得六失。

四得是：

一、採用了新的史料，解決了有關元史研究的若干問題，爲元史研究開辟了一個新的領域。

二、内容充實，彌補了以往史書對於蒙古族歷史記載上的疏略和不足。

三、在史料取捨上極有見地，所叙史事更接近歷史真相。

四、地理考證相當精詳，對西北邊疆歷史地理的研究做出了突出的貢獻。

六失是：

一、譯名多不準確。

二、年代記載有誤。

三、史實記載上的錯誤。

四、譯名不統一。

五、地理上的疏漏與訛誤。

六、史學見識和立場上存在問題。

總目

總序(傅傑)
出版弁言(黄曙輝)
卷一
元史譯文證補(清光緒二十三年刻本)
卷二
元史譯文證補(上 廣雅叢書本)
卷三
元史譯文證補(下 廣雅叢書本)

卷四

元史地理志西北地附録釋地(上海圖書館藏稿本)
元史譯文證補(上海圖書館藏稿本)
元經世大典地圖跋(《同聲》三卷二號)
元史地理志西北地附録釋地(《同聲》三卷六號)
中俄交界全圖圖例(清光緒十六年印本)

洪鈞著作集

卷一

卷一目録

元史譯文證補

元史譯文證補序（陸潤庠）……五
元史譯文證補目録……九
引用西域書目……一五
卷一上
太祖本紀譯證上……二一
卷一下
太祖本紀譯證下……七九
附太祖訓言補輯……一二六
附太祖諸弟世系……一三三
附太祖后妃皇子公主考異……一四二
附太祖年壽考異……一四七
卷二
定宗憲宗本紀補異……一五一
卷三
后妃公主表補輯……一六三
卷四
朮赤補傳……一六七
附元史術赤傳考誤……一七五
卷五
拔都補傳……一七九
卷六
忙哥帖木兒諸王補傳……二〇三
卷七
察合台諸王補傳（闕）
卷八
旭烈兀補傳（闕）
卷九
阿八哈補傳……二一三

卷十
阿魯渾補傳 …… 二二七
卷十一
合贊補傳 …… 二三五
卷十二
合兒班答補傳 …… 二五五
卷十三
不賽因補傳（闕）
卷十四
阿里不哥補傳 …… 二六五
卷十五
海都補傳 …… 二七一
卷十六
帖木耳補傳（闕）
卷十七
圖克魯帖木兒補傳（闕）
卷十八
哲別補傳 …… 二八三
卷十九
速不台傳注（闕）
卷二十
曷思麥里傳注（闕）
卷二十一
郭寶玉郭德海傳注（闕）
卷二十二上
西域傳補上 …… 二九一
附考元史本紀 …… 三二六
卷二十二下
西域傳補下 …… 三三一
卷二十三
報達補傳 …… 三六三
附考 …… 三八四
卷二十四
木剌夷補傳 …… 三八七
附康里補傳 …… 三九五
卷二十五
克烈部補傳（闕）
卷二十六上
地理志西北地附録釋地上 …… 三九九
卷二十六下
地理志西北地附録釋地下 …… 四四三
附謙河考 …… 四六七

卷二十七上
西域古地考一……四七三
卷二十七中
西域古地考二……四八七
卷二十七下
西域古地考三……五〇五
卷二十八
蒙古部族考(闕)
卷二十九
元世各教名考……五二五
附景教考……五三一
附天方教曆考……五三五
卷三十
舊唐書大食傳考證……五四五

元史譯文證補

元史譯文證補

汪鳴鑾署檢

光緒丁酉
孟冬栞成

元史譯文證補序

自來一統之朝幅員最廣莫如有元而有元武功之盛莫如蕩平西域太祖成吉思汗卽位之十四年始議親征大舉西伐至十八年而功成西南至於西印度之費那克河西北至於裏海黑海阿羅思當時用命諸王則前有朮赤察合台旭烈兀等後有拔都等諸臣則有哲別速不台等類皆謀勇足備猛摯無前故得犂庭埽穴所向披靡而其間往來文牘皆蒙文士語史官紀載略而不詳至旭烈兀後王合贊時命其臣火者拉施特兒哀丁纂修蒙古全史一書又皆阿剌比文未行於中國明洪武元年詔宋濂等修元史燕京圖籍槖載而南閱一年而卽成遺漏散失訛舛實多考古者憾焉嘉定錢竹汀宮詹見元祕史譯本以爲論次太祖事迹當於是書折衷然猶未見祕史之蒙文也順德李仲約侍郎得蒙文

祕史又取他書加以參訂著元祕史注然所據亦僅中土諸家紀載未覩拉施特史也蓋至光緒己丑歲吾吳洪文卿侍郎奉　命出使俄德和奧駐其地者三年周諮博訪裒然成書而後元初西域用兵始末乃犂然大備焉侍郎之初至俄也得拉施特書隨行舌人苦無能譯阿剌比文者見之皆瞠目侍郎以爲既得此書當使顯於斯世不可當吾身而失之於是百方購求遂得多桑書則譯成英文者又得貝勒津裒忒蠻諸人書則譯成俄文者始有端緒可尋而所譯各從其音人名地名部族名有繙改歧異者有前後不一者乃復詢之俄國諸通人及各國駐俄之使臣若英若法若德若土耳其若波斯習其聲音聆其議論然後譯以中土文字稿經三易時逾兩年而始成書名之曰元史譯文證補證者證史之誤補者補史之闕也惟其中數卷掇拾散漫未及定稿壬辰侍

郎歸即　授爲總理各國事務衙門大臣公牘旁午未遑卒業而一燈中夜猶孳孳爲之無倦容癸巳秋侍郎病且劇臨歿以其初稿之雜摭者付其子工部郎中洛俾守之以其淸本屬沈子培比部及余二人且曰數年心力瘁於此書子爲我成之甲午余奉命典江西試歸途聞耗則洛又歿亟詢其稿本已散失不可復得矣其明年余以養母乞假回籍旋奉諱家居於是取其淸本重斠數過以付梓人復寓書子培商其體例惜所謂未及定稿之數卷已無從搜索其字句閒有可疑者亦不獲以初稿覈正之則其書仍未完備然有元西域武功之盛卓越前古觀於此書亦可知正史之遺漏舛錯非可僂指計即祕史譯文及李侍郎所爲注猶未免囿於聞見也則其蒐羅考訂之功豈撏撦家所可同年語哉侍郎爲余館前輩洛又爲余之女夫其駐俄也時時以所屬稿遠

寄就余商若太祖紀譯證及西北地附錄釋地西域補傳木剌夷補傳蓋其尤愜心貴當者洛亦能文冀其克承家學不謂父子相繼淪逝余旣傷之其臨歿所屬何敢辭刋旣竣爲述其緣起如此

光緒二十三年歲在丁酉冬十月元和陸潤庠拜序

元史譯文證補目録

卷一上
太祖本紀譯證上
卷一下
太祖本紀譯證下附太祖訓言補輯　太祖諸弟世系　太祖后妃皇子公主考異　太祖年壽考異
卷二
定宗憲宗本紀補異
卷三
后妃公主表補輯
卷四
朮赤補傳附史傳考誤
卷五

拔都補傳弟伯勒克附
卷六
忙哥帖木兒諸王補傳
卷七
察合台諸王補傳闕
卷八
旭烈兀補傳闕
卷九
阿八哈補傳
卷十
阿魯渾補傳
卷十一

合贊補傳
卷十二
合兒班荅補傳
卷十三
不賽因補傳闕
卷十四
阿里不哥補傳
卷十五
海都補傳
卷十六
帖木耳補傳闕
卷十七

圖克魯帖木兒補傳闕
卷十八
哲別補傳
卷十九
速不台傳注闕
卷二十
昔思麥里傳注闕
卷二十一
郭寶玉郭德海傳注闕
卷二十二上
西域補傳上附考元史本紀
卷二十二下

西域補傳下
卷二十三
報達補傳附考
卷二十四
木剌夷補傳附康里補傳
卷二十五
克烈部補傳闕
卷二十六上
地理志西北地附錄釋地上
卷二十六下
地理志西北地附錄釋地下附謙河考
卷二十七上

西域古地考一
卷二十七中
西域古地考二
卷二十七下
西域古地考三
卷二十八
蒙古部族考闕
卷二十九
元世各教名考附景教考　天方教歷考
卷三十
舊唐書大食傳考證

引用西域書目

火者拉施特兒哀丁省文稱拉施特或曰法在兒烏拉喝拉施特或曰拉施特哀特戴勿來特又曰拉施特哀兒哈克佛哀丁統觀諸說以火者拉施特兒哀丁稱謂爲當人多謂其系出猶太波斯之哈馬丹人生於宋理宗湻祐七年卽元定宗二年先以醫伎侍西域宗王合贊繼司文誥以其有著作才命修國史盡出先時卷牘資其考覈復命蒙古大臣諳掌故者襄事書成名之曰札米伍特台白兒力克上四字義爲全下五字義爲史猶言蒙古全史書自敘云合贊汗以今舉國從謨罕默德教而蒙古世系夥垂統緒及今不紀後將失考擇於廷臣屬以史職辭不敏不悉蒙古事實弗獲命惟命蒙古人博拉丞相爲之佐就以諮詢乃得賅備云云書名甚冗長今以私意名之曰元西域史庶便稱引書用波斯文惟鈔本傳世從前波斯自有文字自天方教興滅波斯遂改從阿剌比文字卽今世所云回回文也然今天山西北一帶亦從天方教用其文字而與波斯文字不免同異蓋語言異故文字亦不盡同使署從官無識阿剌比字者須由西人譯本繙出故原書具在而不能譯亦一憾事俄德英法皆鈔錄其書存官書庫阿剌比文於字之上下加點分音故迻寫易訛閒尚有地理志一卷已久佚矣又書中牽引天方教謂蒙古上世同出一源此猶蒙古源流之鋪敘釋氏今並不譯其書備敘蒙古部族元帝先系元太祖一生事迹此有俄人貝勒津譯本爲得廬山眞面太宗定宗憲宗三朝紀述已略

西人多桑聞有譯采撒云太宗滅金之事不如元史之詳定憲二朝有可據以補證元史者故今譯多桑書爲定憲本紀補輯而無太宗世祖成宗二朝尤略而西域宗王則自旭烈兀以至合贊皆各爲傳紀事特詳由於身仕宗藩見聞親切也多桑所著旭烈兀以至合贊諸傳皆本其書自合兒班荅以下則別取西域人記載文理卽大遜於前拉施特相合贊後相其弟合兒班荅書成於合兒班荅時後爲不賽因所殺俱見諸王傳

阿拉哀丁阿塔蔑里克志費尼阿塔爲大蔑里克爵名見元史西域志費尼地人以地爲名其父巴海勒丁謨罕默德志費尼仕於蒙古元史憲宗元年以阿兒渾充阿母河等處尚書省事法合魯丁佐之法合魯丁卽巴海勒丁之異譯志費尼曾侍其父入覲和林旭烈兀西征從軍主文牘報達既平令爲地方大吏著有書二卷前紀太祖末十年及太宗定宗之事畏兀西邊貨勒自彌之事太祖太宗兩世用兵西域之事後半紀旭烈兀滅木剌夷之事書至宋理宗寶祐五年

卽憲宗七年而止續之者瓦薩甫（拉施特紀西域之師爲華書所無蓋出於此多桑所紀西域始末亦本之也）瓦薩甫亦西域人名阿卜圖拉字瓦薩甫以字行受知於拉施特兒哀丁以文學薦於宗王合兒班荅授之官著書五卷以續志費尼皆紀西域宗藩之事（多桑所著宗藩列傳亦本之）

訥薩怖（老切）阿剌比人生於訥薩之地故稱之曰訥薩怖希哈潑哀丁謨罕默德乃其名也先爲嗒命特而堡長官西域故王之子札剌勒丁自印度西歸建國辟爲幕府官太宗之世遣將西征札剌勒丁死爲傳紀之書名西雷土斯蘇爾灘只拉兒哀丁忙果必而體西雷土斯釋義爲傳餘詳西域傳中（此書亦爲多桑所本）

阿黎意本阿拉育勒體耳西域毛夕耳部人省文稱阿黎毛夕耳卽元史西北地附錄之毛夕里常奉其部主之命使於報達著書首言開闢以來天帝肇生人類皆謨罕默德教中之語末數卷言

蒙古入西域而哲別速不台一軍入西域之西北侵角兒只國歷失兒灣國以踰高喀斯山等事爲備蓋毛夕耳部壤地相接見聞易詳也書名喀密兒伍脫台白兒力克上五字義爲聚下謂史今惟存後六卷藏於法都多桑所紀哲速二將西北進師之事亦多本之以上皆見多桑書内引用書目

阿卜而嘎錫蒙古人朮赤裔孫明崇禎末年爲鹹海之南機窪部主即元史西北地附錄之花剌子模地元初西域王之舊部在焉機窪或作其瓦或作基發本城名後以城名爲都名其所著書本於拉施特兒哀丁而畢其大略意在詳論蒙古先世然大率引援天方教語不足憑也書用突厥文名曰適直里意突而克猶言突厥族譜俄羅斯人戴美桑譯以法文西人無厥字音故突厥轉爲突而克當云突而屈

多桑歐羅巴人不詳其著籍通阿剌比土耳其等文字著有土耳

其史蒙古史嘉慶年間成書其蒙古史道光初年重刊於和蘭又重刊於法京巴黎自多桑書出西人考元事者接踵迭起皆稱引多桑先求其書不可得得今英人霍兒渥特書譯之意未安也復譯德人華而甫之書繼於德國藏書官舍假得多桑舊本譯以互校乃知華而甫書好逞臆見引述舊說往往改易失眞霍兒渥特書本於多桑而蒐獵過繁胸無斷制異說叢積輙自矛盾求述作之才於休僿之文亦大難矣書中補傳悉本多桑間引他說拔都西伐則華而甫敘述轉詳且多出於西國當時文報記載故亦本之此外又有德人哈木耳著書論蒙古事披沙揀金偶然得寶而已若駙馬帖木耳補傳則本東羅馬書綜合台後王補傳則雜采西人所譯西域人著述以繁冗不備載哈木耳識多桑所著西域人名有丁字者多作屋丁謂哀丁之解爲信奉教理有丁必有哀若作屋丁則抹煞哀字音矣曾訪波斯使臣其說良然並當云哀而丁以是知元史人名譯音不備也

貝勒津俄羅斯人專譯拉施特之書其書自序謂欲全譯然僅成太祖本紀蒙古部族考數種凡三卷書中本紀譯證部族考悉本之又有俄人哀忒蠻書不甚可從詳譯證小注

太祖本紀譯證上

元成宗時西域宗王合贊命拉施特修史敘述太祖事迹頗詳西人多纂著書采輯其說間有去取又多羼入元史轉掩廬山眞面俄人哀忒鑾書自謂專本拉施特然仍時時羼雜他說其人文理鄙僿譯述多誤但宜節取未足深憑最後乃得俄人貝勒津之書則誠墨守拉施特其自序謂逐句逐段繙譯無淩躐無改易廬山眞面一旦豁然拉施特自謂親見本朝譜牒史策依據成書今以元史親征錄元祕史較之則尤與親征錄符合用知親征錄實由脫必赤顏譯出當日金匱副本必然頒及宗藩否則夷夏異文東西異地何以不謀而合若此至其中軼事異聞往往不見他書惟見祕史人名地名部族名又足證祕史音譯之眞而祕史異於元史者亦足證其紀敘之失惟西域之師所載事實爲自來華書所未見當係脫必赤顏極其簡略而憲宗時西域人志費尼已有著述拉施特取以補入也然記事可以加詳編年不敢立異故拉施特書內年分與元史親征錄相同而多桑所記西域之師則多本志費尼年分遂與史錄不合又以證邱長春西游記所云辛巳歲帝將兵追算端汗至印度壬午班師爲得實也元史疏簡親征錄加詳而訛奪過多幾難句讀祕史最完善然征伐大事錯謬牽併錢詹事謂論次太祖事迹當於祕史折衷今得此書是非同異皆可證明乃知詹事所言非篤論矣拉施特書屢經傳抄不免奪誤又經重譯抑恐差池繙述不敢文人名地名部族名不輕改音皆懼失眞也

元史譯文證補一

兵部左侍郎總理各國事務衙門行走加三級臣洪鈞撰

自來突而屈各族以及蒙兀爾

西人稱突而克詢之土耳其使臣則曰突而屈爲突厥之本音土耳其卽突厥遺種也蒙古本稱蒙兀見舊唐書室韋傳洪皓松漠紀聞引之朔漠方言尾音有爾字宜輕讀卽祕史蒙文之忙豁勒詳蒙古考突厥轄部最廣元世突厥已久滅而西域史猶列蒙古於突厥族類中從其朔也耶律鑄雙溪醉隱集屢言突厥取和林詩注引唐開元闕特勤碑謂諸突厥部之遺俗猶呼其可汗之子弟爲特勤特謹字也涿邪山詩注突厥諸部遺族至今亦呼其磧鹵爲朱邪紅吡撥賚序諸突

厥部遺俗呼今之諸色桃花馬爲叱撥後突厥三臺詩注突厥凡征戰惡馬噴馬嘶以爲將敗之徵是元時北部猶存突厥遺稱皆各有君長不受一其主約束先時乞觧人掠其地繼則北族掠乞觧之地故乞觧築長城以限戎馬乞觧卽契丹蒙古稱金亦曰乞觧自哈喇沐漣迄於圭兒只界以抵於海哈喇沐漣卽黃河圭兒只卽女直或譯曲兒只而汪古部扼守長城要隘防禦北族迨汪古部主阿剌忽思的斤忽里附於成吉思汗導兵入隘於是長城之險盡失混一宇内天意葢有屬矣太祖破金得力於汪古歸附觀元史阿剌兀思剔吉忽里傳可見自來論金元事者未及此義金之長城見張德輝紀行蒙兀先無文字世系事迹口相傳述無史記以爲定論自朶奔巴延至成吉思汗約近四百載部族考云約三百載據庫藏國史及知掌故者參訪合徵之焉朶奔巴延卽元史之脫奔咩哩犍本紀敘帝先系始於此人據此數語觀之當是蒙古國史亦始此人而元史本之也自此以上世系當是傳述得之故元史之世系少而祕史蒙古源流之世系多相傳古時蒙兀與他族戰全軍覆没僅遺男女各二人遁入一山斗絕險巇惟一徑通出入而山中壤地寬平水草茂美乃攜牲畜輜重往居名其山曰阿兒格乃衮義詳部族考二

男一名腦古（別譯奴庫案元史名腦忽者甚多西人譯忽字音每訛爲古爲庫或卽腦忽）一名乞顔（阿卜而嘎錫多桑等書音似計洋亦似奇俺貝勒津譯爲克顔西人譯乞字音非奇計卽克祕史乞牙惕之稱由乞顔而來故知必是乞顔之異譯元帝本姓肇始於此非有祕史及此書孰克知之）乞顔義爲奔瀑急流以其膂力邁眾一往無前故以稱名乞顔後裔繁盛稱之曰乞要特乞顔變音爲乞要曰特者統類之詞也（他西書多作計牙特貝勒津作奇攸特案祕史作乞牙惕蒙古源流作卻特輟耕錄作乞要歹博明西齋偶得作確特北方讀卻如確輟耕錄之乞要合音卽成卻確尤勝於祕史之乞牙以貝勒津所譯奇攸二字較之乞要爲近元史之奇渥亦乞要二音之變不云奇渥特而云奇渥溫者祕史有脫忽剌溫卽是此例然氏族正音應稱奇渥特不應稱溫此元史之可議處元史語解特爲眾詞輟耕錄之歹卽特字重讀）後世地狹人稠乃謀出山而舊徑蕪塞且苦艱險繼得鐵礦洞穴深邃爰伐木熾炭篝火穴中宰七十牛剖革爲筒鼓風助火鐵石盡鎔衢路遂闢後裔於元旦鍛鐵於爐君與宗親次第捶之著爲典禮（自相傳古時蒙兀與他族戰至此未載原書別載於氏族考然下文有蒙兀出阿兒格乃衮一語入後又有氏族復稱乞要特一語皆突如其來閱者不明故據氏族考增入拉施特於此有疑詞見氏族考案隋書突厥傳後魏太武滅沮渠氏阿史那以五百家奔茹茹世居金山工於鐵作金山狀如兜鍪俗呼兜鍪爲突厥因以爲號或云其先國於西海之上爲鄰國所滅男女無少長盡殺之至一男不忍殺則足斷臂棄大澤中有一牝狼每銜鹿至兒因食之得不死後與狼交狼有孕焉其狼若爲神所憑欻然至於海東山上下有洞穴狼入其中遇得平壤茂草

地方二百餘里狼生十男其一姓阿史那氏最賢遂爲君長阿賢設率衆出於穴中語意頗相類恐是蒙古襲突厥語以敘先德祕史謂狼鹿生人爲蒙古鼻祖亦顯拾突厥唾餘捶鐵典禮元史無徵豈朔漠舊俗惟內廷行之宗親得與而禮官無聞歟抑入中國後舊俗遂廢歟拉施特仕宗藩之朝親見捶鐵典禮載旭烈兀後王傳中當非妄語竊謂唐時已有蒙兀則其世次多歷年所敗於鄰部入山避難事所恆有或與突厥同出一源亦未可知至於化鐵成路則語涉不經然乞要特之姓根據由此又未可以其不經而刪之也餘詳部族考

蒙兀之出阿兒格乃袞其後人最著稱者曰孛兒特赤那妻子甚多長妻曰郭斡馬特兒祕史蒙文作孛兒帖赤那豁阿馬闌勒爲狼鹿相配而生人蒙古謂狼曰赤那據此則以狼鹿爲名非卽獸也辨見祕史注蒙古源流作布爾特齊諾音亦類惟云吐蕃贊博位爲臣篡其季子布爾特齊諾渡騰吉斯海東行至拜噶勒江所屬之布爾干噶勒圖納山下必塔地方人衆尊爲君長混蒙古於吐蕃非特誇耀華冑且以誇蒙古先世無不奉佛猶之蒙古人入天方教者引天方教人爲其祖也拜噶勒湖在今俄羅斯境不當言江布爾干噶勒圖納卽祕史之不兒罕合勒敦爲元帝先世發祥之地三書相較以西域史爲近情生必特赤干祕史巴塔赤罕蒙古源流必塔察干以下省文稱源流必特赤干生特馬徹祕史塔馬察源流特墨徹克特馬徹有五子長子曰乞楚蔑兒干源流作和哩察爾墨爾根與祕史豁里察兒蔑兒干音合此作乞楚譯誤或謂四子離其兒他徙縛木筏以渡河是爲朵兒奔一派朵兒奔義謂四也後裔有庫倫撒哈兒者出獵得山牛遇巴牙兀特人巴牙立克乏食以子易牛肉庫倫撒哈兒挈其子歸後以贈阿闌郭斡故成

吉思汗部下巴牙兀特人爲世僕者皆此子之後祕史載此二節甚詳世次既異情事亦微異庫倫撒哈兒疑卽都蛙鎖豁兒巴牙立克當卽馬阿里黑惟祕史爲伯牙兀之分族名此爲人名亦異源流作瑪哈賚謂是多博墨爾根之連襟則似人名矣乞楚蔑兒干生古津博郭羅爾源流作阿固濟木博郭囉勒此奪阿字濟木合音如津木字不讀本音讀如吳下俗音之姆祕史作阿兀站孛羅溫微異古津博郭羅爾生也客你敦祕史同源流作尼格尼敦祕史也客你敦之父撒里哈察兀源流作薩里噶勒濟固此無也客你敦生珊鎖赤祕史撏鎖赤源流薩木蘇齊木字讀法見前珊鎖赤生哈里哈爾楚源流同祕史作哈兒出哈里哈爾楚生朵奔巴延元史脫奔咩哩犍祕史朵奔蔑兒干源流多博墨爾根案蔑兒干爲善射之稱是稱謂非名或其名有巴延而不著也蒙古語巴延富也源流祕史皆多兩代源流博爾濟吉台墨爾根其子都喇勒津巴延與此之朵奔巴延字音相近祕史孛兒只吉歹蔑兒干其子脫羅豁勒真無巴延二字此少二代其有訛予多桑亦引源流以證異說西人稱源流曰薩囊薛珍蓋作者名也阿卜而嘎錫之書則哈里哈爾楚之下乃多四代字音大異尤不可據朵奔巴延居斡難克魯倫土拉三河發源之地不兒罕哈勒敦山原譯不兒哈都字音不全今從祕史婦阿闌郭斡火魯拉思氏元史阿闌果火源流阿掄郭斡祕史阿闌豁阿豁之變郭猶哈之變喀當是祕史音叶蒙古語豁阿美也爲婦女之名祕史云因至不兒罕山遂爲豁里剌兒氏此氏名祕史僅一見殆卽火魯拉思生布兒古訥特伯古訥特祕史音合惟次序倒置兒祕史注元史博寒葛荅黑博合覩撒里直乃是白光所生三子中二子而誤以爲夫在時所生源流作伯勒格特依伯袞德依譯音較遜而次序相符此二子後分二派無一至西域者或

云蒙兀本地亦少朶奔巴延早卒阿闌郭斡寡居而孕夫弟及親族疑其有私阿闌郭斡曰天未曉時有白光入自帳頂孔中化爲男子與同寢故有孕且曰我如不耐寡居曷不再醮而爲此曖昧事乎斯蓋天帝降靈欲生異人也不信請伺察數夕以證我言衆曰諾黎明時果見有光入帳片刻復出衆疑乃釋祕史但記訓子之語源流告其妯娌侍婢等與此略同元史白光自天窗入化爲金色神人來趨臥榻源流謂夢一奇偉男子與共寢祕史黃白色人將肚皮摩挲則與陳桱通鑑續編李廷機大方通鑑屢有光明照其腹語意相類既而舉三子曰不忽哈塔吉其後爲哈塔斤氏曰不固撒兒只其後爲撒兒助特氏曰孛端察兒其後爲孛兒只斤氏孛兒只斤釋義爲灰色目睛以與白光之神人同也三子名氏族名與祕史源流大同小異自以祕史爲準孛兒只斤之釋義華書皆無祭博囉特也博囉孛兒音近只斤爲睛無考拉施特謂是突厥語以祕史源流考之則孛端察兒之曾祖已有孛兒只吉歹之名不應至孛端察兒始爲姓氏西域史則先無孛兒只吉歹之人古時蒙古人目睛多作栗黃色見多桑書中今西北游牧部人尚多如是灰色睛則近黑矣元史云狀貌奇異則西域史此說亦非無因原書此二節敘述嫌略撮拉施特所著氏族考及多桑書增入此三子支裔蒙兀人以其禀受之異稱之曰尼倫釋義爲清潔則派

則謂為多兒勒斤猶言常人此說華書所無拉施特又云尼倫一派與眾派相較如螺殼之有珍珠樹木之有果實孛端察兒二子長布格次布克台此與華書大異惟源流瑪哈圖丹之父曰伯格爾巴圖爾此代人名元史祕史無之巴圖爾為勇號伯格爾即布格則未可謂西域史之說悉無稽也祕史孛端察兒別子巴阿里歹即源流之巴噶哩台亦即布克台布格子土敦邁甯本紀咩撚篤敦表作咩歷篤敦祕史蔑年土敦源流瑪哈圖丹此作土敦邁甯誤倒較以元史祕史則布格一代應是把林失亦剌禿合必赤拉施特自謂親見國家金字譜牒而歧異如此殆不可解又多桑引薩囊薛珍云布丹察爾生三子曰巴噶哩台曰亦察郭兒圖曰哈必齊巴圖爾哈必齊子為伯格爾巴圖爾孫為瑪哈圖丹今案蒙古源流云布丹察爾將伊所生之子命名巴噶哩台汗之後裔哈必齊巴圖爾無亦察郭兒圖之名聞西人云薩囊薛珍一書華文譯述遺漏頗多或不妄也今以多桑所引三子之名刪去台字以巴噶哩亦察郭兒圖哈必齊十二字合讀之與祕史之把林失亦剌禿合必赤元史之八林昔黑剌禿哈必畜字音甚類或一人而誤分為三或三人而誤合為一顯然疑竇凡此異說皆無從論斷矣布克台子納臣或謂泰亦赤兀為納臣後然國史明言泰亦赤兀為扯勒黑領昆後國史不言納臣事迹惟言其姪海都值札剌亦兒之難納臣救之其後居地相近而納臣後人與泰亦赤兀同居一處故致訛也此節足證祕史族派之是惟祕史納臣為蔑年土敦子海都為蔑年土敦孫此書世序不符土敦邁甯為成吉思汗七世祖蒙兀稱七世祖曰都荅昆七世祖以上無專稱統稱阿勒赤根額不干土敦邁

霄生九子而卒〔元史謂八子祕史七子〕其妻莫奴倫亦稱莫奴倫塔兒衮義謂有力居於諸賽兒吉及黑山之地〔元史莫拏倫祕史作那莫侖得此可證元史之是諸賽兒吉地名無考黑山見張德輝紀行〕畜牧饒富每登山以觀牲畜遍野顧而樂之時有札剌亦兒部居克魯倫河濱以車爲闌每一千車爲一庫倫〔庫倫義爲圈子〕共有庫倫七十常特其衆與乞解戰爭乞解遣大軍至札剌亦兒人藐視之隔河而招速請過河取我牲畜然乞解軍盛束筏渡河大敗其衆俘戮無算〔此乞解當是遼〕有敗衆以七十車載老幼逃至莫奴倫牧地飢困掘速都遜草根爲食〔俄人狄貫拉譯速都遜之名謂卽人參草恐不足憑〕以是地多坎窞莫奴倫見之謂我子牧地何得踐擾以是致爭鬬莫奴倫及其八子皆被害幼子海都之伯叔納臣娶肯布特氏女居婦家〔復云海都亦娶肯布特氏女肯布特當是巴兒忽特之訛〕聞難來視則惟海都被匿得免其後率族衆攻札剌亦兒人取爲奴僕海都遷於巴兒忽眞土窟姆〔祕史蒙文卷六有此地名姆作木〕爲蒙兀之外界造路於河

上通往來名曰海都赤拉勒姆納臣則居斡難河此節足爲元史之證祕史蔑年土敦七子名氏後裔皆全確然有誤海都爲成吉思汗六世祖蒙兀稱攸兒吉生三子長子拜桑古兒元史拜姓忽兒祕史伯升豁兒多黑申源流星和爾多克新次子扯勒黑領昆爲泰亦赤兀之祖領昆爲乞觧官名因地與乞觧鄰故用其稱號蒙兀語訛爲領忽史表察剌罕甯兒祕史察刺孩領忽得此愈知祕史譯音之審案遼史百官志小部族詳穩司之下有令穩蓋卽領昆遼之官名始見於此世代約略可知且知部族尚小也生數子長莎兒郭都魯赤那祕史則謂想昆必勒格與托邁乃汗同時其子俺巴該繼哈不勒汗之位爲金主所殺原書皆稱乞觧阿勒壇汗蒙古語也今省文稱金主俺巴該繼哈不勒汗之位見於祕史原書此後又有異詞蓋傳聞各殊以致自相矛盾今據祕史存此而刪後之異詞俺巴該子哈丹太石祕史作合荅安太子哈丹太石子布荅與成吉思汗同時泰亦赤兀族有塔兒忽台哈拉兒禿克原注下五字爲妒忌貪吝之解祕史字音大同小異爲阿達爾罕之子與成吉思汗爲仇又塔兒忽台同祖弟兒忽力兒把阿禿兒錄謂同父兄弟益庫兀庫楚卽元史之部長沆忽也親征錄亦有阿忽兀忽出皆爲泰亦赤兀部長泰亦赤兀分各派雖合爲一而部長不一扯勒黑

元史譯文證補一上　五

領昆於其兒拜桑古兒卒後娶其嫂復生二子（此見祕史惟子名不同）曰更都赤那（謂義爲雄狼案祕史蒙文卷九雄狼爲堅都赤那）烏魯克勤赤那（謂義爲母狼）其後人爲赤尼思氏亦曰努古思（詳部族考）也速該在時泰亦赤兀族人亦歸統轄卒後叛去而赤尼思族仍附於成吉思汗十三翼之戰與有力焉海都三子抄眞（下文亦稱抄眞烏兒古斯疑是抄眞斡兒帖該之訛見祕史）其後爲阿力干氏（無考）珊竹特氏（此見元史祕史有失主兀歹似即珊竹特惟所出異）又有晃豁壇氏亦爲所出抄眞有子都兒魯亦圖行路甚速鼻孔出聲因稱晃豁壇（祕史謂抄眞六子其後人姓氏與此不符惟晃豁壇有之然拉施特所著氏族考說又大異蓋其作史兼采眾說或致前後矛盾也）拜桑古兒爲成吉思汗五世祖蒙兀稱布達烏庫爾其子托邁乃爲四世祖（元史敦必乃祕史屯必乃源流作托木巴該譯音益遠史表拜姓忽兒二子曰敦必乃曰直拏斯此與祕史皆無直拏斯細審字音蓋即扯勒黑領昆收嫂爲妻所生二子之後上文云赤尼思即赤那思變音見部族考）蒙兀稱布塔秃爾有九子（可爲史表敦必乃六子之證特增三子耳祕史只二子而茂年土敦七子大率史表敦必乃六子之名據此可證其誤）皆聰明武勇後裔各爲支派丁口蕃盛前五子皆正室生六子以下庶出長子札克蘇其後爲那塔勒氏烏

魯特氏忙兀特氏表葛朮虎此作札克蘇對音那塔勒郎那牙勒下文亦作那牙勒史表作那哈合兒烏魯忙古二族元史元人文集皆謂剌眞八都兒之後郎祕史之納臣拉施特所聞殆誤札克蘇長子布侖布侖長子朮赤台朮赤台長子麥兒吉歹麥兒吉歹長子烏嚕必姬與成吉思汗之子共嬉戲托邁乃次子八林昔剌禿合朱未言後人氏族史表名異八林昔剌禿合必赤之名乃見於此可疑其子烏勒姆烏勒姆長子察丹札爾察丹札爾長子台柱台柱長子乞班尼與成吉思汗之子共嬉戲三子哈出里其後爲巴魯剌思氏表作合塵說同駙馬帖木兒傳亦載先世哈出里與哈不勒汗爲兒弟此足徵元史之是祕史之非哈出里長子愛兒敦竺巴魯剌祕史有額兒點圖巴魯剌當郎此人愛兒敦竺長子脫丹祕史有脫朵延巴魯剌脫丹長子朮徹野朮徹野長子攸洛堪哈力赤與成吉思汗之子共嬉戲四子撒姆哈準其後爲阿荅兒斤氏表作葛赤渾祕史有合赤溫此作哈準音同惟增徹姆字音史表阿荅里急郎阿荅兒斤也姆字從吳下俗音撒姆哈準長子阿荅兒蔑兒干阿荅兒長子那伏袞那伏袞長子呼古呼古長子布拉柱與成吉思汗之子共嬉戲五子博歹阿庫兒格其後爲博歹阿

特氏表作哈剌喇歹與祕史合闕歹音同此異惟博歹阿特氏則與表之博歹阿替祕史之不荅安惕皆同其長子庫兒根茂兒干庫兒根長子塔力古台塔力古台長子火力台火力台長子乞兒吉歹與成吉思汗之子共嬉戲以上皆正妻出六子哈不勒汗七子烏圖爾伯顏其後爲朱里耶特氏未言後人名照祕史字音應作沿兀里耶即元史之照烈祕史此氏族所出異八子布端察兒朵黑闌其後爲朵黑剌特氏十三翼之戰與有力焉此處未言後人氏族據氏族考補入祕史納臣之後有朵豁剌歹氏或即此餘見十三翼戰事注九子乞牙台斡赤斤後爲亦速特氏西域史於別速氏皆作亦速祕史別速氏所出與異氏族考又作臧兀台與乞牙台字音異凡托邁乃之後皆附從成吉思汗間有離者後亦來服哈不勒汗爲成吉思汗三世祖蒙兀稱伊侖赤格其後人氏族復有乞要特之稱長子烏勤巴兒哈合烏勤爲女子之稱以貌美故人以是稱之武備志韃靼方言女曰鵜琴卽烏勤其子莎兒哈秃月兒克其孫薛徹別乞是爲乞要特月兒斤氏史表窠斤八剌哈哈其子孫爲岳里斤祕史斡勤巴兒哈合其後爲主兒乞西人譯乞字每訛克後亦作月兒乞月兒乞主兒乞岳里斤月兒斤主兒斤實一氏也親征錄亦作月兒斤祕史先作忽禿黑禿主兒乞係誤詳卷一注次把

兒壇把阿禿兒從祕史字音今奧國之馬加部實是東方族類卽元史之馬札兒其人稱巴圖爾音如把阿禿兒足見祕史譯字必非率爾操觚三忽禿黑禿蒙古兒有子名泰出祕史薛徹別姬泰出同父此異表作忽都魯咩聶兒四合丹把阿禿兒表合丹八都兒祕史合荅安五忽都剌哈汗長子拙赤罕率部下千人從成吉思汗次子阿勒壇叛附汪罕本紀忽都剌表忽魯剌罕祕史忽圖剌合罕祕史尙有次子吉兒馬兀此無六徒丹斡赤斤表擬端斡赤斤祕史脫朵延斡惕赤斤又史表祕史皆有忽蘭而此無之哈不勒汗威望甚盛統轄蒙兀全部是時始有汗號本紀於葛不律下獨加寒字卽汗也金主聞其名召至禮遇甚優金人多詭計哈不勒汗常恐飲食中毒筵宴時每托詞沐浴而離席嘔吐食物乃復入席衆皆驚其飲啖過人一日酒醉鼓掌歡躍捋金主鬚廷臣怒其失禮金主不怒而笑哈不勒汗惶恐謝罪金主謂小過釋不問仍厚贈遣歸金之大臣謂縱此人將爲邊患遣使要以返哈不勒汗不從辭意强横金主再遣使往哈不勒汗他往以避之使者歸遇諸塗挾以入朝中道遇其諳達好友也賽亦杜歹告之故賽亦

桂歹謂彼無好意因贈良馬俾乘間逸脫比至夜金使以索縶其足不得逸次日晝時始得間疾馳而返金使追至哈不勒汗婦蔑台火魯剌思氏居金使於自居之新帳哈不勒汗告其婦及其部衆不殺此輩我不免於難汝等不助我則我先殺汝等衆諾殺金使未幾哈不勒汗病卒哈不勒汗六子出一母母曰呼阿忽郭斡翁吉拉特氏上文蔑台或是側室其弟賽因特斤遘疾聘塔塔兒巫者乞兒奇兒布圖依治之不效而卒殺巫者塔塔兒人怒以是搆兵哈不勒汗六子助母族與塔塔兒戰於貝爾色夷闊端之地合丹把阿秃兒刺塔塔兒酋木秃兒把阿秃兒中其鞍及其馬木秃兒墜騎致傷醫治一載方愈繼戰於攸剌伊拉克復戰於開爾伊拉克木秃兒究爲合丹所殺其後俺巴該娶婦於塔塔兒祕史云嫁女部人乘機報怨併烏勤巴兒哈合擒之以獻於金實是兩次省文併爲一次金人正以殺使爲忿

乃製木驢釘之於驢背金設此刑以治遠人之不服者將臨刑俺巴該遣從人布勒格赤祕史卷一作巴剌合赤別速氏卽此人也告金主曰汝非能以武力獲我乃藉他人之手又罾我於非刑我死則合丹太石布苔忽都剌哈汗也速該把阿秃兒父子必復汝仇金主曰汝爲此言可以告汝族衆我不畏也縱布勒格赤予以馬使歸馬不良於行過朶兒奔部請假馬不允步行歸告族衆會議復仇以忽都剌爲汗入金界敗其兵大掠而歸多桑謂忽都剌敗金金與議和而退在西歷一千一百四十七年不惟蒙古人言之華書亦載之蓋續綱目據大金國志所紀宋高宗紹興十七年金熙宗皇統七年之事綱目云蒙古益强兀朮討之連年不能克乃議和割西平河北二十七團寨與之歲遺牛羊米豆且册其長熬羅孛極烈爲蒙輔國王不受自號大蒙古國熬羅孛極烈自稱祖元皇帝改元天興又案續綱目紹興七年亦紀金伐蒙古萬戶胡沙虎糧盡而返蒙古追襲之大敗其衆於海嶺亦出大金國志兩役相距十年據多桑言則後役也祕史於忽都剌獨稱合罕西域史亦然合罕卽可汗爲帝稱自稱皇帝之說確有可徵惟忽都剌與熬羅孛極烈字音不類案金史百官志勃極烈之次有國論忽魯勃極烈與熬羅孛極烈音叶當是先時金授蒙古之爵非其名綱目之言未晰改元天興一說宋孟珙疑之蓋蒙古先時不識漢字無符璽文書改元建號將安用之說見蒙達備錄蒙韃當是蒙兀之訛方輿紀要謂西平河卽臚朐河以地勢度之當是也忽都剌哈汗最勇蒙兀有歌曲稱其聲音洪大隔七嶺猶

聞之乃能折人爲兩截每食能盡一羊日者獨出臂鷹而獵遇朵兒奔人欺其無從者追捕之忽都剌逃馬陷於淖自馬背躍登彼岸追者去乃拔馬於淖乘以歸家人始聞信以爲必死其婦獨不謂然既而果歸且曰我今出獵而徒手以歸無以對衆復入朵兒奔牧羣驅其馬以返也速該等已設筵祭奠見其無恙則大喜撤祭筵共享其婦以爲我言不謬把兒壇把阿秃兒爲成吉思汗之祖蒙兀稱額不干長妻蘇尼吉兒夫人巴兒古氏卽巴兒忽長子蒙格秃乞顔祕史音同史表蒙哥睹黑顔源流孟格圖徹辰又西域史云蒙格秃斑點也頃間有大斑點故名元史語解孟格圖痣也解同有子甚多長者曰程克索特率蒙格秃乞顔族衆以助十三翼之戰程克索特亦爲氏族名疑卽祕史卷四之傚失兀惕有二子曰古赤諾延曰莫克圖把阿秃兒今此族人大半在奇卜察克從托克托卽朮赤後王脫脫亦有在可汗處服官者此可汗指成宗把兒壇次子捏坤太石太石之稱出於乞觧表聶昆太司源流納袞泰實祕史捏坤太子遼史百官志大部族某部大臣之下有

太師即此表作太司音叶作太子音亦近惟與儲君相混元史多作太石今從之其長子火察兒能射遠也速該卒後火察兒仍從成吉思汗甚盡力後攻塔塔兒以違令奪其所掠遂叛附汪罕而害成吉思汗汪罕敗復入乃蠻其後伏誅故此派人無多捏坤太石有孫布衮札甫嘎特成吉思汗獲之以與察合台今其後人尚從察合台後王把兒壇三子也速該為乞要特孛兒只斤氏也速該子大率皮色黃目睛灰色四子答力台斡赤斤先離成吉思汗而從泰赤赤兀繼歸成吉思汗後又附汪罕最後入乃蠻後與阿勒壇火察兒同伏誅據祕史所云似未被殺成吉思汗以其子答納兒比耶及從人二百畀與哈準子伊兒乞歹今其後人仍在伊兒乞歹後王麾下史表荅里眞其子大納耶耶即此哀忒蠻譯作荅納兒亦奈與大納耶耶音益近荅力台又有後人曰布爾罕從旭烈兀至西域不能與親王並坐旭烈兀謂諸王年少當即指旭烈兀之子布爾罕可以並坐布爾罕子庫魯克又有布拉兒赤乞要

特在阿爾渾麾下張大盞亦荅力台後人也速該爲成吉思汗父蒙兀稱父曰額赤格長妻謂倫夫人亦稱謂倫額格爲翁吉剌分族斡勒忽訥特氏謂倫之義爲雲曰夫人者乞䚟之稱也史錄皆作太后月倫今改鄂椤與祕史訶額倫音合源流作烏格椤祕史謂奪之於蔑兒乞源流謂奪之於塔塔兒人而親征錄西域史不載意元時宣付史館刪去此事或出訛傳故國史不采源流云鄂勒郭諾特氏祕史斡勒忽訥氏祕史音是翁吉剌分族詳部族考生四子無女女皆異母出長子成吉思汗次朮赤哈薩兒三哈準四帖木哥斡赤斤又有子別勒格台異母出人異視之不與四子等原文此下歷敘太祖四弟後系及太祖妻女今別記於後以清眉目別勒格台母名祕史不載哀忒鑾譯西域史稱其名曰塔喀式未可憑信源流謂是原配所生恐誤又源流倘有伯克特爾祕史作別克帖兒皆謂太祖與哈薩兒殺之或是國史諱言故不載帝生於猪年合黑蚩拉歷五百四十九年至五百六十二年又爲猪年是年也速該卒以下皆從元史稱帝省文黑蚩拉歷卽天方歷西域史及他著錄無不謂太祖生於猪年死於猪年父沒亦在猪年得壽七十三歲與元史祕史親征錄不同文繁別爲考附後據此則太祖生於紹興二十五年乙亥十三歲烈祖崩爲孝宗乾道三年丁亥也祕史源流皆謂烈祖爲塔塔兒毒死親征錄西域史不載當是國史諱言先時蒙兀不諳歷算故帝誕生月日無知之者惟今可汗指成宗暨近戚大臣皆知帝壽足

七十二歲未足七十三歲而崩亦猪年在秋月中甫過望日以此推之亦當生於年中當猪年時也速該戰敗塔塔兒獲其二酋曰帖木眞兀格曰庫魯不花（親征錄帖木眞斡怯忽魯不花祕史帖木眞兀格豁里不花）回軍駐於迭温布兒荅克之地（親征錄跌里温盤陀山祕史迭里温孛勒荅黑山祕史音是西人譯黑字音每重讀成克華書謂山名西域史謂地名或此處以山名爲地名也俄羅斯人訪查其地在斡難河右岸今地名猶如故在曷克阿拉耳河洲之上十四華里）適諤倫額格生子手握凝血色如肝而堅面目有光因名曰帖木眞以志武功也速該轄尼倫各族咸畏服之然同族有隱忌者蒙兀俗諺謂族人如蠍語有由也故其卒後事變卽生帝自幼年至四十一歲疊遭危難國史敘述甚略復不依時序紀事至四十一歲始循編年之例故早年事迹不能甚詳今自也速該卒之猪年起至虎年止（宋光宗紹熙五年甲寅）凡二十八年據國史紀事如下帝十三歲遭父喪居於斡難克魯倫兩河間地時主泰亦赤兀部者塔兒忽台哈剌兒禿克忽力兒把阿禿兒（錄作忽憐拔都）族

衆盛强欺帝之幼而他族亦多叛從泰亦赤兀帝族人最年長者曰脱端火兒眞史錄脱端火兒眞祕史作脱朵延吉兒帖下三字音未確史錄皆謂近侍祕史蒙文列入泰亦赤兀族内當以史錄之言爲是亦將叛去帝哀留之不從答以蒙兀俗語詞意决絶不顧而去即所謂水已涸石已碎等語也謗倫額格自持秃克史錄所謂麾旗也祕史蒙文作秃黑即秃克昔時蒙古無旗幟但繫馬尾於竿所謂旄纛是也祕史卷七蒙文秃黑解爲旄纛甚是卷二解未是丙寅太祖即位建九斿白旗蓋是九尾西域史稱爲九脚旗率衆追叛者列陣而戰乃有多衆還歸觀元史畏荅兒傳則固有不去者非眞孑遺毋子數人也祕史所言似乎太過又謂因祭祀茶飯不與門角起衅類乎野史口吻察勒哈額不干腦後中矢即史錄之察剌海祕史作察剌合老人額不干即老人之解中槍中矢説異帝視其傷察勒哈曰汝父去世而諸族叛離我力阻之以致重傷帝哭而出察勒哈創甚旋卒原注旭烈兀阿八哈時在西域者有伊爾帖木兒布兒庫特亦秃兒哥三人皆察勒哈後人是時緊接上文與史錄同其實中間相隔多年可見脱必赤顔原文東西同本札只剌特部長札木哈色辰錄與祕史皆作札荅蘭此仍作札只剌從其原稱也見祕史卷一元史孛秃傳亦作札赤剌歹色辰即祕史薛禪聰明之謂部人給古察兒居於烏拉該布拉克祕史紿察兒此多古字音史錄秃台察兒祕史斡列該不剌合地面史錄玉律哥泉祕史音叶蒙古謂泉爲布拉克祕史不剌合亦即布拉克特未明注泉耳與帝之牧地撒里客額兒相近見祕史史錄謂薩里河札剌亦兒

人拙赤塔兒薎勒牧於是地親征錄祕史字音皆相類原注札刺亦兒人卽爲海都俘爲奴僕者給古察兒來掠其馬拙赤塔兒薎勒匿馬羣中佯臥俟其行近射之死札木哈以爲怨遂與泰亦赤兀合附又有亦乞刺思兀魯特那牙勤火魯刺思部皆合兵錄作八魯刺思又錄有巴鄰此無先是原文此處詞意含糊似太祖被掠卽此台丘後事親征錄敘此節極明晰必無遺漏或西域史之誤或譯者之誤皆不可知而鎖兒干失刺之救太祖卽爲下文赤老温來歸張本亦不可以不記或親征錄記於後而西域史移於前也因加先是以期與史錄相符原文無之詳述於此帝屢阨於泰亦赤兀有一次爲掠去桎其項速兒都思人鎖兒干失刺救之獲免詳見速兒都思部族考數年之久歷遇艱險天佑安全而部族來歸者且日衆及是札木哈與泰亦赤兀等部集兵三萬將乘不備來攻揑坤者亦乞刺思人也錄作揑羣在泰亦赤兀部下而其子孛徒從帝故其父亦歸心焉時兵在古魯之地錄云至是自曲鄰居山遣人告變祕史則謂太祖在古連勒古之地以此書較之錄爲是曲鄰居與古魯皆在古連勒古之變否又以祕史爲是有巴魯刺思人木勒客脫塔黑等二人先以事來今將歸卽元史孛禿傳之磨里禿禿錄之慕哥而祕史字音最合更有孛羅勒歹此失載又誤分木勒客脫塔黑爲二人至敘事情節則較華書爲詳揑坤乘其

便遣來告變，踰阿剌烏特秃拉烏特兩山中僻逕而至（行逕與錄同）。帝時在荅闌巴勒朱思之地，聞警亟集所部，數其衆，分千人、百人、十人，共爲十三古闌（錄稱十三翼。祕史蒙文稱古列額惕，解爲圈子，當即此古闌。又庫倫義爲圈子，古闌實即庫倫，各處方言有異音耳）。昔時游牧部族，皆圍合爲一圈子，酋長則居圈子之中。帝軍第一翼（從錄稱翼，省文）爲諤倫額格并其族斡勒忽闌人（即斡勒忽訥之變文）。二翼爲帝及帝之子弟與其從人并各族之子弟（照親征錄已有三翼，此異）。三翼爲撒姆哈準之後人布拉柱把阿秃兒（見前），又有客拉亦特之分族人，又阿荅兒斤人，將曰木忽兒忽闌，又火魯剌思人，將曰察魯哈（此翼詳見親征錄。哈準即哈初來，布拉柱即奔搭出，木忽兒忽闌錄作木兒忽好闌，誤將忽兒二字倒置。察魯哈當即察忽闌，錄爲部名，統考東西著述無此部名，或誤以人名爲部名也。惟秃不哥逸敦之名未見，客亦特與哥逸敦音近，恐是西域史誤以人名爲族名。下文木忽兒忽闌與上文布拉柱皆阿荅兒斤人，細玩親征錄文義以合此書，當是奔塔出、哥逸敦與木忽兒統阿荅兒斤部，察忽闌統火魯剌部，則說皆圓矣）。四翼爲蘇兒嘎圖諾延之子得林赤並其弟火力台及博歹阿特人（錄之迭良即此之得林赤，不荅合即博歹阿，乃族名非人名。惟蘇兒嘎圖與鮮明昆字音難合）。五六翼爲莎兒哈秃月兒乞之子薛徹別乞并其從兄弟泰出及札剌亦兒人莎兒哈禿人原注莎兒哈禿爲身上有記號之謂乞約特月兒斤即莎兒哈禿族內案莎兒哈禿月兒乞爲人名見上既稱月兒斤氏不應復稱莎兒哈禿親征錄有札剌兒部又有阿哈部從未見此部名或即莎兒哈禿之訛又錄之七翼忽都徒忙納兒之子云云無可揣合案上文泰出之父爲忽禿黑禿蒙古兒與忽都徒忙納兒音類然子名仍不能揣合也七翼爲渥禿助忽都朵端乞原注乞要特人及其弟其麾下錄之十翼爲忽蘭脫端未知即此人否也八翼爲蒙格禿乞顏之子程克索特及其弟皆爲帝之從兄弟又巴牙兀特人酋曰翁古兒錄之七翼有蒙哥怯只兒哥上三字或即蒙格禿乞顏而有奪文又祕史卷四乞顏種的人蒙格禿證以此書疑祕史有誤九翼爲荅里台斡赤斤及揑坤太石子火察兒族人達魯并都黑剌特努古思火兒罕撒哈夷特委神諸部此即錄之第六翼惟增達魯人名委神部名忽都蘭當即都黑剌而誤倒都忽二字訥古思即努古思火魯罕即火兒罕撒哈弟直即撒哈夷特委神即元史之許兀慎輟耕錄蒙古七十二種有忽神亦即委神也十翼爲忽都剌哈汗之子拙赤汗及其從人十一翼爲阿勒壇亦忽都剌子此二翼與錄全合十二翼爲荅忽巴阿禿兒及晃火攸特人速客特人此翼無考二族名亦無考惟祕史有速客似即此族名詳部族考祕史注十三翼爲更都赤那烏魯克勤赤那之後努古思人此翼可證親征錄之末翼其云聿相赤細則更都赤那之訛也玉律二都則烏魯二部之訛也敵踰阿剌

烏特禿剌烏特二山而至戰於荅闌巴勒朱思史錄作荅闌版朱思音同祕史作荅闌巴勒朱惕未字變文爲蒙古文法卷九又引此役作巴勒渚納此是淖爾名太祖與汪罕戰遁至淖爾飲水誓衆元史所謂班朱尼河是也此乃地名且多荅闌二字必非一地或祕史卷九主惕誤作渚納也哀忒巒云荅闌爲平地之解帝軍雖寡而大勝敵衆於是兀魯特布魯特二族來服布魯特氏只此一見中西諸書俱無可考又云二族之酋亦此二名亦無考案忙兀部亦於是時歸附疑布魯爲忙兀之訛近戰地行河多林木帝令以七十鑊烹俘虜此與史錄皆謂太祖勝然則祕史謂太祖敗者誤也祕史謂札木哈煮人錄謂札木哈敗走半途烹狼犬一時安得有如許之狼供七十二竈之食恐是取譬泰亦赤兀等人而譯者誤會史官又嫌其凶慘托諸彼軍也此事後來傳入俄羅斯故俄史亦載蒙古烹人之事亦指太祖泰亦赤兀等族既敗避而之林木中散居此語與史錄之泰赤烏地廣民衆而內無統紀相類而相異朱里耶人居地與帝近一日皆出獵遇於烏者兒哲兒們山錄有斡斡札勒馬思之野哲兒們即札勒馬惟上數字不能合音未詳孰是設圍相值朱里耶人四百以糗糧鍋帳不給已歸其半帝堅要以同宿俟次日再獵既分與飲食次日獵復驅獸向之俾其多獲朱里耶人感之私相謂曰泰亦赤兀薄待我等帖木眞與我素疏乃如是厚我眞人君之度也歸途稱頌不已其酋烏魯克把阿

禿兒（即錄之玉律拔都）謀於別酉馬喝亦巴荅訥欲來從（錄云馬兒牙荅納）馬喝亦巴荅訥曰泰亦赤兀何惡於我同爲宗族何爲棄彼就此烏魯克把阿禿兒乃與圖該烏魯（即史錄之圖海荅魯此書音誤又誤分爲二人）自率所部來歸謂我等之來如無夫之婦無主之馬無牧之牛羊所以然者由我舊主長母之子虐害我也（貝勒津譯語不可解竊忒鸞所譯與親征錄一致今從之長母之子一語只能如此譯述若用俗語則云大太太之子）故棄而來從帝曰我似熟寐汝捽我髮以覺我又托我頷以起我（即兀坐撫髯而起一語之異譯）我當悉力以助汝矣然其後朱里耶人復叛去圖該烏魯爲忽敦忽兒章所殺朱里耶部自是渙散（親征錄謂族人忽敦忽兒章怨塔海荅魯反側殺之元史爲泰赤烏部人所殺祕史卷五蒙文泰亦赤兀族內有豁敦斡兒長之人是爲泰亦赤兀人無疑西域史乃謂蔑兒乞人其誤顯然故刪又原文下云朱里耶酋長札木哈色辰成吉思汗曾約爲諳達案西域史誤以朱里耶與札只剌爲一部辨見部族考此處刪去而附識其誤）諸族皆謂泰亦赤兀無道帖木眞衣人以己衣乘人以己馬能束其衆以撫其下皆相率欲附速兒都思人鎖兒干失剌曾脫帝於難其子赤老温把阿禿兒（原譯赤老根）與亦速特人（即別速特）哲

別本在泰亦赤兀部長哈丹太石之子布荅麾下至是赤老温來附哲別則因泰亦赤兀既敗遁山林中無所得食力乏亦降錄謂貲以力竭故也即此詳見亦速部族考及哲別傳巴鄰部長迭兒哥圖額不干史錄祕史名字大同小異并其子納牙句阿剌黑祕史納牙阿阿剌黑巳擒泰亦赤兀酋阿忽失把阿禿兒即錄之忽阿失拔都詳親征錄注塔兒忽台哈剌兒禿克將來獻貝勒津自注地名文已不辨案祕史親征錄皆載此地名字音相類中道復縱之去惟父子來歸上云巳擒蓋十三翼戰後未久之事錄與祕史皆載此事祕史尤詳惟誤繫於闊亦田戰後札剌亦兒分族朵郎吉部長朮只角兒海可爲史錄之證分族詳部族考朮只角兒海即錄之掤只魯紗罕本紀若朵郎吉若札剌兒分爲二部疑未是亦率所部至朵朗古特辛古特之地歸於帝地名無可徵考惟祕史卷四蒙文有古列勒古朵脫剌桑古兒字音有相類處或即此地其後帝奉諤倫額格及朮赤哈薩兒斡赤斤諾延與月兒斤諸族大會於斡難河濱林木中主酒者既行酒於薛徹別乞母忽兒眞哈敦復行酒於其次母也別該忽兒眞見也別該之酒不與衆同故怒以掌撻主膳者薛徹兒原文譯述不甚了了研究再三乃是怒酒之與同而非爭行酒之先後史錄謂共置一囊獨置一囊其說

當是祕史爭先後之說殆非也別該祕史作額別該此作那母該必誤今改正薛徹兒與失邱兒失乞兀兒音類錄云習祕史云打此云掌撻與祕史相類薛徹兒哭而言曰也速該捏坤太石去世以致受人之辱帝母子不怒亦不言此語爲諸書所無然理應有也別勒格台時掌帝馬播魯掌薛徹別乞之馬哈荅斤人哈荅克貝爲播魯之從者哈荅克貝之名諸書所無史錄作播里祕史作不里此作播魯亦同惟云播魯爲泰亦赤兀人必誤祕史云是主兒乞氏見於卷一當是也故刪來盜馬韁原文云別勒格台掌成吉思汗赤老温馬何以云赤老温不可解閱祕史蒙文赤勒不兒爲馬韁之解乃恍然於赤老温之誤不同文之書譯述之難如此別勒格台執之播魯袒護從者斫別勒格台破肩流血左右皆怒別勒格台曰我傷未甚不可由我致隙然衆怒不可遏折樹枝互鬬勝之奪忽兒真火里真二哈敦祕史作豁里真火兀兒臣此書作火兒真秃侖赤一不誤一誤今依親征錄書之薛徹別乞等歸而絕好繼復遣人議和返二哈敦金主遣丞相攻逐塔塔兒叛酋摩勤蘇里徒與史錄祕史字音大同小異帝聞之思乘此復前仇自斡難河起師招月兒斤來助待六日不至乃率麾下迎擊至潺勒佐當即祕史浯勒札河之訛殺摩勤蘇里徒掠獲甚衆得嬰兒銀搖車及車中

金繡被祕史大珠被錄大珠衾此微異原注當日蒙古人素所未見詫爲珍異金丞相奬其功授帝爲察兀特忽里史錄皆作察兀忽魯祕史譯文作札兀忽里蒙文則作札兀惕忽里惕字不當去詳祕史注同時亦授客刺亦部長脫忽魯兒爲王祕史客列亦音類史錄皆謂汪罕名脫里亦作脫憐祕史則作脫斡鄰勒此作脫忽魯兒雖微誤然可證祕史譯音確而且備餘詳部族考事定欲與月兒斤人修好餽以俘獲月兒斤殺十人奪五十人之衣騎帝怒曰昔者傷我別勒格台與修好而不從今又與我之敵相合而陵我引衆越沙漠至朵闌布勒谷克之地攻敗其衆薛徹別乞泰出以其妻孥遁去史錄謂帝麾下爲乃蠻所掠徵兵起衅祕史謂落後老小營被掠起衅此云餽俘起衅三說各異元史帥兵踰沙漠攻之祕史與錄無是語此獨與本紀合帝語亦與錄合朵闌布勒谷克地名詳親征錄注帝時年四十是爲甲寅虎年案完顏襄北伐見金史當即塔塔兒之役合紀傳考之乃是丙辰年事爲甲寅後二年詳親征錄注元初無史官太祖本紀爲後來追憶著錄年分未可盡憑也是年汪罕弟札罕不及客刺亦分族董喀亦部人來歸錄與祕史更有禿別干即土伯夷部來歸此失載此下有太祖與戰一語案錄與祕史皆謂太祖與札合敢不迎禦蔑兒乞此處原文或有奪誤故訛爲帝與札罕不戰也其下更有後仍以歸汪罕一語汪罕既來舊部必歸舊主應有之義祕史等書失載附識於此兔年爲黑蚩拉歷五百九十一年至豬年爲五百九十九年自兔年起豬年止凡九年丁卯至癸

亥也速該與汪罕交好常拯其難帝亦稱之爲父汪罕祖默兒忽斯有二子長忽兒察忽思不亦魯黑汗次古兒罕拉施特原注此是人名非喀喇乞解之古兒汗不可誤混忽兒察忽思生數子曰脫忽魯兒卽汪罕曰額兒客哈喇曰札罕不本名乞誅幼時爲唐古特所獲受封而得是稱人遂呼以爲名此節華書所無札罕不卽唐書吐蕃傳之贊博二音較諸史錄祕史諸音尤爲得眞又有別子數人汪罕於父卒後殺其弟台帖木兒太石布哈帖木兒是祕史卷七蒙文太石作太子布哈作不花及同族弟兄數人錄云原文字已不辨其叔古兒罕來攻兵敗失國奔於也速該也速該逐古兒罕入合申卽西夏汪罕復國以是感德約爲諳達額兒客哈喇以汪罕多殺戮宗族避之乃蠻亦難赤汗亦難赤助以兵逐汪罕歷三國錄與祕史皆謂三城而城名皆無考至哈喇乞解依於古兒汗既聞帝益盛乃東走途中資用乏竭僅遺五羊飲其乳餐駱駝之肉龍年行至庫思古兒淖爾近帝居地錄云曲薛兀兒澤祕史古泄兀兒海子音皆合下文云先時汪罕與也速該曾同住是地又云汪罕至淖爾在克魯倫河這邊帝在河那邊則此淖爾似

當在克魯倫河南或在西今名無考帝聞卽遣禿該卽錄之塔海祕史之塔孩蘇該卽錄之雪也垓祕史之速客該原譯誤以爲汪罕所遣今據華書改正迎致之汪罕以飢困告帝令已部振給是年秋會宴於河上原注河名字已不辨多桑謂是土拉河考諸親征錄與祕史是也錄云後秋蓋是秋後之義非謂次年秋哈剌温乞卜察勒之地重訂父子之好地名無考哈剌温疑是哈剌屯之誤見祕史卷五蒙文冬合兵攻月兒斤時薛徹別乞泰出等衆散居於帖列禿阿馬撒剌之地錄作帖列徒無下四字祕史音全此書上三字作塔剌因係誤據祕史改正兵至殺之蛇年親征錄作次年秋帝在霍拉思布拉思之地地名無考原文云地在克魯倫河近色棱嘎河之處親征錄則云發兵哈剌哈河率兵攻兀都亦特蔑兒乞戰於孟察之地卽莫那察山之變音大俘獲悉以餽汪罕馬年錄無年分但云其後汪罕勢漸振不謀於帝自率所部攻蔑兒乞於不兀剌客額兒原作不竭兒客額兒下又作不克兒據祕史親征錄改正殺托克塔長子土古思別乞托克塔爲脫黑脫阿之變音史錄皆作脫脫掠忽禿黑台察勒渾二女二名一與祕史合一與錄合又獲其次子忽圖赤老温俘虜甚多而無所遺於帝托克塔奔巴兒古眞原注在色棱嘎河那邊蒙古有巴兒古特族居是地至今地名未改案今屬俄羅斯地其名仍舊羊年錄無年但云後帝與汪罕合兵攻乃蠻乃蠻

主亦難赤汗先卒二子曰太陽汗曰不亦魯黑汗太陽汗名太亦
布哈受金封爵爲大王故曰大王汗蒙兀人訛爲太陽汗乃蠻有
古出魯黑不亦魯黑之稱號稱義詳部族考故其弟曰不亦魯黑汗祕史稱古出古敦不
亦魯黑則古出古敦當爲其名昆弟交惡分國而治得此一解始明太祖之敗乃蠻先後兩役之故多桑謂其弟轄境在北近河爾泰山其兄轄地在南近沙
漠亦當是也帝征不亦魯黑戰於乞濕泐巴失之地西域水道記噶勒札爾巴什淖爾又曰赫色勒巴什水查提綱
畏隆古河豬爲奇薩爾巴思鄂模鄂模即淖爾畏隆古即烏隆古皆在阿爾泰山一帶祕史云起過阿勒台山追至兀隴古河又至乞濕泐巴失海子地名地形悉合史錄作黑辛八石之野當是
淖爾近地亦以湖名爲名俄羅斯地圖烏隆古河所注之淖爾其北百餘里有科則勒塔斯山亦即乞濕泐巴失之音大勝其衆不亦魯黑逃於
侃侃助特即元史之謙謙州詳西北地附錄釋地其將也迪土卜魯黑原譯衰迪土克魯黑微誤據祕史改正錄作也的脫孛魯西域
史謂是身上七種記號之解爲突厥語先勝不亦魯黑後擒前鋒與親征錄敘述如出一手率一隊爲前鋒爲帝軍困逼避走
入山而馬鞍轉墜兵追及擒之是冬不亦魯黑將可克薛古撒卜
刺黑祕史音同惟兀訛古史錄作曲薛吾撒八刺誤作二人拉施特謂上四字義爲瘰病之聲下四字爲名率衆至遇於拜荅刺黑巴
勒赤列之地錄拜荅刺邊只兒祕史巴亦荅刺黑別勒赤列亦作亦兒此音皆類惟誤別爲巴拉施特云昔時乃蠻主娶汪古部女拜荅刺黑結婚於巴勒赤列之地蒙古

（遂并人名地名爲稱或僅稱拜荅剌黑）鋒始交而日已暮各於戰地駐營待明日戰汪罕多燃火於營而潛移其衆他徙（謂移營於貝亨郭闊蘇山錄與祕史皆謂移於哈剌泄兀勒河恐譯文有誤）札木哈從帝軍（語與祕史異與錄同）天曉時望汪罕旗幟而馳至（此語惟錄有之而錄尤明晰）謂之曰汝知我族人如寒暑異棲之鳥乎將他適矣我如白翎久棲不去我先曾告汝也汪罕麾下宿將兀卜赤兒古鄰巴阿秃兒（祕史作兀卜赤黑台下同史錄作古憐拉施特云上四字爲一種紅果名婦女取以靧面古鄰面赤故以是稱之帝亦曾用此果染面）鬪而斥之曰既爲宗族又爲諳達如此謂之奚可哉然汪罕信其言引去於是托克塔之二子忽圖赤剌温乘機叛去而歸合於父帝見汪罕不謀而去因曰我今在火坑中而汪罕棄我（祕史有做燒飯般撇了一語此云火坑殆由於此）亦退至撒里客額兒汪罕至塔塔兒土霍勒之地（錄云土兀剌河此異恐誤）伊勒哈鮮昆札罕不同至也迭兒阿爾泰之地其地有河多林木（錄作也迭兒按台河祕史亦有額垤兒阿勒台而謂帝自此退軍恐祕史誤）可克薛古撒卜剌黑自後追及奪其眷屬輜重（祕史有桑昆妻子錄失載）又至帖列秃阿馬

撒剌之地掠汪罕部民畜牧而去原文上三字亦作塔剌因與上同誤祕史此處又作帖列格秃鮮昆札罕不奔告汪罕汪罕令鮮昆追敵又令人乞援於帝曰乃蠻俘掠我衆我子能以四良將助我乎帝即遣博爾朮諸延木訶里國王木華黎封王在後而此處已稱國王可見脫必赤顏原本如是祕史作木合里此作訶字音可見史稱木華黎音未甚合孛兒忽勒諸延即博爾忽赤老温把阿禿兒往援未至而鮮昆已敗績其將的斤火里句亦土兒干約塔黑被殺此足證親征錄詳見錄注鮮昆馬傷幾被擒而四將至當博爾朮來時乞帝良馬曰赤乞布拉帝允之且戒曰是不可鞭如欲速行但以鞭擦其鬣比至見鮮昆失馬亟以已騎與乘而自乘帝馬屢鞭之不進忽憶帝戒揚鞭擦鬣即疾駛如電既敗乃蠻盡返所奪以歸汪罕汪罕大悅使告帝曰曩者衣食乏絶而我子帖木真拯之飽我之餒衣我之裸今又亟我之難若此我不知何以爲報純與親征錄同又召博爾朮往時博爾朮在帝營執弓守衛以弓付人而自往謁汪

罕饋以衣一襲金樽十原稱們忽兒原注們忽兒為器具名較酒盃為大博爾朮受之歸見帝以離職守自請罪帝獎其勞令受饋此節所記多為華書所無是冬聞托克塔復出巴兒古眞將謀為變帝與弟朮赤哈薩兒共議恐非實信且料其無能為姑置之錄有不魯告崖地名未見親征錄謂上率兵復討脫脫後上與弟哈撒兒討乃蠻至忽蘭盞側山大敗之於是乃蠻勢弱等語元史語同案此後大陽汗之戰實是大敵不得云弱或此役為不亦魯黑也然西域史全無是事卻亦見哈薩兒之名祕史於帝討平諸部之事敘次多訛亦無可考猴年春庚申年楊鐵崖正統辨謂是太祖建國之年帝與汪罕會於撒里客額兒時托克塔已遣忽敦忽兒章此處亦誤為其弟誤分為二人糾合泰亦赤兀酋益庫兀庫楚忽里兒把阿秃兒忽都荅兒塔兒忽台哈剌兒秃克等共會於斡難河沙漠中帝與汪罕兵至敗之追及於恩古特秃剌思之地錄作月良秃剌思竊意本名必是烏艮兀特秃剌思譯音皆未全也殺塔兒忽台忽都荅兒較錄少二人名益庫兀庫楚忽敦忽兒章逃入巴兒古眞忽里兒逃乃蠻泰亦赤兀至是始滅哈荅斤撒兒助特二部本與帝不協附於泰亦赤兀拉施特云帝與札木哈先曾遣使勸以歸附語意甚奧大致謂蒙古不同族者已皆來附况為同族二部不從撻使者面逐之至是益畏懼既聞泰亦赤兀

滅亡益不自安乃與朶兒奔塔塔兒翁吉剌特等部會於阿雷布拉克［即錄之阿雷泉貝勒津漏譯據哀忒鐵書增入］殺牛一羊一馬一而爲誓［誓語甚贅不錄］將潛兵來攻翁吉剌特部特因色辰爲按陳諾延之父遣使告變帝與汪罕自虎敦淖爾起師至捕魚兒淖爾特因色辰來合與諸部數戰卒大勝［虎敦淖爾即史錄之虎圖澤云近斡難河無考然必在西捕魚兒淖爾即錄之盃亦烈川即今之貝爾淖爾在東自此帝駐於東以後戰事皆在東方可以考地］是冬汪罕自克魯倫河往忽八海牙部衆隨之其弟札罕不與汪罕將阿勒屯阿速克［史錄按敦阿述此與祕史音叶］伊勒忽禿兒［史錄燕火脫兒祕史額勒忽禿兒］伊兒晃火兒［史錄延晃火兒］忽勒巴爾［元史祕史忽勒巴里錄渾八力］謀曰吾兄汪罕心性無恆多殺害骨肉迫而投哈喇乞觧我輩其可久依之乎阿勒屯阿速克泄其言汪罕執伊勒忽禿兒伊兒晃火兒縛至帳下汪罕責伊勒忽禿兒曰［執二人而責一人與親征錄同］吾等自唐古特來中途作何語而遽背之乎我不與汝等同也唾其面帳中人亦共唾之阿勒屯阿速克曰我惟不願棄故主故泄

此謀原文譯述略異不得其故幸有親征錄可以意揣而譯之札罕不與伊勒忽秃兒伊兒晃火兒納鄰太石原文更有納鄰脫忽魯兒同奔諸書無徵附誌於此皆奔乃蠻先遣人告太陽汗曰阿勒屯阿速克讒於吾兒汪罕故我等來奔願盡心力以事新主乃蠻受之此數語諸書未見是冬汪罕駐忽八海牙帝駐乞鮮界上察哈察兒即史錄之徹徹兒山案蒙古稱花音如徹徹猶云花山地近金界可以考地率兵攻蔑兒乞酋阿剌兀都兒泰亦赤兀酋哈罕太石塔塔兒二酋察忽兒句開兒伯克哀忒蠻譯作闊兒伯克兒案上三人足證親征錄惟末一人名大異又錄皆謂塔塔兒部長此乃有蔑兒乞泰亦赤兀必誤部族考可互證是時四酋聚合一處阿剌兀都兒爲之長帝與戰於荅闌捏木兒格思敗之朮赤哈薩兒未與斯役聞哲別言錄哲不哥蓋即祕史之者卜客此作哲別誤翁吉剌部畔去不告於帝自率所部往攻帝聞而責之翁吉剌以無端被兵爲怨遂合於札木哈雞年翁吉剌特亦乞剌思火魯剌思朵兒奔塔塔兒哈荅斤撒兒助特諸部會於刋河祕史音同史錄作犍河案今俄羅斯地圖額爾古訥河東有支水曰旱河在呼倫淖爾東北約三百里水道提綱云克魯倫河又折正北流有振河自東南合活輪河等五水西北流來會內

府輿圖作根河根也振也旱也犍也刋也皆譯音之異祕史云順額兒古揑河至於刋沐漣必即此河札木哈舊居額兒古揑河見祕史而諸部皆在額兒古揑之南北行與合故曰順也議立札木哈爲古兒汗蒙古語古兒普也猶云統轄之汗西遼之古兒汗義同自此至禿拉河多桑謂巴兒渚納淖爾之北有禿拉河當即此河然史錄作禿律別兒河字音未全協不可爲據擧足踴河岸揮刀斬林木而爲誓曰孰洩此謀如頽土如斷木遂潛師而來有火力台者聞其謀以語其妻舅火魯剌思人麥兒吉台麥兒吉台謂宜速往告變予以剪耳之白馬錄云蒼驢白馬夜經一古闌所謂圈子是也其將曰忽蘭把阿禿兒貝勒津云槐因人泰亦赤兀部內案槐因爲樹林所謂林木中百姓泰亦赤兀敗亡餘衆散居樹林故有是稱其警夜之將曰哈剌蔑兒乞歹亦云是火魯剌思人恐有訛兒而執之然是人亦心附於帝贈以己之黑馬錄云獺色馬謂乘此庶可以脫追者火力台又行遇別隊載札木哈白帳者欲執之疾馳得脫至帝處發其謀帝卽起師迎戰於亦提火兒罕之地大破其衆札木哈遁翁吉剌部來降此節足證親征錄惟少塔海哈洩謀於抄吾兒一節麥兒吉台或卽錄之也速該或是召烈台抄兀兒上三字之訛錄云家人火力台此亦似誤亦提火兒罕卽海剌兒帖尼火魯罕而奪上三字音地在刋河之南海剌兒正河名帖尼支河名火魯罕蒙古語謂小河詳親征錄注多桑謂元史作哈里雅爾台和囉噶之地

與拉施特語大異多桑葢但見元史攺本未見原本也此役無汪罕蓋不及約會祕史牽併紀之種種錯誤而告變之人僅舉一火力台則與此同又雜兒年三字可爲引據貝勒津譯述此節不甚明晰兼采多桑哀忒蠻所譯

犬年壬戌史錄自此始有紀年**帝自兀魯回失魯楚兒只特河**史錄兀魯回失連眞祕史卷五兀勒灰河失魯格勒只惕地面此皆云河與史錄同字數與祕史合案帝自庚申年駐東未返舊居則此河亦當在東水道提綱蘆河土名烏爾虎河源出索岳爾濟山曲曲而西南二百里許經烏朱穆秦左翼東六十里折而西流合色野爾濟河南合音札哈河賀爾洪河人右翼界至克勒河朔之地涸蒙古游牧記烏珠穆沁左翼牧地當索岳爾濟山西有鄂爾虎河繞其游牧瀰於和里圖淖爾張穆又案方略作吳兒會亦作烏爾會又作吳爾揮圖作吳兒灰今考兀魯回河即此色野爾濟即索岳爾濟山名亦河名急讀色野爾濟即成失連眞故史錄皆爲河名失魯楚兒只即索岳爾濟之訛祕史謂地名又中有格字音不能相合俄羅斯地圖兀魯回變音爲烏拉圭色野爾濟作蘇攸勒奇兩河會而爲淖爾與游牧記合與提綱不合內府輿圖作烏爾揮河形與俄圖略同提綱所云不盡符合惟亦無瀰入之淖爾又虞集句容郡王世勳碑也只里王爲叛王火魯哈孫所攻王從成宗移師援之敗諸兀魯灰還至哈剌溫山夜渡貴列河敗叛王哈丹之軍盡得遼左諸部兀魯灰即此河與哈剌溫山相近與遼東亦近**率師攻察罕塔塔兒按赤塔塔兒二部**拉施特謂塔塔兒共六部詳部族考**禁止臨陣掠物俟事畢均分阿勒壇火察兒荅力台斡赤斤違令帝令虎必來哲別奪其所掠以分於眾三人由是懷恨思畔是年秋乃蠻酋不亦魯黑汗蔑兒乞酋托克塔別乞**錄於此處亦稱脫脫別吉**撒兒助特酋阿忽出把阿禿兒衛剌特酋忽都哈別乞暨朵兒奔哈**

荅斤諸部大合衆來攻帝與汪罕先遣人於貴赤即捏干貴因都撒克徹兒即撒兒赤兒海即赤忽兒黑三地詳見錄注乘高瞭望自與汪罕離兀魯回失魯楚兒只特河向汪古部地以行近哈剌温赤敦當即史之阿蘭塞是山近金東北界見前後注汪罕子鮮昆在邊外從而後行及山隘踰隘即汪古部界而不亦魯黑巳至見鮮昆軍謂其下曰此衆可聚而殲也遣阿忽出把阿禿兒此處又云是哈荅斤人哀忒蠻則謂率哈荅斤人及托克塔別乞之弟忽都拉施特謂托克塔子忽都弟亦曰忽都爲前鋒猶未戰而鮮昆軍巳過山隘至汪古部地乃蠻等軍從之以巫術致風雪云以石子置水中則雨雪案方觀承松漠草詩注云蒙古西域祈雨以楂達石浸水中呪之輒驗楂達生駝羊腹中圓者如卵扁者如虎脛在腎似鸚鵡嘴者良色有黃白駝羊有此則漸贏瘁生剖得者尤靈然風反吹雨雪敵不能進遂自山隘退回行至奎騰之地即闊亦田之異文案元史語解曰奎騰冷也是地本寒又遇雨雪故皆僵凍合祕史觀之此役敵兵未戰而潰史錄謂大戰於闕奕壇恐非是也蒙古游牧記蘇尼特左翼旗東北四十里有寒山蒙古名奎騰似即是地士馬僵凍紛墜山澗不復能成列札木哈率衆來應見事敗即退掠諸部之先立巳爲汗者繼乃歸於帝哀忒蠻云即掠哈荅斤等部乘敗劫奪說亦中

情札木哈應歸於汪罕而此云帝可疑以上所紀皆可證明史錄雖情節間有不詳而考地之功則發華書所未發帝與汪罕同駐阿剌兒之地冬帝駐阿兒卻宏哥兒之地原書是地謂古時翁吉剌特駐冬之地冬無水以雪爲水其後呼必賚可汗敗阿里不哥於昔木兒台亦距阿兒卻宏哥兒不遠又多桑曰蒙古謂水島爲阿剌兒案元史語解阿喇勒水中島也多桑說不謬阿兒卻宏哥兒當卽錄之阿不禮闕惑哥兒多桑云在沙漠中離哈喇溫赤敦不遠案元史世祖敗阿里不哥於昔木土腦兒史不詳言其地今俄羅斯地圖獨石口東北四百里多倫淖爾正北二百里有沙博爾台淖爾蒙古游牧記作西巴爾台謂是泥濼在蘇尼特右翼南六十里又右翼東南七十里有占木土鹽泊皆似卽昔木土之轉音沙博爾台東北不及百里爲達賴淖爾蒙古游牧記阿巴哈納爾右翼旗牧地有達里岡愛淖爾注云多倫正北三百五十餘里有池二處其大者名達爾諾爾周廣二百餘里中有島嶼多桑所謂阿剌兒其此地耶考之俄圖則達賴淖爾在多倫淖爾西北相距只二百餘里游牧記云正北異里數亦異意行程迂繞非逕直也阿巴哈納爾旗西鄰爲阿巴噶旗其右翼西南百二十里有鴛鴦濼蒙古名昂吉爾圖亦見游牧記蒙古稱鴛鴦爲昂吉爾金史撫州柔遠縣下云鴛鴦濼又名昂吉濼是也今俄圖亦有此淖爾在多倫淖爾西北不及二百里翁吉剌部似由此得名然元初翁吉剌牧地在此濼之東北故云古時駐冬之地非牧地在濼旁觀祕史卷一也速該之遇翁吉剌固知在北也游牧記又云克什克騰旗西北至蘇巴爾噶闊霍果里案蒙古謂黃山曰洪果爾與惑哥兒音叶霍果里卽洪果爾雖未必一地而可爲阿不禮闕惑哥兒稱名之證帝欲爲長子朮赤求汪罕女察兀兒別乞鮮昆子禿撒哈原文作禿兀撒布哈多布字據祕史與錄刪之亦欲求帝女豁眞別乞而兩不諧以是交漸疏札木哈知之欲唆以生變謂鮮昆曰我兒諳達與君之敵人太陽汗潛通常遣使往來將不利

於君阿勒壇火察兒荅力台爲之證又有圖海忽剌海（原注忙兀部人）木忽兒忽蘭（原注阿荅兒斤人）亦欲協力攻帝時鮮昆别居阿拉忒之地（疑即祕史之别兒客額列惕之下三字音）遣撒而罕禿荅（即祕史之撒亦罕脱迭額錄之察罕脱脱干）告汪罕曰鄂倫額格之子將害我等宜乘其未發也而先圖之汪罕曰札木哈之言不可信越日帝移營居地稍遠鮮昆又使人力請於父謂耳聰能聽目明能視之人確鑿言之而猶不信此何以故（即祕史有口有舌之人這般説如何不可信）汪罕曰彼屢有德於我我不可負我屢勸汝而汝不從我年老矣但思安我骸骨聚置一處（錄云垂老遺骸冀得安寢彼文而此質也）汝欲爲汝善爲之冀天佑汝汝可禱祀以求也言畢甚以爲憂鮮昆陰遣人燒帝牧地之草（可證史錄）豬年鮮昆與諸人謀僞許婚遣烏黑台昆察特邀帝赴宴（錄云不花台乞察此徵異原書云乃蠻人稱之曰布哈烏拉蒙古稱之爲昆察特哀忒蠻譯作海察特與乞察略近惟贅增二人不可從）帝即往從二人（當是十人）路遻蒙力克額赤格之居宿其帳中蒙力克謂不可往宜以馬疲道遠爲詞遣使代往

帝從之卽自歸汪罕父子謀不成欲乘不備掩襲汪罕之臣哀客扯闌卽也客扯連作也可察合蘭歸告其妻阿剌黑因特且曰此時如有人往告不知帖木眞若何酬之矣其妻戒以愼言毋使人聞以爲實阿剌黑因特兒祕史亦誤作因錄云其子亦剌罕必是其妻阿剌黑而誤其子亦剌罕蒙文回文亦阿二字常互誤適牧人乞失力克原誤乞爲庫送馬湩至帳外聞是語以告其侶巴歹巴歹往覘則哀克扯闌子巴鄰苦延當如祕史作納鄰客延在帳外礪箭鏃聞父母之語而曰汝等自泄機密事乃欲人爲瘖啞乎巴歹告乞失力克曰信矣卽乘夜來告原注今有貨勒自彌荅剌罕土蠻荅剌汗薩塔克荅剌罕皆此二人之後裔帝亟移營向失魯楚兒只特山路以去上文作河名此爲山名則仍是色野爾濟之訛分軍於卯温都爾山後瞭望汪罕兵自卯温都爾之路觀祕史則汪罕兵在山前行故瞭望者無所見至紅柳林中蒙兀稱烏闌不兒罕當如祕史作忽剌安不剌合惕明茅元儀武備志韃靼方言紅曰伏剌案柳曰補兒哈可證錄作忽剌河卜魯哈音近惟稱二山係誤蒙古游牧記克什克騰旗西南四十三里有漠海恩都爾山案克什克騰牧地當潢河之源蒙古曰西喇木倫所謂西遼河是也在色野爾濟山西南與上文諸地近合漠海合音如卯祕史蒙文亦作卯危義謂不好温都爾謂高伊兒吉歹之從者泰出欽黑歹句

牙都兒正牧馬伊兒吉歹祕史作阿勒赤歹哈準子帝姪伊阿二音互誤蒙回文同祕史作赤吉歹牙的兒錄作泰出也迭兒以此較之則祕史奪泰字音錄奪吉歹音原譯欽黑歹誤屬下一人名今改正見敵至亟馳告帝時駐哈蘭真額列特祕史作合剌合勒只惕額列惕上五字合音爲哈蘭真下三字爲沙陀之解錄作合蘭只甚叶惟史錄皆移於後祕史敘此戰甚分明日出時倉卒備戰事錄所謂日衡山也慮衆寡不敵謀於諸將烏魯特將朮赤台以鞭擦馬鬣而無言忙兀特將忽亦兒荅兒奮然請先進謂當出敵之背樹我幟於奎騰之山不幸陣沒有三子在惟我主憐之不意元史畏荅兒傳乃得此左證祕史敘戰事雖亦有朮赤台傳爲證而未盡確也諸將亦奮謂雖衆寡不敵或得邀天祐忽亦兒荅兒爲前鋒先敗只兒斤部爲汪罕部下最勇卒繼敗豁里失列門太石爲汪罕大將攻至中軍鮮昆奮勇來戰矢傷其面汪罕乃斂兵罷戰此役爲帝一生有名戰事蒙兀人至今稱道之哈蘭真額列特地近乞觧國界此數語當是拉施特自注然汪罕軍勢仍盛帝見不敵亟引退退後部衆渙散帝乃避往巴兒渚納是地有數小河而是時水涸流濁僅可飲渾水帝慷

慨酌水與從者誓當日從者無多稱之曰巴兒渚特延賞及後世焉史錄言班朱尼河飲水誓衆在遣使後祕史同此在戰後獨異然觀札八兒傳似戰後即至此矣祕史稱爲海子考之俄圖斡難河北俄羅斯界內有巴兒渚納泊俄音似巴勒赤諾泊北有河曰圖拉入音果達河就俄圖觀之河泊不相連屬或水漲時通入於河或近地尙有小河而圖未載故史錄以爲河名俄人游歷至此謂其地多林木宜駐夏可避兵蒙古人尙指是地爲成吉思汗避難處也巴兒渚納爲淖爾名祕史獨是既而渙散將士漸來遇帝至鄂爾河原書謂河在哈兒達克哈特地界爲禿格察爾後王部地案西域史之禿格察爾即世祖朝之塔察爾爲斡赤斤大王之後分地在客魯倫河東下云沿哈勒哈河溯上流行則是自西北向東南巴兒渚納正在西北行程可按而知哈勒哈河今曰喀爾喀入捕魚兒淖爾今曰貝爾淖爾所謂鄂爾河必近哈勒哈河必在西北案俄羅斯地圖捕魚兒淖爾與枯倫淖爾一水相通曰烏爾順河或即此鄂爾奪順字音又烏爾順河東北支流曰鄂爾運河惟俄圖有之水道提綱及內府輿圖皆不載或即此鄂爾而奪運字音揣測求合當不外是數其衆得四千六百人分兩隊沿哈勒哈河兩岸溯上流以行每隊二千三百人帝自率一隊彼岸之隊爲烏魯忙兀等衆與親征錄悉合行及翁吉剌特分部之酋帖兒格阿蔑勒駐地祕史音叶錄作帖木哥阿蠻祕史此卷及卷五皆作兩人錄似一人此書亦一人又別見於部族考帝遣使謂之曰我等本爲諳達當云姻親今如相從則情好如舊不則以兵相見於是帖兒格阿蔑勒來附帝遂駐於董嘎淖爾脫兒哈火魯罕是地有湖有

河水草茂美因以休息士馬遣阿兒海者温謂汪罕曰（阿兒海者温爲一人與祕史異）（詳部族考）我今駐董格淖爾脫兒哈火魯罕水草皆足矣父汪罕昔汝叔古兒罕責汝謂我兒忽兒察忽思不亦魯黑汗之位不我與而汝自據之汝又殺塔帖木兒太石不花帖木兒二弟古兒罕乃逐汝至哈刺温哈卜察（哈卜察義爲狹隘）汝僅遺數人相從（蓋百人）斯時救汝者何人乃我父也泰亦赤兀之兀都兒富延（貝勒津譯兀都兒諾延哀忒蠻譯都兒富延祕史作忽難而人名未全錄作兀都兒吾難卽兀都兒富延互較而訂正之）八哈只二人則率兵無多（祕史全誤）汝往哈刺不花（卽錄之阿刺不花下有又往某處注云原文字已不辨）又往土拉壇禿朗古特（卽錄之禿烈壇禿靈古）後至哈卜察爾（卽阿不札）而至古蘇兒淖爾（卽曲笑兒澤）以遇汝叔古兒罕其時古兒罕在忽兒奔塔刺速特（錄有塔刺速祕史作忽兒班帖列速惕字音全備）勢敗而遁僅餘二三十人自此入合申不復返

我父尊古兒罕之國以復於汝由是結爲諳達我遂尊汝爲父此有德於汝者一也再者父汪罕汝避居於日入之地隱沒於中（西遼在西）

故云汝弟札罕不在察富古特之地云是乞解地即録所云漢塞也我舉帽招之大聲呼之以致彼來彼欲來而蔑兒乞追之使不得來我令我兄弟自蔑兒乞中救之始得從察富古特之地以來乃救彼之人旋爲被殺之人則我又以汝故而殺我兄弟二人此爲誰薛徹別乞我兄泰出勤我弟此有德於汝者二也多桑哀忒蠻譯謂薛徹泰出往救與元史同貝勒津所譯有費解語而二人往救之意渾含言中入後數語則爲親征録獨得之證用知史録立言各異而有本則同泰出之名此處獨增乞音尤爲録中魯字確證合三人譯本以史録疏通之或無大謬然上文記事與帝此言不能處處吻合也再者父汪罕汝如雲中日影緩緩而升如火燄緩緩而騰以來就我我不及半日而使汝得食不及一月而使汝得衣人問此何以故汝宜告之曰在木里察克速兒哀忒蠻譯此名與祕史木魯徹薛兀勒最叶惟增克字即史録木那察之役大掠蔑兒乞之輜重牧羣悉以與汝故不及半日而飢者飽不及一月而裸者衣此有德於汝者三也曩者蔑兒乞在不兀剌客額兒原譯音誤詳前我使人往覘托克塔虛實汝知有機可乘不告於我而自進兵

虜忽禿黑台哈敦察勒渾哈敦並其子忽圖赤老温取其奥魯思（原書皆以忽圖爲弟見前注奥魯思解爲國亦爲部落產業）而無絲毫遺我汝後與我共攻乃蠻在拜荅剌黑別勒赤兒之地（此處別字音不誤）忽圖赤老温率其部眾離汝而去可克薛古撒卜剌黑遂掠汝之奥魯思我令博爾朮木訶里孛兒忽勒赤老温盡奪之歸以致於汝此有德於汝者四也昔者我等在哈剌河濱與忽剌安必兒荅禿兀特相近之卓兒格兒痕山（錄云哈剌哈山谷此云哈剌河微異以下皆可考明錄地詳親征錄注）彼此明約如有毒牙之蛇在我二人中經過我二人必不爲所中傷必以唇舌互相剖訴未剖訴之先不可遽離今有人於我二人搆讒汝並未詢察而即離我何也再者父汪罕我如鷙鳥自赤兒古山飛越捕魚兒淖爾（即錄之赤兒黑山盃而澤案赤忽兒忽山近捕魚兒淖爾當即此山祕史卷一也速該遇德薛禪亦在赤忽兒古是知譯忽譯古皆無不可皆非定音）擒灰色藍色足之鶴以致於汝此鶴爲誰朵兒奔塔塔兒諸人是也我又如藍色之鷹（恐是海東青之誤譯）越古闌淖

爾必是枯倫淖爾之誤擒藍色足之鶴以致於汝此鶴爲誰哈荅斤撒兒助特翁吉剌特諸人是也據此則親征錄譯述未全錄作鶬此言鶴案正字通鶬大如鶴青蒼色亦有灰色者長頸高腳頂無丹而頬紅又正韻鶬水鳥也以其如鶴故西書譯爲鶴以其爲水鳥故於此二湖擒之亦可見此數部皆在此兩淖爾左近今汝乃仗彼以驚畏我乎此有德於汝者五也父汪罕汝之所以遇我者何一可如我之遇汝汝何爲恐懼我乎汝何爲不自安乎汝何不使汝子汝婦得甯寢乎我爲汝子曾未嫌所得之少而更欲其多者嫌所得之惡而更欲其美者此二語見祕史蒙文錄亦述之而意似誤會譬如車有二輪去其一則牛不能行遺車於道則車中之物將爲盜有係車於牛則牛困守於此將至餓斃强欲其行而鞭箠之牛亦惟破額折項跳躍力盡而已以我二人方之我非車之一輪乎凡此皆帝之言所以諭汪罕也直與親征錄如出一手又使謂阿勒壇火察兒曰汝二人疾惡我將仍留我地上乎抑埋我地下乎我嘗告把兒壇把阿禿兒之子案把兒壇四子時則荅力台尙在葢隱指之祕史亦作把兒壇皆稱其子薛徹泰出世系

大誤史錄作八兒合亦誤及薛徹別乞泰出二人及字斷不可少斡難河地詎可無主我勸其爲主而不從我因汝火察兒爲捏坤太石之子勸汝爲主而亦不從又因汝阿勒壇爲忽都剌哈汗之子勸汝爲主而又不從汝等必以讓我我由汝等推戴故思保祖宗之土地守先世之風俗不使廢墜我既爲主此與錄語略異則我之心必以俘掠之營帳牛馬男女丁口悉分於汝郊原之獸合圍之以與汝山藪之獸驅迫之以向汝也今汝乃棄我而從汪罕三河之地我祖實興愼毋令他人居之此處譯語不明依錄書之又使告脱忽魯兒曰汝祖爲我祖俘爲奴僕故我稱汝爲弟汝父之祖塔塔原譯音似禿克禿圖與錄之塔塔爲近祕史作斡黑荅不合矣故舍祕史而從錄爲扯勒黑領昆都邁乃所虜塔塔生雪也哥原譯賽克布兒錄作雪也哥即賽克二字音祕史作速別該則是賽克布之對音雪也哥生闊闊出黑兒思安原譯闊闊出希兒思等安字祕史作闊闊出乞兒撒安變思爲撒闊闊出黑兒思安生也該晃脱合兒此從祕史錄有訛字原譯袁克宏脱合兒也該晃脱合兒生汝汝思得我之基業阿勒壇

火察兒必不汝與也在昔汪罕所飲之青鍾馬乳我以起早亦得飲之汝輩殆由是妒我我今去矣汝輩恣飲之量汝能飲幾何也（原譯不明依錄著之祕史謂是告札木哈恐誤）又謂阿勒壇火察兒曰汝二人令從我父汪罕毋有始無終使人議汝向日所爲皆札兀特忽里之力也（此處語意以祕史爲是）令如有人以我故而痛我將來亦必有人以汝故而痛汝縱今歲不及汝等明冬將及汝等矣又告汪罕曰請遣阿勒屯阿速黑忽勒巴爾二人爲使或一人來昔者戰時木訶里把阿禿兒（錄云忙納兒未知孰是）失銀鞍轡黑馬請以歸我鮮昆諳達當遣必勒格別乞脫端二人來或一人札木哈諳達哈赤溫（見祕史蒙文作合赤溫別乞）阿赤黑失侖阿剌不花帶（原譯無此人汪罕部族考中有之以阿剌不花爲一人帶兒爲一人未知確否今依錄作一人又札木哈之下有朱剌人名無考比譯部族考乃悟即也客扯闌然錄未載故刪）阿勒壇火察兒亦各遣二人否則遣一人使人之來可以在捕魚兒淖爾遇我如我他適則可在哈潑哈兒哈荅兒罕之路尋我（可爲錄之哈八剌漢荅兒哈澄）

據惟不如錄之敘次清晰使者既致各詞汪罕曰彼言誠有理誠爲受損惟我子鮮昆有以答彼鮮昆曰彼稱我爲諳達而又常詈我貝勒津注云下有托忽布特一語疑是蔑兒乞之托克塔語意難解案此見祕史雖有譯注而仍難解無惑乎西人不能譯也錄云以玩物視我亦是不得已而渾括之詞稱我父爲父而又詈我父爲好殺人之老者今日使不能遣惟有一戰我勝則併彼彼勝則併我耳即令必勒克別乞脫端建旗鳴鼓秣馬以待帝既遣使即率部眾往巴兒渚納此爲再至華書惟是時一至不知何者爲得實時有亦乞剌思人孛徒爲火魯剌思人所逐敗奔來合朮赤哈撒兒先別居於哈剌温赤敦山山雖野狐嶺不遠亦見下注爲汪罕襲掠妻子皆失途中糧絕以死獸爲食此與祕史契生牛皮筋語意相類尋至巴兒渚納始與帝遇汪罕自哈蘭真戰後駐於赳特忽魯哈特額列特此可證明史錄之誤只感忽盧即起特忽魯或原作只忒而訛爲只感乃有答力台斡赤斤阿勒壇者温火察兒別乞此二人惟此處有者温別乞之稱謂與錄同札木哈渾八鄰據此則錄奪渾字蘇克該部族考又作蘇忽克即錄之梭哥台脫忽魯兒即脫憐圖海忽剌海錄作塔海忽都呼特原譯忽都帖木兒而部族考則

作忽都呼特蓋卽錄之忽都花也攷從部族考錄作忽都荅荅卽特之變音相與謀害汪罕事覺汪罕先捕之於是荅力台斡赤斤渾八鄰與撒哈夷特部呼真部來歸於帝呼真原譯爲宏爵攸特無考譯部族考則爲呼真與錄之嫩真略近祕史卷八帝以客列亦惕汪豁真姓的人與巴歹乞失里黑又卷四蒙文溫真撒合亦惕兩種人溫真與嫩真並叶而汪豁真亦與溫真甚叶恐同族而異文此之呼真又卽豁真變音也阿勒壇者溫火察兒別乞忽都呼特札木哈奔乃蠻太陽汗是年秋帝自巴爾渚納起師將自斡難河以攻汪罕哈里兀荅兒察兀兒罕本在朮赤哈薩兒麾下帝遣告汪罕僞爲哈薩兒之言曰吾兒離我今不知所在我妻子皆在王所我何歸哉我今以木葉爲帳土石爲枕望星而臥我思從父如王念我前勞許我自效卽束手來歸矣汪罕信之遣亦禿兒干盛血於牛角往與之盟錄謂煮潦器盛血三人偕行至中途帝兵亦至哈里兀荅兒望見已營恐其見而返轡馬良行駛不能追也乃下騎僞言馬蹄下有細石將扶去之而亦浼其下騎旣下遂被執獻於帝帝以付朮赤哈薩兒

與祕史情節微異即日夜兼進至徹徹兒溫都爾多桑云山在克魯倫河西土拉河東或當是也出不意攻之盡俘其衆汪罕父子僅以數人逸去行至中路汪罕曰不應與離之人人亦不我離而我自離之今遘此厄皆一人之罪也至乃蠻界之揑坤烏孫爲守界將火力速八赤句騰喀沙兒即錄之帖迪沙所殺送其首於太陽汗太陽汗責其擅殺詳見部族考鮮昆未被獲逃經亦即納城原譯阿式克巴剌喀孫下四字即謂城阿式克或是亦即納之訛入波魯土伯特即波黎吐蕃蒙古稱吐蕃曰土伯特今西國稱西藏曰體伯特當由蒙古而來疑即布隆吉爾故西人譯波魯也劫掠爲生部人逐之逃至和闐喀什噶爾近地曰苦先古察兒喀思每爲哈剌赤部主克力赤哈剌獲而殺之可證親征錄下云人謂此部主又獲其妻子獻於帝而來附是冬帝大獵於帖薧延客額兒歸駐舊居宣布札薩以令於衆札薩即號令見元史帝自庚申年起至是始返舊居史錄云龍庭文飾之詞也非地名自鼠年至馬年凡七年馬年爲帝五十六歲帝既滅汪罕乃蠻太陽汗遣使卓忽難此哀忒蠻所譯即月忽難之異文日勒津譯忽達延爲忽難之誤至汪古之使朵兒必塔失悉無異詞可據以定祕史之誤閻復高唐王闊里吉思碑謂帶陽罕遣使卓忽難字音相叶告於汪古

部長阿剌忽思的斤忽里曰我聞有人將稱帝我知天上惟一日一月地下亦不容有兩主請汝爲我右手我將奪其弓矢（原譯弓矢有誤）阿剌忽思遣朵兒必塔失以斯語告於帝汪古部由此結好誠附鼠年春帝會諸將於帖木該（前作帖蔑延此作帖木該原譯帖木該句下又有必丁禿勒庫珠特地名祕史蒙文帖篾延客額里下又有禿勒勒扯兀的地名識即此訛）衆謂方春馬疲俟馬肥而後可帝弟斡赤斤曰汝等安得以馬瘦爲詞我馬尚壯可用我馬汝等未聞彼之言乎彼既能攻我我即能攻彼若敗彼可以獲大名勝負固有天定奚畏焉別勒格台曰彼欲奪汝弓矢若竟被奪骸骨將於何地安置彼恃國大馬蕃敢爲大言我但先發制人奪彼弓矢亦有何難奚畏焉帝然之望日起師（當云望日祭纛誥朝進兵哀忒蠻謂西域曆六月十五日起師歐羅巴曆則在二月十九日中西曆相差至多四十餘日至少十餘日則當爲中曆正月望日祕史四月之說甚不足憑）行至乃蠻境外客勒忒該哈荅濱哈剌河（哈剌河卽錄之哈勒合河客勒地名見祕史此哈勒合河必非東方之哈勒哈河祕史有誤）駐軍多日而敵不至不得戰秋又會將士議進兵

錄語未明晰得此乃了然遣虎必來哲別二人爲前鋒皆與鬪時太陽汗已至阿勒台河與杭海山之間阿爾泰山亦有阿爾泰河惟錄與秘史皆云山而河則別名哈只兒亦遣兵爲前鋒而自與蔑兒乞酋托克塔客列亦酋阿鄰太石當即前奔乃蠻之納鄰太石惟無札罕不衞剌特酋忽都哈別乞札只剌酋札木哈及朵兒奔塔塔兒哈荅斤撒兒助等部偕進乃悟兵出之遲以待諸部之合帝軍有白馬以鞍翻墜於腹驚突而入乃蠻軍中衆皆謂其馬瘦太陽汗因謀於衆曰蒙兀之馬尚瘦我若退軍彼必尾追則馬力益乏我再與戰可操必勝其將火力速八赤曰汝父亦難赤汗臨陣從未以人背馬尾向人汝今如是之怯何不令汝婦古兒八速來此可證錄之是秘史之非言畢含怒而出太陽汗以是奮進帝令弟哈薩兒主中軍自臨前敵指揮行陣札木哈望帝軍容嚴整謂其左右曰汝等皆藐視我諳達今見其措置異於常人乎乃蠻向來臨敵謂如宰小牛羊自足至項併皮革亦不存留今試視能否即

離去是日大戰至薄暮乃鑾大敗太陽汗先以重傷臥於山火力速八赤暨他將勸之起而不應火力速八赤曰今我等尚在山半不如上山徐圖再戰太陽汗聞之亦不應火力速八赤又曰汝妻古兒八速已盛妝待汝凱旋汝盍速起仍不應火力速八赤乃謂諸將曰彼如有絲毫力氣必能答語起身今已如此我等與其視彼死不如再戰使彼視我等死遂皆下山苦戰帝欲生致之而不從皆戰死帝大奬曰麾下將士若皆如此尚何慮哉潰衆夜走納忽嶺墜死者無算朶兒奔塔塔兒哈苔斤撒兒助四部來降蔑兒乞遁去太陽汗之子古出魯克逃依其叔不亦魯黑冬再征蔑兒乞至塔兒河即錄之迭兒惡何遇兀洼思蔑兒乞酋帶亦兒兀孫來降獻女忽蘭哈敦諸部衆無馬不能從征帝令散其衆於輜重後營每營百人以分其勢迨大軍行後其衆復叛刼略輜重仍爲帝軍所敗

返所奪帶亦兒兀孫逃去帝圖蔑兒乞於合哈勒忽兒罕祕史台合勒豁兒合卽錄之泰安寨盡取麥端卽錄之麥古丹脫塔哈林當卽脫里孛斤之訛哈俺諸衆皆蔑兒乞部人哈俺無考多桑作支恒案元史牙忽都傳麥察渾滅里乞氏察渾支恒音近或卽此族祕史三種蔑兒乞之說恐不盡可憑托克塔與其子奔不亦魯黑帶亦兒兀孫既叛逃至薛楞格河濱呼魯哈卜察築寨以居卽錄之洽剌温哈卜察義謂隘也呼魯與洽剌音異疑洽爲哈之訛帝遣孛兒忽勒諾延及赤老温把阿秃兒之弟沈伯率右翼軍討平之皆可證錄之是祕史之非而沈伯等名則祕史爲叶牛年征合申圖力吉里城亦可云寨云極堅固數日下之毀其牆堞又往乞鄰古撒城云此城極大上之力吉里城卽錄之力吉里寨此城則與錄之落思字數字音大異亦下之大俘掠兼下他城得戶口財物駝馬牛羊無數而還

太祖本紀譯證上終

太祖本紀譯證下

元史譯文證補卷一

兵部左侍郎總理各國事務衙門行走加三級臣洪鈞撰

虎年大會部族於斡難河建九腳白旗秘史謂九腳白旄纛最合蓋以白馬尾凡九爲旄纛非旗也即皇帝位羣下共上尊號曰成吉思汗從闊闊出之請也闊闊出晃豁壇氏蒙力克額赤格之子好言休咎形如狂衆稱之曰帖卜騰格理成爲堅強之義吉思爲衆數亦猶哈剌乞解之稱古兒汗古兒普也古兒汗衆汗之汗也此節當非脫必察顏原有當是拉施特增入西人曾萃衆說以考成吉思稱名之義一曰成大也吉思最大也一曰即天子之義別有蒙古人云即位時有孔雀飛至振翅有聲似成吉思音故以定稱薩囊薛珍云有鳥鳴聲似成吉思鳥集方石於石中得玉印印背有龜龍形一曰成吉思即騰吉思言海也西域人志費尼之書則云曾遇蒙古人知掌故者告我昔時有闊闊出其人似有前知冬令極寒時裸體而行大呼於途謂聞天語將畀帖木眞以天下其稱號爲成吉思別無解釋拉施特修史則有釋義其言曰成爲力量堅強吉思爲多數當汪罕滅後闊闊出即挪此論迨虎年即位以古兒汗曾爲札木哈竊號不逾時即敗故廢古兒汗不稱而從闊闊出之言稱成吉思汗世或訛傳平汪罕後即稱成吉思汗然蒙古國史實載於平乃蠻後虎年即位時也案志費尼拉施特皆元時西域人仕於宗藩撰著史錄親見國史其言如是夫復何疑蒙古源流謂帝二十八歲己酉即汗位因爲蠻語祕史卷四即已稱帝號成吉思亦屬妄談元史親征錄皆出於脫必察顏誠爲信史有元一代大典所關故備載其說復起師征乃蠻餘孽

時不亦魯黑獵飛鳥於兀魯黑塔山下莎酌河上兵至殺之（錄有飛獵二字得此始解山名同河名合酌二首略異多桑云山在巴勒喀什泊之北）古出魯克托克塔奔也兒的石河兔年秋以合申不納貢不奉約束再征之攻下各城是役之先遣阿爾壇布剌二人（即史錄按彈不兀剌）使於乞兒吉思先至一部受其降繼至一部曰野牒鄂倫酋曰斡羅思亦納兒（先一部部名酋名文已缺史錄與祕史所記各異今可取證於此詳部族考）二部酋盛禮欵接遣二使臣曰阿里克帖木兒曰阿特黑剌黑偕來獻獵鳥色白（西土無海東青故不能舉其名二使名元史無惟錄有阿忒里剌祕史二使一阿惕乞剌黑一荅兒伯下一人又似即帝所遣之迭兒拜見下文）龍年自合申班師歸舊居避暑（可見龍庭並非地名為譯者文飾之詞）冬復征托克塔古出魯克前鋒遇衞剌特部其酋忽都哈別乞不能戰遂降用爲鄉導至也兒的石河殺托克塔於陣古出魯克從者無多西奔哈剌乞觪古兒汗收撫之爲義子嫁以女（詳見下文）蛇年春畏兀兒國主亦都護聞帝威名殺哈剌乞觪所遣監國大臣曰沙均（即錄之沙監）將遣人納欵帝聞其事

先遣阿勒潑魚土克句迭兒拜使其國錄之人名可證祕史委吾二使一曰答兒伯似即此之迭兒拜惟非帝使亦都護厚欵之令其臣博古思阿世阿忽赤句阿闌帖木兒即錄之別吉思阿都帖木兒上一人名錄未全別吉思似古字之誤偕以來謁若謂聞往來人言皇帝雄威大度能撫定百姓故棄哈刺乞解將遣使來附并以古兒汗情形上陳不意帝使先至譬雲開見日冰泮得水意不自勝而今而後願率全部爲僕爲子竭誠效力其使之言如此當托克塔中矢死時其子忽都句赤刺温句赤攸克句呼圖罕蔑兒根元史類編引親征錄云脫脫子火都赤刺温馬札兒禿薛干與元史巴而朮傳所載四子名同此書下二人名大異又忽都謂是弟則西域史之臆說已見上注祕史卷九有忽都合勒之名似即呼圖罕而非忽都無從考異祇可存疑不能得父全屍惟取其首涉也兒的石河將奔畏兀兒遣哀不干爲使先往亦都護殺之與四人戰於眞河逐其衆哀不干即錄之別干眞河即斬河詳錄注以蔑兒乞部爲帝仇遣阿兒思蘭兀喀句察魯忽兀喀句孛拉的斤句亦納兒乞牙松赤來告戰事錄四人名未全既而二使偕帝使亦至錄云先遣四人來告以西域史語意合之似四

使行在先二使行在後也帝曰亦都護果能輸誠效力於我復遣阿勒潑魚土克二使往徵貢獻亦都護尋遣使進方物珍異馬年夏復遣使於畏兀兒時帝在軍中此與錄語微異秋又征合申帝至兀剌孩城即史之兀剌海城指揮軍事既勝合申納女而回羊年至虎年凡八年虎年帝六十四歲羊年春柯耳魯克部主阿兒思蘭汗來覲於克魯倫河即元史哈剌魯字音與元史西北地附錄之柯耳魯叶合祕史作合兒魯兀續通鑑作哈兒鹿亦都護亦至且曰帝若賜我得在僕役之列使遠近皆知我依托陛下襟帶之間語意甚難譯詳祕史注我願爲第五子也帝知其意在親附因曰我以女與汝汝爲我第五子是年春下令伐金先令脫忽察兒率二千人防後路原注云所謂後路蓋防客剌亦乃蠻等降衆乘大軍出而謀變也錄云出朔西邊戍秋出師自此平定乞觶主兒只一面與摩奏爲鄰乞觶稱摩奏人曰蠻子稱主兒只曰女直稱哈喇乞觶曰乞觶韃子印度語稱乞觶曰秦又曰摩訶秦猶云大秦西域商人往彼或僅稱秦或稱摩奏實

應稱摩訶秦（案此皆拉施特增注之語可以考訂佛書支那之稱別有考）帝既入金界下各城寨遂取昌桓撫等州（此下城名地名皆中國字音西域人譯音已誤兼之傳抄遺奪經西洋人重譯更覺比附無從只可就史錄所見字音尚類者著之餘概刪棄）太子朮赤察合台窩闊台取雲內東勝等州軍至西京一過而行是秋哲別取東京先至城下不攻而退金人以爲眞退懈不爲備哲別既退五百里留其輜重選精騎晝夜疾馳突至城下取之帝困撫州時金遣九斤（句）斡奴（即爲奴）明安率大軍駐温根達坂（即野狐嶺秘史作忽捏堅荅巴荅巴謂嶺忽捏堅謂狐原注離哈剌温赤敦不遠原書九斤之下有朱台不知何人今刪）金將巴古失（句）桑臣二人（錄但云軍帥無名）謂九斤曰聞彼破撫州方縱軍大掠馬牧於野若出不意輕兵掩襲必獲大勝九斤曰不然彼軍形勢不易遽破宜明日馬步齊進次晨兵進帝聞警軍中方餐棄飯而起以三軍拒於獾兒嘴九斤謂明安曰汝曾至蒙兀地識成吉思汗汝往彼陣問以何故犯邊彼言不遜汝卽詈之明安如所戒而詈帝命縛之俟戰畢再問旣而乞解

此漢軍哈剌乞觧此遼軍主兒只此金軍諸軍大敗伏尸徧野復攻胡沙於會合堡破之溫根達坂之戰金之名將精兵多盡於是役蒙兀人至今道之帝冋至軍中問明安曰我與汝素無怨何以當衆辱我對曰我欲歸順恐被人疑不令我行幸九斤使我爲此言得乘此機以至帝前否則何由得至帝善其言釋之此與親征錄皆在辛未年帝取宣德州夷其城錄稱宣德府未是攻德興府其地有園亭果木釀酒極多金守以精兵不能下而退令拖雷汗即錄之四太子也可那顏也可大也義爲大那顏拖雷有是稱見下西域史稱之爲汗蓋西域王皆拖雷後亦追王之意又西域史不曰拖雷曰圖里謂稱名之義爲鏡案元史語解圖里鏡也似元史之作拖雷爲誤今仍依元史而識其誤於此赤古古兒干古兒干即駙馬率兵再往登城毁其敵樓破之而歸歸後此城復叛屬金次年秋帝自往平之此次年應是癸酉上文遺脫徙年遂爲壬申進至懷來金大帥高琪力守此城帝與戰大敗之追至哈卜察勒義爲口隘即古北口也死亡不可勝計時金主嚴兵守隘帝選翁吉剌特二將曰喀台曰布札即怯台薄察二人駐軍哈卜察勒帝自將衆

疾馳繞出第二隘曰紫荆口金主聞之遣將奧敦將兵守口勿便出隘及平地比至而帝已度隘復遣哲別往破他處臨朮之口隘所謂臨朮蓋居庸關也帝入紫荆口令哲別往居庸自南口攻出錄文特晰明此失載南口攻出之義自進兵與喀台布札軍合則古北口亦破矣案古北紫荆居庸皆長城隘口此古之長城在金內地者也金築長城則更在邊外所謂紫山築寨汪古部一軍守其衝要也汪古導蒙古進兵而外險失昌桓撫等州皆不保矣至是而古北三處關隘亦盡失中都危矣親征錄敘述詳明合西域史觀之可得太祖用兵之道元史札八兒傳敘破居庸之事全屬渺茫旣又令喀台率五千騎守中都往來大路此較錄爲明晰詳錄注錄有二將此僅一人自引兵攻涿州二十日破之少島州遂分軍爲三朮赤察合台窩闊台往太行山右攻下右邊一帶城邑直至哈剌沐漣而還原譯卓魯山當郎太行山城邑名訛誤者多惟懷孟等音尙合原注河自西藏發源蓯郎黃河哈薩兒此帝之弟斡陳諾延拉施特原注翁吉剌人主兒赤歹原注成吉思汗幼子布札原注翁吉剌人由山之左取薊州等處而還帝與拖雷汗原注亦稱也可諾延由中路不攻東平大名惟平他處城邑而還先又遣木訶里攻密州取之帝至中都木訶里亦來會原注蒙古稱中都曰汗八里克今曰大都自起兵至中都共二年羊年至猴年此誤應有三年雞年帝在

中都暮春時金主與九斤元帥等會議九斤恐是高琪之誤或曰彼軍已疲再與一決戰何如王京丞相曰即完顏福興此非計也我軍皆自都外招至妻子皆在他處不知其心何如若敗則不能復聚勝亦各思就其妻子而去祖宗社稷之事豈可爲此孤注當熟思之今莫若遣使議和彼必退軍俟其退後再爲之計金主然之遣攸斤明安求和獻公主哈敦帝喜而退攸斤明安送帝過哈卜察勒至麻池而返錄云福興送上至野麻池而還此云攸斤明安不知與福興是否一人也攸斤當即上之九斤又麻池無野字是年已四閏月則五月癸未紀合錄不合金主遷都南京云在哈剌沐漣汴梁近河故也留其子及福興句秦忠守中都金主行至涿州契丹兵在後行及艮鄉金主疑之令繳器械眾譁殺其帥鮮衣即錄之素溫自推志苔句比涉兒句阿剌兒爲帥而往北行可較親征錄福興丞相聞變發兵守橋勿使北渡即盧溝橋叛眾聯合河之彼岸塔塔兒眾千人前後夾攻大破守橋兵盡奪軍裝馬匹原注塔塔兒人居於此地服屬金主案此與各塔塔兒乃人名非

異或誤會也掠中都一帶牧羣驅逐守吏是事之先契丹人留哥乘亂據東京等地自立爲遼王志苔比涉兒等以中都有備不能過遣人乞降於帝時遼王亦來降並入貢帝授留哥元帥與以廣甯府令守原譯匀旺鎮撫二地細揣之即廣甯府三字音而誤增字誤爲兩也聊舉一節以見華地之難譯金主之南遷也以秃珠大石爲宣撫錄云以招討也奴爲咸平等路宣撫復移於忽必阿蘭此無地名而人名又大異殆誤然所記之事則一事也或於金主前言其有異志秃珠大石疑懼遂來降更遣子鐵克爲質給事於御營既而復叛自立爲東夏王原作東京據錄改正所以然者由帝攻取金地已多金主復嚴刻故衆皆離心各據地自立此數語必是拉施特增入歸潛志云宣宗喜刑法政尚威嚴此語誠非無據是年已五閏月史作七月錄五月皆不同金太子棄中都而往南京帝命撒兒只兀特人撒木哈偕明安率兵至中都與契丹將志苔等合遂圍中都金主聞中都圍急糧匱遣永錫慶壽李英永錫據金史原書首將曰忠帥三將爲從曰恭速曰康賽曰李芬此必訛誤忠帥當即慶壽見下恭速康賽或是永錫之訛運糧械往援人負糧三斗慶壽亦自負以勵衆慶壽行

涿州他將由別道錄謂李英自負此云忠帥自負又云忠帥行至涿州也案即縉山延風寨則忠帥明是慶壽矣下文云他將行至與北則爲霸州之誤或青文之誤皆爲帝軍所獲兩路無一達者中都糧盡人自相食福興丞相服毒自盡秦忠逃往南京明安入中都遣使報捷帝時駐桓州西人於得蒙古稱此州曰火兒敦曰八剌哈孫命忽都忽諾延與翁古兒阿兒海哈撒兒往中都檢視府庫守藏官哈荅國和原譯作二人曰哈伽曰惠必是哈荅國和之訛奉獻金幣二將受之獨忽都忽不受取府庫藏物及哈荅以來此處譯哈荅未誤帝問忽都忽曰哈荅曾否致餽於汝對曰有之特未敢受帝問何故曰城未破時一絲一縷皆阿勒壇汗之物今城已下則皆我君之物安敢竊取故未受帝獎其知事君之禮分所有賚之而責翁古兒阿兒海哈撒兒哈荅挈其孫尼克賽見帝而返錄有不珍也哈荅因其見孫棨山而還一語何氏無可依據遂誤以不珍也哈荅爲西域城名而刪因其八字今可考正尼克賽即棨山之轉音也原文此下云往玄州西坑寨城而往此語不可解案錄有通州元帥七斤率眾來降一語下即守信安之事因悟玄州即通州西坑寨即七斤帥特訛誤不能改正由此亦得覩征錄原文次第金將張忽句張忽斤句眾格阿失林據守信安倚

山爲險久不能下（此可考此錄中三人之名）犬年（誤作牛）帝在魚兒濼（原譯文與兒殆魚兒之誤）命撒木哈把阿禿兒率大軍由唐古特抵京兆（原譯誤作京州）自潼關破汝州等處直至南京界上之花營大掠（錄作杏花營原文又有掠灰都城而回不知何城）又自陝州渡黃河趨西京金二將守西京曰寅答爾曰罕撒兒撒烈（即那塔忽斜烈二人錄作北京係誤）出城迎降撒木哈受降而回帝又命蒙格力克之子脫侖扯兒必攻眞定府（原譯察罕巴剌哈孫又云乞解稱爲眞金胡城則是眞定府矣）降之欲攻東平府河水爲阻不能克掠其地而還金人復取諸城鼠年（遺脫亥年）帝聞降將張致叛令木訶里率左翼軍往擒之平其地牛年帝旋師（應是子年旋師）以聞蔑兒乞人逃至乃蠻西界外（原譯托克塔之弟三子名已見前）集眾圖再舉其地山高路險乃命速不台把阿禿兒率軍以鐵釘密布於車輪庶行山路不易壞（此可證祕史譯文之誤）復令脫忽察兒以二千騎與合行至眞河（此是吹河詳錄注）大敗蔑兒乞盡殺其人生獲呼圖罕蔑兒根檻致於朮赤朮赤聞呼圖罕善射試之果然（詳部族考）

遣人告帝乞貸其死帝不欲遺後患仍令殺之托克塔後人無一得免者是歲秃馬特部酋歹都秃勒莎哈兒叛秃馬特先已降附聞帝南征遂復叛此部兵衆素强帝遣巴鄰人納牙諾延及朵兒伯諾延往討納牙以病不行帝躊躇久之乃改命孛兒忽勒孛兒忽勒問使者曰此衆人所舉乎抑上意乎使者曰上意也孛兒忽勒曰既如是我必往以我之軀易人之血妻子惟主上憐之既平秃馬特孛兒忽勒亦陣没帝知其言又聞其死甚痛悼之以是厚撫其子告其家人勿過悲哀我必優卹（原譯以贍及臟腑等語爲譬）虎年封木訶里爲國王伐金當木訶里在金境時金人稱之爲國王帝曰此佳兆也至是遂定封號率汪古特萬人（下云又千人而無部名案錄則係火朱勒部也）兀魯特四千人亦乞剌思人二千孛徒古兒干統之忙兀特人一千木勒格哈兒札統之（即木哥漢札原注忽亦兒合兒之子）翁吉剌特人三千阿勒赤諾延統之札剌亦兒

八二千木訶里之弟帶孫統之又契丹女眞之兵烏葉兒元帥秃花元帥統之原注此二部人皆新附以二將能得此衆故令其統率皆屬木訶里節制原注是時帝悉以金事付木訶里而自謀西方之事錄在寅年與此同元史紀傳則在丁丑觀下西域之事似非丑年起衅當以親征錄之寅年爲合是年哲別逐古出魯克至巴達克山撒里黑庫爾之地殺之徐松西域水道記葉爾羌西八百里色勒庫勒即撒里黑庫爾乃蠻餘孽悉靖

古出魯克於龍年自別失八里至庫爾車此殆非今之庫車當是伊犁屬城華文曰固爾札歸於古兒汗至死共十一年突而吉斯單與麻費闌那喝拉天山以北西至錫爾河皆曰突耳吉斯單詳途魯吉釋地麻費闌那喝拉義謂兩河之間錫爾河阿母河中之地皆是先皆古兒汗屬地謨罕默德貨勒自彌沙即帝親征之西域王奉父遺命亦歲貢三萬的那於古兒汗的那金錢名既而吞併近境國益强大遂不納貢又攻取布哈爾令各城勿從古兒汗乃有撒馬爾干酋謨斯滿亦來合復通好於古出魯克使者往遇諸塗先是古出魯克知古兒汗無能爲東方屬部皆叛從蒙兀西域亦叛又聞其父敗殘舊部尚在藏匿思得其衆以奪國土言於古

兒汗曰我離舊地已久今蒙兀爾往征乞觧乘今之時我往葉密里（句）哈押立克（句）別失八里（上二地別有考別失八里見釋地）招集潰卒衆必來從可藉其力以衞本國古兒汗信之旣東行乃纖舊衆果來附遂肆劫掠復遇貨勒自彌沙之使欲其謀古兒汗卽約東西夾攻西勝則西軍拓地至阿力麻里和闐喀什噶爾東勝則東軍拓地至費那克特河（河名無考當在錫爾河西）議旣定古出魯克卽進攻八剌沙衮（西域史云西遼都城之名遼史則云虎思斡耳朵）古兒汗與戰敗之古出魯克退而集衆而貨勒自彌與撒馬爾干之兵已至塔剌思擒古兒汗之將曰塔尼古古出魯克乘機再進獲古兒汗陽爲尊崇實則篡國自立越二載古兒汗以憂恚卒（此與遼史乘直魯古出獵襲執之畧異而尊爲太上皇朝夕問起居則語意相類）古出魯克旣得位復娶一妃勸以從佛教（妃名原文已缺）由是諭令民閒奉佛不得奉謨罕默德（天方教主名）暴斂橫徵每一鄉長家以一卒監莅之自至和闐諭民改教出示招集謨罕默

德教人辯論教理衆皆至其爲首者曰阿拉哀丁與古出魯克往復申辯詞不屈古出魯克慚沮惱怒罟而縛之釘其手足於門衆情咸忿而無如何惟望帝軍之至帝亦聞之故遣哲別往征哲別示諭民間各守舊教從其先世所奉勿庸更易於是各鄉長皆殺監涖之卒爲應古出魯克在喀什噶爾軍未至先遁天山以北西遼故都之地若何攻取則各書皆未言及但言天山以南沿路居民皆不容納將入巴達克山而哲別追及於撒里黑庫爾山徑窄隘處殺之云是報應蓋天方教人語也案此節必是拉施特增入非國史所載哀忒蠻譯述則云古出魯克至西遼將謁古兒汗慮有變令從者僞爲已入謁自爲從官立門外適古兒汗長妃之女格兒八速自外至心異其人入而詢得其故乃延入格兒八速以女晃忽嫁之三日即成婚晃忽時年十五勸其夫勿信天主教從佛教並以古兒汗年老好諛告其夫以趨承之道餘云云同古出魯克既於葉密爾三處收集舊衆即至鄂斯懇奪西遼之庫藏攻八拉莎衮爲西遼所敗其時西域軍已至塔剌思擒塔尼古八拉莎衮之民聞警城守不令鄂思懇潰卒入城潰卒之帥謨罕默德太石率衆圍攻十日以象毁門而入大掠三日繼而部下復叛其帥古出魯克聞亂亟進獲古兒汗時天方歷六百八年西歷一千二百十一二年直魯古遂讓位古出魯克尊爲父仍稱爲帝而自執國事直魯古憂悶成疾越二歲卒在位三十五年古出魯克又娶西遼宰相之女甚美餘皆同謂是志費尼書中所云又撒里庫爾道上地名韋拉特尼山谷幽僻可入不可出古出魯克匿於中哲別遇牧羊人詢知蹤跡令獵者導路獲而殺之葉爾羌等處悉定爲帝虎年之事案遼史直魯古在位三

十四年此多一年其云西歷一千二百十一年爲太祖六年辛未錢詹事大昕諸史拾遺謂西遼之亡當在辛未諸家編年皆係以辛酉係誤得此可爲確證拉施特謂古兒汗以女嫁古出魯克他書有謂孫女者此乃是外孫女恐哀忒纖誤譯或是長妃格兒八速而誤謂長妃之女也兔年至帝崩之豕年凡九年兔年集諸子各將帥會議伐西域定軍中章程案帝伐西域實是己卯出師西游錄謂戊寅達行在明年大舉西伐耶律楚材傳亦謂己卯夏六月帝親征回回國帝駐也兒的石河應是己卯夏而西域史辰年方至也兒的石河與親征錄同由此而見脫必赤顏之敘西伐誤始龍年元史既本之而又考知他書始於己卯據以增入於是攻取蒲華薛迷思干兩城一事兩記譯西域史乃知其病在此龍年帝在也兒的石河駐夏以復殺商之仇遣使往告謨罕默德貨勒自彌沙秋進兵柯耳魯主阿兒思蘭畏兀兒主巴而朮阿兒忒的斤阿力麻里主雪格那克的斤皆從征秋至訛脫剌兒城令察合台窩闊台圍攻令朮赤往鄭忒因吉懇特即氈的養吉干詳西域傳令別將攻忽氈白訥克特詳下忽氈詳釋地自與拖雷攻布哈爾撒馬爾干守訛脫剌兒將曰哈伊兒汗多桑作伊那兒只克此與本紀哈只兒只蘭禿上三字音類更有哈拉札汗率二萬衆助守哀忒纖作哈拉赤哈只醜亦與本紀哈只兒只蘭禿音近被圍至五月城民慌亂哈拉札汗議降哈伊兒汗不從哈拉札汗乘夜出城

欲遁為我軍所獲察合台窩闊台以其不忠也誅之遂下其城哈伊兒汗率親兵三萬守城內寨堡屢出戰相持一月死亡已盡僅餘二卒猶自登屋揭瓦擲人既被獲殺之於庫克薩莱（地見下）朮赤先至撒格納克（為鄭忒屬城在錫爾河濱）遣忽遜哈赤諭降（多桑作哈三哈赤哈三為忽遜之變音）被殺下令晝夜更番迭攻屠其城以忽遜哈赤之子守之復下奧斯懇（句）八兒真（見本紀原譯八兒哈力懇誤）攻遏失那斯城中兵衆且由盜賊入伍皆能戰然大半陣没警至鄭忒守將庫特魯克汗夜遁過錫爾河經沙漠以往貨勒自彌朮赤令成帖木兒（西域傳中有是人）諭降鄭忒是時城中無主衆民皆拔刃相向成帖木兒以撒格納克殺使致禍之事為告且許不令兵入城乃得免歸告朮赤即督兵至城下樹雲梯以登驅民出城以未抗拒得不殺惟數人曾詈帝究獲殺之以阿里火者守其地（原注布哈爾人）分兵下因吉懇城（即本紀養吉干）遣烏羅斯伊的率其衆歸哈剌

庫倫烏羅斯伊的不知何人案畏兀主亦都護西書譯爲伊的護恐卽是巴而朮其烏羅斯三字則訛誤也多桑謂是遣畏兀兵歸西入稱和林曰哈剌庫倫別𡉏土人萬名台納爾統之行至中途叛亂台納爾已前行聞信馳返殺戮大半餘者逃渡阿母河阿剌黑諾延句速客圖句托海將五千人阿剌黑兒祕史元史伯顏傳祖阿剌平忽禪有功得食其地宋本丞相伯顏祖考封謚制故千夫長阿剌沈毅而勇力忠勤而小心從役忽禪奮蛇牙而深入歷征蜀道裹馬革而長終忽禪卽忽氈見下征蜀陣歿當是太宗時拖雷入蜀之役祕史九十五功臣有速亦客禿卷三作雪亦客禿謂是晃豁壇的人當卽此速客圖九十五功臣又有塔孩似卽此托海攻白訥克特亦曰畢那開特守將伊勒格圖蔑里克率康里兵大戰三日至第四日城民請降分兵民工匠於三處而盡殺其兵驅民間壯丁以往忽氈守將帖木兒蔑里克分精兵千人守賽渾河中州賽渾卽錫爾河之古稱矢石不能及阿剌黑三將於忽氈訛脫剌兒四鄉擄民五萬運石於山塡河築堤以達於洲帖木兒造舟十二艘形如穹屋裏以濕氈塗泥潑醋以禦火箭每晨分兩隊迎敵然河堤漸成砲石紛集勢不支帖木兒以七十舟載輜重軍士遁去以下所譯有費解處多桑紀述甚明詳見西域補傳帝於龍年

秋末至訛脫剌兒旣分遣各軍下云此年二月各佔許多地方復自與拖雷汗也可諾延馳襲賽兒奴克城城無考貝勒津云賽兒奴克突厥語亦蒙古語猶言吉利晨壓城下居民咸入城拒守遣丹尼世們招降城人將困辱之丹尼世們謂我為成吉思汗親近之人我亦木速兒蠻人即天方教詳見元代教名考西游記注特來救一城生命若抗拒則滿城流血矣降則身家皆得保全城遂降餽糧惟頭目不至帝怒始至下令勿殺掠簽壯丁為兵名其城曰庫特魯特八力克八力克即八里見西北地附錄募熟悉路逕之突克蠻人為導突克蠻猶言突厥同類突克即突厥蠻音從沙漠僻路行前鋒將塔亦兒把阿禿兒祕史九十五功臣中有荅亦兒當是至奴爾城亦招下之餽軍糧令速不台收撫其城擇六十人送城酋伊里火者至搭布瑟之地帝至城問每歲納稅若干眾謂一千五百的那金錢名今中國金貴一的那合銀二兩餘帝令如數完納月初至布哈爾圍城當是次年春月初城守兵二萬守將曰庫克汗部將曰哈米特句巴兒塔牙達庫句匈赤汗句克什克

里汗夜半率衆突圍遁至賽渾河濱當是阿母河應云質渾作賽渾誤帝兵追及盡潰散城中伊瑪姆教士之稱姆字讀如吳下俗音暨文士等出降帝入城見教堂疑是王宮駐馬問民以教堂對帝下馬入堂諭馬飢速飼馬因取經箱爲馬槽令教士守馬又以酒囊置堂中天方教戒酒故特記受辱之事傳集謳者歌舞蒙兀兵亦歌呼爲樂帝逾時復出城登教士講臺傳集民庶告以蘇爾灘背理獲罪之事爾等須知爾皆得罪於天爾主爲尤重天生我爲執鞭之牧人用以箠撻羣類非汝等得罪上帝天何生我令譯者述其語俾衆周知又令蒙兀人彈壓大軍勿使擾害籍富民令出窖藏財物以二百八十人搜括之餘民則出丁賦以贍軍其時内堡猶未下西域往往兩城其内城若堡寨遂焚城内民居驅民填濠悉成平地矢砲環攻堡破守者悉死凡三萬人婦稚得免夷其堡驅民於野取丁壯從軍或徙於撒馬爾干或徙於搭布瑟春末遂征撒馬爾干西

域主謨罕默德貨勒自彌沙先以突而屈人六萬塔赤克人五萬塔赤克兒西域傳大象二十守撒馬爾干浚濠蓄水帝在訛脫剌兒即聞撒馬爾干垣堞高峻守兵充足非一載不能破故先分兵取各處而自取布哈爾然後進師軍鋒所至無抗命者惟色里普勒句搭布瑟兩城寨不降留兵攻下之帝至撒馬爾干朮赤等師亦至御營駐庫克薩萊諸軍分駐城四面帝周巡城外相視形勢者兩日聞蘇爾灘已往駐夏之地即令哲別速不台率二萬騎往追又令阿剌黑諾延句畢速爾向斡克石當即渴石塔力堪二處進兵第三日晨城闉遂合守將阿勒巴爾汗句阿赤汗句巴朗汗等出戰兩軍傷亡甚眾夜始罷戰第四日攻城城民恟懼第五日又攻乃有喀特句社喝烏里斯拉姆皆教士名暨伊瑪姆等出城納款越日開那馬斯喀喝門大軍入城即墮其城分城民男女百人為一隊遣兵押赴城外

曠地喀特與社喝烏里斯拉姆率五百人入守內城帝下令民間有藏匿兵丁者殺無赦其後搜獲伏誅甚衆城中豢象盡放之於曠野多餓死此可證西游記是夜大軍仍出城內城人懼不得免阿兒潑汗疑即上文阿勒巴爾汗之異譯夜率千人潛出突營而遁次晨大軍攻內城隳其牆堞塞城河之源至夜城破有千人入禮拜堂拒守射以火箭焚以火油悉成灰燼驅守兵出城分兵民於二處令康里兵三萬薙髮結辮如蒙兀人夜乃盡殺之其將曰巴力世瑪思汗句托海汗句薩兒賽特汗句烏拉克汗更有二十餘裨將皆死原文云此二十餘人名詳成吉思汗致魯肯哀丁郭耳特信中案今西人所譯皆無此信當是失譯魯肯哀丁見西域下傳多桑作屋肯納丁阿蒲倍廓耳取工匠三萬分置各營民丁三萬入攻城隊餘民許復舊居輸二十萬的那以贖命令降官巴克爲勒蔑里克句哀密兒阿米特主收賦事兼轄降民其後復屢調發故城民益寥落西游記謂僅四之一是年夏秋帝駐撒馬爾干境內云是蛇年夏收撒馬爾干

軍中屢獲貨勒自彌沙麾下人皆言其主驚惶無措惟謀逃遁其子只剌兒哀丁請於父欲集各路之兵決一血戰而父不允帝先遣哲別速不台各率萬人往追復遣脫忽察兒把阿秃兒（見親征錄 元祕史）率萬人繼進戒三將以窮追勿捨如彼勢衆敢抗而汝等力薄即不前進飛報我大軍屢聞人言彼畏怯殊甚諒必不敢抗也如彼勢蹙而遁雖入山穴亦必窮其所往所過之地降者安撫之爲置官吏有阻遏我軍者必摧破之以三載爲期由戴世特奇卜察克（即欽察詳 欽察釋地）回至蒙兀里斯單（猶言蒙古地方當時西域人稱 天山一帶皆云蒙兀里斯單）與我相見然後全軍東返汝等之後我復令拖雷剿撫呼拉商句蔑而甫（即馬魯詳麻 里兀釋地）海拉特句你沙不兒句賽兒黑思等處（賽兒黑思即元史之昔 剌思亦稱撒剌克思）我又令朮赤察合台窩闊台攻取貨勒自彌都城賴天之祐必盡畢此事乃可凱旋帝既遣三將行復令三子整軍往貨勒自彌自與拖雷汗暫

息於撒馬爾干哲別等三將從蘇爾灘之後至烹綽布渡阿母河（多桑書作烹綽克）先時蘇爾灘駐忒耳迷斯河濱（即忒耳迷詳釋地）聞布哈爾陷繼聞撒馬爾干亦陷即渡河遁母族人烏拉匹延等從行欲害之有洩其謀者蘇爾灘夜易寢處虛其帳次晨視帳氈皆箭孔遂奔你沙不兒勸官民嚴守哲別速不台先至巴而黑（即巴里黑見釋地）城人餽軍裝糧糗迎降爲置守吏募導者以行太石把阿禿兒爲前鋒抵咱窪城（多桑作薩伯）欲如前收降城人閉門不應軍去城人以爲怯鳴鼓辱詈軍回攻三日樹梯入城遇人即戮焚毁之而行將至你沙不兒蘇爾灘先欲赴伊斯法楞園獵（多桑謂僞言出獵而逃）聞警即逃可斯費音（即可疾云）遣其母妻往喀兒魯克之地守將曰塔赤哀丁咨勒罕（多桑作馬三德蘭境內伊拉耳堡）自與羣下謀避兵衆議上希闌山既至以爲未可（希闌山未詳）謂羅耳之茂里克海沙宫多智謀延至議計（羅耳部名見釋地）羅耳酋謂羅耳法而斯兩界

上有高山曰帖克帖庫壞地寛大人迹罕到可以避兵羅耳句法而斯句舒勒部名近羅耳今曰舒里斯單沙班喀雷未詳四處之兵可集十萬力足禦敵蘇爾灘不之信仍駐是地募兵哲別至你沙不兒遣告呼拉商部内各守將曰蔑執兒哀里蔑里克嘎非曰法喝兒哀里蔑里克拉希曰斐里特哀令曰吉牙哀里蔑里克佐贊傳帝之諭招降並獻軍裝糧糗你沙不兒以三人來迎降餽糧哲別勸以見機保身家蒙兀兵如水火之不可狎玩勿恃有城有衆復予以帝之示諭用畏兀兒文若謂諭哀密兒及衆民知悉哀密兒四城官名自東至西上天皆以付我原文謂與你殆誤降者并其家屬保護之不降則罪及親族咸殺不宥既予以示而行哲別自此順者温之路向徒思秘史蒙文左曰洺温當卽此者温徒思在你沙不兒東北須回軍左旋故云順者温之路速不台順大路向札姆札姆未詳中途降者皆不犯不降則力攻徒思之東各寨堡皆降而徒思拒命殺傷甚衆由徒思往

拉得康（地圖徒思東有城曰安狄枯音近拉得康或即是地惟軍又東行疑次序未順）其地花木甚多速不台喜其地未擾（應是哲別而云速不台亦可疑）留官主守自往喀部珊城人慢不加禮重誅之凡呼拉商境內堅城多過而不攻沿途皆不久駐惟取衣服糧食牛羊馬匹而行晝夜不休速不台向伊斯法楞哲別向馬三德蘭（至是全軍又西矣）誅夷最甚者阿模爾（見釋地）阿士特拉拔特（見地圖此皆哲別之軍）速不台至搭沒罕城（當是地圖中之搭密干）民避入山土匪踞城以守盡殺之又往西模曩攻敗其民（即西模娘見釋地）至耳來夷城亦如之（亦作合而拉耳）蘇爾灘正與阿塔畢奴思拉特哀丁（何）海沙勒沙會議計而耳來夷警至海沙勒沙富懼即同羅耳他酋亦遁蘇爾灘往喀隆堡蒙兀軍知而亟追中途相遇射傷其馬蘇爾灘居堡中一日即潛往八格達（即報達）追兵始謂其在堡也攻之既知其已行復逐於後蘇爾灘改道入雖而哲寒堡又奔基蘭（詳西域傳注）其地之哀密兒迎以入駐七日又往伊西搭耳

地未詳從者盡失又往阿模爾所屬之低押乃云是地名馬三德蘭之哀猎兒亦殷勤款接然蒙兀兵跟蹤而至不能休息詢於馬三德蘭教士勸以入嘎斯比海內小島原注又曰阿必斯袞益即裏海今西人稱裏海曰嘎斯比安益本於西域之稱蘇爾灘從之居未幾又易他島以掩蹤跡哲別之軍不能覓獲遂回軍盡得其輜重珍寶送致撒馬爾干蘇爾灘以土地財賄盡失又聞妻女皆被虜幼子已飲刃多桑書所紀爲詳即獲西域王母之事見西域補傳恚悸成病目亦昏終日啼哭旋死埋於島內越數載只拉兒哀丁起其屍送還阿勒的斤堡多桑作哀阿特罕堡詳西域下傳當蘇爾灘在日先欲立其子鄂斯拉克沙爲嗣居海島時改立只拉兒哀丁事詳多桑書及其死後只拉兒哀丁聞呼拉商義闌境內波斯之地稱義闌古時名稱亦曰伊爾闌已無蒙兀兵原文因成吉思汗不令其久駐之故乃由芒格世拉克登陸覓馬往貨勒自彌其弟鄂斯拉克沙亦從往其時朮赤等軍猶未至貨勒自彌其守將曰徒智貝克里灣曰哈勒烏思拉克曰

火者的斤曰阿忽勒沙希巴曰帖木兒蔑里克（此名見前文）守兵九萬只拉兒哀丁既至兒弟不和各樹黨羽眾畏只拉兒哀丁之勇不願奉以為主思害之只拉兒哀丁聞其事即出奔由納薩之路往沙特巴黑（原注即你沙不兒訥薩見西使記作納商）行及阿思特舉失賽克之地過蒙兀兵戰半時許先自軍中逸去當只拉兒哀丁出奔朮赤等軍亦將至鄂斯拉克沙阿克沙亦奔經前戰地亦遇蒙兀兵併其將與從者皆被殺只拉兒哀丁至沙特巴黑收集士馬居三日將往嘎自尼（詳釋地）而蒙兀兵至只拉兒哀丁留其將蔑里克伊勒的力克在城外禦敵而自往嘎自尼追行遠伊勒的力克亦由他道行（蓋分道以誤追兵）蒙兀兵追之不及只拉兒哀丁七日至嘎自尼其地兵民多奉之朮赤察合台窩闊台奉帝命伐貨勒自彌即今之庫爾坑赤蒙兀人稱為烏爾坑赤（當作烏爾鞬赤刪有奇）於是年秋率右翼以行（案上文是蛇年祕史亦謂領右手軍）前鋒將恭

克來蒙兀人稱之曰莽來（第此人名見祕史）只拉兒哀丁昆弟之出奔也，將領多從以行，乃有忽馬爾（多桑作庫馬爾）木忽兒（句）布喀，又有統兵將阿里（原文蔑兒斤人，不知即太祖與仇之蔑兒乞否）併紳民共守。以無首領，公舉忽馬爾爲帥，由其爲王母族也（則是康里人也）。一日有游騎至城下掠牛馬，城人欺其寡，出城逐之，追至一花園，伏兵在內，突出圍攻，追兵死者幾及十萬（未免太多）。敗卒入城，蒙兀兵亦從而入海蘭門（城門名），因日已沈西，仍退。次日攻城，城將裴里敦古里率五百人於城下拒之。朮赤昆弟既至，周視城形勢，招降不下。近城無石，伐大木塡濠，令三千人往截河道（城跨河，故詳西域傳），爲城兵圍攻盡死。自是守者膽壯。朮赤、察合台素不協，師不和，亦無律，城兵以是屢敗蒙兵（原注：其地有高闕，皆蒙兵骸骨葬所，今猶存）。七閱月之久，城不下。時帝已在塔里堪，三子遣人以軍事來告，帝廉得其實，怒而命窩闊台總諸軍。窩闊台乃至兩兒處，極力和解，軍復振，力攻下之。城內節節爲守巷戰七晝夜驅民至野約十萬人以婦稚工匠從軍壯丁則用以臨前敵凡蒙兀兵一人分得二十四人計民之充兵者數逾五萬（若是則蒙兵不過二千餘矣未免太少或他族之兵不能分民故得此數）城中焚燬殆盡城有教士曰揑直哀丁克兒費聞望素著帝先聞之使人告以速出城免罹禍且許以百人從行揑直哀丁謂親族甚眾皆在城當與眾共生死迨城破亦死帝於蛇年秋自撒馬爾干起行偕拖雷汗往那黑沙不（見釋地）一路游牧過帖木兒嘎哈兒哈（帖木兒義爲鐵即鐵門關地）先遣拖雷汗往定呼拉商自至忒耳迷斯城濱河攻十日破之驅民出城分於各軍一老婦藏大珠索之不肯獻而吞於口剖其腹出珠自是死者腹多被剖至連格兒特（句）薩蠻（兩地未詳）亦殺掠分軍收巴達克山半藉兵力半藉招撫皆平定無梗命者質渾河北悉平遂渡質渾河（阿母河之古稱）時已冬末馬年春（原作蛇年殆是譯誤）至巴而黑（貝勒津注此亦原書有闕文）紳民餽禮物查閱戶

口令民出城分於各軍既而盡殺之平毀民居自此至塔力堪攻其寨取之又圍諸司雷脫柯寨極堅固守者皆敢死士七月未下（多桑云先已遣將來則七月之久始於蛇年冬非始於馬年春也）拖雷汗先自帖木兒嘎哈兒哈進征自統中軍他將率左右翼順蔑兒委察克之路（應是蔑而甫察克即元史之馬魯察葉可）經巴哈句黑速兒皆取之（此兩處未詳疑是寨堡非城名）取蔑而甫至你沙不兒又取寨剌黑思（兒前）阿陛攸兒特（當即巴瓦兒的詳釋地）揑速（即前之訥薩）徒思（兒前）札只闌（祕史有出黑扯連城即札只闌）朱溫句八吉克句哈甫句賽罕句魯達巴特（似皆城寨名皆無考）亦取你沙不兒皆在是年春帝自塔力堪召拖雷汗於大暑之前回營（親征錄祕史皆有此語）拖雷汗遂由苦喝以斯單過枯姆折闌河取海拉特城（即也里詳親征錄注）乃歸見帝合兵攻塔力堪堅寨始下之察合台窩闊台亦自貨勒自彌來謁朮亦則自貨勒自彌挈行李以行（蓋移軍別處錄所謂還營所也以上之語悉可考證親征錄）帝復進攻八米俺察合台子莫圖根傷於矢而卒（他書譯作莫阿圖堪）帝最愛此孫下令

力攻始下遇生物悉殺名其地曰卯庫兒干（蒙古語卯不好也祕史蒙文寨曰豁兒合合字音近喀此作庫兒干殆由是致訛義殆謂寨）至今斯地無人煙帝不令察合台知莫闊根之死一日諸子侍食帝佯發怒察合台惶恐跪地謂如不從父命則死帝問斯言誠否力矢非僞帝乃告以莫闊根陣沒我令軍中勿悲哀汝當遵我命察合台聞言昏暈忍淚侍食如故既而出至野外痛哭始返是夏帝駐塔力堪（馬年夏）其時只拉兒哀丁在嗄自尼蔑而甫酋汗蔑里克以兵四萬來從又有突克蠻人賽甫哀丁阿格拉黑亦以四萬人從（芻桑云是喀剌赤人）古耳之地哀密兒皆從之（古耳先爲一國詳西域傳）當哲別速不台之追蘇爾灘也脫忽察兒繼進汗蔑里克自以國勢敗壞蔑而甫之地不可久居乃率兵往古耳之古兒只境内（古耳只無考似即下文古耳只斯單）遣人納降於帝帝即令哲速等將如經汗蔑里克之地不得肆擾二將如命不犯而去脫忽察兒後至縱軍劫掠徵求一如曩日情

狀其地山居之人與戰脫忽察兒陣沒汗蔑里克遣人告帝曰我勸我主謨罕默德貨勒自彌沙降附而我主不從乃其自取滅亡我則壹意歸順哲別諾延過我境未擾而去速不台亦如之乃脫忽察兒獨不如是山居之人告以降服而彼不聽依然劫奪將八剌克勒之人（地名無考）及山居之人驅逐以致交戰隕命若此大事豈可以此等人將兵也仍以衣服餽帝爲謝然汗蔑里克究恐懼不自安又聞只拉兒亥丁奔至嘎自尼衆集勢盛復遣人往附（以上之事皆可證明親征錄祕史汗蔑里克並非國主或其封爵或即其名元史作蔑里可汗既嫌倒置亦混君稱祕史蒙文是矣然以汗爲一句蔑里克爲一句仍誤以爲國主也脫忽察兒之死諸書所無貝勒津譯拉施特之書復引西域人邁哈溫武之說云脫忽察兒或謂死於海拉特或謂死於你沙不兒今觀此書則以海拉特爲近似多桑之書則謂在你沙不兒多桑記西域事宗志費尼之書居多敘述此事始末甚詳故西域補傳從多桑說與此略異）時帝已嚴守古耳只斯單（猶言古耳之地方）札布勒（句）喀不爾之地（即可不里詳釋地）皆要隘令失吉忽禿忽率兵南征部將曰謨喀哲曰謨兒哈爾曰烏克兒古兒札曰古都斯古兒札（下二名見部族考）共兵

三萬取以上所言之地而防只拉兒哀丁汗蔑里克所駐地距失吉忽禿忽軍不遠蒙兀軍中但知其已降不知其又歸附只拉兒哀丁陰告以君駐酡爾鸞即元史之八魯灣不必移軍我當來合迨汗蔑里克潛引已眾并康里人而去失吉忽禿忽始知其有異心亟追之夜半追及失吉忽禿忽以昏夜不敢浪戰令待次曉汗蔑里克即乘夜疾引去天曉時已與只拉兒哀丁軍合康里人亦至勢益盛先數日謨咯哲謨兒哈爾暨他將困斡里淹城已將下只拉兒哀丁忽自酡爾鸞馳至突攻傷千餘人二將以眾寡不敵退而渡河駐營以守繼復退與失吉忽禿忽相合仍前進敵亦前進相遇只拉兒哀丁自率中軍令汗蔑里克率右翼賽甫哀丁阿格拉黑率左翼戰一日無勝負失吉忽禿忽令軍中縛氈象人置士卒身後連夜製成以助勢疑敵次日又戰敵軍果疑援至只拉兒哀丁呼

曰我衆甚盛不必畏也可分兩翼以繞之於是衆奮鬭亦漸合失吉忽禿忽令軍士視旗所向衝突敵陣然已四面受敵力不能支遂奔敵騎多良馳而追殺死者無算帝聞敗信憂而不形於色謂失吉忽禿忽素能戰狃於常勝未經挫折今有此敗當益精細增閱歷矣只拉兒哀丁既得勝分所虜獲汗蔑里克與賽甫哀丁阿格拉黑爭一駿騎汗蔑里克以策撾其面只拉兒哀丁以其爲王母族人也不之禁賽甫哀丁阿格拉黑怒夜率所部往起兒漫句沙克闌句庫特之山而去起兒漫詳西域傳餘地無考只拉兒哀丁軍勢頓弱又聞帝軍至益恐即退至嘎自尼謀渡信地河河名詳瀛環志略即印度河下皆作印度親征錄作辛河秘史作申河皆僅著上一字音失吉忽禿忽敗歸見帝訴烏克兒古兒札古都斯古兒札不識戰陣機宜平日言兵事極似有才迨臨陣乃毫無布置以致敗衄帝即自將起師一云馬年全軍皆離塔力堪行速不及炊飯至前戰

處詢忽禿忽烏克兒二將列陣何處敵陣列何處責其不善擇地二將同受訓斥至嗄自尼知只拉兒哀丁前十五日已行令八罷牙里委赤轄城事引軍亟追時只拉兒哀丁已備船將於明日西渡帝夜疾行次曉追及圍之欲生獲只拉兒哀丁令軍中不發矢復令烏克兒古兒札古都斯古兒札阻遏敵兵不令近河岸蓋防其登舟遁去既而敵兵漸退至河二將猛攻其右翼汗蔑里克不能支欲遁費薩倭兒地名多桑作不弍倭兒而帝軍已截守道路殺汗蔑里克右翼全敗只拉兒哀丁率中軍自晨戰至日中左右翼皆覆沒中軍僅七百人左右衝突諸軍以奉令不發矢爲其突圍而出棄盾執旗縱馬入印度河泳水而逸帝見之以口咬指謂子曰凡爲子者皆應如此語晦疑是凡爲將者皆應如此拉施特此處有詩述帝語意如謂此等好漢我素未聞未見將來恐爲後患諸軍亦欲追入水帝阻止之獲只拉兒哀丁之妻其子被殺其輜重先已投印度河令善泅

者撈取遣八剌諾延原文札剌亦兒人率衆追入印度復遣朵兒伯同往原文族名已缺此可證明祕史案祕史卷十蒙文謂朵兒伯之姓爲朵兒別台則當是朵兒邊人既入印度而不得蹤跡取壁過城多桑作壁耶爲堡寨名又往木而灘其地無石伐木爲筏以運石攻具既備而暑氣甚熾當是羊年夏遂捨去躒拉火耳句壁薩烏爾句蔑里克甫爾諸城皆在西印度未至中印度大掠而回印度河東帝既遣八剌於羊年春歸至印度河上游令窩闊台往定印度河下游諸地遂大掠嘎自尼虜其人以行城亦毀又遣人稟命於父欲往攻昔義斯單帝曰天已暑宜卽回當遣別將往攻窩闊台遂由該勒姆西兒之路而回是夏帝避暑於配爾彎以待八剌諾延悉掠配爾彎近處八剌朵兒伯至帝遂往古腦温庫爾干祕史蒙文帝溯申河以至格温斡羅罕親征錄上避暑八魯彎川候八剌那顏因討近敵悉平之八剌那顏至遂行至可温寨錄爲寨名而祕史釋爲河名案蒙文寨曰豁兒合小河曰豁羅罕有時亦作豁羅合二音易混或是寨名或寨在河濆以河爲名多桑作古南庫兒干刪去温字音譯音似遜窩闊台亦至在配克部爾過冬其地之酋曰薩拉爾阿黑默特自縛來降並

餽軍糧以地熱士卒多病令民每戶舂黍米百斤供士卒三人之食（下云其時哲速二將收定阿而俺阿特耳佩占義拉克失兒灣等處分設官吏）及至士卒病愈帝欲由印度斯單至唐古特之路而回行未數程聞唐古特又叛一路山荒林密道途險巇水土惡劣行旅易病乃回至費薩倭兒仍循來時之路而返（案此即元史帝至東印度國一語所由來也當是脫必赤顏原有斯語特欲往未果譯者不察遂謂已至東印度然西游記並無足事豈帝遣別隊探路長春未之知耶）猴年順八米俺山路行南征時留輜重於八格闌至是取以行渡質渾河冬至撒馬爾干令蘇爾灘母妻在輜重前先行俾其辭別故土而哭諸軍在後不使聞其哭也帝至費那克河（河名未詳上文亦作費那克特）除朮赤外諸子皆至會議既畢徐行回軍（下云成吉思汗之事紀述至此應敘哲速二將之事及謨罕默德蘇爾灘在海島中如何死狀案蘇爾灘之死已見前文此下又並未言及不知何以突來斯語）只拉兒哀丁自你沙不兒遁嘎自尼時哲別速不台遣人請命於帝謂蘇爾灘已死只拉兒哀丁已遁我等應往何處待命而行惟望於一二年間仰賴天祐得遵主上所立期限

繞奇卜察克之地以往蒙兀里斯畢其後又屢遣人奏事時西域之地多亂每次奏事皆以三四百人護送軍入義拉克[裏海南部名呼拉商以東皆是詳西域傳注]取哈耳城[當即胡瓦耳詳釋地]西模曩城至立亞城掠之[立亞未詳]至枯姆城大殺掠西往哈馬丹其酋賽特密哲哀丁阿拉曷都勒餽衣騎遣官入守闢別隊至薩哈斯[合以下文當是贊章]爲其酋塔勒沙拉赤[句]庫赤布克汗所敗遂往贊章大屠戮又往可斯費音以民守城辱詈力攻下之民猶力戰兩軍共亡五萬人義拉克境内多罹兵鋒是年冬寒最甚兵在立亞境内帝在忒耳迷斯那黑沙不之地[則是蛇年冬矣]既而兵入阿特耳佩占[爲西域鄰部詳西域傳]所過殺掠將及台白利司部主阿塔畢鄂思伯克[云其父名札罕伯克亡宛]匿不敢出遣人迎降餽牛羊馬及衣服二將即入阿而俺駐冬欲入谷魯斤[即元史曷思麥里傳之谷兒只尾音轉爲谷魯斤今西人多稱爲曲兒只]遇其部萬人來禦臨陣痛詈戰敗其衆以其境内路隘林密退而往梅拉喀路經

台白利司部主復遣官曰薩木斯哀丁士格雷出餽軍貲進攻梅拉喀城主爲婦人不習戰事城民乃自募丁壯爲守蒙兀軍驅俘獲之衆爬城退縮者斬數日城破大殺掠欲入的呀別起耳（他書多作的牙佩亮耳）哀而陛耳（皆部落名詳西域傳）而哈馬丹城有貨勒自彌沙舊將只馬哀丁阿比亞糾衆作亂殺所遣守吏並擒阿拉呂都勒下於獄二將復回哈馬丹破其城只馬哀丁阿比亞求降仍戮之平毀哈馬丹往那希拉彎（未詳）破其城城酋乞降允之（原文與以木牌及紅色物不知何物）又入阿而俺下昔拉白城往貝列堪屠其城取甘札城（皆詳西域傳）又入谷魯斤兵來禦哲別以五千人設伏速不台迎戰佯敗敵追而伏起殺其衆三萬入失兒灣部（卽舃思麥里傳之失兒灣沙城）破得耳奔特關門（卽打耳班皆詳西域傳及釋地）遣使告失兒灣沙（沙爲君稱）速覓鄉導人來比導者十人至殺其一爲徇不善導路有如此例入阿蘭部（卽阿速）阿蘭人糾合奇卜察克人來戰（卽欽察）無勝負二

將遣告奇卜察克人我等皆一類阿蘭爲異類（欽察阿速接壤亦當同類考諸西書欽察人並非青目赤髮而元人所撰庚申外史云朝廷聞紅軍起命樞密院同知赫厮秃赤領阿速軍六千并各支漢軍討潁上紅軍阿速者綠睛回回也素號精悍善騎射然則阿速人乃眞青目故二將謂其異類矣欽察人非青目赤髮見釋地）我等當立約議和不相侵犯如欲財物皆可致餽因厚遺之奇卜察克人引去由是戰勝阿蘭大殺掠奇卜察克人散歸不爲備二將出不意攻入其部盡返所遺物敗衆多逃入俄羅斯遂往速達克城城在海濱與康思但丁諾白爾城相對（就地形而言必係黑海北境元史地理志之撒吉剌西域人亦稱速嘎特此去速達克其卽速嘎特之變音歟詳釋地）敗其衆下其城遂至俄羅斯界上奇卜察克人逃入俄者聚集俄兵來攻二將見其勢盛按兵不動敵以爲怯亟進而蒙兀兵退追十二日蒙兀兵忽回戰七日之久盡敗敵衆掠其地旋卽東返遵帝所命之路而還（拉施特敘二將北伐之事甚略多桑傳引他書所紀加詳具哲別傳）帝親征塔赤克而回（塔赤卽條支大食之由來詳西域傳條支考）猴年在路駐夏過冬行及已境皇孫呼必賚（卽世祖今本改音較元史本音爲勝）忽拉護來迎（卽旭烈兀今西人多譯稱忽拉古）時

呼必賚十一歲，忽拉護九歲，在乃蠻界上阿拉馬克委之地（云近阿木兒忽眞在吉勒河那邊仍未詳）。呼必賚射一兔，忽拉護射一山羊。蒙兀禮，幼者初獵得生物，則以鮮血染長者拇指。呼必賚輕攜帝手拭之，忽拉護攜帝手甚重。帝曰：你如此用力，可爲羞恥（釋文難通其解，但依其語書之）。行至布哈蘇赤忽（地未詳），支金帳設宴，大犒三軍。地係沙土，令各營取石壓墊營帳以免傾側。則有烏布赤諸延（云是烏克之弟兒），不以石，但支木，帝咎之。宴會時射獵爲樂，烏布赤又不從衆合圍，以是留之於營，七日不令出從。烏布赤惶恐，謂如責我，當遣我往他處。帝乃恕其罪，與以一條路（大約遣往他處）。

雞年春，至老營，夏在舊居駐夏（拉施特此書紀年悉同史錄，殆因國史如是，不能立異，說見前）。聞唐古特又叛。雞年秋，整軍攻合申（本紀伐西夏在丙戌春，親征錄則云乙酉秋復統兵征西夏，此書與錄同）。令察合台以本部兵守老營後路。其時朮赤卒，窩闊台從帝軍，拖雷汗因婦唆魯禾克帖尼出痘（原作西兒忽克屯別姬，與元史字音相合，故從元史），緩行數日。帝在途聞窩闊台之子庫延（疑是闊端之訛）古由克歸（即貴由定宗名）二孫求賞賚帝曰所有之物已盡歸拖雷彼係家主（他西書謂蒙古俗幼子得父遺產故斡赤斤之名惟幼子得稱義爲守竈解見秘史注拖雷以幼子從父儼如家主其後帝崩遂監國親征錄謂太上皇帝時爲太子皆即斯義未可斥其誣妄）其後拖雷汗以衣物分餽之帝以海拉特王之祖忽魯札克與古由克謂汝有病可令其管膳（海拉特封國建藩詳西域下傳惟忽魯札克之名無考）軍至唐古特取甘州肅州（案史錄皆謂丙戌入西夏其取甘肅等州本紀繫之於夏下文之狗年當移於此乃合原書之誤譯者之誤不可知矣甘州肅州下又有戈州疑是河州）又取兀剌孩城（兒秘史蒙文即史錄之斡羅孩）圍滴兒雪開城（秘史蒙文朵兒蔑該注謂靈州蓋即滴兒雪開）合申主失都兒忽土人稱曰李王（失都兒忽兒秘史謂是來降後帝爲改名今考帝未崩前西夏主但納降未來謁則失都兒忽當即其名親征錄可證西夏主亦門李晛故稱李王）由其伊兒開都城（原注土語伊兒開蒙古語則云額兒起牙蓋即本紀所謂夏王城秘史蒙文稱甯夏曰額里合牙是也）率五十營兵來援帝移軍往迎地多河已冰合（云河皆從黃河而出則是黃河支流本紀丙戌十一月庚申帝攻靈州夏遣嵬名令公來援丙寅帝渡河擊夏師蓋是戌年事此誤紀於雞年）兵皆從冰上行令衆射矢無許虛發此戰殺人無算蒙兀兵死十之一合申兵死者增兩倍失都兒忽逃回都城帝曰彼經此敗力不能復振矣不甚措意越其都城

往取他城既攻下各城後卽入乞𢇍境此卽本紀丁亥春帝留兵攻夏王城自率師渡河攻積石州等事四月帝入龍德拔德順等州德順節度使愛申進士馬肩龍死焉則入金境矣皆是猪年事原書失次豈國史未詳故親征錄概不言及而元史及此書皆采諸他處歟狗年春初至益昏塔朗呼圖克之地身不甚健得夢知死期將屆地名無考果有此夢必是猪年所非狗年是時諸子在側者惟亦孫哥阿克注云朮赤哈薩兒之子必卽亦孫哥所謂阿克未詳何義因問窩闊台拖雷今何在相離遠否亦孫哥阿克謂僅離二三里卽遣人召至次晨帝告諸將及從官今有事與諸子商汝等暫避這衆退乃曰我殆至壽終時矣我爲汝等𠜇此基業無論東西南北自此首往彼首皆有一歲程期我遺命無他汝等欲能禦敵多得民人必須合衆心爲一心方可享受永遠國祚我死後汝等奉窩闊台爲主又曰汝等可各歸理事我享此大名死無所憾我願歸於故土察合台雖不在側當不至背我遺命生亂言畢卽麾諸子出自率兵往南紀牙斯必係指南宋而名稱不得其解久乃悟爲南朝二字變音斯字爲尾文當時南朝爲通稱故蒙文用之所至之地皆迎降

行至六盤山爲主兒只南紀牙斯合申三處交界之地此同本紀無所謂祕史之雪山也主兒只聞其至遣使納賄行成見本紀丁亥六月一大珠盛於盤圍小珠無數帝問何人之耳穿眼可來領珠耶律希亮傳有諸王饋耳珠不受之事可見蒙古當日男子有穿耳者盡散於衆有續至求珠者擲珠滿地俟其自取遂多陷入泥土其後尙有人檢獲失都兒忽自念屢叛屢敗今已全境破擾不能復振惟有乞降因遣使來立誓歸誠謂不敢望收之爲子帝允其請又以備貢物遷民戶須展限一月乃得自來朝謁帝亦允之告以今我尙病且無來令脫侖扯兒必前往安撫失都兒忽帝自此病日漸臨崩之前告其大臣我死且不發喪勿令敵知待合申主來即盡殺之猪年八月十五日帝崩上文未紀猪年必有奪誤元史言七月此云八月當依元史蓋中歷西歷天方歷各各不同易於舛錯拉施特云崩期在年中則七月是矣帝崩之先夏王城降而未下西夏主未來祕史固不足憑蒙古源流謂納西夏之后致病眞是無稽讕語辨見祕史注諸將遵遺命不發喪俟合申主來謁殺之而後發喪奉柩歸老營四鄂爾多同日

舉哀遠處得信亦皆奔喪三月而後畢集先時帝至一處見孤樹愛之盤桓樹下良久謂左右曰我死卽葬於此其後有人述前命遂卜葬樹下據云葬後樹皆叢生後成密林不辨墓在何樹之下雖當日送葬者亦莫能識據云墓在克魯倫河葉子奇草木子述元世葬法深埋之後用萬馬蹴平俟草青方解嚴則已漫同平坡無復考誌遺跡蓋不欲人知也此書所述必係葬後廣植茂林使人莫辨同一作用拖雷汗蒙哥汗呼必賚汗阿里布喀卽阿里不哥皆附葬於此他子孫則別葬守墓者爲烏梁海人此非蒙古之烏梁海詳部族考國朝張鵬翮奉使俄羅斯行程錄歸化城乃元之豐州二十日早發二十一日入祁連山遠望石峰叠翠入其中則羣阜蜿蜒相傳元世帝后俱潛厝此山不立陵墓今以地圖考之歸化城北非太祖葬地或卽所謂他子孫則別葬之地也按蒙古游牧記鄂爾多斯盟名伊克昭蒙古謂大曰伊克廟曰昭理藩院則例伊克昭境內有靑吉斯汗園寢札薩克一員專司經理復引蒙古源流云以輦奉柩至所卜久安之地立白屋八間在阿勒坦山陰哈岱山陽之大諤特克地方建立陵寢阿勒坦山卽鄂爾多斯右翼中旗西北之阿爾布坦山哈岱山卽哈魯特山史謂葬起輦谷在今賽因諾顏左翼右旗與鄂爾多旗右翼中旗兩界之交無疑據此則太祖葬地在今榆林府西北河套內外元初爲西夏地然考蒙古源流謂以輦奉柩至穆納之淖爾處所車輪挺然不動古爾根巴圖爾歷舉鄂嫩德里袞布勒搭干克嚕倫等地而謂汗何戀唐古特反將昔日屬衆蒙古等棄擲言畢柩因徐徐轉動遂至所卜久安之地德里袞布勒搭干卽祕史之迭里温孛勒荅黑太祖誕生地也鄂嫩克嚕倫皆河名詩譯其言太祖必不葬於西夏張穆引之其誤顯然本紀六月帝次淸水縣西江爲今甘肅秦州境七月壬午不豫已丑崩於薩里州哈老徒之行宮今鄂爾多斯右

對前旗西南有哈柳圖河東南流合金河入榆林邊蒙古名金河曰錫喇烏蘇史之薩里與錫喇對音哈老徒哈柳圖音合鄂爾多斯當是崩地非葬地誤以為劉獿徐霆黑韃事略霆見忒沒真墓在廬諸河之側山水環繞正與西域書合 自兔年至猪年帝崩凡九年帝之事迹國史及他書所載多簡而不詳今略補之庶乎帝在生時何年為何事讀史者可以知其大概矣所謂補者當即指帝伐西域之事 蒙兀人多謂帝七十二歲生死皆猪年此為突而屈年分其金棺至老營在當年某月十五日貝勒津注原文某月字不能辨 以星度考之蓋已七十五歲此當是天方歷 由歷法有論日論月之別以突而屈歷計年應七十三歲其生在年中其崩亦在年中故以月論則七十五以日論則七十三國史所記年分當父在時尚年幼固無可言及至其身事變迭起不能得詳以此少記四十年事迹父在至父沒共十三年父沒之後眾多畔從泰亦赤兀謗倫兀格煞費心力始留住少許人帝受泰亦赤兀朱里牙特案此書誤合札只剌特與朱里牙特為一故云受朱里牙特之厄其實非也當云札只剌特 蔑兒乞即太祖后被虜之事 塔塔兒等人許多驚恐然

得天祐不特免難且能陸續收滅其眾如是者又二十七年二十七年之首年爲鼠年末年爲虎年蓋至虎年而甚强云原書以下復從虎年後兔年起略述每年事迹如書之目錄然大抵複述上文殊嫌煩贅故不譯著

附太祖訓言補輯拉施特采訪太祖嘉言懿行多國史未載而別見著述者凡三十條自來西人悉未譯及惟貝勒津譯之元史謂帝深沈有大略用兵如神惜當日史官未備或多失於記載今考此三十條中不乏至理名言戒酒一條略見元史阿剌兀思剔吉忽里傳博爾朮救帝矢傷一條亦略見元秘史惟秘史謂是者勒蔑所敘情節不盡符合各據傳聞誠不能免岐異也譯而存之但潤色其詞不敢易其義深沈有大略史論可以窺見一斑云

凡子不率父教弟不率兄教夫疑其妻妻忤其夫男虐待其已聘之女女慢視其已字之男長者不約束幼者幼者不受長者約束高位達官信用親近遺棄疏遜富厚之家不急公而吝財若是之人必至流爲匪類變爲叛賊家則喪國則亡臨敵則遇殃我嚴切告戒以防此弊於是將領中有材士卒中有材下至廝養各盡其職仰荷天祐大業以成冬夏游牧馬騰士飽咸無缺乏使子孫悉

依吾訓行之雖千年萬年可也

諸王百官不依我告戒則禍害立至思再得成吉思汗以提命汝等奚可得哉告戒如下此條應併合上條乃是然原文確分爲二

諸諾延每歲二次來受教令歸則實力奉行自能綱舉目張鈐束部曲若面從心違致我教令如石落水如矢入草若此人者不可使居衆上

能治家者卽能治國能轄十人者卽能轄千人萬人能理已事卽能理國事爲國禦敵

什人之長不盡職者去之卽於此什人中選擇爲長出一令發一言必三人謂然而後可行已一人也更以人言衡之又一人矣更以有識者之言衡之則又一人矣是謂三人否則令勿出言勿發

幼者見長者長者未問幼者勿先發此條有譬喻甚費解不釋

馬肥時能疾馳瘦時亦馳肥瘦得中亦馳乃爲良馬（此喻詩也孕義甚廣）將士臨敵當思得名如圍獵然禱祐於天務多獲而後已臨民之道如乳牛（有安靜和易無言成化之意）臨敵之道如鷙鳥（言猛迅也二語頗類子書）一言而見爲善必行其言見爲不善則不必行其言知己爲何如人乃能知人爲何如人

人不能如日光無遠近不燭則家事賴有內佐夫或外出客至其家款接食飲必致豐腆而後謂盡婦職遐邇稱譽觀其家即可知其人矣（至今外蒙古風俗尚如是）

人在忙遽倉猝時當法達爾海烏哈日者達爾海烏哈出二人從遠見敵者二人從者謂以三人攻二人往必勝達爾海烏哈曰我已見彼彼豈不見我哉（言外之意謂彼見我人衆而不逃必有計也）策馬去之合於己衆既而知此二人一爲塔塔兒酋帖木兒烏哈潛伏五百餘人於山隘獨

出誘敵往則爲擒矣

圍獵時多得獸（此是賓）戰陣時多殺敵（此是主）若天爲闢一生路則我可以緩而人可以忘（言不當窮追勿捨人亦不至飲恨甚深也）言勇無如也孫伯終日戰而不疲不飲不食而不飢渴人莫能也然不可使爲將彼視人猶已士卒疲矣飢渴矣而彼不知也故爲將者必知已之疲知已之飢渴而後推之於人其行軍也必知路之遠近以量士馬之力量力自弱者始弱者能之强者無弗能矣（此條不惟將將且見君人之道）

商賈善居積物之良楛纖悉必計將領之教子弟亦然騎射之事講肄精良必如良賈牟利視若身心性命之不可忽也敎戒子弟毋使忘本不可使其但知鮮衣美食乘駿馬擁嬌姬則將忘我等開刱之勞

嗜酒者昏若聾若瞽心手無主執業俱廢酒之亂性不問人之善惡也語意甚精君嗜酒則君失職百僚嗜酒則臣失職將嗜酒則軍制弛兵嗜酒則事變生常人嗜酒則將傾家僕役嗜酒則將受責不得已而節飲一月三次足矣或二次能不飲者尤加人一等

我昔征乞觧阿勒壇汗時解帶置項解馬掛之鉬跪禱於天請報俺巴海句烏勤巴勒哈之仇一爲我祖弟兄一爲我父弟兄天若許我則祐我得勝由是敗阿勒壇汗得其土地

我後登阿爾泰山以望巳營我軍之多如林從軍之女亦可成隊

我願其口饜肥甘身饜文繡居得華屋牧得腴地道途之内荆棘不生此我之素志也

汝等不從我教初二次責辱之三次則流於巴勒眞句忽兒珠爾之地地名未詳歸而仍不從教則下諸獄終不改則令宗親共議其罪

自將帥以至士卒雖無敵時亦當籌備一聞號令立即起行男子生於巴兒古眞脫窟姆及斡難克魯倫之地皆聰慧有膽量不待十分指示卽能領會道理女子亦然不待修飾自然端好我遣木訶里國王征南京取七十二城馳使奏捷問可旋師否告以盡取之而後歸使者回報木訶里問主上何有何言使者謂別無所言惟伸拇指以示巨擘之獎木訶里又問主上之伸拇指眞謂我否曰然木訶里曰如是則我之不惜身命亦不枉矣又問此外何人得邀主上之伸拇指使者曰更有博爾朮句孛兒忽勒句虎必來句赤老根句哈剌察兒元末駙馬帖木兒五世祖名見元祕史札歹句巴歹句克失里克卽乞失里黑謂此等人護衛我皆能得力或調鷹或牧馬或善戰皆有所長此條似非太祖之言而原文乃入太祖語氣

有將巴剌哈剌赤問我曰主上如是神武無堅不破請問有何徵

兆我告之曰我未即位之先嘗獨出遇六人守隘口不得過我持刀以前矢如雨集而我無一傷殺此六人而行歸途經六屍傍其六騎猶在我即驅之以歸所謂徵兆如是而已

一日與博爾术同行遇二十餘人設伏於嶺博爾术從而後我不及待即往攻之矢傷我口昏仆於地博爾术至見我傷重以熱水飲我凝血乃吐重復往攻二十餘人始以爲必死繼乃大驚皆來降博爾术由是寵異

成吉思汗少時晨起理髮見有白髮數莖左右皆訝謂年少不應有此成吉思汗曰天命我爲衆人之長所以先與我以老態爲爲長者之兆

成吉思問博爾术等人生何者最樂博爾术曰臂名鷹控駿騎御華服擇春之天出獵於野斯爲最樂博爾忽勒曰鷹鶻自空搏擊

飛禽不搏落不止遌騎觀之斯爲最樂虎必來曰圍獵之時衆獸驚突觀者最樂成吉思汗曰不然人生之樂莫如殲馘仇敵如木拔根乘其駿馬納其妻女以備後宮乃爲最樂昇勸津自注云至今韃靼部族相傳有此告戒語本子而第四條語已不全不如拉施特所記之完善第五條爲國禦敵作爲國禦病之意係誤第六條誤將什人之長作爲物名第七條將第二層人言漏去第八條亦誤第十條當思得名語意較此更暢惟以下語晦十二條語微異而理不差二十五條韃靼本甚不好三十條則無之矣

附太祖諸弟世系原書即在本紀內今摘出附錄於後

也速該次子朮赤哈薩兒朮赤其名哈薩兒義爲猛獸以其軀幹甚偉故有是稱力能折人爲兩截滅乃蠻時主中軍甚出力故帝子以賞格凡其後人位次在皇族之上至今時仍有此制其後人與可汗親王同坐所謂親王當指皇子而言相傳有四十子惟三人著稱一也古一脫古即脫忽一也生哥即移相哥也古也生哥事迹見於史策脫古事迹不詳也古脫古身材皆小也生哥獨偉岸朮赤哈薩兒薨也古嗣位也古薨也古子阿兒哈孫嗣位案太宗本紀或

作野苦亦作也古憲宗元二年本紀作也古三年也古以怨襲諸王禿剌兒營故罷其征高麗之兵乃是年冬命宗王耶虎與洪福源同征高麗耶虎無考豈卽也古而仍令東征耶憲宗二年後也古不見於史阿兒哈孫無考世祖二十五年四月甲申詔皇孫撫諸軍討叛王火魯火孫合丹禿魯干火魯火孫似卽阿兒哈孫而世次不符西域史此語殆誤抑由西人誤譯蒙哥可汗呼必賚可汗時也生哥嗣位歷膺重任統領全軍可汗與阿里布喀戰郎阿里不哥也生哥助王師相傳壽至七十五歲可汗召至議事髮無一莖白者案憲宗元年本紀始見亦孫哥世祖中統元年也先哥率東道諸王二年賜也相哥金印至元四年賑移相哥所部饑民皆卽也生哥四年後不見其名蒙哥可汗時朮赤哈薩兒數妃倘在其分地任阿爾袞河枯拉淖爾海拉兒客魯倫河東北流瀦爲枯輪淖爾再出而東北爲額爾古納河東有海拉兒河自東南來會此之枯拉淖爾當卽枯輪淖爾海拉兒當卽海拉兒河俄圖稱海拉兒內府圖作海拉爾水道提綱作開拉里詳親征錄海剌兒帖尼火魯罕注兩地皆符則阿爾袞河當卽額兒古納河下云近斡赤斤大王封地當是朮赤哈薩兒地在北斡赤斤地在東南伯帖木兒傳敗乃顏兵於忽爾阿剌河追至海拉兒河又敗之忽爾阿剌疑是阿爾忽剌卽額兒古納地近斡赤斤後王封地也古子貝達克無考又有子火兒哈孫當卽上之阿兒哈孫土古子也不根也生哥子愛每根當呼必賚可汗時愛每根嗣其父也生哥位宗室世系表也苦子愛哥阿不干移相哥子勢都兒厩忽大王未載有子今考也不根卽阿不干而愛每根似卽愛哥恐西域傳聞有誤然也苦三王子嗣何以寥落如是史長亦未盡可憑愛每根子勢格都

兒繼嗣亦在呼必賚可汗時勢格都兒與斡赤斤後王禿格察爾之孫合而謀叛（卽乃顏）爲可汗所誅分其軍（卽表之勢都兒世祖二十四年本紀作失都兒又二十九年正月賜諸王失都兒金千兩豈已悔罪歸誠耶抑名同人異耶）朮赤哈薩兒後人分領一軍從至西域阿八哈時尙在今亦有存者朮赤哈薩兒有一子曰巴忽兒達爾（云以面色淡白故有是名）其母阿爾壇哈敦火魯剌思人朮赤哈薩兒又娶僕婦闊闊眞甚美生子哈拉兒珠在襁褓中卽屬阿爾壇哈敦撫養哈拉兒珠有七子曰帖木兒無後曰沙里曰木哥都（二子曰布克兒台曰庫倫沙喝）曰忽圖哥其子阿兒斯蘭從忽拉護至西域而卒（上云分領一軍至西當卽其人）曰沙兒速克塔（二子曰忽占曰札馬赤）曰孟岱兒（子烏而傑特木拉）曰呼兒達喀無後相傳窩闊台可汗時察合台遣使來告從前共飲食之人今已漸少如可汗遣舊人來庶易共理國事是以可汗命哈拉兒珠前往阿爾壇哈敦不願遠離亦偕行並挈其孫徹兒吉歹同往徹兒吉歹時尙幼爲巴忽兒達爾長

子其次子失其名幼卽卒徹兒吉歹五子曰奇卜察克（二子曰台杜曰霍拉戴）曰蘇圖曰庫克皆無後曰圖丹土喝塔曰台兒極兒（三子曰巴魄曰布拉兒吉曰普拉特）其後八剌克與阿八哈爭戰（詳阿八哈傳）哈拉兒珠徹兒吉歹同助戰八剌克敗兵亦散二人相謀謂本是可汗命吾等西來吾等今當往依阿八哈遂至梭庫兒魯克之地謁阿八哈厚撫而納之先令庫克從阿爾渾（阿八哈子）繼令蘇圖亦往從又令圖丹土喝塔管倉糧亦令台兒極兒管糧因其不能任事改令隨匿沙兒速克塔孟岱兒呼兒達喀皆從阿八哈待以親王之禮

也速該三子哈準生子甚多嗣位者爲伊兒吉歹（卽史表之按只吉歹）窩闊台蒙哥呼必賚可汗皆重之遇大事必與商分地在東方近長城近主兒只地（主兒只卽女直接地當在今吉林西南盛京熱河以北）又近亦乞剌思部地哈蘭眞額剌特及兀兒古以河（哈蘭眞卽太祖與汪罕戰地額剌特卽祕史之額列惕沙陀之謂兀兒古以河卽祕史之兀勒灰河史錄作兀脊回水道提綱蘆河土名烏爾虎河）

亦作吳兒灰內府輿圖作烏爾揮蒙古游牧記作鄂爾虎爲珠穆沁左翼旗地餘詳太祖本紀譯證**無人從至西域伊兒吉歹子察忽剌嗣位察忽剌子哈剌忽兒嗣位哈剌忽兒子哈丹嗣位哈丹子勝格納哈兒嗣位**史表按只吉歹子曰合丹曰察忽剌曰忽列虎兒濟南王勝納哈爲隴王忽剌出之子合丹之孫此書世系不符又無忽剌出恐誤案按只吉歹太宗五年八年本紀俱作按赤帶定宗憲宗本紀俱作按只帶而世祖中統元年三月率東道諸王來會者僅有忽剌忽兒無按只帶十二月賜諸王銀及文綺帛則有按只帶忽剌忽兒合丹忽剌出勝納合兒當是一家人故連類受賜惟察忽剌未見世祖本紀憲宗三年癸丑世祖征大理諸王抄合也只烈帥東道兵史表無抄合似是察忽剌也只烈似即表之濟南王也只里爲察忽剌子故疑是也中統二年忽剌忽兒所部民飢免上供羊至元九年十二月諸王忽剌出拘括逃民高麗界中高麗達魯花赤上其事詔高麗諸民猶未安集禁罷之至元二十年諸王勝納合兒設王府官三員二十四年與乃顏同叛罷勝納合濟南分地所署官嗣後本紀不著其名惟至元三十年詔舊隸乃顏勝納荅兒女直戶四百虛糜廩銀令屯田揚州列傳惟忽憐土土哈傳兩見其名忽憐傳作聲剌哈兒土土哈傳作勝剌哈又謂乃顏陰遣使來結勝剌哈爲土土哈所執盡得其情勝剌哈設宴相邀二將土土哈以爲事不可測遂止計不得行未幾有旨令勝剌哈入朝將由東道進土土哈言於北安王曰彼分地在東是縱虎入山林也乃令從西道進據此則是勝納哈從北安王備禦海都在西北邊雖預乃顏逆謀而事機已洩西道入朝不及偕乃顏稱兵矣曾否伏誅紀傳皆不得考又案本紀二十四年四月乃顏反五月帝親征八月車駕還上都謫從叛諸王赴江南諸省從軍自効十月桑哥言諸王勝納合兒印文曰皇姪貴宗之寶實非人臣所宜用因其分地改爲濟南王印爲宜濟南封號當始於此史表按只吉歹冠以濟南王殊誤諸王表濟南王下云也只里至元二十四年封當是勝納哈兒叛後改封也只里**呼必賚可汗查伊兒吉歹後人共有六百**不可信**勝格納哈兒以與斡赤**

斤後人同叛被誅

也速該四子帖木哥斡赤斤人常稱爲斡赤那顏其長妃曰珊達克勤爲斡勒忽納特氏與諤倫太后同族咸尊敬之斡赤那顏好土木喜建宮室苑囿成吉思汗愛其幼弟延之上坐其子亦令位己子之上成吉思汗分與軍五千故部衆甚盛分地在蒙古東北面界外已無蒙古人生子甚多薨後子禿格察兒嗣史作塔察兒歐陽元高昌偰氏家傳撒吉思與火魯和孫馳白皇后帖列聶氏授塔察兒以皇太弟寶襲爵爲王案太宗六皇后名脫列哥那祕史作朵列格揑當郎帖列聶曰氏者傳之誤也斡赤之薨當在六皇后攝國時呼必賚可汗召宗王議事禿格察兒必與其列阿里布哥叛時令禿格察兒往討敗其衆久在軍中運籌治事壽甚高薨後子乞卜嗣乞卜子亦曰禿格察兒嗣乞卜位禿格察兒薨子哀楚兒嗣哀楚兒薨子乃顏嗣呼必賚查其族派有七百人可汗暮年乃顏與勢格都兒勝格納哈兒及果魯干後人額不干卽也不干窩闊台可汗後人

烏魯克庫騰無考結海都而叛可汗征之或誅或赦軍盡分析今已無其後人分地

案世系大誤撒吉思傳斡眞爲長子只不干爲世適孫塔察兒幼庶兄脫迭狂恣欲廢適自立撒吉思與火魯和孫馳白皇后乃授塔察兒以皇太弟寶璽嗣爲王敘述甚明史表世次亦同惟只不干有兒斡端與傳長子之說不符表又無脫迭惟塔察兒弟帖實之子脫帖音同而世次不同此云乞卜當卽只不干之訛奪干字音誤作斡赤那顏之孫塔察兒輔立憲宗率軍南征屢見本紀世祖卽位率東道諸王來迎至元九年十年賜其軍幣帛賑其部飢民此後本紀無其名何人嗣位史不可考表謂是壽王乃蠻台未可信此之哀楚兒似卽史之阿朮魯惟表爲斡端子塔察兒同祖兄弟表無阿朮魯後裔則此云哀楚兒子乃顏叛亂伏誅似非妄撰史表則里古台曾孫乃顏修元史者據之以地理志肇州附於廣甯府路下引哈剌八都魯傳內乃顏故地一語爲證謂乃顏爲孛魯古歹孫今考本紀太宗八年分賜諸王民戶斡陳那顏平灤州世祖中統元年七月詔給諸王塔察兒益都平州封邑歲賦金帛至元二十四年乃顏叛罷乃顏所署益都平灤分地達魯花赤則爲斡陳後人無疑廣甯王下乃顏名同人異錢氏大昕廿二史考異以史表有二也不干亦引廿四年罷也不干河間分地達魯花赤定叛王也不干爲闊列堅曾孫而未敢言乃顏今以西域書證之實與本紀吻合至西域書之兩禿格察兒必然有誤或傳鈔之訛也又乃顏封地在東弄兵亦在東本紀五月帝親征高麗王睶請益兵征乃顏以五百人赴之六月諸王失都兒所部鐵哥率其黨取咸平府渡遼欲劫取豪懿州守臣求援以北京戍軍千人赴之七月失都兒犯咸平宣慰塔出從皇子愛牙赤出瀋州進討宣慰亦兒撒合分兵趣懿州其黨悉平八月車駕還上都瀋州饑又經乃顏叛兵蹂踐免其今歲絲銀租賦九月咸平懿州北京以乃顏叛民廢耕作詔以海運糧賑之塔出傳言女直水達達官民與乃顏連結伯帖木兒傳敗乃顏兵於忽爾阿剌河追至海拉兒又敗之此二地僅此傳一見似是東藩之西境詳見前洋傳又云乃顏黨率衆走山前似指興安嶺又云追戰於札剌馬秃河追至夢哥山擒金家奴萬小傳乃顏叛率兵征之六月至撒里秃魯之地同都萬戶闊里鐵木兒與乃顏將黃海戰大敗之又從世祖與塔不台戰又敗之是月至乃顏之地奉旨留蒙古女直

漢軍鎮哈剌河復遣精騎扈駕至失剌斡耳朵從御史大夫玉速帖木兒討乃顏七月至札剌麻禿與金家奴戰敗之追至蒙可山那兀江等處遂平金家奴塔不台等所謂至乃顏地留軍鎮哈剌河蓋守後路兼防他道敵兵蒙古謂黑曰哈剌必是黑河蒙古游牧記潢河亦名㶟水自克什克騰旗界發源東流至巴林旗界爲大遼水之西一源唐書地理志營州北四百里至潢水今稱錫喇木倫蒙古謂黃爲錫喇遼史地理志上京臨潢府有潢河復有黑河周廣順中胡嶠陷北記謂渡㶟水明日又渡黑水宋薛映記及富弼行程錄並謂渡㶟水石橋五十里至保和館渡黑水河沈括筆談謂黑山在大漠北有黑水出其下是黑河在今巴林界蒙古稱哈剌木倫亦作喀喇木倫下流入西遼河亦作西剌木倫據遼河之西扼南北要路本紀失都兒所部鐵哥渡遼欲劫取豪懿州可知當日軍情以遼河爲要害乃顏封地則在遼河邇北扎剌麻禿當卽伯帖木兒傳扎剌馬禿河偏考中外地圖無合音者惟水道提綱綽爾河於兩山間出平地又東南百數十里合西來之賽勒河又數十里合東北來之馬拉兔河又百里合西來之特門河經科爾沁右翼北境綽爾河亦作罽兒如以綽爾馬拉兔兩河合言卽扎剌馬禿又提綱洮兒河亦曰拖羅河源出西興安山東麓東南流有查木哈兔河自北來會查木哈兔亦與扎剌馬禿音近以地勢軍程考之二河皆在左近傳下云追至那兀江卽今之嫩江亦曰諾尼嫩尼明初曰腦溫江元祕史作納浯江尤與那兀音類綽爾河洮兒河皆東入嫩江故知是也蒙古山卽蒙哥山未得確考博羅歡傳謂太祖分封東諸侯其地與戶以二十爲率乃顏得其九忙兀兀魯扎剌兒宏吉烈亦其烈思五諸侯得其十一惟徵五諸侯兵自足當之何至上煩乘輿哉此傳所言東方地戶已盡於是則朮赤哈薩兒哈準兩王分地將於何屬又四月乃顏反五月帝卽親征博羅歡雖有是言殊乖廟算史傳乃律律道之誤矣鐵哥傳叛王塔不台率兵逼行在而陣李庭傳從帝親征塔不台金家奴來拒戰博羅歡傳亦有戰塔不帶事而似世祖並未親征皆非事實大約太祖諸弟斡陳那顏分地最廣轄軍最多自枯倫淖爾以東洮兒河南北嫩江東西大率屬其封境西域書謂分地在蒙古東北面界外已無蒙古人是也忽憐傳乃顏聲剌哈兒叛世祖親征哈答罕衆甚盛忽憐迎敵敗之哈荅罕走度猱河還其巢猱卽那兀之合音卽嫩江本紀至元二十二年十月塔海弟六十言今百姓及諸投下民俱令造船於女直而女直又復發爲軍工役繁盛乃顏勝納哈兒兩投

下應坊採金等戶獨不調有旨遣使發其民亦力撒合傳二十一年改北京宣慰使諸王乃顏鎮遼東有異志密請備之二傳皆可爲證乃顏平後次年哈丹禿魯干復叛李庭傳伯帖木兒傳皆謂是諸王土土哈傳擊走叛王鐵哥擒叛王哈兒魯凡此諸王名與阿沙不花傳乃顏叛諸王納牙等皆應之阿沙不花北說納牙諸王之謀皆解史表太祖諸弟位下悉無其名不知何王之裔讀元史者所以昏瞀迷亂而無所措手也

也速該五子別勒格台子甚多譊後子扎富都嗣即表之爪都惟表是孫非是子又太宗七年九年本紀即見口溫不花據表是別里古台次子然憲宗元年本紀尚見別里古帶即別勒格台則太宗時別勒格台猶在至世祖中統元年則爪都率東道諸王或爪都遐嗣其祖之位故西域書誤以爲子人謂其有百婦百子享壽甚高妻子至前有不識者呼必賓可汗命其子那木罕征海都有叛王將擒那木罕以叛扎富都預謀既而扎富都歸禿格察兒請可汗置諸重典可汗謂其歷有勳勞不可殺貝勒津注原文可汗前與某某戰扎富都甚出力某某字已不辨案當即阿里不哥中統三年賜廣甯王爪都駝鈕金鍍銀印及諸王合必赤行軍印合必赤大破阿里不哥軍見二年本紀必由此役之勞故同受賜合必赤在世祖朝屢著戰功而世系表無考惟分其軍遣往鄭河守護邊界鄭河不能確考常自採薪爲炊從者請代其勞謂從前有罪今當以此補過可汗查其本支有八百人可汗云哈薩兒四十子今有八百人別勒

格台後人百人何以亦只八百或言於上哈薩兒後人盛別勒格台後人衰今別勒格台後王仍在可汗處供職未言後王從乃顏叛案史表別里古台曾孫徹里帖木兒襲廣甯王封爵本紀二十四年二月敕諸王闊里鐵木兒節制諸軍乃顏遣使徵東道兵諭闊里鐵木兒毋從闊里似即撒里是別勒古台後王未與叛謀西域書又未言其分地案別里古台傳以斡難怯魯之地建營以居沈垚西游記釋地謂即斡難河怯緑憐河本傳並無河字未敢言其必是地理志廣甯府路金爲廣甯府元封孛魯古歹爲廣甯王爵立廣甯行帥府事後以地遠遷治臨潢立總管府復云有醫巫閭山爲北鎮在府城西北二十里則當在遼東本傳賜以廣甯路恩州二城以爲分地別里古台孫霍歷極以疾廢不能軍世祖俾居於恩以統其藩人今考地理志廣甯路下並無恩州凡此疑竇皆屬無從明晰自來讀元史者爲宗室世系表所誤皆以叛王乃顏爲別勒格台之後眞不白之冤矣又太祖弟四人別勒格台爲異母弟並非最幼而列序居末西域書謂異視之不與四子等殆非妄臆然史獨有傳而三王皆無傳恐以嗣王叛逆宗正削其屬籍明臣修史無所依據遂無三王傳而別勒格台獨有傳也又元史本傳其子孫最多居處近太祖行在所南接按只台營地似即言其分地按只台似即哈準大王之子

附太祖后妃皇子公主考異

拉施特書云成吉思婦有五百正妻五人案五百恐是五十之訛元史四大斡耳朵此多一人

孛兒台夫人翁吉剌特氏特因那顏女祕史蒙文作孛兒帖兀眞解兀眞爲夫人西域書則逕稱夫人元史孛兒台旭眞似誤以稱謂爲名生四子五女蔑兒乞攻成吉思汗掠孛兒台而去時已懷孕蔑兒乞與汪罕交好以孛兒台贈汪罕汪罕因與也速該爲按

荅收而厚撫之部下咸勸汪罕娶孛兒台汪罕不從成吉思汗聞信遣扎刺亦兒人撒巴請於汪罕歸孛兒台中途朮赤生倉卒無襄兒具道途復不平坦撒巴乃摶麪爲兒脡具挈以歸以是稱名朮赤後轄奇卜察克等地次子察合台轄奕而吉斯單以至阿母河今篤哇汗及其子庫特魯克火者皆其後三子窩闊台嗣帝位其子古由克又別子之後海都別有紀四子圖里汗（史作拖雷）亦稱也可那顏又曰烏魯克那顏（義皆謂大那顏）成吉思汗常稱之曰奴可兒（謂義爲從者以常在左右之故案元祕史蒙文那可兒解爲伴當即此）圖里義爲鏡㲋後蒙古人諱言圖里稱鏡爲庫思古（無考西人謂是突厥語）其子蒙哥呼必賚皆別有紀今在位者帖木兒可汗（即成宗）合贊汗皆其後長女火眞別姬先議配汪罕子鮮昆之子而未成（祕史桑昆子禿撒哈此作禿生布赤必有誤故刪）後適亦乞刺思人孛徒古爾干（古兒干義謂女壻）次女扯扯干適衞刺特人忽禿哈別乞之子脫拉兒赤（祕史作扯扯亦堅適亦納勒赤史表闊闊干公主適

脫亦別赤祕史作亦納勒赤未是

三女阿勒海別姬適汪古部主之子石奎夷哀忒蠻譯曰鎮古拉施特部族考則云姪不云子案史傳阿剌兀思剔吉忽里死於難妻子與姪避地雲中太祖既定雲中購求得之以其子孛要合尚幼封其姪鎮國爲北平王鎮國薨子聶古台襲爵尚睿宗女孛要合幼從攻西域還封北平王尚阿剌海別吉公主公主明睿有智略車駕征伐四出嘗使留守軍國大政咨稟而後行師出無內顧憂公主之力也孟珙蒙達備錄二公主曰阿里黑百因俗曰必姬夫人曾嫁金國亡臣白四部死寡居今領白韃靼國事日逐看經有婦女數千人事之征伐斬殺皆自已出據孟珙言則所謂留守乃掌汪古部事非太祖本部太祖西征斡赤斤居守元祕史西游記可證別無阿剌海居守之語作此傳者誤會也史言孛要合幼從征西域歸乃尚主孟珙作備錄在辛巳歲正太祖在西域追札蘭丁之年不應卽云夫死寡居哀忒蠻謂阿剌海適鎮古生子訥古台娶拖雷女今案鎮古卽鎮國之訛訥古台卽鎮國子聶古台尚睿宗女語同元史貝勒津譯作石奎夷卽鎮古之訛而奎夷合音類國反覆推求必是公主先適鎮國夫死自領汪古部事其後夫弟孛要合自西域還復尚公主鎮國子聶古台爲公主出孛要合三子則公主進姬妾所生西域書但言其前元史但言其後蒙達備錄則適當其中蒙古不諱再醮理宜然也黑韃事略白撕卜郎白韃僞太子忒沒眞壻僞公主阿剌罕之前夫此爲確證白撕卜郎白四部亦卽史之鎮國何以二名不得其考西域書謂阿剌海年在窩闊台拖雷之間則是太宗妹睿宗姊餘詳汪古部族考

四女禿馬倫適翁吉剌特人赤古爾干原譯遺脫赤古二字據部族考補入元史本紀有赤駒駙馬親征錄作赤渠元祕史作出古史表鄆國公主位禿滿倫公主適赤窟駙馬皆卽此赤古部族考謂是阿勒赤那顏之子益卽國舅按陳那顏蒙達備錄三公主曰阿五嫁尚書令國舅之子又云按赤那邪兒封尚書令爲成吉思正后之弟而特薛禪傳但言按陳子斡陳尚睿宗女必是史官失載阿五異名無考或備錄有訛字餘詳部族考

五女阿兒塔楞亦曰阿兒塔魯黑適斡勒忽訥特人札弗圖兒色辰台出古爾

干台出其名札弗圖兒色辰乃其稱號色辰即祕史之薛禪聰明之謂史表某公主適塔出駙馬
又某公主適塔出子朮真伯駙馬台出即塔出其子朮真伯見部族考史表某公上名已缺得
此可補元史餘見部族又有非正后生之女阿勒敦部族考作阿勒敦此作伊拉勒體
更誤元史作也立安敦亦作也里
考及憲宗本紀補異
安敦然總不如祕史阿
勒阿勒屯譯音之確畏兀兒部亦都護來歸附成吉思汗稱爲義子列
第五以是女許嫁而亦都護正妻姑息不令其娶迨正妻死窩闊
台乃議遣嫁此處敘述未完詳部族考蒙達備錄云成吉思女七人可知者僅三人今確實
可徵者已得六人史表延安公主位火魯公主適哈答駙馬祕史九十五功臣
有合夕古列堅合夕即哈苔似
是太祖婿古列堅即古爾干
次曰忽闍哈敦兀洼思蔑兒乞部長帶亦兒兀孫女生子果魯干
成吉思汗愛之視如正室出果魯干四子長忽察嗣爵忽察長子
兀兒圖夷嗣爵即表之
忽魯夕兀兒圖夷子額不干與乃顏等叛王作亂呼
必賚可汗誅之果魯干史表作闊列堅或作曲里堅分地不可考上土哈傳有言也不干
叛者土土哈即日啟行疾馳七晝夜渡禿兀剌河戰於孛怯嶺大敗之也
不干僅以身免世祖親征乃顏聞之遣使命土土哈收其餘黨沿河而下禿兀剌河當即上拉河
沿河而下當是沿客魯倫河則也不干分地似在客魯倫河果魯干從拔都征俄羅斯受傷而卒
見拔都傳此敘世系悉符史表惟
言果魯干四子而表但著忽察

三曰也速凱特塔塔兒人原作別速凱特元史祕史皆作也速據以改正史表第三斡耳朵曰也速皇后第四曰也速干皇后此之別速凱特字音近也速干而增特字尾音蒙古源流作濟蘇凱恐亦序誤倒詳下生子曰察兀兒幼卒華書無考哀武繼譯兀察兀兒

四曰公主哈敦阿勒壇汗之女原作昆主哈敦謂是金主之女則必是衛紹王公主金史稱爲公主皇后昆主必是公主之訛貌不揚成吉思汗以其爲貴主故厚之無出阿里布喀作亂時尙在

五曰也速侖爲也速凱特妹祕史也速干云我的姐姐名也遂又云也速干將他位子讓與也遂坐了則也遂位次當在前也速干次序在後此之也速侖乃是也速干上文也速凱特乃是也遂

此外位分稍遜而著稱者一曰阿卜哈喀敦喀敦即哈敦汪罕弟札合不之女阿卜哈之姊妹別克土以迷失夫人適朮赤見元史祭祀志第三室皇伯考朮赤伯妣別土出迷失阿卜哈祕史作亦巴合唆魯和克台別姬適圖里生四子憲宗本紀唆魯禾帖尼后妃表同惟禾作和祕史莎兒合黑塔尼皆亦同惟云札合敢不有二女此多一女睿宗十一子此云四子蓋言其親生成吉思汗一日得惡夢因以阿卜哈賜與兀魯特人怯台那顏奩資家產悉令將去惟留一金盃及斟酒之人以爲遺念部族考亦詳載大同小異祕史載此事則爲賞功與西域所聞不同怯台即主兒扯歹

一曰古兒八速哈敦乃蠻太陽汗之正室成吉思汗寵之照蒙古禮節成婚祕史誤爲塔陽汗母

一乃蠻女失其名從成吉思汗生子朮兒徹早卒拉施特紀太祖伐金分軍爲三之役有將主兒赤歹注曰成吉思汗幼子亦見親征錄作朮赤台此之朮兒徹必卽主兒赤而脱歹字音蒙達備錄謂成吉思子甚多長子比因破金國攻西京時陣亡今二太子御爲大太子名約直又云劉伯林雲內人有子甚勇武没眞長子戰死遂將長子之妃嫁伯林子哀武鑾譯本謂乃蠻女生一子爲帝最長子曰忽兒赤惕早卒忽兒赤惕必卽朮兒徹歹之訛蒙古子以母貴不以年齒分長幼如別勒格台亦然或者年長於諸弟而序次在正后所生子後故謂幼子通鑑續編太祖六子大太子述赤性卞急而善戰早卒二太子察合台性愼密爲衆所畏三太子窩闊台是爲太宗四太子拖雷是爲睿宗其庶子曰朮兒徹歹曰郭列干

一塔塔兒女從成吉思汗生子兀魯察罕早卒卽史表次五之兀魯赤而增罕字

一哈敦爲唐古特人不知名案卽西夏國主女祕史載其名曰察合以其爲國主女故此書載之下云速哈特願得之成吉思汗卽以爲贈不解其故附錄注中

附太祖年壽考異

元史本紀太祖二十二年丁亥崩壽六十六逆推之帝生於宋高

宗紹興三十二年壬午親征錄於癸亥年滅汪罕後大書特書上
春秋四十二與本紀合蒙古源流亦同元祕史末言帝壽惟記也
速該卒時帝年九歲乃西域史及西域人私家著述無不謂帝生
於猪年崩於猪年十三歲喪父亦在猪年壽七十三則應生於紹
興二十五年乙亥烈祖之崩在孝宗乾道三年丁亥始謂其說謬
妄比考孟珙蒙韃備錄謂成吉思汗生於甲戌則爲乙亥上一年
歲數鄰近又蒙古以草青紀歲不云幾歲而云幾草故傳述易訛
若甲戌壬午上下相距九年不應舛錯至此復考陶宗儀輟耕錄
元順帝朝詔修遼金宋三史楊維楨著正統辨謂宋祖生於丁亥
而建國於庚申我太祖之降年與建國之年亦同宋以甲戌渡江
而平江南於乙亥丙子之年我王師渡江平江南之年亦同建國
庚申之說諸書無徵惟西域史詳載猴年滅泰亦赤兀敗哈荅斤

諸部取威定霸固在斯時必謂建國是年似由傅會然太祖徵召邱處機詔云七載之中成大業六合之内爲一統自庚申至丙寅即帝位正七年錢崖是説殆有由來非盡出於比附自來星命家占婚擇日但論年支不論年干生於乙亥乃與宋祖生於丁亥符合錢崖此辨上之於朝斷然不敢臆撰然則元史等書未可盡信而殊方異論未可盡疑矣詳引附識以俟世之博雅君子論定焉

太祖本紀譯證下終

元史譯文證補二

定宗憲宗本紀補異皆本多桑

兵部左侍郎總理各國事務衙門行走加三級臣洪鈞撰

當太宗之崩也皇后脫列哥那稱制元史表太宗皇后五人妃一人脫列哥那六皇后爲乃馬眞氏攝國凡四年又有秃納吉納六皇后元祕史太祖以兀都亦惕蔑兒乞部長脫黑脫阿之子忽都的妻朶列格揑與了斡歌歹西書則云烏虎思蔑兒乞部長帶兒哈孫之妃與祕史異烏虎思即兀洼思見祕史西書又稱其名曰土拉起納與秃納吉納音尤類而史表又皆稱爲六皇后是否重出不無疑竇西書謂太宗七子五爲后出合丹滅里妃嬪所生元史表惟載業里訖納妃子爲滅里之母任阿不都拉蠻主財賦撲買諸路稅課太宗本紀耶律楚材傳皆作奧都剌合蠻其撲買亦先見太宗本紀蓋西書之重言也不喜鎮海罷其相位西書謂鎮海爲相兼紀太宗言行如起居注之類西域婦法特瑪徒思人太祖西征自徒思掠至和林后寵愛之太宗舊人黜者大半或謂皆法特瑪進讒之故親王斡赤斤忽以兵至人心震駭斡赤斤有子儭太宗居和林后亟遣往究詰其時西北軍凱旋定宗已至葉密爾河斡赤斤聞之乃曰吾來視喪非有他也遂引兵歸此事無可徵考惟元史耶律楚材傳云朝廷用兵事起倉卒后令授甲選腹心至欲西遷以避之楚材曰朝廷天下根本根本一搖天下將亂臣觀天道必無患也後數日乃定或即此事斡赤斤封於東方后欲西遷以避情事頗合

楚材傳在癸卯夏正西北軍還之時時序亦合元史類編定宗本紀云議立帝久不決諸王將謀亂會雷雨大作帳水深數尺遂各散去或即癸卯之事而誤移於會議之時定宗既至后欲立爲帝待拔都來會議而拔都托病屢愆行期與後拔都傳語參觀不及待乃集諸王諸延立定宗斡赤斤亦來會西書云其子孫八十人丙午七月定宗即位西八月邊遠屬國若俄羅斯若羅姆若角兒只若法而斯若克兒漫若毛夕耳等或自來朝或遣子弟其以使臣陪位襄事者則有天主教王報達哈里發木剌夷阿勒坡各酋長數月之內王會之盛先所未有定宗錫賚優厚妃主親王大臣并其子弟皆有賜諸翼將士賜及其家朝貢諸國犒及從者皆拖雷妃唆魯禾帖尼主其事拉施特云古余克帝用財備賜之金有七萬巴立施之數除以賦稅補虧巴立施不知何數西人疑是金錠所備之物兩次賜予猶有遺者令衆奪取以爲樂又教王使人發闊客批尼云鄂爾多旁有小山駐車五百乘皆金銀緞帛名賜物出於目擊語當不誣定宗首究斡赤斤稱兵之事而不顯言令親王蒙哥鄂爾達往按鄂爾達當即拔都之兄拔都遣以東來見拔都傳戮其官屬數人餘置不問定宗即位後數月太后脫列哥那崩六皇后之崩元史失載定宗本紀元年則云帝雖御極而朝政

猶出於六皇后觀西書此語及以下諸事則六皇后未八郎殂似非妄語元史后妃表注云至元二年追謚昭慈皇后而后妃傳乃云至元二年崩追謚升祔恐是撰皇后傳者誤會妄增崩字后之攝國也法令廢弛諸王徵求無藝屬官因緣爲姦至是始申禁拖雷妃及子獨不效尤故定宗禮重之殺阿不都拉蠻可補元史之缺仍以牙剌挖赤主財賦其子馬思忽惕治突而基斯單撒馬爾干等地皆錫金獅符西書謂后攝國時馬思忽惕逃往拔都處不知何故當是其父被斥其子畏波及或亦被斥故逃也復以鎮海爲丞相此見鎮海傳諭報達使人法克哀丁歸告其主遇蒙古人無禮如不改行將致兵禍木剌夷使人不見禮而遣歸察合台後太宗數月即薨薨後其孫合剌旭烈監國謨阿圖堪之子定宗以傳孫而不傳子爲非令察合台子也速蒙哥嗣位西書作也生蒙哥音未爲異惟合剌旭烈作喀喇忽拉古則異矣遣兵征高麗本紀不載惟高麗傳云定宗憲宗之世歲貢不入故自定宗二年至憲宗八年凡四命將征之所紀年分亦合遣察罕伐宋西書又有速不台案速不台傳丙午定宗即位既朝會還家於禿剌河上戊申卒西書殆誤故刪察罕傳定宗即位賜黑貂裘一鑌刀十命拓江淮地則確有兵命矣命野里知吉帶征西域於諸王部兵十中抽二本紀云率搠思蠻部兵征西搠思蠻似是部名而無可考親征錄太宗即位先一年戊子太宗皇帝與太上皇共議搠力蠻復征西域搠力蠻

何即捌思蠻蒙古謂八曰乃蠻疑是十中抽二餘八之謂作捌力蠻字音似尤切合姑存此說以質知者至太宗即位四征不庭西書亦言諸王部兵十中抽二非止此也西域屬邦羅姆角兒只毛夕耳的牙佩完耳阿勒坡皆轄之取貢賦以供用西域東境屬阿兒渾定宗謂野里知吉帶我將自往汝爲前鋒西域婦法特瑪行巫蠱術害皇弟闊端事發極刑處死西書云法特瑪仇怨甚多有撒馬爾干人名曰希雷訴其巫蠱皇弟闊端之病皆其所爲闊端亦遣人來告我爲其所厭禳如死必誅其人未幾闊端竟卒鎮海請於定宗刑訊之以綫縫其周身孔竅裹氈而投之河隨從婦女皆死居無何又有人訴希雷厭禳定宗子忽察亦殺之并其家屬案蒙古本信巫憲宗初即位亦有厭禳之獄定宗后至賜死事當不誣西書稱闊端音似庫灘忽察音似火札三年戊申以疾西巡葉密爾河爲潛邸時湯沐地西書云定宗自謂此處水土宜於我體沿路犒賞無算拖雷妃唆魯禾帖尼以定宗與拔都有隙令且西行使告拔都宜善自備拔都乃東來迓之定宗在途西距別失八里七日程病作而崩壽四十三本紀帝崩於橫相乙兒之地不知何地今考西書略得方向惟本紀二年秋即云西巡疑元史有誤定宗嚴重有威在位未久不及設施惟皇后聽政時君權下替定宗既立乾綱復歸於上手足有拘攣病好酒色常以疾不視事事多決於

大臣鎮海喀達克二人拉施特志費尼並云二人皆信天主教常以是勸定宗定宗之醫官亦天主教士其時西里亞阿速報達俄羅斯之教士皆東來傳教語出於天方教人斯爲可異喀達克無考惟憲宗元年以葉孫脫等務持兩端坐誘諸王爲亂並伏誅內有合荅之名或即此喀達克其被殺事見下定宗崩皇后斡兀立海迷失西書作烏古勒凱迷失謂是衛拉特部長庫都喀之女此可以補后妃表庫都喀即忽都哈之異譯祕史作忽都哈別乞別乞係稱謂非名暫不發喪亟先赴於唆魯禾帖尼及拔都處自請攝國以待立君拔都允之其時拔都東迎定宗已至阿勒塔克山聞信乃召諸王大將來會自駐阿勒塔克以待阿爾泰山西支巴勒喀什淖爾西北之山西圖謂之阿勒塔克以別於阿爾泰實即阿勒泰克四字讀泰克不順口變爲塔克蒙古語多有此變音似非西人翻稱亦作阿拉塔克亦云阿拉克圖憲宗本紀諸王大將初會於阿刺脫忽刺兀之地蒙古謂山曰敖拉亦云襖兀刺見明茅元儀武備志所謂忽刺兀或即敖拉言山或山下地名而阿刺脫之即阿勒泰證以西書當無疑義諸王謂會議宜在東方不宜在西土多不至比及會期大半朮赤拖雷後王無太宗後定宗后亦僅遣使預議本紀使者八拉西書則使者帖木兒云先爲和林總管語異又本紀諸王拔都木哥阿里不哥唆亦哥禿塔察兒今元史改本以唆亦哥爲一人禿塔察兒爲一人表傳無徵案塔察兒當即斡赤斤位下塔察兒國王元年再來會七年率諸軍南征圍樊城其名屢見憲宗世祖本紀禿字應屬上作唆亦哥禿或即憲宗第十弟歲都哥必求其人以實之此爲近似木哥即憲宗九弟末哥也阿里不哥憲宗七弟西書云大半朮赤拖雷後人語頗合野里知吉帶自西域來會勦議

遵太宗命立失烈門（今改實勒們，西書音似失拉門）時忽必烈在坐，作而言曰：太宗既欲立失烈門，而汝輩輔立定宗，豈太宗命耶？阿兒塔隆爲太祖愛女，即有罪，當集宗親會訊而後定讞，乃不問供狀即殺之，又豈太祖太宗舊典耶？（此事華書無徵。其駙馬曰札費兒薛禪，見公主表補）今日之事，獨以太宗命爲詞，何也？言者語塞。（案本紀即與忙哥撒兒傳異，西書又異。蓋會議時人衆語多，各就所聞紀之，各不同如此，惟大致同耳）是時定宗長子忽察亦冀得父位，而太宗後人多不愜衆望。太祖臨崩，分其部兵於子弟，拖雷以幼子所得獨多。（西書謂蒙古風俗，父之遺産幼子多分。太祖部兵十二萬九千人，拖雷得十萬一千，朮赤、察合台、窩闊台位下各得四千，太祖幼子曲里堅亦四千，弟哈準二千，斡赤斤五千，掰只哈薩兒之子一千，太祖母訶額侖三千。案太祖幼子乃是曲里堅，以非正后所出，故拖雷以次居幼。拖雷常從太祖左右佐治兵事，分軍固宜多也）諸將帥大率舊部。拖雷薨後，蒙哥諸弟尚幼，事皆決於唆魯禾帖尼，有才智，能馭衆，亦與拔都相親厚，故衆望屬於蒙哥。別有人建議拔都最長當立，拔都不可。衆曰：王既不自立，惟王審擇一人，早決大計。拔都乃曰：今吾國家幅幀甚廣，非聰明睿知能效法太祖者不可爲主我意在蒙哥拳應曰然蒙哥再三讓其弟末哥曰（西書音似末嘎）衆謂惟拔都言是聽兒無異詞今奈何不從拔都言拔都曰末哥言是也議遂定且議明春再會於斡難克魯倫兩河之源太祖肇基之地皇后使者歸報后與二子忽察腦忽大不悅（西書腦忽音似那古）遣使告拔都會議非地宗王未集義不能從拔都謂明年再會於東太祖太宗大業未可輕授君位已定請屈意相從遂令弟伯勒克脫哈帖木兒（本紀元年西方諸王別兒哥脫哈帖木兒別兒哥今改伯爾克是也西書脫哈音似托略仍是哈喀異譯）將大軍衛蒙哥而東自駐於西以備非常二次之會唆魯禾帖尼爲主召集諸王大將而太宗定宗後王察合台後王也速蒙哥皆不至拔都屢使往勸仍不納伯勒克等以久待爲憂請命於拔都拔都乃申令於衆定立蒙哥宗親中梗議者有國典在既而東方親王攤只哈薩兒哈準斡赤斤後王咸集（本紀東方諸王也古脫忽亦孫哥按只帶塔察兒別里古帶按元史表攤只哈兒位下也苦脫忽移

祖哥即也古脫忽亦孫哥三人擲只哈兒奪薩字表之誤哈準位下按只吉歹即按只帶鐵木哥斡赤斤位下塔察兒即此塔察兒別里古帶改本作伯勒格台爲太祖弟案伯勒格台不過少太祖數歲特以庶母所出故列於末太祖崩至是已二十五年是否尚存殊不敢必又別里古台孫滅里吉歹見史表或即別里古帶亦遣使往勸失烈門忽察腦忽三王允往猶未至而擇日已定不及待遂奉蒙哥即位是爲憲宗時年四十有三本紀六月即位西書七月初一日即位即位之日親王列右妃主列左憲宗七弟列前史表睿宗子十一人有二人失其名次二忽覩都亦無後蓋皆早夭故憲宗即位惟弟七人武臣以忙哥撒兒爲首文臣以孛爾該爲首本紀元年以孛魯合掌宣發號令朝覲貢獻及內外聞奏諸事西書云以孛爾該爲大筆帖齊職視大學士孛爾該當即孛魯合筆帖齊即必闍赤西書又云其人奉訥司托耳夫士教即唐之景教禮成大宴七日正燕樂時御者克薛傑上變謂以失騾出覓道遇車乘甚衆一車折輳其御束縛之詰以爲同伴呼使助則見車中藏兵甚多訝而問之其御曰汝車同我車何問爲益訝之更詢他車始知失烈門忽察腦忽三王以朝會爲名將乘飲宴不爲備作亂故亟馳返以告憲宗乃令忙哥撒兒率兵往覘止其衛士令各從二十人入謁具貢物凡九所謂九白之貢

是也阿卜而嗄錫云蒙古尚九故餽禮亦從九數其制出於奚厥御者上變案忙哥撒兒傳憲宗既立察合台之子及按赤台等謀作亂刳車轅藏兵其中以入轅折兵見克薛傑見之上變忙哥撒兒卽發兵迎之按赤台不虞事遽覺倉卒不能戰遂悉就擒西書所敘略同而情節加詳克薛傑西書作怯克薛傳云察合台之子及按赤台等案察合台後不附憲宗者其子也速蒙哥其孫不里未來會蓋預謀也按赤台必非本紀東方諸王之按只帶本紀爲亂伏誅者有按只䚟當卽其人似非宗王本傳亦未言其爲宗王而元史類編竟云宗王按赤台等謀作亂朔方備乘忙哥撒兒傳本之未是本傳忙哥撒兒既卒帝詔曰察合台阿哈之孫太宗裔定宗闊出之子及其民人越有他志所謂察合台孫蓋指不里太宗之裔定宗闊出之子卽指忽察腦忽失烈門等與西書相合本紀云失烈門及諸弟腦忽等心不能平有後言帝遣諸王旭烈與忙哥撒兒帥兵覘之諸王也速忙可不里火者等後期不至遣不憐吉䚟率兵備之當日直係謀逆非止後言也速忙可卽也速蒙哥火者當卽忽察雖所述各異而互較參觀酌中以斷西書敘次似爲清晰又法王使人路卜洛克於憲宗三年至和林其所記載與拉施特志費尼二人相同益當可據始至時猶令與宴越日拘係憲宗自鞫之皆堅謂無逆謀刑訊失烈門從官乃吐其實而自剄以死復令忙哥撒兒訊諸從官咸辭伏憲宗以初卽位不欲多行殺戮眾以爲未可正猶豫間牙剌挖赤立於門外呼以入問曰汝老成人更事已多何獨無言對曰臣西域人也請得言西域事昔者希臘王阿來三得名見瀛環志略已滅波斯欲入印度而將領中多異議令出不行阿來三得遣使詢於其傅阿里

斯托忒爾為古時西域負盛名之人使者致命阿里斯托忒爾無言惟與使者游園過林木之蔽觀眺礙行路者悉令從人芟伐拔掘易以新株使者悟歸報阿來二稃乃誅遂諸不從令將領更易其位遂平印度而回於是憲宗意決殺二王之黨煽亂謀逆者凡七十人野里知吉帶二子亦同謀皆以石子塡塞其口而死野里知吉帶已往西域遣人追及於八脫吉斯之地獲之以付拔都置諸死本紀冬以宴只吉帶違命遣合丹誅之仍籍其家卽此八脫吉斯在阿母河東南兒西域下傳遂改更庶政分命職官與元史本紀所言略同不載禁諸王徵求貨財馳使擾民禁使者强取民馬非驛路所經勿行自太宗時始凡商賈售貨朝廷皆得馳驛至是申禁代償定宗及定宗后與子虧欠商貨銀五十萬書云巳立施當是五十萬錠非五十萬兩依太祖太宗舊制免耆老丁稅釋道等教亦然惟猶太教人不在此例從阿兒渾之言改定西域賦則牛馬稅百取一不及百者免二年春皇太后客列亦氏崩葬

睿宗墓旁拉施特云唆魯禾帖尼信天主教而待天方教人亦厚布哈爾教人議建書院助以黃金一千巴立施故此書院名曰喀尼譯義爲后猶言皇后之書院也生徒千人與論稱頌太宗亦雅重其人常與議事附葬於第四子阿里不哥處地近阿爾泰山拖雷墓在太祖墓側至和林究厭禳之獄以定宗后失烈門母忙哥撒兒盡法鞫治得實褁以氈投諸河見本紀殺定宗后用事大臣卽鎮海喀達克二人書謂行刑殺鎮海者丹尼世們哈尤魄其名見西域下傳而元史鎮海傳但言其卒未言伏法事異以太宗孫不里付拔都不里曾於酒後詈拔都至是拔都殺之以忽察腦忽失烈門三王皆由其母孀戢得免死遷忽察於和林西蘇里該之地未詳謫腦忽失烈門爲兵弁蒙古語所謂探馬赤祕史太宗怒古余克謂教邊遠處去做探馬赤攻取堅城受辛苦者元史語解改探馬赤爲特默齊爾係牧駝人之稱恐未足以盡其義本紀謫失烈門也速孛里等於沒脫赤之地沒脫赤無考恐卽是探馬赤其言地者猶言遠地之兵弁譯者誤以爲地名耳其後忽必烈伐宋請於憲宗使失烈門從軍效力迨憲宗自將南伐仍投失烈門於水分遷太宗後王定其封地太宗舊部軍別擇親王將之以防其擁衆爲亂惟太宗子合丹蔑里太宗孫闊端太子之子翊戴無二心未奪兵柄仍得分太宗諸后妃家貲案本紀二年分遷諸王曰合丹曰蔑里皆太宗子曰

海都曰脫脫皆太宗孫曰別失八里地即今烏魯木齊曰葉兒的石河即也兒帖石河曰海押立曰葉蜜立兩地則有考皆在太宗分地及其附近並未遠徙特爲之分定疆界耳紀又云蒙哥都及太宗皇后乞里吉忽帖尼於擴端所居地之西擴端即闊端蒙哥都則闊端之子西方何地無考詳亦非甚荒遠不明其地又泥於元史文義一若盡投之遠方也者未爲是也本紀元年遣合丹誅宴只吉帶二年以合丹爲札魯花赤八年九年諸王蒙哥都攻巢州禮義山竊疑皆太宗後王可就西者以意測元史至紀云遣別兒哥於曲兒只地此別兒哥不知何人今攷伯勒格合則爲太祖弟不稔是否案多桑地圖女直之地稱曰曲兒只祕史蒙古譯文稱女直曰朱里扯薔曲兒只即由朱里扯而訛遣貝喇往察合台藩地究違命諸臣此貝喇未知即入印度之八剌否亦遣使至漢地凡附太宗後者皆逮究乞兒吉思謙謙州等處皆遣兵巡察拉施特云自此蒙古內亂以萌失戌吉思汗睦族固本之訓命察合台孫忽剌旭烈殺其叔也速蒙哥代其位奉命而行未至而卒忽剌旭烈妃倭耳干納行帝命殺之自監國者九載內書謂也速蒙哥性耽麴糵事皆決於其妃賞御者克薛傑功封爲答剌罕明武備志頭目曰打剌汗元史語解改達爾罕爲凡有勤勞免其差役之謂又案啟昔禮亦封答剌汗見西游錄元史列傳有答剌罕爵者甚多罕即汗恐兼頭目之名非止免其差役初政大定乃散遣來會諸王厚貺伯勒克脫哈帖木兒遣歸

定宗憲宗本紀補異終

元史譯文證補三

兵部左侍郎總理各國事務衙門行走加三級臣洪鈞撰

后妃公主表補輯 此本多采與拉施特書互有歧異兩存之以俟考

烈祖宣懿皇后訶額倫斡勒忽訥氏 元史作月倫西域書作烏倫與祕史之訶額倫相類自是祕史音確斡勒忽訥亦見祕史蒙古源流作郭勒郭諾特西域書作烏而忽奴特三書相較應從祕史語尾特字可省西域書謂是宏吉剌特之分部案祕史也速該挈太祖往其母舅斡勒忽訥氏處求親到扯克撒兒山赤忽兒古山之中間遇翁吉剌人德薛禪問曰也速該親家何往可見二族居地相近而稱以親家殆因訶額倫爲其同族之故足可爲證西域書又云烏倫釋義爲雲與元史語解同

太祖光獻皇后孛兒台宏吉剌氏 元史作孛兒台旭眞案明茅元儀武備志韃靼稱女子曰耩琴即旭眞也蒙古文往往有此聯屬之語如親征錄之帖木眞斡怯祕史之帖木眞兀格下二字皆非其名譯者未言其故作史者誤以爲名應去朮赤察罕台窩闊台拖雷皆其所出元史表太祖后妃共三十九人西域書未備載但云正后五人孛兒台爲之首餘四后列下

忽蘭皇后蔑兒乞氏 見元史表帶兒兀孫之女見親征錄祕史生子曰格兒干蓋即元史之闊列堅太子也或作曲里堅

也速干皇后塔塔兒氏 生烏察兀兒早卒太祖次五子兀魯赤無嗣似即此祕史稱也速干同元史蒙古源流作濟蘇凱

也遂皇后塔塔兒氏 也速干之姊事見祕史

古楚皇后女眞人完顏氏 金史宣宗本紀衛紹王公主元史稱歧國公主以元史表較古楚之音無一合者金史稱爲公主皇后古楚豈公主

之訛耶后壽高阿里不哥據和林叛時后尙在無出以上五后西域書列之正宮以下四人則妃嬪中之著稱者

一妃乃蠻人失其名生一子爲太祖最長子曰忽兒赤體早卒蒙韃備錄云成吉思子甚多長子比因破金國攻西京時陣亡今二太子衲爲大太子名約直又云劉伯林雲內人有子甚勇忒沒眞長子戰死遂將長子之妃嫁伯林子孟珙此語不爲無因約直卽朮赤

一妃塔塔兒人失其名生子曰烏拉察罕早卒兀魯赤與烏拉察罕字音尤近疑前之烏察兀兒非卽兀魯赤也

一妃乃蠻塔陽汗之哈敦曰古兒八速親征錄作菊兒八速祕史作古兒別速西域書字音互有異同從其同者祕史謂是塔陽汗母親征錄謂是妻西域書同親征錄按若是母則年已長太祖未必納諸後宮自是祕史之誤惟太祖納之則僅可證諸祕史

一妃西夏國主女失其名祕史載其名曰察合合字旁注中字則當讀如哈

光獻皇后生女五人長火阿眞別吉祕史作豁眞親征錄作火阿眞元史火臣音似未足適亦乞剌斯部長孛徒見元史表傳

次徹徹干謂適衞拉特部長忽都哈別吉之子土拉而吉此惟祕史有之女名扯扯亦堅駙馬曰亦納勒赤按元史表延安公主位有闊闊干公主適脫亦列赤駙馬字音皆近似卽此西書之土拉而吉當卽亦納勒赤之訛

三阿剌海別吉元史傳謂適汪古部長阿剌兀思剔吉忽里之子孛要合表同西域書謂適其姪鎭古生子名

訥古台尙拖雷女案阿剌兀思剔吉忽里既死於難妻子與姬避地雲中太祖既定雲中購求得之以其子孛要合尙幼封其姪鎭國爲北平王鎭國薨子聶古台襲爵尙睿宗女孛要合幼從攻西域還封北平王尙阿剌海別吉公主公主明睿有智略車駕征伐四出嘗使留守軍國大政咨稟而後行師出無內顧憂公主之力也蒙達備錄則云二公主曰阿里黑百因俗曰必姬夫人曾嫁金國亡臣白四部死寡居今領白韃靼國事日逐看經有婦女數千人事之征伐斬殺皆自己出據此則元史所謂留守乃是掌汪古部事非太祖本部史文之誤會也史言孛要合幼從征西域歸乃封王尙主而孟珙之使蒙古作蒙韃備錄在辛巳歲正太祖在西域追札闌丁之年不應郎云公主夫死寡居西域書之鎭古郎鎭國之訛訥古台郎聶古台尙睿宗女語同反覆推求必是公主先適鎭國夫死遂自領汪古部事繼而夫弟孛要合自西域還復尙公主鎭國子訥古台爲公主出而孛要合之三子則公主進姬妾以生西域書但言其前元史但言其後而蒙達備錄則適當其中蒙古不諱再醮理宜然也白四部之名無可比附西域書謂太祖欲以女適阿剌兀思剔吉忽里辭以年老請以兄子訂婚阿剌兀思之兄先爲汪古部主汪古部爲金守長城邊界兄死弟嗣而金主仍禮遇其兄子蒙達備錄所以云金國亡臣也汪古之義爲邊牆云是契丹語蓋即金語史言金源氏塹山爲界阿剌兀思以一軍守其衝要語同西域書紀阿剌兀思死難之事與元史異語繁不載又云阿剌海別吉年歲在窩闊台拖雷之間蓋太宗妹睿宗姊

四禿馬倫

謂適鴻吉拉特部長阿赤諾延之子曰愼古阿赤本名答兒吉古爾干人皆稱爲阿赤諾延禿馬倫年長於拖雷愼古後率鴻吉拉人四千駐守禿馬特之地案之各書全無證據及考蒙達備錄云三公主曰阿五嫁尙書令國舅之子又云按赤那邪晃封尙書令乃成吉思正后之弟因而恍然阿赤諾延郎元史之按陳諾延其子愼古史傳無徵然蒙達備錄明言三公主嫁國舅子而特薛禪傳但言按陳子斡陳尙睿宗女必是史官失載元史表鄆國公主位禿滿倫公主適赤窟駙馬未言何帝之女而禿馬倫禿滿倫譯音悉合愼古赤窟轉音相通元史太祖本紀有赤駒駙馬親征錄作赤渠祕史卷十三蒙文稱出古尤與愼古近合元史特薛禪傳賜號國舅按陳諾延部遣平元史會編於按陳從征伐有功賜號諾延下注曰譯言國舅也案諾延爲官長之稱並非國舅當是按陳爲國舅是則按陳並非其名答爾古古爾干此說大可備考

五阿兒塔隆或作阿兒塔魯罕適斡勒忽訥部長泰赤子札賚兒薛禪爲宣懿太后之姪謂太祖最愛此幼女定宗時以事賜死見憲宗本紀補異無可稽考非正后出之女也

立安敦巴而朮傳作也立安敦祕史作阿勒阿勒屯西域書作阿勒敦今姑從史表適畏兀兒國主巴兒朮阿兒忒的斤詳元史本傳西域書謂未成婚先卒附見畏吾兒釋地元史會編引蒙達備錄云太祖女七人而可徵者僅三人今共考得六人

后妃公主表補輯終

元史譯文證補四

朮赤補傳

兵部左侍郎總理各國事務衙門行走加三級臣洪鈞撰

朮赤太祖長子母光獻翼聖皇后孛兒台（祕史台作帖微異又元史作孛兒台旭眞祕史無旭眞）初孕時蔑兒乞人修宿怨來掩捕太祖匿於不兒罕哈勒敦山未被獲獲孛兒台而去太祖乞師於客列亦部長汪罕復得札只剌部長札木哈助兵乘夜縛筏渡勤勒豁河襲敗蔑兒乞奪孛兒台以返既而舉子名之曰朮赤朮赤者蒙古語謂客也然卒以是見輕於諸弟仲弟察台尤與不協至詈之爲蔑乞兒種云（此據祕史祕史未言朮赤之生而揆情度事必在斯役之後）或謂孛兒台有姊爲汪罕妃烈祖又嘗有德於汪罕故聞太祖之訴即脅蔑兒乞歸孛兒台未被掠時孕已數月比在歸途朮赤生倉卒無襁兒具乃摶麪如籃形置於騎以載歸太祖喜曰此不速之客也故名曰朮赤（此據拉施特阿卜而嘎錫案汪罕蔑兒乞皆與太祖所居不甚遙遠計被掠至歸不過數月之期如西書所云）

則龍種更無疑義名爲朮赤亦有由來然祕史敘此事端緒分明其後又有察合台一言爲證遂成疑案雖太祖亦噤不發聲欲斥祕史而從西書苦無他書爲助專從祕史又恐誣衊興王西人之考元事者寔繁有徒從無言朮赤非太祖眞子者則拉施特作史之功也兩存其說庶乎其可

朮赤自幼從父備歷艱苦太祖開國四征不庭靡役不預阿卜而嘎錫云乃蠻之役朮赤爲右翼多桑未載此語附錄於此性卞急驍勇善戰語本元史類編將領多服其能不嗜殺營攻塔塔兒人俘獲得生者逾半拉施特云太祖不以爲然太祖二年丁卯領右軍往征和林西北部族以不哈爲鄉導斡亦剌部長忽都哈別乞迎降遂引軍征土綿斡亦剌於失黑失特之地於是斡亦剌句不里牙特巴兒渾句兀兒速特哈卜哈納思句康哈思諸部族悉降西書未言朮赤但云衛喇特不戰而降本紀斡亦剌之降在三年而乞力吉思之附在二年考之西圖應從祕史先定斡亦剌由東而西軍程乃合蒙古謂萬曰土綿祕史語解作萬斡亦剌不合應從譯文作土綿祕史又作斡亦剌惕今改衛喇特即厄魯特西域書亦稱衛喇特謂謙河之源有八河衛拉特居於左近其東有烏拉速特帖楞郭特客失的迷三族居拜喀勒湖西與衛喇特乞兒吉思爲鄰案烏拉速特即祕史之兀兒速特帖楞郭特當即田列克兒下客失的迷亦見下又云湖東有庫里郭拉施不里牙特土默特四族總名之曰巴兒古特案不里牙特見上土默特即禿馬兒下巴兒古當即巴兒渾西書雖謂是總名蒙古或有分別太祖本紀莫拏倫之幼子納眞於八剌忽民家爲贅壻八剌忽亦即巴兒古詳見太祖本紀譯證復招下乞兒吉思部祕史作乞兒吉速勒因未有勒字音故思變爲速土綿謂萬言其眾也多

桑考得此部居地甚廣在昂可拉河之西阿爾泰山之北偏東乃蠻在其東南謙河謙州在其境內俗雖游牧亦有城郭蓋元代西國人奉使至元途中備記各部族故所得爲詳詳見西北地附錄

酋長也迪亦納勒即元史野牒亦納里**阿勒迪額兒**即元史阿里替也兒**斡列別克的斤望風歸欵**多桑引拉施特云乞兒吉思人稱其酋長曰伊納耳即秘史之也納勒又云內分數國一國名哲帶俺別提其酋長名則原書字跡模糊不辨一國名別提烏倫或作別提阿福隆其酋長名烏洛斯伊納耳又云乞兒吉思與肯肯助克分兩酋長轄治肯肯助即元史謙謙州**獻白海青白騸馬黑貂等方物**本紀云獻名鷹拉施特云白眼鷹阿卜而嘎錫云鷹眼腐足赤色西書作分爲太祖二十二年與元史秘史合**復降失必兒**句**客思的音**夫必兒當即鮮卑之異譯今俄國名烏拉嶺一帶曰西悉卑爾黑龍江一帶曰東悉卑爾或作錫伯利審音考地皆屬鮮卑多桑地圖乞兒吉思直北有依必兒悉牢利部必即此失必兒惟依必兒不得其解元史土土哈傳先世徙居玉里伯里山玉里伯里與依必兒悉卑利字音相近下文云號其國曰欽察則在烏拉嶺西俄人所謂西悉卑爾非此之失必兒也又也兒的石河東托博爾斯科之南二十二華里舊有悉卑爾城向屬元代後王明萬歷九年俄將亦耳馬克攻下之今城址尚存雖亦非此之失必兒而皆可爲稱名之證客思的音當作客失的迷蒙古語末一字往往改易其音秘史此類甚多**巴亦特禿哈思**句**田列克**元史列傳石抹阿辛迪列紇氏歲乙亥率北京等路民萬二千戶來歸迪列紇似即田列克然以下所云則此部人不應遠入中原只可存以備考**脫額列思**句**塔思巴只吉等族皆林木中種人蒙古語謂槐因亦而堅者是也**槐因謂林木亦而堅又作亦而干亦而根皆謂百姓**師旋太祖以忽都哈別乞先來歸以皇女扯扯亦堅妻其子亦納勒赤以朮赤**

女豁兒哈此據祕史譯文語解作豁雷罕恐誤妻亦納勒赤之兒以上皆本祕史朔方備乘朮赤傳亦本此太祖六年辛未伐金朮赤與弟察合台窩闊台分循雲內東勝武朔等州下之八年癸酉復與弟爲右軍循太行而南取保遂安肅安定邢洺磁相衛輝懷孟掠澤潞遼沁平陽太原吉隰拔汾石嵐忻代武等州此據元史十一年丙子從太祖北還先是乞兒吉思與秃馬皆已歸附西書作士默特即祕史之秃馬惕朔方備乘謂吐麻當在今俄羅斯白哈兒湖左右太祖南征時乃蠻酋古出魯克襲據西邊誘結諸部以謀蒙古此據阿卜而嘎錫其說最爲接切時勢祕史但云豁兒赤激變事所容有今融會兩說而並存之而蒙古諸延豁兒赤索美女三十於秃馬秃馬怒囚豁兒赤叛蒙古以應古出魯克太祖十二年命將往征元史親征錄西書載征秃馬皆在丁丑而祕史誤繫於朮赤收附斡亦剌乞兒吉思等部之後伐金之前細審其由蓋因朮赤兩至乞兒吉思第二次所由秃馬而起而祕史只志一役是以致誤徵兵於乞兒吉思不從亦偕諸部叛去乃命朮赤往討親征錄西書並同仍以不哈爲先鋒戰勝遂北至亦馬兒河還至謙河涉冰北行親征錄云以不花爲前鋒追乞兒吉思部至亦馬兒河而還大太子領兵涉謙河水順下招降克兒

爲思等部亦馬兒河無考或即葉密爾河見葉密爾考葉密爾河濱有葉密爾城見耶律希亮傳劉郁西使記作業滿足知葉密亦馬音近易訛謙河在唐努山北發源自東向西流轉而北流入今俄界爲葉尼塞河若亦馬兒河即葉密爾則是遠追至西南還軍東北涉西流之謙河既渡河後仍循河之北流以行故曰涉謙河水順下以此詳親征錄字字皆有下落當不謬也履冰過謙河兒西謂**盡降克兒爲思憾哈思帖良兀客失的迷等種族**元史類編引大方通鑑云朮赤伐烏思憾哈納思帖良兀客失的迷火因亦而干等部皆降之時太祖十二年丁丑歲事案元史西北地附錄注有烏斯即烏思憾哈納思當即上文哈卜哈納思憾哈思即上之康哈思也帖良兀即田列克也火因亦而干即愧因亦而堅義見前惟克而爲思無可比附謝方備乘謂即乞兒吉思然上文已云追至亦馬兒河而還不應複出疑是脫額列思之訛或爲乞兒吉思之別部西書國有乞兒吉思非止一國也統計種名大率於上文相同必是前此已降復從乞兒吉思以叛故前云亦借諸部叛去非臆撰也**當古出魯克之遁也兒的石河也與蔑兒乞部長脫黑脫阿偕太祖三年師至也兒的石河敗其衆殺脫黑脫阿古出魯克西遁西遼脫黑脫阿子忽都等南遁畏兀兒遣使先往亦都護殺使起師與戰於襘河**親征錄作嶄河無考**忽都等遂西遁至是太祖命哲別征古出魯克命速不台征蔑兒乞製鐵車以賜曰蔑兒乞吾深仇也敗而遠遁如馬帶竿如鹿負箭若飛汝作鷹鶻若入穴汝作鋤若入海汝作網與汝鐵車以堅汝**

志朔方備乘據祕史語意以成文甚合今全錄之惟脫脫中流矢而死元史祕史親征錄皆同而何氏仍云脫脫西遁未免失考西書作托克塔與脫黑脫阿尤叶故知祕史譯音之確而西書紀速不台之師爲太祖十一年與速不台傳同親征錄在十二年丁丑亦合祕史云牛兒年不誤而繫於丙寅即位之前則誤矣速不台既受命軍經阿爾泰山及之於吹河祕史言古出魯克至垂河與合剌乞塔相合又言速別額台窮絕蔑兒乞於垂河必即吹河速不台傳作蟾河即吹河之轉音西遼建國近接吹河固知是也西書云速不台攻托克塔子弟於阿爾泰山軍至鄭河阿爾泰山甚長鄭河即吹河之訛互較參觀西遼在吹河南境蔑兒乞當在吹河北境皆別速不台分路南北並入而朮赤則在乞而吉思一帶爲後援太祖用兵如神史官贊美信無溢詞盡滅其衆速不台傳謂追入欽察乃至烏拉嶺西孤軍深入必無是理中西各書皆無佐證脫黑脫阿有子善射有默兒根之稱速不台生擒之祕史脫黑脫阿三子皆著其名親征錄有四子而無名元史巴而朮阿兒忒的斤傳亦言四子皆有名惟赤老温與祕史合餘皆不合西書是役亦有四人惟一爲托克塔之弟曰庫都則又歧異矣西書於忽音每誤成庫當即忽都又云庫都與托克塔二子皆陣亡一子庫圖堪善射有默而根之名西書汗字每譔堪音又恐是忽都汗也不得已而盡沒其名但著其事默而根見元史語解時朮赤以討乞兒吉思等部駐師西陲速不台獻諸朮赤命以射首矢中的次矢劈前矢之鏃而亦中的朮赤大喜馳使告太祖請赦太祖曰蔑兒乞吾深仇留善射仇人將爲後患仍令殺之太祖十四年己卯親征西域朮赤將兵以從下八兒眞養吉干氈的等城此役之先西域王在

錫爾河與蒙古軍戰河上而嗅錫謂係朮赤考之元史祕史又疑是速不台之師吹河下流將入淖爾之處距錫爾河已不甚遠拉施特未言是朮赤故僅附見於西域傳注中今亦不以入傳

十五年庚辰秋與察合台窩闊台攻西域烏爾鞬赤都城久不下十六年辛巳太祖改命窩闊台總制諸軍始克其城察合台窩闊台南赴塔里堪與太祖會師語詳西域傳親征錄所紀時序皆合西書惟皆下一年時太祖將命哲別速不台北征奇卜察克循裏海之西以往而大軍皆在東南不相應乃命朮赤仍東駐鹹海裏海間以遙爲聲援西書亦未見及此意但云朮赤未來耳觀地圖則裏海東萬不可無此一軍非惟固南軍後路且爲西師援兵哲別補傳有濟師於朮赤一事此其確證太祖用兵如神未學兵法而全合兵法所以愈譯西書而愈有味也十七年壬午西域悉定太祖北歸朮赤自以與弟不睦拉施特云惟拖雷友愛長兄已所封地遠在異域恆鞅鞅不樂太祖至錫爾河屢召來會以疾不至十九年甲申哲別速不台既平奇卜察克復敗俄羅斯之軍擒計掖甫部主扯爾尼哥部主皆名穆斯提斯拉甫獻諸朮赤誅之詳哲別傳朮赤遂自錫爾河北儻塔之地地未詳西踰烏拉嶺至奇卜

察克東境轄治所部朮赤拔都鄂爾多皆在俞而嘎爾奇卜察克境內蒙古源流謂在俄羅斯地方即汗位大誤其時奇卜察克西境未盡平定令哲速二將班師朮赤未久旋薨或謂太祖十九年或謂二十年壽四十八或四十九太祖東行召朮赤未至繼又命其西平布而嘎爾即西北地之不里阿耳奇卜察克俄羅斯扯而開斯即西北地之撒耳柯思等部未定之地而朮赤稱疾不行太祖滋不悅二十年乙酉太祖既還行宮有蒙古人自西來詢以朮赤之疾則云但見出獵未聞有疾太祖大怒命察合台窩闊台率兵往逮問無何薨信至太祖大慟欲治其人妄言之罪而已遁去遂命斡赤斤大王往視其喪定嗣子位朮赤長妃爲汪罕弟札阿紺孛之女名別古特迷失元史祭祀志宗廟至元三年定爲八室第二室皇伯考朮赤皇伯妣別土出迷失字音相類元史人名迷失者甚衆男女並以爲名案唐書北突厥有烏蘇米施可汗西突厥有阿史那彌射回紇可汗稱没密施者亦甚多當出突厥與拖雷妃爲姊妹行祕史汪罕弟札合敢不有二女長女亦巴哈太祖自娶之次女與拖雷未言三女後以兀魯兀惕部長主兒扯歹有功以亦巴哈賜之拉施特云汪罕弟阿紺部三女一嫁朮赤一嫁拖雷一曰阿必喀太祖娶之以夢兆不吉令適烏魯特部長時爲親軍大將烏魯特即兀魯兀惕之波斯人云西人譯彼國文字阿亦二音常誤如地名阿拉克則曰義拉克

阿而闞則曰義而闞是也阿訛爲義則亦音亦可訛阿至哈變爲喀乃是法文通病韓度拉施特原文必衔合蒙古音迨經重譯歧異以滋然細審其音皆有根據事實或者祕史之遺漏也次妃幾人不可考其見於俄羅斯人書者有曰渥稽有曰蘇而灘又有曰薩兒堪則天方教人所云也俄人名克拉坡子十四人拉施特云四十人當是傳鈔之誤可徵者曰鄂爾達元史不載惟太宗八年以中原諸州民戶分賜諸王貴戚斡魯朵拔都平陽府茶合帶太原府古與大名府斡魯朵今改鄂爾多案鄂爾多爲帳殿之稱細審文義不應稱此蓋即拔都之兄鄂爾達也古與即定宗名改本未見及曰拔都曰伯勒克元史憲宗元年西方諸王別兒哥脫哈帖木兒別兒哥即伯勒克後繼汗位屢見俄書而元史世系表無之甚可怪也曰脫哈帖木兒見上注西書皆作托喀帖木兒蓋又是哈訛爲喀曰昔班見速不台傳曰唐古忒照祕史蒙文必讀曰唐兀惕曰伯勒克察耳曰桑庫爾哈木耳云一鄂爾達二拔都三伯勒克四伯勒克察耳又曰伯勒克察拔耳五昔班六唐古忒七土斡耳八奇拉烏堪九星祜爾十欽台十一漠罕默德十二烏都又曰拗而都十三托喀帖木兒又曰庫馬帖木兒十四辛昆然哈木耳之說不盡可據姑以備考

附元史朮赤傳考誤

朮赤者太祖長子也國初以親王分封西北其地極遠去京師數萬里驛騎急行二百餘日方達京師以故其地郡邑風俗皆莫得

而詳焉朮赤薨子拔都嗣拔都薨弟撒里荅嗣撒里荅薨弟忙哥帖木兒嗣忙哥帖木兒薨弟脫脫忙哥嗣脫脫忙哥薨弟脫脫嗣脫脫薨弟伯忽嗣伯忽薨弟月即別嗣至元二年月即別遣使來求分地歲賜以賑給軍站京師元無所領府治三年中書請置總管府給正三品印至大元年月即別薨子札尼別嗣其位下舊賜平陽晉州永州分地歲賦中統鈔二千四百錠自至元五年己卯歲始給之

案此傳可議處極多朮赤分封西北建牙何地雖無可徵然彼時俄羅斯境外喪師境內無恙奇卜察克雖被兵而太宗九年尚有八赤蠻之役則全境未定可知意必於烏拉嶺裏海之東鹹海之北開藩建國未爲遠也拔都戡定西陲始定居於烏拉嶺西不里阿耳欽察二地天主教王使人東赴和林路經拔都之鄂爾多謂拔都發驛遞至和林四十二日可達由拔都所建之薩萊城以往和林東西直綫不及九千里程途紆折亦僅一萬二千餘里以日行三百里計之誠不過四十餘日其後世祖定鼎燕京又去和林二千二百里再增十餘日亦必可達薩萊城舊址在今俄國薩拉托甫省確鑿可稽所謂去京師數萬里殆以今之半里爲一里行二百餘日方達京師殆非急行驛騎乃徐行之車乘耳或以海都叛亂郵驛皆廢驛騎不能按程易馬以是稽遲然究非急行之謂也拔都之後六王純是兄終弟及古來未有事屬可疑仁宗延祐元年本紀始見月思別之名英宗泰定帝本紀並作月思別文宗至順年間乃作月即別

偶然異字實非異人而此云至大元年月即別薨子札尼別嗣位不解其故反復推求蓋由至元二年月即別遣使來求分地歲賜一事誤之此爲順帝之至元非世祖之至元所謂至元五年已卯亦爲順帝之至元順帝元統元年歲在癸酉見於輟耕錄自癸酉至已卯凡七年正是至元五年二年來求歲賜三年置總管府五年始給平陽晉州永州舊賜歲賦本相聯屬而誤爲區分所以誤也延祐元年本紀明云諸王脫脫薨以月思別嗣位西書紀載世次相符伯忽其人乃在脫脫之前非在脫脫之後別見諸王補傳

朮赤補傳終

元史譯文證補五

拔都補傳弟伯勒克附

兵部左侍郎總理各國事務衙門行走加三級臣洪鈞撰

拔都朮赤次子與兄鄂爾達相友愛從父駐西北軍中朮赤既薨皇太弟斡赤斤奉太祖命馳至鄂爾達自以才不如弟願讓位乃定拔都爲嗣西書云入告章奏仍列鄂爾達於前未久太祖崩斡赤斤馳歸拔都與兄鄂爾達弟昔班句唐古忒句伯勒克句伯勒克察耳句脫哈帖木兒亦東來會喪奉太宗即位太宗七年乙未西千二百三十五年以奇卜察克俄羅斯諸部未定議遣諸王出師朮赤位下者鄂爾達拔都昔班此見速不台傳馬札兒之役唐古忒察合台位下者貝達爾察合台子不里見祕史據祕史所云似是察合台子西書則謂察合台孫謨阿圖堪子速不台傳馬札兒之役有呼里元中西各書皆無可徵疑即不里之訛或即古余克太宗位下者古余克即定宗之名祕史西書音同祕史書法克字應旁書合丹見速不台傳馬札兒之役拖雷位下者蒙哥西書音同撥綽西書音似撥綽克案元史牙忽都傳祖撥綽睿宗庶子也驍勇善騎射憲宗命將大軍北征欽察有功憲宗時無征欽察之事必是太宗時拔都之師世系表拖雷第八子撥綽太宗弟闊列堅亦預斯

役拉施特作曲里堅亦作果爾干今從元史以拔都爲統帥速不台副之八年丙申兵行速不台首入佈而嘎爾太祖時已降其部而復叛至是悉平之即西北地之不里阿耳有城亦曰佈而嘎爾昔時此城通商賈今惟存一村落居民每於地内掘得古器九年丁酉入奇卜察克其別部酋八赤蠻多桑注云中國元史作巴齊瑪克蓋多桑但見元史改本不知原本固作八赤蠻不謀而合西書益可信矣數抗命拒敵大軍至敗遁浮而嘎河深林中一日數遷以避蹤跡蒙哥令衆軍合圍其林乃入搜捕見空營一病嫗在焉詢之則八赤蠻已遁水洲中跡至出不意擒之憲宗本紀嘗攻欽察部其酋八赤蠻逃於海島帝聞亟進師至其地適大風刮海水去其淺可渡帝喜曰此天開道於我也遂進屠其衆擒八赤蠻命之跪八赤蠻曰我爲一國主豈苟求生且身非駝何以跪人爲乃命囚之八赤蠻謂守者曰我之竄入於海與魚何異然終見擒天也今水迴期且至軍宜早還帝聞之卽班師而水已至後軍有浮渡者速不台傳乙未太宗命拔都西征八赤蠻且聞八赤蠻有膽勇速不台可勝之命爲先鋒與八赤蠻戰繼又令統大軍遂虜八赤蠻妻子於寬田吉思海八赤蠻聞速不台至大懼逃入海中案浮而嘎河下游入裏海卽寬田吉思海裏海水視風信北風大作則北岸水淺海中有洲有島度八赤蠻之逃亦必具有舟楫不過乘水淺時暫避偷生不意元師接踵已至遂束手就擒風力既息水且返流事理之常無足侈爲神異朔方備乘拔都傳疑爲海之潮汐偶爾愆期所見誠當特考地既誤比以錢塘潮三日不至亦復不類速不台傳歸功速不台案當日速不台爲副帥亦爲先鋒追八赤蠻敗遁裏海而憲宗往擒此皆可就西書以證元史昔里鈐部傳乙未定宗憲宗皆以親王與速不台征西域明年啟行鈐部亦在行中又明年至寬田吉思海時序正合八赤

蠻請王自行刃以死蒙哥令撥綽手刃之奇卜察克東北近濱浮而嘎河諸部族若波爾塔斯未詳若毛而杜因若薩克孫此三部當是芬蘭一類人西書此處又有扯而開司即西北地之撒里柯思案是時元軍未往黑海不應驟及故删又有一部族名曰費族非那克考之不得併删皆震懾款服裏海以北咸定是年冬遂入俄羅斯當俄之始被兵也喪師於外境內無恙至是已十四載語出俄史可藉以考年分諸侯王惟事內鬨不復慮外患毛而杜因人與俄有兵怨導大軍自東南入南境諸王曰幼里曰羅曼分守勒治贊句克羅姆訥二城乞援於物拉的迷爾共主攸利第二王而兵不亟至蒙古軍招降勒治贊城令出民賦十分之一爲歲貢幼里不從乃築長圍絕其出路力攻五晝夜至六日城破華而甫云西一千二百三十七年十二月二十七日破城幼里闔門殉之城亦被焚古時俄國居屋築城皆用木惟天主堂有用磚石者故城易破今俄地亦尚多木屋也俄人云拔都聞幼里子婦貌美令其出謁而不從乃殺其子其婦自墮樓死今於死處建禮拜堂勒治贊即元史之也烈贊本紀云憲宗躬自搏戰破之亦見昔里鈐部傳至克羅姆訥城攸利第二王遣子務賽服洛特率衆來援而勒治贊已

破乃援克羅姆訥戰於城下羅曼陣沒務賚服洛特逃歸物拉的迷爾未幾克羅姆訥下華而甫云蒙古於此處殺戮更甚因闊列堅此役受傷而隕之故其南之勃欒斯科城亦下北至莫斯科城城建甫百年守具未備時猶未建都於此兵長驅直入獲攸利第二王之孫其名即曰物拉的迷爾東趨物拉的迷爾都城攸利第二王令其子務賚服洛特句未思提思拉甫守城而自引兵北駐錫第河窩爾嘎河之支河見地圖以待諾拂郭羅特王雅洛斯拉弗哀句撇勒司拉弗哀王士委託斯拉甫之兵蒙古軍至城令攸利第二王之孫在城下招降不肯下乃殺之分軍下蘇斯達耳城而歸合圍物拉的迷爾十年戊戌春城破多桑云西一千二百三十八年二月初八日華而甫云二月十四日二守王戰沒嬪御官紳皆入禮拜堂拒守焚以火薰灼盡死自此分數軍分下攸利掖甫句過羅斯托弗哀句雅洛斯拉弗哀句喀辛句特弗哀耳句的彌特洛甫句撇勒司拉弗哀句浮洛格句郭洛的赤等城案所下之城就多桑地圖

觀之已不止此蓋省文不備載北至錫第河圍敵營攸利第二王與二姪皆戰沒兵士得脫者十僅二三是年西三月俄史云其姪瓦西里克被俘以不降被殺攸利之尸後爲教士覓得葬於禮拜堂復北趨諾拂郭羅特未及城百數十里而退俄史云林木掩蔽軍而南云是時大暖雪消道路泥濘故退是爲俄羅斯極北境始立國時建城定都於此列城中惟是城歸服最後見伯勒克傳軍既退轉而西南一軍攻廓在爾斯科城瓦夕里王堅守不能克戕蒙古軍數千人拔都令合丹不里往助閱兩月始克屠城血流成渠獲瓦夕里投血渠中淹斃速不台傳辛丑太宗命諸王拔都等討兀魯思部主也烈班爲其所敗圍禿里思哥城不克拔都奏遣速不台督戰速不台選哈必赤軍怯憐口等五十人赴之一戰獲也烈班進攻禿里思哥城三日克之盡取兀魯思所部而還案禿里思哥即廓在爾斯科也烈班即攸利第二王俄史謂錫第河之戰蒙古軍亦受創或係先敗後勝蒙古當日攻俄羅斯各城無如廓在爾斯科之難下者故呼爲卯八里克猶言惡城傳歸功速不台西書謂合丹不里來助而下說異然是役在太宗十年戊戌至辛丑歲俄部早已全定大軍皆在馬札兒傳之誤一也速不台自乙未西征始終其事而傳於此忽加奏遣二字似乎歸而復來朔方備乘爲其所誤故俄羅斯傳謂十三年太宗復命拔都等討兀魯思本一事而似兩役傳之誤二也似此推之速不台傳訛誤多矣軍東南向浮而嘎河端河下游以行收奇卜察克部西庫灘西北遁馬加部餘衆不及逃者降爲軍

庫灘兒哲別補傳馬加見下遂平撒耳柯思阿速等部十一年已亥春拔阿速之蔑怯思都城太宗本紀十一年十一月蒙哥率師圍阿蘇蔑怯思城閱三月拔之即此拉施特云不及兩月今從元史蔑怯思西書作蔑克思別作忙嘎思又稱麻思撒耳柯思見西北地附錄釋地元史謂是憲宗督軍西書未備載昔里鈐部傳已亥冬十有一月至阿蘇蔑怯思城負固久不能下明年春正月鈐部率敢死士十人躡雲梯先登俘十一人大呼曰城破矣眾蟻附而上遂拔之紀攻城甚詳特云已亥明年則在太宗十二年庚子未合分軍東渡浮而嗄河略布而嗄爾北境直至烏拉嶺西北地據華而甫說增入案元史謂欽察去中國三萬里夏夜極短日暫沒即出奇卜察克居地今已考訂詳明鄰近裏海黑海距中國萬餘里赤道北四十七八度如元史所言須赤道北六十度乃合烏拉嶺西北有得費那河皆芬尼一類人所居此河下游入白海軍行至此便合夏日暫沒即出度數又烏拉嶺西有撒勒姆部族亦芬尼之類爲蒙古所併見於俄書而華書無可印證惟忙哥撒兒傳從征斡羅斯阿速穩兒別里欽察諸部穩兒別里無考別里或是撒勒姆或即孛烈兒穩兒似芬尼之對音差可附會芬尼之族居地甚廣俄之北與東皆是今西人稱之曰芬蘭兒瀛環志略曰芬尼者本名也元史類編言欽察俗勇猛青目赤髮案奇卜察克人髮睛皆黑其人從入中原多位將相順帝答納失里皇后亦欽察人必無青目赤髮正位中宮之理即彼時俄國亦是黑髮黑睛惟王族由瑞典挪威而來則當是青目赤髮又英國人曰耳曼人從前已有南於俄地者得費那河下游即有彼族設市於此此真青目赤髮軍歸傳述記者不得其詳遂以欽察統之皆非事實至於此役分軍北略華而南亦不能斷其年分惟攻計掖甫在太宗十二年而十一年中元軍不能無所事事故紀於此拔都既休息士馬乃謀南俄計掖甫者南俄之大城也先時建都於此歷三百載後乃以物拉的迷爾爲上邦攸利第二王既戰沒

計掖甫王雅洛斯拉甫往援不及乘蒙古軍退遂入物拉的迷爾嗣其兄位而扯耳尼哥王米海勒亦乘其北行據計掖甫十二年庚子拔都軍至匹耳司拉弗哀城降之攻下扯耳尼哥城傷士卒頗衆華而甫云守者以沸湯澆攻城人故多傷退而東掠嘎魯和城東至於端河既絕計掖甫之旁援而帖尼博耳河不得渡蒙哥駐師河東華而甫云計掖甫城牆白色高峻城內禮拜堂二十處金塔顱雲蒙古人稱爲阿勒泰八什汗努爲譯義爲金頂汗之邦遣人諭降使者被殺冬帖尼博耳河凍合拔都將全軍渡河米海勒逃往波蘭令其將狄米脫里居守蒙古軍攻其已早備其晝夜力攻克之華而甫云西十二月初六日破城狄米脫里傷而未死拔都以其忠勇釋不誅俄史謂狄米脫里勸拔都西征控噶爾以免俄境蹂躪是爲忠於本國控噶爾即馬札兒也復下哈力赤城達尼爾王亦避南俄之地略定乃謀波蘭部馬加部皆俄羅斯南面之國也兀良合台傳從征欽察及兀魯思阿孛烈兒諸部丙午又從討孛烈兒乃捏迷思部平之祕史康鄰等十一部內有孛烈兒其云阿孛烈兒阿字爲唇舌間帶出之音非部落本名所有審其字音當即波蘭俄人裴知乃耳德云布而嘎爾部西域人稱爲孛老耳亦曰孛拉耳則與孛烈兒音益近元師之征波蘭馬加同時並進而馬加之役僅一見速不

台傳作馬札兒無可證佐不能定斷故從西人今稱作波蘭其名見瀛環志略朔方備乘今地已爲俄奧布三國所分馬加今併入奧故中國文牘稱奧曰奧斯馬加詳控噶爾考波蘭時分四部其南曰康拉忒治撒洛赤克城曰亨力希治伯勒斯洛城曰波勒司拉弗哀治克拉克城曰米夕司拉弗哀治拉低貝爾城馬加部南曰貝拉亦曰克拉作怯憐者克拉之誤也怯憐見速不台傳治格蘭城濱杜惱河而常駐河東之派斯特城即速不台傳所謂禿納河馬札兒城河東西二城東曰派斯特西曰布達鈞於光緒戊子奉使謁奧王於此近時西國盡撤牆堞名爲城實無城波蘭在東北馬加在西南兩國相依如輔車而馬加三面環山險阨四塞尤不易用兵拔都乃議東南北五道分進極北一軍以達爾統之波蘭史云統將貝達當即貝達爾十二年冬前鋒入波蘭之柳勃林城乘外斯拉河冰合涉河掠森地米爾城直至克拉克未及城而返擄獲無算克拉克將烏拉的米爾來追敗而退蒙古軍亦歸哈力赤未幾大隊入波蘭克拉克森地米爾之軍來禦十二年辛丑春戰於夕特羅物城西一千二百四十一年三月十八日皆敗潰克拉克

西波勒司拉弗哀迺土拉斯城遂焚克拉克進取拉低貝爾其酋米夕司拉弗哀不能禦北遁勒基逆赤合於其兄亨力希軍至伯勒斯洛民自焚城守河洲中堅堡不易攻軍亦引去先有分軍躪枯雅弗以句蘭斯克等城至是來合併力以至勒基逆赤時亨力希集衆三萬分五軍第一軍爲日耳曼人（即今之德意志人元史所謂青目赤髮是已元良合台傳丙午又從拔都討孛烈兒乃捏迷思部平之案俄羅斯人先時稱日耳曼人曰聶密思又曰聶姆齊義謂言語不通又西人云突而克人稱日耳曼人爲聶密西至今馬加倫稱法國人曰聶密特據此則捏迷思即今之德人元時波蘭西北界日耳曼故募其人爲兵傳言孛烈兒乃即祕史孛烈兒蠻之例猶云孛烈兒的蒙古語西語皆有此例觀此則孛烈兒又當是波蘭也西書此役在辛丑元史言丙午爲定宗元年亦事後追敘矣）二三軍皆波蘭人四軍亦日耳曼人五軍則亨力希自統所部戰於勒基逆赤城西南瓦而司達忒之地（是年西四月初九日）日耳曼人先進蒙古軍佯敗以誘之既離其後軍遠乃以突騎圍攻衆盡沒其後四軍先後來援亦敗亨力希中矛墜騎被殺（今勒基逆赤等城皆屬德意志西部布魯斯國轄地亨力希之尸在近處教堂內其首已爲蒙古割去）懸首於竿徇其部地割敵耳凡九巨捆勒

其逆赤城已爲民自焚而内堡甚固招下不從捨去南至倭特馬赫城駐軍半月分掠四鄉又至拉低貝爾又西南入不威迷亞國境今屬奧分省見瀛環志略困倭耳默次城誘戰不出多桑云蒙古軍見不出戰以爲怯分兵四掠守城之將見其兵少六月二十四日乘夜出攻殺蒙古大將或謂貝達爾此役陣亡因聞其營哭聲也華而甫駁之謂蒙古軍自此入馬加七日只行二百里且分軍四掠其未遭挫衂可知又謂此後尚有一軍與貝達爾軍合駐馬加西北以防日耳曼等國援軍是年西九月間欲渡馬勒希河西距奧都百里與土敗之淹斃甚衆異說紛紜今併從删但附注於此遂東南以應拔都之軍其地隘口譯義爲馬加門見地圖非其本音也以上皆貝達爾軍事拔都之未入馬加也先遣英人往諭降英人爲本國所逐投入拔都麾下故各國地利軍情拔都知之甚悉自駐哈力赤以待馬加部長貝拉不願歸附亦不設備僅遣將士守喀而巴特山隘口伐木塞途以限戎馬先是奇卜察克酋庫灘率四萬戶來投太宗十一年來投貝拉令改從天主教乃許入境既如命貝拉自以得衆爲喜而民間主客不和怨其主招致非族比闍蒙古以納降來攻民乃大譁貝拉不得已下庫灘於獄辛丑春西三月十二日守隘將逃歸謂蒙古軍斬木開道而入守兵

盡潰貝拉亟下令集兵甫三日游騎已至派斯特城下貝拉欲俟援師大集而後出戰天主教士烏孤領以爲怯率衆出城軍退逐之入於淖然蒙古軍識路徑游行無礙而追者皆客兵無土著且擐鐵甲身重行滯陷淖中攢射之悉死惟烏孤領逸歸民又大譁謂蒙古軍多奇卜察克人不殺庫灘將爲内變於是庫灘死於獄其部衆散而之布而嘎里亞國馬加東南亦云布而嘎爾詳西北地不里阿耳釋地拔都大軍既入馬加破其威鑪城速不台軍亦自東南踰山陟險合於大軍此語西書所無因欲合於速不台傳漷寧河之戰故云貝拉兵集而出拔都引退過賽育河東色克河者南匯於杜惱河而賽育河喝拉忒河又合而入色克河兩河合流之下游爲橋梁通往來時屆夏初喀而巴特山雪融化溪河皆漲大軍駐此三面環水有險可阸且林木叢雜蔽敵窺望貝拉追至見橋東有守兵不能過乃駐於賽育河西以千人守橋界環車爲營

懸盾於上儼如壁壘而設備甚懈且無林木擁蔽舉動瞭然相持數日拔都見敵雖衆可乘下令夜進一軍過橋一軍繞由下游潛渡行被掠俄羅斯人逸入馬加營以敵人乘夜掩襲相告而仍不豫防惟貝拉之弟廓洛曼與烏孤領信其言引軍夜巡至橋西蒙古軍已爭橋亟攻退之增卒守界而歸馬加營中益酣寢以爲無患既而蒙古軍以礮逐守兵凌晨渡河下游之軍亦渡而成列環圍其營矢下如雨持至午開西南圍使逸而自後馳逐衆既瓦解或陷泥淖逸者無幾賽育河水盡赤烏孤領死之廓洛曼傷重雖逸而旋卒貝拉以有良騎遁入深林中輾轉以至土拉斯台於其塔波勒司拉弗哀馬加相臣被殺檢其尸王印在焉拔都令馬加降人僞爲貝拉示諭四境居民案堵無恐我雖小挫而求祐於天終必大勝且詈蒙古爲猶犬使人不疑遣降人四出賫諭馬加民

不得戰事確耗既見示皆不遷徙比軍至乃大破俘掠大軍由賽育河至派斯特下其城速不台傳經哈咂里山攻馬札兒部主怯憐速不台為先鋒與諸王拔都吁里兀昔班合丹五道分進衆曰怯憐軍勢盛未可輕進速不台出奇誘之至漷甯河諸王軍於上流水淺馬可涉中復有橋下流水深速不台欲結筏潛渡繞出敵後未渡諸王先涉河與戰拔都軍爭橋反為所乘没甲士三十人并亡其麾下將八哈禿既渡諸王以敵尚衆欲要速不台還徐圖之速不台曰王欲歸自歸我不至禿納河馬茶城不還也乃馳至馬茶諸王亦至遂拔城而還諸王來會拔都曰漷甯河戰時速不台救遲殺我八哈禿速不台曰諸王惟知上流水淺且有橋遂渡而與戰不知我於下流結筏未成今但言我遲當思其故於是拔都亦悟後大會飲以馬乳及葡萄酒言征怯憐時事曰當時所獲速不台功也案哈咂里山當卽喀而巴特山之支峰拔都所經之山隘亦曰哈力赤山以其通哈力赤城哈力赤屬俄故土人稱名譯義如謂俄羅斯門今著於地圖中庶易考闊哈咂里當是哈力赤之異譯馬札兒卽馬加怯憐卽克扯之訛見上拔都此役西人考地紀事歷歷如繪所謂漷甯河必是賽育河何以字音甚差不得其故傳言速不台於橋之下流結筏潛渡多桑但言他處潛渡華而甫則謂在橋北上游十餘里外渡河觀地圖自是上游易渡若在下游則已近色克河水益深渡益難出奇制勝宜在難處當是元史言是至於既渡而後元史所言與軍情不合恐是妝點以歸功速不台禿納河卽杜惱河馬茶城猶言馬札兒城當其派斯特其城固濱杜惱河此外大同小異元史此節以為詳敘得實就西圖地勢考之誠奇功也華而甫云此戰在是年西四月底由西國舊藏文卷中考得台之中歷在辛丑春末夏初以上為拔都速不台等軍之事合丹一軍由馬加東南馬拉答境內間道時為馬加屬部今為羅馬尼亞國地踰山入林至魯丹城民兵出禦時此城為日耳曼人所居於此開礦兀良合台傳之捏迭思部亦卽謂此軍卽退民兵以為怯還城燕樂不登陴不閉城而軍掩至

長驅直下選募日耳曼人勇敢者六百爲導破蝸拉丁城俘戮無算復攻生托麻斯城札納特城丕勒克城皆以俘獲者前驅而自後督攻積尸滿城濠卽於尸上仰登軍鋒所及靡不殘破旣與古余克不里撥綽合於拔都大軍駐營休息分遣士八主治各城斂民賦供軍食案西書所云則賽吝河之役分軍有未至者諸王之名各西書有多有寡惟拔都貝達爾合丹撥綽速不台之名諸書皆載華而甫無撥綽而有古余克不里至憲宗之名則各書皆無或先已還軍或留防後路參匯各書貝達爾拔都合丹三軍所言皆合各有證據故分著之餘軍只可從略五路分進之說固是速不台傳也有馬加天主教士洛朮耳自東南境避兵西徙復以蒙古所設官長勒索無厭乃入蒙古營爲馬加降卒之奴著書敘述軍情歷歷如繪華而甫書中載之以下皆其所述較多桑爲詳核可信欲過杜惱河取格蘭城無舟不得渡冬水始冰格蘭守兵捶鑿冰凌以阻西渡兩軍數戰於冰上旣而寒甚冰合蒙古軍欲驗堅否牧牛馬於河干移軍他駐隔岸兵來奪牛馬驅以過河水澤腹堅敵爲之驗於是萬騎齊進所向披靡拔都合丹兩軍皆過杜惱河餘軍仍駐河東洛朮耳云速不台古余克不里撥綽未渡渡河在冬至時拔都自攻格蘭遣合丹往追貝拉當貝拉

之遁土拉斯也旋易服西行入奥斯大里亞境遇奥主於泊勒司貝而克城（時奥尙小在日耳曼列邦內爵視上公名佛來特列希第二）勸以過杜惱河蒙古軍未必能西渡復乘危勒取財賄以近奥界三城爲質貝拉至韋敦貝而克城遇其妻孥偕往南境阿格拉姆城待敵動靜（華而甫云西五月十八日貝拉遣教士往求天主教王援救今信尙存又西七月有信致德意志合眾國王謂杜惱河東北皆爲蒙古所得冬間恐將入德意志境內信亦尙存其時德意志王與教士有兵事不暇救馬加案是時德意志共主非今之布魯斯元初布魯斯猶未立國於今地也德意志爲本國人自稱日耳曼爲英人之稱德意志譯義爲土話因日耳曼人雖用羅馬文字而仍操土音故有是稱德意志卽今德國）合丹自格蘭至布達（爲馬加故都）不遇貝拉焚城而去逕土度耳外生貝而克城聞已遁南境進至阿格拉姆則貝拉遁司巴拉土城復遁特勞恩城旋入地中海島上合丹逐於後所遇城堡皆不攻既至特勞恩城則貝拉又自海島乘舟北徙駐軍一月乃引而東踰塞而維亞國耳拉孤薩城（維字讀如弗以合音方合）大掠喀滔城旋奉拔都令東返拔都攻格蘭立礮三十架毀牆堞而入內堡守將爲日斯巴尼牙人名錫門

設備甚密去而困麻訂耳司貝而克城韋敦貝而克城皆未下分軍西循奧境直至地中海北維尼斯國界其時地中海北爲維尼斯國今屬義大利當日軍鋒亦可謂至義大利西人云此分軍皆小隊蓋恐日耳曼等國來攻藉以偵探維字讀如弗以切吳音如此又一軍擾奧境之柯倫貝而克城去奧都三十里韋而乃斯達特城去奧都八十里皆旋退或云奧主至韋而乃斯達特敗蒙古軍獲兵弁七八英人投蒙古者亦被獲或駁之華而甫倍而證之異說紛紜今并從刪然拔都當日意不再向西行固可知也太宗凶問至軍中乃馬眞皇后稱制之元年壬寅春下令全軍東返馬加教士洛朮耳云一千二百四十二年四月拔都得凶問傳令回軍則是壬寅三四月間事太宗崩期在十三年十一月次年三四月已赴至馬加爲遲不過百數十日其後拔都之鄂爾多在奇卜察克程途紆近天主教王使臣潑蘭喀批尼云拔都發驛騎往和林四十二日可達元史朮赤傳乃謂去京師數萬里驛騎急行二百餘日方達眞無稽語也又案太宗本紀十二年皇子貴由克西域未下諸部遣使奏捷十二月詔貴由班師祕史云巴禿自乞卜察差使臣奏古余克不里因筵會時巴禿先飲遂皆巴禿而散斡歌歹大怒不教拜見因忙該等勸諫乃令巴禿自行處治召古余克拜見責訓等語西書則謂定宗歸在太宗崩後洛朮耳言馬加軍中諸王內有古余克則先未班師可知而拔都與定宗不洽見西書諸王大會已欲不往見速不台傳不里醉後曾詈拔都故憲宗即位罪異議者以不里交拔都處死亦見西書不得謂祕史無稽互校參觀本紀所謂遣使奏捷蓋在憲宗拔阿速蔑怯思城之後大軍休息設宴慶功致啟爭詬太宗聞之乃詔皇子班師而鮮亦旋釋雖奉詔而未歸祕史所云定宗拜見等語恐誤或既歸而仍令西征故祕史云你同哈兒哈孫去只教巴禿斷者則班師當在前不得云十二年十二月始詔詳考而附註於此拔都與合丹合軍而東經塞而維亞

布而噶里亞等國（華而甫云布而噶里亞境內未甚殺戮惟鄉間被掠布而噶里亞酋時年九歲乞援於東羅馬合兵以逐蒙古初戰敗蒙古兵既而布而噶里亞人爲拔都撫定東羅馬兵遂敗衂而去）杜惱河諸軍亦向東南以退（洛朮耳云六月內蒙古盡離馬加）拔都至高喀斯山北駐數月平奇卜察克叛者（多桑云拔都弟桑庫爾留守奇卜察克叛者攻之及是大軍來征叛者逃高喀斯山之西道將伊勒烏蓬追剿悉平其衆）次年癸卯春拔都至浮而嘎河散遣諸軍整治部地古余克等先歸奔喪朝議會諸王定君位拔都先與古余克有隙知六皇后將立其子非有太宗遺詔遂托病足遷延行期屢促之終不至惟令弟與己子往會（速不台傳太宗崩癸卯諸王大會拔都欲不往速不台曰大王於族屬爲兄安得不往甲辰遂會於也只里河丙午定宗即位西書則謂拔都允往而終不往又教王使臣潑蘭喀拓尼先謁拔都乃往和林計其謁拔都年月在丙午春西七月至和林八月底謁定宗則甫即位與定宗本紀七月即位相合此是確據既往會必應俟朝會畢乃歸然則允往而究未往西書是也）定宗即位之三年戊申西巡葉密爾河拔都恐問罪東來迎謁行至阿勒塔克山（阿勒泰山迤西之山西人謂之阿勒塔克）定宗崩於途乃不行（詳定宗本紀補異）皇后斡兀立海迷失暫攝國事時察合台早甍宗王親支以拔都爲長君位應由主議初會於阿勒塔克推戴蒙哥

次年復會於斡難克魯倫兩河發源之地，遂奉蒙哥即位，是爲憲宗。當時衆議不一，覬覦神器者且謀亂，定大計，弭内變，惟拔都是賴，語多別爲紀（詳憲宗本紀補異）。當拔都之自馬加還也，俄羅斯北部已無抗顔行者，令諸王來朝受封。定宗即位，遣物拉的迷爾王雅洛斯拉甫入覲，召扯耳尼哥王米海勒至，以違令被殺（西書謂不肯跪拜，俄史謂不拜偶像）。雅洛斯拉甫歸而道卒，或謂在和林中毒，其事祕，論不一（別見西使東來考）。拔都立其子安得累第一主俄北部，歲入貢賦。俄南部哈力赤王達尼爾乘拔都入馬加，仍回所部，討掖甫等地，皆爲所屬。拔都歸後，遣使諭降。達尼爾先乞援於天主教王，教王脅以去東教入西教，乃爲援（東教爲今俄羅斯希臘等國之教，以出於東羅馬，故曰東教，亦曰希臘教；西教即今英法等國之教）。達尼爾從之，而援不至，復返東教，臣服於蒙古。歲乙巳，自至鄂爾多謁見；丁未，又來謁。拔都厚禮之，使主俄南部，納歲入。拔都建鄂爾多於浮而嘎河下游曰薩莱（亦曰昔來不審何義）每歲春沿浮而嘎河東岸北至布而嘎爾之鄂爾多秋南駐薩莱名曰阿勒泰鄂爾多（義謂金頂之帳殿案圖理琛異域錄奉使所至之土爾扈特游牧地即元藩王建牙地今俄人猶稱其地曰卓羅台鄂爾塔音異義同今薩莱城已久廢）建喀山城於浮而嘎河東岸亦建薩莱於黑海北撒吉剌之地（撒吉剌見西北地附錄今名已久湮西人惟稱爲克勒姆）使其子撒里荅居之部眾六十萬蒙古人惟六萬餘多謀速而蠻人克立斯特人（謀速而蠻見西游錄即天方教人克立斯特即天主教人法語曰克立斯堅英曰克立斯片）憲宗二年壬子遣阿里布喀（蒙古語必是阿里布哈）凱達克（亦云喀塔克）率軍復入波蘭自柳伯林至森地迷爾大掠而歸憲宗六年丙辰拔都薨年四十八（西一千二百五十六年薨於浮而嘎河濱）拔都嘗乞憲宗買珠銀萬錠帝與以千錠且諭曰太祖太宗所遺之財若此費用何以給諸王之賜宜徐審之此銀就充今後歲賜之數（此出元史）然拔都遇人有恩不私財於已能得眾心皆稱爲賽因汗賽因猶言好也以兄鄂爾達讓位於已分以東方錫爾河北等地故部人常稱鄂爾達所部爲右

翼而拔都所部爲左翼復以弟昔班從征俄羅斯有功使居鄂爾達牧地之北以西至烏拉河鄂爾達之鄂爾多色尚白昔班色尚藍以別於拔都之金鄂爾多其後俄人遂以分三家之後裔阿卜而嘎錫云拔都入俄羅斯直至莫斯科俄人聚庫勒爾圖稀世等部人屯紮備禦戰三月之久昔班請拔都增其兵以攻敵背拔都允之遲日天曉拔都攻其前戰正酣昔班繞出敵營後踰溝毀其車並聯軍之鍊斫營而入前後夾攻敵兵亡七萬人自此數國皆定案此戰功無可比附或是錫第河攸利第二王之役以不見他書故附注於此至分地云云亦出阿卜而嘎錫他書多有本之者匿密世當即揑迷思庫勒爾西人疑是波蘭拔都子可徵者曰撒里荅見元史表西書稱爲撒而塔克爲拔都長子曰托托罕或云杜汗又云庫圖堪咯木耳云拔都子四人三曰安狄萬四曰烏波奇亦曰烏拉克奇四子惟托托罕有後憲宗六年撒里荅入朝西書謂其奉憲宗命赴忽力而台譯義謂聚會案是年本紀帝會諸王百官於欲兒陌哥都之地設宴六十餘日賜金帛有差當即此會比至聞父薨憲宗令西歸嗣位中途亦薨憲宗立其子烏拉赤尚幼令拔都長妃波拉克勤輔以聽政未數月烏拉赤亦薨此多桑語然世系表又云拔都子哈木耳則云烏拉赤爲拔都子撒而塔克弟撒里荅或云無子又或云一子名紺珠異說紛紜皆難考斷憲宗本紀七年以駙馬剌真之子乞解爲達魯花赤鎮守俄羅斯仍賜馬三百羊五千此無徵於西書意者國君屢喪恐屬部有變故特遣親臣出鎮耶又本紀三年遣必闍別兒哥括斡羅思戶口亦無考或謂烏拉赤亦拔都子烏拉赤既薨拔都弟伯

勒克嗣位多桑世系表又云拔都子彙考諸書云弟者較可信伯勒克兀赤諸子憲宗即位時與弟脫哈帖木兒將兵衛從有翊戴功拔都薨後再立君皆旋卒乃以伯勒克主國事憲宗七年丁巳即位西一千二百五十七年信天方教常集教士於鄂爾多講論教律教理太祖後裔入天方教者自伯勒克始遣官查閱俄羅斯戶口憲宗三年遣必闍別兒哥括斡羅思戶口別兒哥或即伯勒克必闍二字不得其解年分亦不相合只可闕疑計丁出賦哈木耳云每丁歲輸皮五張一黑狐一白熊一黑貂一平常貂一獺未免太重或當戶之丁如是或官吏逾額婪索城鎮民數及千及萬者設官一人而以八思哈三人總其事曷思麥里傳爲八思哈長官即此八思哈爲理民事主賦稅之官係蒙古語西書作八思喀克克字爲語尾音哈喀二音互用一治蘇斯達耳一治勒治贊一治謨洛姆蘇斯達耳東南田畝收穫十取一牛羊馬百取一教士皆免賦諾拂郭羅特城不服他城亦然幾釀大變俄王阿來三得知不可抗極力鎮撫其民復自入謁請罪伯勒克拘留之旋病歿哈力翅王達尼爾逐蒙古官呑併族人之地蒙古將忽侖薩

赫來征以勢大不進布命台代將其軍（從前從征馬加之宿將）諭達尼爾歸順勿用兵境內而助攻力拖部達尼爾畏威從命使其弟瓦西里克同往力拖征服其民（力拖即瀛環志略之力丁族在俄與波蘭之間華而甫云此役在一千二百五十八年爲憲宗八年不知確否）次年諾垓（云是朮赤子台斡爾之孫）帖列布喀伐波蘭達尼爾之子弟復從征降森地米爾以至克拉克（兩城皆見拔都傳）憲宗既薨阿里不哥僭稱帝立察合台孫阿魯忽嗣其祖位以爲己助伯勒克附世祖不從叛阿里不哥令阿魯忽備禦西兵既而自相戰爭復議和而阿魯忽爲伯勒克所敗未幾阿里不哥歸命於朝伯勒克軍亦罷旭烈兀既平報達殺哈里發屠戮教人無算朮赤後王從征至西域者或以罪誅或猝病歿疑爲旭烈兀所害伯勒克令諾垓將兵問罪戰於得耳弁特先敗後勝詳旭烈兀傳埃及王比拔而斯與旭烈兀有兵怨知伯勒克同教思引爲援中統三年冬（西一千二百六十二年十一十二月間）發使贈以哈里發家乘

渡黑海以往經東羅馬境先時伯勒克部兵數擾東羅馬故拘留其使不令行比拔而斯再遣使具書請伯勒克勿侵其國東羅馬王見書乃不阻行使者既至伯勒克令其相射里甫哀丁哀福路齊誦其書禮其使而遣歸（使人歸述云帳以白氈爲之飾以綢緞珠寶汗正坐妃旁坐大官數十列坐）當埃及使人北行時伯勒克使亦至埃及貽書謂我兄弟四人皆入教願合約以攻旭烈兀比拔而斯優禮款接覆書致幣並可蘭經纏頭布一方由麥喀禮拜堂中取至以伯勒克不能親往禮拜故遣人代行得此以贈至元元年比拔而斯受東羅馬之請復遣書於伯勒克請勿犯其邊界（以上由多桑旭烈兀傳中節出蓋多桑本諸埃及史書也）旭烈兀薨後阿八哈嗣位至元二年諾垓南侵傷目而退伯勒克率大軍繼至相持於庫耳河伯勒克薨於軍奉柩歸葬於薩萊

拔都補傳終

元史譯文證補六

忙哥帖木兒諸王補傳

兵部左侍郎總理各國事務衙門行走加三級臣洪鈞撰

忙哥帖木兒拔都子托托罕之子母衞拉特氏太祖駙馬朵拉勒赤之女世祖至元二年伯勒克薨忙哥帖木兒嗣是時海都叛迹漸著世祖命鐵連爲使往覘且令赴忙哥帖木兒處計事忙哥帖木兒曰祖宗有訓叛者人得誅之若通好不從奉師以行天罰我應其外掩襲剿絕不難矣其後忙哥帖木兒果伐海都以其乞和也兵旋罷且助以軍五萬敗宗王八拉終海都之亂朝廷迄未得拔都後王之助朮赤七子台斡爾之孫諾垓（其父曰塔塔兒）自擅於庫爾斯克（莫斯克西南八百八十華里）鄂力兒斯克（莫斯克西南七百六十華里）娶東羅馬王密喀哀兒第八之私生女（私生女說見旭烈兀傳）曰哀甫耳西那（或曰伊累那）助東羅馬輔立布而噶里亞王台爾脫耳哀司（此係西方之布而噶里亞非地理志之不里阿耳）敗其兵殺其僭位之王拉

喀那司忙哥帖木兒亦與東羅馬交好三次遣使至康思灘丁諾白爾都城俄羅斯列邦王互相讒害洛斯多王此城已毀在莫斯克之東境喝來伯瓦夕里克委持譖勒治臧王羅曼倭爾格委持忙哥帖木兒拘至至元十六年殺之華而甫云譖其背謨罕默德教忙哥帖木兒怒令其改教不從故被殺哈木耳云因與蒙古地方官不叶故被殺喝來伯之子亦譖羅曼之子於諾垓至元十五年諾垓引兵擾勒治臧之地是年阿速叛遣兵往征物拉的米爾王狄迷特里之弟安得雷從軍此俄史所云華而甫所云俄王有異詞平其亂焚高喀斯山北脫甲柯甫之城今曰務拉狄喀甫喀斯城俄稱高喀斯曰喀甫喀斯十七年哈力赤王勒輔從蒙古軍入波蘭攻柳勃林進至森地米爾爲波蘭分部酋勒錸克所敗十八年忙哥帖木兒薨同父弟脫脫蒙哥嗣脫脫蒙哥西書字音無甚大異物拉的米爾王狄迷特里之弟安得雷阿來三德勒委持讒訴其兄之過至元十九年脫脫蒙哥與以一軍擾物拉的米爾直至諾拂郭羅特狄迷特里逃依諾垓二

十年諸垓仍立狄迷特里主物拉的氷爾諸垓與脫脫蒙哥不叶招致庫爾斯克鄂力兒斯克王鄂列克來從而鄂列克附於脫脫蒙哥諸垓忿擾其境配忠克服洛郭爾王土委托司拉弗哀亦不附諸垓殺之佔其地以蒙古軍四千人助東羅馬王密喀哀兒平北境之亂比軍歸時敗布而噶里亞境內他族至元二十二年脫脫蒙哥姪秃拉布哈篡位元史脫脫之後有伯忽當卽其人布哈伯忽字音相近特應在脫脫蒙哥後脫脫前華而甫云圖罕長子巴而圖之二子土拉布哈托遜克與忙哥帖木兒二子阿力貴脫古列兒台黨廢脫脫蒙哥而四人公主國是案蒙古爭位之事史不絕書四人共位未免可疑阿卜而嘎錫世系表脫脫蒙哥之後逕接脫脫是華而甫之說不爲無因因取其篡位之說而删其四人共主國事之說是年冬大軍人馬札兒直至杜惱河適雪消水漲道路泥濘敗績而歸次年復入波蘭無城堡之地悉被掠軍病疫乃返忙哥帖木兒第五子脫脫率衆入得耳奔特以攻宗王阿魯渾軍鋒甚利而國中忌之乃退軍避居他處潛引諸垓爲助諸垓設宴延秃拉布哈及諸王至卽華而甫所云四主伏兵殺之脫脫卽

位時爲至元二十七年諾垓先輔立脫脫繼又不叶諾垓旋卒其子爭位而戰亦與脫脫戰俄列邦王訴其首邦物拉的米爾王狄迷特里之過三十一年脫脫遣兵往討狄迷特里避而之諸物哥羅特俄史未載惟云是年狄迷特里卒其叔瀰海物第二嗣位以上皆本華而甫先是海都篤哇搆亂西道不通自忙哥帖木兒後諸王自擅於遠不復承奉朝廷海都卒其子察八兒與篤哇皆歸命脫脫首先效順武宗至大元年六月遣月魯等十二人使於脫脫脫脫首先效順據牙忽都傳拔都卒後裔首先歸附一語增入遣使則見武宗本紀仁宗皇慶元年脫脫薨忙哥帖木兒孫月思別嗣元史作月思別又作月即別西書稱鄂思伯多桑云其父名土古兒察阿卜而嘎錫作脫古列兒未詳孰是延祐元年三月以襲位來告此見本紀多桑表嗣位在皇慶元年華而甫在二年元史則延祐元年酌中以斷當是皇慶二年襲位來年爲延祐元年三月使至元史但據使至之期書之襲位必在前一年不嫌與元史異詞也當月思別之將嗣位也諸將領有異議且以月思別奉天方教爲嫌定計乘飲宴時殺之或於席間示月思別以目月思別托故離席詢知有變卽覓騎馳去引兵捕

諸將皆伏法（多桑引拉施特語如此又云是時僅十三歲此語可疑附見於注）英宗至治三年二月遣使來朝十二月又遣齊喇來朝泰定三年九月泰定帝命權赤等賜月思別及怯列不賽因三部十二月月思別獻文豹賜金銀鈔幣有差文宗至順元年三月遣諸王僧格巴勒薩特勒密實邁格分使月思別及燕只吉台不賽因等所順帝至順元年八月月思別遣使來朝三年七月遣南忽里等來朝貢初兆赤位下有舊賜平陽晉州永州分地歲賦中統鈔二千四百錠久未給領京師亦無所領府治順帝至元二年遣使來求歲賜以振給軍站三年中書省臣議置總管府印正三品至元五年始頒給焉（以上皆據本紀歲賜則據兆赤傳考正當爲順帝至元非世祖至元）初物拉的米爾王狄迷特里卒立其叔彌海勒第二莫斯克王優利第三冀得首邦之位脫脫以彌海勒年長當立不允其請比月思別立優利娶其妹遂糾蒙古將喀瓦惕侵物拉的米爾彌

海勒退於特威爾之地優利追擊之兵敗其妻及蒙古將士多爲彌海勒所獲知爲貴主禮而遣歸月思別之妹道卒（俄史稱其名曰孔察喀）優利乃以鴆殺貴主來訴月思別怒召彌海勒至數其罪繼察其誣釋不治適有高喀斯山之行未即令歸國優利第三賄結月思別左右矯命殺彌海勒襲位而受封焉（當在延祐五年前）其後彌海勒子德彌特里成立訴父冤月思別召優利第三入朝使與面質優利至德彌特里一見忿發拔刀殺之月思別以其擅殺論抵而封其弟阿來克三德爲特威爾王以雪其父之寃（當在英宗至治二年）其後特威爾民變戕害蒙古官阿來克三德不能治遁普斯廓甫城月思別遣兵破特威爾召阿來克三德入朝拒命不至月思別命莫斯克王伊萬第一往討阿來克三德復出奔旋來歸請罪時伊萬第一志在兼併列邦忌阿來克三德之得民不爲己利譖於月思別歷指其叛迹

阿來克三德以是被殺（以上本俄史）俄羅斯西境力拖國浸強盛月思別不能制延祐五年月思別侵不賽因之境出班來禦乃退（本西域史）至元六年月思別薨子札尼別嗣（此據華而甫書多桑表謂至正二年西書皆謂鄂思伯在位有聲札尼別皆作札尼伯克）至正十三年九月獻撒哈剌察赤兒米昔兒弓刀鎖子甲及青白西馬各二疋賜鈔二百錠（本紀僅此一見）旭烈兀後王自順帝至元二年後內亂纔起國土分裂台白利司之民皆避亂北往奇卜察克有天方教士謁札尼別痛陳劫掠之慘民人之困以同教之誼勸往平亂至正十五年札尼別兵入阿特而佩占殺亂將阿失阿甫據台白利司令其子畢兒諦伯克留守而自歸次年旋薨畢兒諦伯克北歸嗣位未幾亦薨（多桑無年分阿卜而嘎錫謂未滿二年）自此國亦亂諸王爭位自相殘害順帝末造黑海之北有客勒姆部浮而嘎河濱有喀桑部裏海之北有阿斯塔斯干部與薩萊城之王爭雄並峙大抵皆朮赤子鄂爾達

昔班托喀帖木兒三王之後拔都後裔已絕汗位如弈棋世系莫得而考焉

附考

明洪武十二年薩萊王馬邁與俄國莫斯克王得米特里第四伊萬諾委特戰於端河東大敗其時駙馬帖木兒雄踞西域助托克塔迷失多桑云托喀帖木兒後攻滅諸王馬邁遁去爲人所殺洪武十五年托克塔迷失攻莫斯克下之物拉的米爾勒治臧等城悉破焚掠俄王奉職朝貢如初托克塔迷失不念帖木兒輔立之德侵奪高喀斯山迤南地洪武二十七年爲帖木兒所敗東遁烏拉嶺爲族人薩提伯克殺之薩萊阿斯塔拉干兩地皆彼蹂躪蒙古將也列哥輔立庫特洛克帖木兒族卒復立薩提伯克旋廢之立庫特洛克之子博拉特伯克永樂八年復圍莫斯克未破城而退諸王乘其兵

入俄境奪其國擾攘不定干戈相尋無虛歲阿斯塔拉干併於薩萊惟喀桑客勒姆如故客勒姆王與俄最親嘗助俄伐其同宗明成化十四年薩萊王阿赫邁特伐莫斯克王伊萬第三兩軍陣於倭喀句烏格拉二河浮而嘎河之支河交綏而退客勒姆王受俄指使滅薩萊王國亡宏治十四年事阿斯塔拉干仍自立國嘉靖三十年俄王伊萬第四滅喀桑乘勝遂滅阿斯塔拉干隆慶五年客勒姆王以兩部皆滅爲憾糾土耳其之兵長驅入俄破莫斯克屠殺官民八十餘萬焚城而去先是烏拉嶺東悉畢爾之地朮赤後王建國於求綿城其建國於錫爾河北濱者號庫程汗見圖理琛異域錄求綿作圖敏伊萬第四收撫黑海喀薩克部用其部人爲將萬歷九年遂滅悉畢爾元後裔之在西者略盡惟客勒姆部傳國最久土耳其常庇之

國朝乾隆三十六年俄后嘎特鄰第二遣將取其地後三年俄土

議和仍返其地四十三年始爲俄所併今惟布哈爾機窪兩部主仍爲朮赤子昔班之後然受制於俄徒擁虛位機窪部主曾請於俄願得金錢若干遜國避位俄未之許布哈爾部主亦有讓國之說二邦易姓亦旦夕間事也

忙哥帖木兒諸王補傳終

元史譯文證補九

阿八哈補傳

兵部左侍郎總理各國事務衙門行走加三級臣洪鈞撰

阿八哈旭烈兀長子母伊孫欽或曰伊蘇特生於太宗七年（西一千二百三十四年三月即位時三十一歲）從父西征躬擐甲胄軍旅之事與有勞焉旭烈兀開藩西域令轄東境之馬三德蘭義拉克呼拉商三部至元二年旭烈兀薨阿八哈自東來奔喪（西三月初九日至）掌旭烈兀鄂爾多之首領大臣曰伊而喀以遺命相告既畢葬伊而喀與諸大將蘇袞察克（句）蘇納台（句）阿拔台（句）台馬庫（句）辛圖爾（疑即旭烈兀傳中辛庫耳）阿兒袞阿喀議遵遺命立新君阿八哈遜讓於弟牙世摩特眾不可復欲俟世祖冊命眾以道阻期遠君位不可久虛勸進再三乃即位於察罕淖爾（哈馬丹相近之地察罕謂白蒙古語猶言白湖西六月十九日即位）蒙古即位之禮羣臣從新君朝日皆解帶置於項向日九叩首新君入幄登座羣臣朝賀如初禮（西書紀太宗定宗憲宗即位禮皆如

之案元祕史太祖既娶孛兒帖居於不兒吉之地蔑兒乞人來侵太祖潛於不而罕山未爲所獲向日將繫腰掛於項上帽子掛於手上行九跪禮以馬乳灑奠可知當日蒙古禮儀西域書亦正可據阿八哈自以未奉天子命不敢遽登座設小坐於下以受朝仍以射姆沙丁謨罕默德志費尼行尚書事阿兒袞阿喀司財賦弟牙世摩特轄得而岔脫以至阿拉他克（阿而俺西南山）弟台克實（亦稱畢宗）轄馬三德蘭呼拉商二部以伊兒喀之子圖古司蘇袞察克之弟杜丹轄羅姆以杜而台轄的牙佩壳耳（句）美索卜塔米牙以希拉們轄角兒只以蘇袞察克轄報達法而斯阿拉袞丁阿塔瑪里克志費尼副之定都於台白利司夏駐阿拉他克（山名以前）昔耶庫（波斯語謂黑山在亦思法杭北面山內）冬駐阿而俺或報達或楚喀圖（近哈馬丹）至元三年諸垓將奇卜察克兵侵至得而岔脫牙世摩特與戰於阿克索河（庫耳河北支河）無勝負諸垓傷目而退阿八哈自至闊奇卜察克王伯勒克親率大軍南來乃退渡庫耳河撤橋梁以守兩軍隔河相持十五日伯勒克思改道自角兒

只境進兵而病卒軍亦罷阿八哈遂於庫耳河北達蘭淖爾以至得世庫耳提俺築邊墻使蒙古人木速而蠻人巡守木速而蠻爲從天方教之人詳西遊記鋪速滿國王注是冬東駐哥而占即元史西北地之朱里章在裏海東南角詳朱里章注次年遇其母伊孫欽哈敦與庫台哈敦庫台二子台克身台古達爾多桑此處又作托克圖爾旭烈兀孫楚木庫爾子族式喀潑句欽助他處又作昊杜或作昊察自蒙古至分地賦以供衆哈敦湯沐前王宮女有所出者亦如之埃及王比拔而斯知阿八哈初嗣位又北有奇卜察克之難不遑遠略以兵攻歐羅巴之謀復耶穌墓人西國所謂紅十字會奪西里亞境內濱海數地復侵小阿昧尼亞至元三年兵入其境西一千二百六十六年八月小阿昧尼亞王海屯第一乞援於阿八哈援未至王子立益巳兵敗被擒追蒙古兵自羅姆至敵已退海屯與埃及議和贖子歸國旋以年老傳位於立益是時阿八哈東鄙有警聽其行成察合台曾孫博拉克廢其主謨八里克沙篡

據其位與海都戰既而修好思擴阿毋河南呼拉商部以益已封海都與阿八哈不協亟贊成之（詳海都傳）至元五年冬遣馬素特爲使（麻素特兒旭烈兀傳元祕史作馬思忽惕封爵爲畢故西書稱馬素特畢今新疆回部稱其酋長曰比比卽畢也）陽謂西域之地本屬公家太祖四子皆得分其土地陰則探道路窺軍情馬素特既至阿八哈厚款之贈以太祖御服（書謂是馬掛）出示歲計簿籍明無餘財馬素特既得簿籍不辭而去其來時沿途留騎以待易馬疾馳追者及諸河已在舟中矣察合台孫尼古塔爾將兵從旭烈兀西征遂留西域博拉克貽以箭藏書幹中（書云蒙古人稱爲徒嘎乃之箭案明代茅元儀武備志內載韃靼方言箭信兒曰速兒補兒直齊不相符而以箭傳信則同有之也）約其合應尼古塔爾所部萬人駐角兒只自從阿八哈既畀書歸於已軍阿八哈偵之慮事泄不敢至率其部曲欲從得而岔脫出裏海北以歸博拉克爲希拉們所阻戰而敗逃入角兒只希拉們追及檻致於阿八哈拘禁之誅其將弁馬素特既返博拉克

師起海都助兵令阿赫每特句卜里句匿克貝句牙爾孤皆察合台後人自忒耳昧城渡阿毋河察拔特定宗孫禾忽子西書禾忽作禾庫諛八里克沙即博拉克所擬之王奇卜察克太宗孫哈丹子元史作合丹自阿母葉城渡河城亦名阿母耳故西域土人稱阿母河亦曰阿母耳河在布哈爾西南二百里葛喀扯句貝那爾二將自機窪城渡河格喀出亦將名自敏克世拉克渡河阿母河將入裏海之地博拉克悉括已境之馬備戰騎括民牛取皮製盾先遣使告布勤八脫吉斯句嘎自尼暨印度河東居中之地皆應屬我祖察合台速以相讓布勤不允博拉克自渡河進軍阿八哈千戶將昔扯克圖先隸奇卜察克部下聞舊主至來歸餽馬奇卜察克分餽博拉克馬博拉克大將札拉兒台誚其自得良馬以劣者貽人奇卜察克怒札拉兒台亦怒互爭訴幾拔刃相向博拉克陰袒已將不爲剖曲直奇卜察克夜率已部二千騎北趨阿母河追挽之不返未幾察拔特亦離去察拔特行至布哈爾爲博拉克之宗王所攻衆盡沒逃至海都處旋卒博拉克屢勝舉

景軍召海拉脫酋射姆沙丁海拉脫來謁許以呼拉商益封毋助阿八哈復令籍呼拉商富戶姓名以獻至元七年（西一千二百七十年四月二十八日）阿八哈自阿特耳佩占起師時正刈麥禁士馬蹂躪世祖使臣梅喀伯中途爲博拉克所獲乘閒逸脫遇大軍以敵情告軍至庫姆斯（地見西域上傳）遇布勤敗兵阿八哈至徒思使往議和許割嘎斯尼起兒漫二部博拉克將約速耳謂可允將茫孤耳謂軍入敵境宜乘勝進何自沮抑阿八哈西鄙多事必未自至謂自至者妄言耳札拉兒台亦謂既欲和何必渡阿母河博拉克乃遣諜三人往探阿八哈至否邏者獲之阿八哈令人僞爲急遞譁諜入營謂北兵已過得而益脫卽倉皇傳令拔營而西勿攜輜重令人殺諜者而故縱其一自駐兵於平壤待戰諜之逸者以所見聞歸報博拉克亟進見惟空營遺輜重益信爲實復前行將出山突遇阿八哈大隊阿拔台

將中軍牙世摩特將左翼布勒將右翼起兒漫法而斯羅耳兵皆從然博拉克軍仍勇戰牙世摩特左翼爲札拉兒台所敗左翼將蘇納台年踰九十見事亟下騎堅坐麾兵再接衆軍益氣奮乃大勝博拉克墜馬援他騎而上始得脫潰兵過阿母河不能成列至布哈爾僅餘五千人以墜馬受傷乘肩輿入城阿喝昧脫匿克貝皆叛去博拉克復集兵三萬與戰殺之使弟亦速爾往告海都海都拘之旋引兵自至海都至而博拉克薨（時至元七年瓦薩甫云爲人毒死）謨拔八來克沙等投入海都阿八哈仍留畢景駐守呼拉商自引軍西行至低楞遇土人行刺（當即木剌夷人）羅耳酋約索甫沙下馬亟救得免益封羅耳旁境及庫昔斯單之地以旌其功是年冬世祖使命至錫以冠服冊封爲汗阿八哈至是重行即位禮奇卜察克王忙哥帖木兒亦遣使來賀博拉克旣薨其子伯克帖木兒（句）篤哇（句）布里亞（句）

忽拉洼夷與阿魯忽之二子楚班句基顏合兵攻海都躪阿母河北地數與海都戰而數敗謨罕默德志費尼告阿八哈彼之爭我之利也然必有一勝勝者併其眾禍必及我宜先擾其地勿使生聚乃遣揑克拜巴圖爾句察而杜句阿克貝將一軍渡阿母河而北約索甫句喀而噶帶二將皆成帖木兒之子楚而喀達夷句伊拉布哈將一軍自呼拉商循阿母河之西以擾烏爾韃赤見西域傳機窪之地至元九十年間西一千二百七十三年正月二十九日揑克拜一軍入布哈爾焚掠七日虜民五萬以歸楚班基顏率兵來追奪所俘之半阿母河北居民益不聊生後數年馬素特復來治始復業焉埃及王比拔而斯攻西里亞之歐洲人卽謀復耶穌墓之紅十字會人數年兵不解來乞援阿八哈令駐羅姆將薩馬嘎爾率萬人於至元八年入西里亞前鋒爲貝住之子阿穆爾至阿勒坡守兵皆遁冬比拔而斯自丹馬斯克來援蒙古兵退埃及

兵取哈俺城而歸(阿勒坡西近俺體約克)次年蒙古兵又奪哈俺毀其城俘其民當薩馬嘎爾未起師時比拔而斯欲與蒙古行成遣二使見薩馬嘎爾於昔挖斯城因以謁阿八哈先是忙哥帖木兒屢約埃及合兵夾攻使人無意中洩其語阿八哈聞之勃然離座越日遣歸和議不成而兵起至元九年阿八哈遣使至丹馬斯克要比拔而斯自來議和比拔而斯亦要阿八哈自往以答之是年冬蒙古攻陛而哀城(哀甫拉特河濱)比拔而斯自來援以馬駝負舟舟可分可合既至哀甫拉特河步卒乘舟騎兵泅水敗守河蒙古兵殺其將(西十二月十一日)攻城之軍乃退至元十一年令阿剌比之貝杜音人(族類之名)往擾蒙古界至諳拔爾城比拔而斯先與小阿昧尼亞立約十年不犯兵(西一千二百六十八年所立即至元五年)及第七載責其不遵約納貢多築城堡等事廢前約至元十二年比拔而斯入小阿昧尼亞分兵赴陛而哀韋制蒙古援兵

大俘獲而退是年冬蒙古將阿拔台攻陛而哀以天寒糧乏退兵羅姆兩王分治始共一相繼而各自立相屋肯額丁開立畨阿斯蘭之相爲謨因遏丁蘇立曼常稱之曰配而斡迺猶云宰相也（下以省文稱配而斡迺）亦思阿丁開喀而甫司曾通使於埃及配而斡迺發其事蒙古監治官阿林札克以聞旭烈兀令殺之逃入東羅馬時東羅馬王與蒙古和好嫁女於旭烈兀雖收納之而拘於別城未久伯勒克與布而噶耳入擾東羅馬過巴而剛山（今土耳其境光緒五年俄土大戰於此山）入其城挈亦思阿丁而去伯勒克𡙇忙哥帖木兒封之於克勒姆之地（即西北地附錄之撒吉剌詳見釋地）屋肯額丁獨主羅姆全境而權歸配而斡迺已如守府積不能平配而斡迺復賄結蒙古官誣其主謀叛既得命宴其主於私第以弓弦縊之死（至元四五年事）立其子結牙達丁甫四歲嗣位至九年國中貴臣欲背蒙古從埃及與配而斡迺謀配而斡迺亦通埃

及而陽助蒙古洩其謀貴臣多逃入埃及以國中虛實告勸發兵至元十四年比拔而斯兵至阿勒坡西一千二百七十七年四月初七日分兵赴哀甫拉特河阻援兵自入羅姆先敗蒙古小隊繼於阿白拉斯丁城遇大軍凡十一隊隊千人圖古司句倭而洛克圖二將皆伊而喀子杜丹統之配而斡迺亦率兵從蒙古左翼攻其中隊退合於右隊繼而三隊齊奮進比拔而斯躬冒矢石殺圖倭二將蒙兵是役死者六千七百七十人埃及兵陣亡亦無算書紀比拔而斯令盡埋已軍之亡者以掩其迹因得蒙古兵死數角兒只兵三千七二千當亦在內遂躪羅姆收下各城配而斡迺奉其主逃避遣使賀捷比拔而斯令歸治事以畏蒙古不敢遽應比拔而斯亦畏蒙古不敢久留即班師羅姆旁近小部曰喀阿蠻亦畔蒙古冒埃及旗幟以擾羅姆柯尼亞都城闊阿八哈將至乃退阿八哈得敗信自將起師是年西七月自台白利司起師比至羅姆則敵已先一月去經阿白拉斯丁城見積尸如山大哭詈

配而斡迺不多出兵以助以羅姆人從埃及大殺掠射姆沙丁謨罕默德志費尼力勸乃止令弟空庫斡台留掌羅姆兵歸經貝布而堡堡長出謁請容一言許之乃曰汗所仇者埃及今多俘羅姆民何也阿八哈悟責諸將不善導已盡返所俘既而闕配而斡迺陰結埃及乃責三罪一戰而逃一軍警至不亟報一敗後不即來謁至元十五年戮之於阿拉塔克（西一千二百七十八年七月二十二日）遣射姆沙丁謨罕默德志費尼往羅姆整飭庶事比拔而斯自羅姆凱旋至丹馬斯克病卒（西一千二百七十七年六月初八日至二十日卒）祕不發喪歸至國都立其子賽夷特至元十六年秋（西八月十七日）賽夷特被廢大將賽甫額丁開拉溫欲自立恐衆不服立比拔而斯次子僅七歲遍樹黨與冬乃廢主自立（西十二月二十七日開拉溫亦奇卜察克人蒙古掠賣而入埃及）國有內亂十七年秋（西十月十八日）蒙古兵破阿勒坡下其三城大掠而去十八年阿八哈令弟莽孤帖木兒統師角兒

只小阿昧尼亞兵皆從與開拉温戰於哈馬句希姆斯中界埃及遣人僞降臨陣時刺莽孤帖木兒墜馬主帥受傷軍亂敵兵乘之遂敗蒙古右軍先已敗埃及左軍追至希姆斯城下駐兵以待後軍而久不至遣探則中左軍已潰亦亟退埃及兵逐於後軍渡哀甫拉特河多溺斃有避入沙漠者亦暍餓死阿八哈自率師爲後援躪哀甫拉特河濱數堡困陛而哀城未及渡河而前軍敗遂退大恚憤至元十九年春歸至哈馬丹驟病而薨西四月初一日年四十八歲在位十七載葬於父墓旁二子長阿魯渾次乞喀都案蒙古語音似當作乞哈都或謂蓋喀圖其見於宗室世系表則曰亦憐眞朶兒只妃八人一爲東羅馬王密喀哀兒巴里洛克之女旭烈兀與東羅馬通好欲結爲婚姻西俗一夫惟一婦蒙古多後宮東羅馬王難之而重違其請乃以私生女瑪里亞非妻所出外遇所生則名爲私瑪里亞爲耶穌母名許字送婚中道而旭烈

兀龔遂歸阿八哈以是厚撫天主教人數與天主教王英法諸國通使命阿八哈治西域興文教科者納昔兒哀丁治法家言通曉人術著有測日儀器歷算等書講輿地學者只馬拉丁牙庫忒講樂學者阿白圖而謨愛明人才稱盛境內亦稱治焉

阿八哈補傳終

阿魯渾補傳

史表阿八哈之下有阿魯必即阿魯渾而奪渾字西書稱爲阿爾袞照元史人名譯音必是渾字

兵部左侍郎總理各國事務衙門行走加三級臣洪鈞撰

阿魯渾阿八哈長子母海迷失亦哈赤由宮女得幸至元二十一年台古塔爾既被弑阿魯渾即位西一千二百八十四年八月十一日令貝杜轄報達楚世喀潑轄的牙佩克耳忽拉朮轄羅姆阿宰轄角兒只長子合贊轄呼拉商馬三德蘭等地以景亦尼佛魯慈輔之任布哈爲相畀黄金等其身以酬其功射姆思哀丁阿塔瑪里克志費尼比於前王懼及禍逃往亦思法杭復入羅耳羅耳酋約索甫沙先奉台古塔爾之命助兵攻阿魯渾約索甫沙感阿八哈恩遇不欲攻其子未幾兵亦罷至是往賀即位兼爲射姆思哀丁緩頰射姆思哀丁素與布哈交好意必爲援乃自入謁阿魯渾令副布哈治事未幾有怨者搆之於布哈遂以黨於前王付刑官訊罪處之死是年西十月多桑云波斯人聞

其死皆流涕霍耳鄂特則云八有才而狡猾故多不滿意者收其家產一子亦死貝杜部將亦殺哈耳侖前傳云其弟此又云其子多桑云尚有二孫其後沙特倭而導勿雷言於阿魯渾給還其產約索甫沙歸國旋病卒長子額弗拉西阿白嗣爲阿塔畢次子阿黑每特留於朝世祖使命至封阿魯渾爲汗西一千二百八十六年二月二十四日使者名曰鄂爾多海亞此多桑說也霍耳鄂特云是年西九月二十三日使臣爲博拉丞相未知孰是案西歷是年爲世祖二十三年本紀是年十一月命塔叉兒忽難使阿兒渾似即此事年分相同而月分在後又使者之名亦異不能脗合亦封布哈爲丞相赦九死罪阿魯渾乃行即位禮凡赦令必由布哈加印而後行庶事得專決法而斯有大戶曰法克哀丁哈山有祖遺地產在設喇斯城爲故酋阿卜佩壳耳取以充公乃呈契券於阿魯渾稱願獻納阿魯渾欲之而非所轄地力不能及既即位乃命往收其地爲已私產布哈謂設喇斯亦國家土壤何必自私阿魯渾不從命圖格察爾專主其事不屬於布哈遂強占法而斯民田布哈聞之大恚布哈有治才而性嚴衆將多與不睦徒干有寵於阿魯渾密言其專

權自恣親王大臣奉令惟謹昔時台古塔爾遇之有恩勢位尚微一旦倒戈相向振臂一呼從者響應今兵賦大政皆在掌握設有異謀易如反掌阿魯渾猶未爲然布哈與他將飲於公宮醉而爭詈阿魯渾不罪爭者布哈益愠稱疾不朝密與楚世喀濺等立約廢主兼結角兒只酉爲應至元二十六年楚世喀濺因賀正旦發其事以約稿爲證阿魯渾大怒立命土拉戴徒千等捕布哈誅之籍其家子四人悉伏法西一千二百八十九年正月十七日其弟阿洛克亦被殺角兒只東酉迪密脫利爲達鄙忒第四之子以同謀亦死令那林達比特之子瓦世當第二兼主東西國事於是角兒只復合爲一阿八哈在位時有哀而陛耳大商牙庫白謁世祖而回道卒世祖使人阿釋謨特與同行挈其二子以至阿八哈令其長子馬素忒爲毛夕耳哀而陛耳守吏阿釋謨特輔之西書云一千二百七十六年合諸中歷爲至元十三年世祖本紀至元十年正月詔遣札朮呵押失

寒崔杓持金十萬兩命阿不合市藥獅子國持金市藥自是商人之事或即此惟至元十年爲西一千二百七十三年行役三載未免過遲豈以采藥之故紆緩程途乎押失寒與阿釋謨字音頗近餘二名不合然西域人名尤長各執一端以爲之稱便不相符則又未可遽斷也阿釋謨特先爲怨家所害阿魯渾即位仍令馬素忒居舊職詔事布哈惟命是從因是亦被殺楚世喀濺之發逆謀阿魯渾始甚德之繼疑其同與立約或恐事洩故先發事後亦殺之（是年西六月）尼佛魯慈輔合贊於東方自以與布哈同功一體恐禍且及已詭言閱兵防阿毋河北敵人旣離合贊陰聚所部煽結黨與合贊時駐徒思潛兵劫營而合贊適他往未被獲合贊聞警又聞忽喇朮與通亟往馬三德蘭擒忽喇朮檻致於阿魯渾與牙世摩特之子哈拉布哈同死（是年西十月初七日）是年之春奇卜察克兵自得而盆脫來攻阿魯渾自將往禦行至沙陛耳俺城（西四月二十七日）前鋒將昆笠克巴兒（句）圖格察爾（句）土古兒哲已退敵遂還闍尼佛魯慈之叛恐合贊兵寡令圖格察爾移師助討（西五月）合贊先往攻不勝

退而待援比援至貝杜亦帥師至合兵進征尼佛魯慈見不敵卽引遁自薩伯自窪城入沙漠繞行東北經巴達克山至奐而基斯單附於海都合贊不及追以乏糧遣援軍西返自駐你沙不見海都旋令阿部干（海都子）月思伯克帖木兒（察合台第五代孫）將三萬人與尼佛魯慈來擾合贊守徒思以衆寡不敵引退於是尼佛魯慈等大擾呼拉商之地阿魯渾既誅布哈以猶太人沙特倭而導勿雷代之先以醫伎入侍能蒙古語發阿洛克侵蝕公項罪令赴報達查究得實遂掌報達財賦府庫以充至是職如宰相阿魯渾以天方教人不足用故特擢任以蒙古官鄂爾多海亞副之（名見前注）又令楚實句庫札（當阿火者之異譯）爲之佐乃定聽訟之法刑官讞斷將領不得阻撓禁擾郵驛培植士子養贍耆老咸善政也然蒙古武帥皆不得權滋不悅阿魯渾令徒干率兵繼往呼拉商平亂尼佛魯慈旋遁去軍亦返沙

特倭而導勿雷閫徒干淩轢郵吏索馬逾額勘驗得實責徒干杖七十由是怨深阿魯渾信喇嘛言服金石藥冀長生不接見臣下惟所信任數人得入對服藥得病治既痊又服之病遂增劇沙特倭而導勿雷謀於眾赦囚縱罪祈獲天佑而病仍不瘳因釋獄囚乃知牙世摩特忽喇朮之子在獄皆被殺宗親死者已十三人訊由伊吝赤矯命行刑阿魯渾無是意也星者謂此十三人負屈爲祟以致主病於是大將圖格察爾昆竺克巴兒都嘎爾等殺伊吝赤復以不能見君爲忿遂殺鄂爾多海亞楚實庫札於倭洛克哈敦之鄂爾多阿魯渾正妃兼殺沙特倭而導勿雷多桑云志費尼等書謂阿魯渾刑罰重由其逢君之惡然天方教人不喜猶太人得權位毀之太過不足爲憑此數人者皆常入內議事阿魯渾不見此數人至知有變病益革至元二十八年春薨於阿而俺病凡五月西一千二百九十一年三月初七日葬於昔嘎斯山阿魯渾喜燒丹鍊汞東方術士趨之如鶩阿魯

渾謂明知此輩意在誑財然葉公好龍眞龍乃下將以此爲招也黃金可成長生藥可致何爲先吝哉在位時埃及一來擾至元二十三年埃及騎兵千人自阿勒坡趨麻耳頓直至毛夕耳蒙古兵五百出禦傷亡及半埃及兵亦卽退長子合贊次子合兒班荅別有傳霍耳郛特云有六子其人之言不盡可憑故不採入

阿魯渾補傳終

元史譯文證補十一

兵部左侍郎總理各國事務衙門行走加三級臣洪鈞撰

合贊補傳 元史作合贊合讀如哈西書作喀贊盞哈喀之異譯

合贊阿魯渾長子生於世祖至元八年西一千二百七十一年十一月三十日阿八哈聞孫穎異亟欲見之阿魯渾親送之往阿八哈留不遣以屬其妃布魯干哈敦使撫育哈木耳云阿八哈妃杜戴哈敦亦願撫育阿八哈答以蒙古俗語如曰細嫩之肉已齕於齒意謂布魯干必不割愛也蒙古謂齒曰合贊遂以爲名案合贊之解無考多桑亦未載是說故附紀注中合贊幼時輒集兒童列陣攻擊爲戲五歲就傅習蒙古回紇文字騎射擊球等事罔弗習八歲已能從祖父獵十歲阿八哈薨應是十一歲西人必滿一年始爲一歲蒙古人在西域或亦如是阿魯渾娶布魯干合贊復從父居於東迨阿魯渾即位令轄呼拉商等地阿魯渾再娶一妃亦曰布魯干繼適亦憐真朵兒只後歸合贊故合贊妃亦曰布魯干哈敦成宗元貞元年合贊師至台白利司諸王蘇凱等率衆來迎旣入都諭民相輯睦大臣毋陵害其下令毀佛寺及天主猶太各

教堂合贊先奉佛曾於呼拉商之哈布禪城建造梵宇曰與浮屠談讌其中竭誠祗奉迨與貝杜爭位始入謨罕默德教且詆斥釋氏以收衆心其後小阿昧尼亞王海屯來謁卑辭厚幣請無毀天主教堂合贊允之改令國中專毀像教祠宇而天主猶太教堂得不廢遺尼佛魯慈（句）奴爾蘭（句）庫特魯克沙搜捕貝杜黨與昆竺克巴兒圖噶爾伊爾達兒伊兒乞歹等皆就戮惟土拉戴（句）哲察克（句）伊達柱三人杖而免死（貝杜傳有都達珠疑即此之伊達柱）是冬即位不曰汗曰蘇爾灘（西十一月初三日）論翊戴功拜尼佛魯慈爲大將位諸臣右賜券書以沙特兒哀丁爲相尼佛魯慈建議凡誥命必稱上帝及謨罕默德名印璽改圓式定百官爵秩合贊悉從之察合台後王篤哇海都子薩兒班合兵侵呼拉商遣親王蘇凱大將尼佛魯慈往禦時答竭饑紬預徵次年民賦以資軍實蘇凱自以旭烈兀之孫於序當立（世次

（見旭烈兀傳）與其黨巴魯拉謀將刺尼佛魯慈於軍而廢合贊約台朮同舉事（忙哥帖木兒子）台朮佯受約密告尼佛魯慈空營設伏伺之蘇凱等至伏發斬巴魯拉蘇凱敗逃賀爾庫達克追及殺之叛軍復推阿爾思蘭爲主（霍耳鄂特云是太祖弟朮赤哈薩兒後人）圖犯台白利司城合贊聞變慮禁兵少且習亂乃稱出獵部勒將士行及中途突命迎擊叛衆初戰不利賀爾庫達克率二千人來援遂斬阿爾思蘭盡降其衆時元貞二年春也（西三月間）一月之内凡誅親藩五人叛臣三十八人事定尼佛魯慈師至呼拉商敵已飽掠渡阿母河而去蘇凱之亂戍守報達之備拉特兵亦叛首將塔爾盍以附貝杜幾羅大戮至是率所部往投埃及的牙佩亮耳守將謨雷往追爲所敗逃軍至西里亞埃及王開特博噶收撫其衆並加擢用焉沙特兒哀丁不協於尼佛魯慈奏褫其職只馬兒哀丁代爲相或誣沙特兒哀丁交通蘇凱諸

有司之侵給舞弊者憚其復用證成其罪已論死矣賀爾庫達克平叛藩歸爲辨寃始得釋合贊以圖格察爾反覆橫恣既令轄羅姆使遠於朝復欲除之遣庫門乞往賜書褒奬以安其心而潛結諸將領執圖格察爾謂之曰國家大義通敵賣主者殺無赦王不能以私情廢公義遂殺圖格察爾駐羅姆將巴兒圖自阿魯渾時即握兵柄屢徵入朝輒托詞不赴聞圖格察爾誅即舉兵反合贊命庫特魯克沙討平其亂蘇拉迷失誅巴兒圖以大羅耳不助賀爾庫達克兵饟殺其酋額弗拉西阿伯立其弟阿黑每特爲阿塔畢小羅耳酋爲同族所殺執弒主自立者廢之立瑪素特爲阿塔畢尼佛魯慈怙功驕蹇合贊意頗厭之尼佛魯慈總制東方兵柄以妻病往阿特耳佩占探視委軍事於奴爾蘭未幾台朮所部棄伍逃合贊不悅促令赴軍中尼佛魯慈請卒視妻病而返朝臣言

其以私廢公請逮治合贊曰此未足以箝其口也既而其妻托紺珠公主病卒尼佛魯慈乃往呼拉商奴爾蘭入朝訴其過失並與齟齬狀合贊令弟哈兒班荅往代奴爾蘭初尼佛魯慈助合贊爭位時慮力不足介報達商人凱薩爾致書埃及國主依坿敎誼乞以兵援比答書至合贊已得國尼佛魯慈令記室改易埃及答書乃以上呈至是事覺奴爾蘭等因劾其通敵欺罔尼佛魯慈在外自知眷衰遣衞拉特人薩忒耳哀丁入朝寄耳目而其人反爲合贊所用使往報達購凱薩爾執以歸時沙特兒哀丁復相與弟庫脫拔丁僞爲尼佛魯慈致埃及執政書請藉兵力誅鋤異己弟哈濟那蘭句勒格濟共爲內應事成割地爲報先奉衣服若干事納書及衣於凱薩爾篋中復爲尼佛魯慈致弟密書往見哈濟那蘭乘間納書囊中合贊廷鞫凱薩爾通敵引寇諸事皆不承搜其篋

則衣與書在焉立命殺之捕尼佛魯慈家屬無男婦老幼悉誅擒哈濟那蘭至搜獲密書誣服論斬諸昆弟勒格濟句薩德兒迷失等盡死尼佛魯慈稱兵反時大德元年春夏間也（西一千二百九十七年四月）夏命庫特魯克沙率諸將往討（西六月）戰於你沙不兒尼佛魯慈兵甚衆而將領不從叛先散衆遂潰敗尼佛魯慈以數百騎遁入海拉脫其酋法克哀丁爲所輔立故收納之庫特魯克沙至圍城令獻叛犯法克哀丁出書以示尼佛魯慈益德之或謂之曰公孤寄於此大軍壓境城主未可深恃不如執之用其兵以退敵事後報之以德此防患未然之道也弗從語聞於法克哀丁則大駭其下咸謂以全城殉一人非計彼已背永不犯上之誓我背誓庸何傷乃請分其將士於各軍率以出戰既墮計遂悉成擒獻諸庫特魯克沙誅之傳首都城子弟咸就戮尼佛魯慈父阿兒渾自憲宗二年受命

鎮守西域子九人多倘主一門鼎盛至是族滅云當亂時或謂台朮曰合贊若廢以次必立王語爲合贊所聞殺台朮是冬合贊下令改服色以布帛纏首廢冠制駐冬於阿而俺闊角兒只酋內亂（昆弟爭國）令庫特魯克沙平之立瓦世當第三庫特魯克沙自角兒只歸以其地征賦不善爲訴沙特兒哀丁聞之先告合贊謂其縱兵蹂躪角兒只於是庫特魯克沙有所陳奏輒不入知必有中傷之者以詢沙特兒哀丁則曰此某醫之所爲也庫特魯克沙以語拉施特哀丁白諸合贊合贊召至告之曰沙特兒哀丁實譖汝而嫁禍於人險詐如是不可復留命與庫脫拔丁同棄市大德二年遣使臣謨阿臧法克哀丁阿喝美特（句）布喀伊耳赤入朝貢珍珠寶石獵豹（案成宗本紀惟大德八年七月諸王合贊自西域來貢珍物不應行役五年始至或是兩次入貢或年分有訛元史載西北藩王方物之貢實自合贊始未可以其改從異教而沒其善又拉施特哀丁自序云是時合贊遣以入朝盖非正使故其作史不列已名下云留四年始歸當是先正使而返）且以金錢十萬市中國

貨物使臣至成宗優禮之賜酒慰勞謨阿臧等留四年始辭歸溫詔報合贊賜賚甚厚憲宗之世有分賜旭烈兀位下絲帛久儲於府至是遣使頒致與來使偕行謨阿臧道卒案元史食貨志睿宗子旭烈大王位歲賜銀一百錠段三百疋五戶絲丁巳年分撥彰德路二萬五千五十六戶延祐六年實有二千九百二十九戶計絲一千二百一斤丁巳爲憲宗七年西域書與元史合大德二年秋以火者薩特哀丁爲相駐羅姆帥蘇拉迷失叛殺副帥畢音察爾句別乞庫爾三年春庫特魯克沙敗其眾蘇拉迷失逃入埃及引軍來犯擒斬之海拉脫酋法克哀丁以縛獻叛犯功受券書章服既而有異志不納貢賦尼古達爾舊部見阿八哈傳散爲盜者皆招致爲兵使出劫掠三年夏合贊令弟合兒班荅往討相持半月餘兩軍傷亡甚多城中教士出爲排解納金錢十萬的那以乞和兵乃罷巴兒圖之亂疑羅姆王馬蘇特與通廢之立阿雷哀丁四年復立馬蘇特越四年卒自是羅姆不復立王以蒙古官分治之羅姆本富

饒地自蒙古兵將需索朘削民不聊生突厥遺族自太祖太宗時避兵至羅姆西境擁衆據地有元之季日以盛强號握斡厥後吞併諸國滅東羅馬是爲今之土耳其國土耳其者突厥之異譯也詳西域上傳注中埃及蘇爾灘阿式阿甫沙拉哀丁喀里兒於至元三十年被弒西一千二百九十三年十二月大將開特博噶討殺亂黨立開拉温三子那雪爾時年九歲次年冬國人廢幼主開特博噶本蒙古人旭烈兀敗軍希姆斯之役開特博噶在軍中尚幼被擄開拉温愛而撫育之至是遂爲蘇爾灘以拉勤爲相元貞二年拉勤逐去之而自立以寵奴芒穀帖木兒爲相且欲傳位慮大臣不服漸以事罷諸統帥擺用其黨次年令大將伯克大石攻阿昧尼亞督兵出境所以遠之也阿昧尼亞王海屯第二自朝合贊還以事借其弟托洛斯赴東羅馬次弟生拔脫監國旋篡兄位飾辭得受合贊冊封婚王族女

比海屯歸拒不得入將赴訴於合贊又爲生拔脫先入之讒被執矐一目托洛斯被殺其弟亢思但丁乘埃及之警囚生拔脫而自立請成於敵不許奪其城堡十一處乃退兵時埃及內亂鎮帥奇卜察克句哀爾別乞句伯克帖木兒皆爲芒穀帖木兒所搆奔於合贊國中親軍忿譟統將古兒濟殺拉勤芒穀帖木兒而立圖格濟會伯克大石自阿昧尼亞還師討殺圖格濟古兒濟迎立那雪爾時年十四矣奇卜察克等之來奔也合贊待以殊禮賞賚駢蕃思用其力以謀埃及時埃及之西里亞兵入的牙佩壳耳刦掠合贊益怒定議親征兵十八中抽五賫六月糧大德三年秋（西一千二百九十九年十月十六日）自台白利司起師冬次哀甫拉特河（西十二月七日）留兵萬人守後路騎卒九萬以庫特魯克沙謨雷爲前鋒抵阿勒坡（西十二月十一日）捨而不攻軍士縱馬食麥田令曰馬不可以食人食犯者斬諸軍肅然過

哈馬特亦捨不攻軍至撒拉米冶聞埃及兵已至希姆斯那雪爾親自督軍時蒙古軍遠行疾馳馬多羸將士甚恐合贊令曰埃及親軍驍勇善戰特馬艮利衝突今我以步隊當之勝騎戰也自撒拉米冶進師距敵百里而止西十二月二十二日次日進至那蘭蘇河忽憶是日爲禮拜三日教禮不應戰乃駐軍而埃及兵猝至急率中軍迎戰調後軍張兩翼禦之戰少挫合贊引中軍退埃及軍逐之馳一時許陣復接埃及一軍潰別軍援之殊死戰復出鐵騎五百短刀奮斫直衝中堅兵多傷以強弩攢射之馬返竄亦傷埃及軍庫特魯克沙率右翼鳴角以進埃及誤以爲合贊軍併力攻之右翼敗死者近五千人庫特魯克沙餘騎奔中軍合贊麾左翼猛進中軍繼之以弓箭手萬人居前矢下如雨埃及前鋒旁翼先後潰中軍亦不支蒙古軍乘之遂大潰遺甲仗滿地追至希姆斯抵暮止

營令謨雷率五千人窮追之是役也合贊以堅忍轉敗爲功而右翼之敗適成餌敵之計焉羅姆守將阿彌世喀偕阿昧尼亞王海屯第二率五千人來會軍勢益張時阿昧尼亞人以圖讖之說廢亢思但丁復立海屯故海屯率兵請自効希姆斯城乞降發其庫藏分給將士進至達馬斯克亦迎降越日西一千三百年正月二日蒙古官入城宣讀示諭謂我來誅亂臣耳我保衛謨罕默德教禁士卒入城擾民汝民亦無得欺陵異教其各案堵如故遲日合贊自至城中訪諸勝蹟令衛士守一門而閉其餘雖從官亦不得擅入民益感德輸金錢百萬餉軍埃及將厄爾朮法世守內堡不下諭降不從諸將請攻合贊不許阿昧尼亞兵怨埃及人切骨破撒里希牙城焚掠成墟蒙古別隊亦焚毀美側忒(句)達利阿二城達馬斯克城雖免兵燹而四鄉亦被掠催督餉需供應行館亦復民不聊生矣謨

雷之追敵也直至喀雜忒城遇埃及兵輒攻殺之既不及追乃整旅還時輸餉已清炎熱漸作阿脒尼亞人海屯著書則謂察合台後王有兵警至故合贊即歸合贊以奇卜察克轄達馬斯克省伯克帖木兒轄阿勒坡哈馬特希姆斯三省哀爾別乞轄薩弗特句忒里波利等城牙希阿西域故王只拉兒哀丁之子司賦稅令庫特魯克沙統兵鎮守西里亞全境大德四年春西二月四日大軍東返合贊既行庫特魯克沙遽下令攻達馬斯克內堡而守禦甚固攻半月不能下而去以軍事委譔雷先合贊傳諭西里亞境內悉降附既而諸城知蒙古軍不能久駐埃及兵旦夕必復出故拒命者多那雪爾歸國補軍額繕器械閏合贊已去奇卜察克等皆在西里亞乃亟出兵手書招三將回故國於是奇卜察克等叛歸譔雷亦棄達馬斯克全軍東返西四月計據有西里亞僅百日合贊既班師銳意政事夏如梅拉喀西六月四日觀天方臺考儀器亦建臺於台白

利司自運巧思剏製新器訪古賢人墓慨然曰死而不朽其樂有甚於生也大興版築之役學塾書院養濟孤貧施治疾病之所以及橋梁道路水泉井沼罔不備舉引哀甫拉特河開三渠溉田悉成沃壤貧乏寡婦官給棉使紡以餬其口秋再伐西里亞以庫特魯克沙爲前驅自將大軍繼後冬渡哀甫拉特河（西一千三百一年正月六日）次阿勒坡守將南遁埃及兵出禦至哈馬特時淫雨四十日餽運不繼士馬凍餓蒙古軍亦阻於雨駝馬多斃大德五年春兵罷（西二月三日合贊還）夏遣使如埃及請棄怨修好冬使還埃及答書亦願和款而詞意不屈大德六年奇卜察克王脫脫（今改托克托勝於元史舊譯）使來請阿而俺（句阿）特耳佩占兩省之地弗許秋三伐西里亞令譔雷秣厲以待復遣前使往埃及以稱藩納幣等事要之答書不允且餽軍器示能用武合贊怒拘其使大德七年春師遂進令庫特魯克沙與出班譔

雷等率五萬人深入自駐哀甫拉特河東以待雷耳鄂特書於此紀云闊篤哇與王師戰而受傷海都死案元史類編駙馬阿失大德五年從晉王討篤哇戰于哈剌荅山射篤哇中膝篤哇僅以身免元史忿憐傳亦載而無年分海都之歿合月赤察兒牀兀兒等傳較之當在大德六年雷耳鄂特所紀或出西域書可以引證元史多桑未載故附注於此師及哈馬特越達馬斯克而南與埃及大隊遇西四月庫特魯克沙敗其右軍謨雷率眾追之既而中軍左軍齊至庫特魯克沙幾不支出班庫爾迷失亟來援始免於敗暮止戰屯山上埃及兵屯山下軍眾勢盛謨雷恐明日戰不利夜引所部退埃及有斷卒被擒脫歸言蒙古軍不得水病渴可乘日出蒙古軍鼓勇下山埃及兵力遏之殊死戰至午蒙古軍稍卻爲所圍而虛其一面於是角兒只兵先潰諸軍亦相繼潰望河而奔有陷沮洳者埃及兵逐於後次日追及蒙古軍以馬疲不能行多棄械就死又或爲鄉導所紿暍死沙漠庫特魯克沙回至克沙甫西五月七日謁合贊陳兵敗狀合贊遂歸以出班殿後翼護殘卒召至優獎之申斐

師之罰徧逮諸將分別誅謫杖責有差出班雖殿後有功亦受杖秋如台白利司蒐閱軍實圖再舉遣使英法諸國請發兵西里亞復耶穌墓得目疾求中國醫治之有進印度馴象者乘以出遊養痾大將奴爾蘭阿喀卒即前之奴爾蘭而加阿喀之稱與旭烈兀傳阿兒渾阿喀同以庫特魯克沙代之屯阿而俺北界台白利司教士牙庫白等謀逆附會讖書欲立亦憐眞朵兒只之子阿拉佛郎事覺逮訊詞連世祖使臣納息爾哀丁合贊曰此必沙特兒哀丁餘黨之所爲也嚴訊果服誅牙庫白安置阿拉佛郎於呼拉商大德八年春病痊出獵既而復病知不起召武師庫特魯克沙出班謨雷等文臣火者撒特哀丁拉施特哀丁等屬以大事傳位於弟哈兒班荅勉諸臣同心輔佐壹遵所定法度行夏合贊薨西五月十七日葬於台白利司自造之墓年三十四西人只作三十三妃八人布魯干哈敦生子女各一子阿爾珠女額爾賽庫特

爵（霍耳鄂特云生二子皆早卒）合贊沈毅果斷訓勉將士詞旨愷切賞罰必當故人
樂爲用卽位之初府庫空虛餽賜不給或議其吝迨經營兩載賚
賜振恤無虛日而度支弗匱善辭令諳阿剌伯波斯印度等處方
言通古今各國風土人情尤熟於蒙古掌故世系族派姓氏記識
靡遺命拉施特哀丁作史凡述蒙古事皆面奏告誥而後載筆（拉施特史序自云如此）多藝巧以新意剏製雖巧匠弗逮先世將相用事其主惟
以聲色狗馬爲樂鄰國使至弗問也合贊躬攬庶政百官有司奉
令惟謹他國使至必親延接道其國史事風俗歷歷如覩以是四
鄰愼選行人非其才莫敢使喜親才智士或有欺飾則擯棄不復
召勤恤民隱方飢思食必倍價購於民以爲從官卒向時兵役驛
騷詐稱諾延子弟強入民家姦宿無忌民皆居敝廬以免其擾合
贊禁之民始有室家之好各省官吏交替以金符爲憑後者至則

前者纖貪吏不能爲奸釐定科則而重徵暴斂之弊除裁省驛傳而官奪民馬之風息西域自遭大兵汙萊徧野合贊下寬大之令四載始升科於是荒地日闢先時兼募民兵而糧入將弁伍額虛懸校覈既嚴兵數始實定戰兵守兵之制調發不至一空士卒亦得休息朮赤察合台後王時來戰爭蒙古兵被俘者鬻爲奴合贊以爲辱出貲贖之得萬人列於親軍刑官向受諾延節制讞獄多枉法改易官制而聽訟以平庫款出入設簿籍以稽之盜賊橫行商旅裹足設捕兵以衛之錢質駮雜有禁權量不一有禁鬻良爲倡有禁流氓無賴强索人財以供獻哈敦諾延及哈敦諾延出貲借貸而以重利困民皆有禁良法美意施諸實政者班班可考蓋蒙古建國西域以來僅見之主也案西域元史推崇甚至似因同教而貢諛然合贊三伐西里亞時東羅馬國以突厥遺族侵害其境請平亂願以王女爲婚合贊允俟埃及事畢卽往治之迨兵敗旋薨故東羅馬人尤痛惜之謂合贊不死羅姆之地必能底定土耳其國必不能興語出鄰邦之天主教人則其治國之才固

可信也

合贊補傳終

元史譯文證補十二

兵部左侍郎總理各國事務衙門行走加三級臣洪鈞撰

合兒班荅補傳 西書音似喀兒奔特

合兒班荅阿魯渾次子母烏魯克哈敦客烈亦部王汗孫撒里只之女至元十八年誕生時值行役於馬魯之西沙漠中衆憂無水俄大雨至衆喜以爲吉兆稱曰鄂爾朵布哈鄂爾朵猶言吉烏魯克奉天主教故生子受洗禮教士名以尼可拉斯稍長定名曰合兒班荅西域語猶云驢夫娶昆徹司喀特哈敦爲蘇袞察克子沙第之女其母霍兒庫達克則旭烈兀子出木忽兒之女也奉天方教合兒班荅從婦言亦奉教嗣位後仍稱鄂爾朵國中敕令多稱鄂爾朵圖謨罕默德呼搭奔特呼搭奔特猶言上帝奴僕國人多稱爲鄂爾朵圖蘇爾灘兒合贊在位時命轄呼拉商等地大德八年合贊薨信至其將謨雷慮阿拉佛郎爲變祕不發喪先遣亦生

布哈句郭爾赤句喀兒篤克布哈往殺阿拉佛郎呼拉商統將賀爾庫達克素助阿拉佛郎亦遣殺之三將至與戰賀爾庫達克被獲而死郭爾赤亦戰沒事定合兒班荅乃率諸將西行至台白利司都外奥占行宫卽位西七月二十一日以庫特魯克沙出班司兵火者撒特衮丁薩費薩費爲地名火者賽夷忒拉施特衮丁治賦拉施特之名此傳與他處略異元史有賽典赤贍思丁傳賽典卽賽夷忒之異譯秋至梅拉喀西九月十九日成宗使臣與察八兒篤哇使人皆至謂多年戰爭今已悔禍息兵用是布告遣使西域本紀無考冬朮赤後王脫脫遣使來賀西十二月初九日西書音似托克台釋前王合贊所拘之埃及使人令歸並遣使偕往約和大德九年徵克兒漫酋沙喝奇汗入朝蘇約兒喀特迷失之子大德七年受合贊之封嗣其族兒謨罕默德沙之位以其不奉令不以時納貢拘留勿遣克兒漫地歸蒙古官轄治西遼國人在西域者至是位絶建新城於空庫兒歐隆之地在可斯費音西偏北二百里多桑於他處别稱舍路押斯又稱社烏拔斯阿魯渾在位時擬議而未行至

是城成名曰蘇爾灘尼牙（即元史之孫丹尼牙尼牙譯義爲治所）王宮教堂規制閎麗遂遷都焉亦建生壙於內堡大德十年成宗使至賜名鷹珍異（西三月初八日）（元史無考）十一年（西四月十四日）拉施特哀丁修史成先是蘇爾灘尼牙之北基闌境內有小部東北負裏海東南西南皆山長祇百八十里而分十二部各有土酋主治阻山負險自爲一國不甚受約束篤哇既薨後王寬闍遣阿兒渾之子阿兒岱哈贊來告喪因語及基闌之地鼓爾國至今負固未能討定篤哇等王深以爲笑合兒班荅恥其言令庫特魯克沙出班與圖干（句）謨敏分率三軍自將一軍分四路以進出班與圖謨二將降下數部庫特魯克沙亦攻勝他部已乞降而庫特魯克沙之子昔保赤拒之仍進兵殺掠此衆據險殊死戰主帥陣亡一軍幾沒合兒班荅由他道入戰勝納降事大定而庫特魯克沙敗信至遣勁兵三千人往復戰沒二將繼遣呼辛

句 賽云赤往乃平其眾他部降者定歲貢額究喪師之由鞭昔保赤以其父所部屬於出班海拉脫酋法克哀丁當合贊時曾遣合兒班苔往討師不得志輸饟行成而罷合兒班苔即位不自來朝大德十年遣呼拉商統將丹尼世門巴哈圖兒再討之脅交尼古塔爾部眾及三載貢賦議不洽兵進截其糧運法克哀丁乃與丹尼世門盟誓以城讓自還阿蠻庫堡丹尼世門入城而內城仍為其將麻罕沒特所守堅不可攻丹尼世門遣告法克哀丁不入內城無以覆君命而為汝祈宥赦罪也法克哀丁以告其將開門延之約無得多帶從卒丹尼世門先遣其子偕他將入盛筵款接比自入伏發門閉丹尼世門父子皆被害是年秋合兒班苔令亞薩鄂爾為統將丹尼世門之子布載句 塔孩往復父仇次年春進戰不利築長圍困之法克哀丁旋病沒城內糧匱餓莩相望麻罕沒

特力竭始降次年夏亞薩鄂爾令布載獻俘於朝衎後遣人追殺之於途法克哀丁弟基亞代丁先爲質子合兒班荅自基闌凱旋至蘇爾灘尼牙閭海拉脫事定乃令基亞代丁嗣酋位埃及數擾阿昧尼亞合贊以蒙古兵千人助戍大德八年埃及兵入境殺掠甚衆次年復至敗衄而去亡數千人阿昧尼亞王海屯第二致書阿勒坡守將喀喇桑柯爾請納歲貢罷兵埃及允之是年海屯第二讓位於姪立畨第四自入天主教堂爲僧大德十年合兒班荅以妻父亦憐眞爲羅姆鎭帥其將璧拉爾古屯阿昧尼亞界上十二年立畨第四與亦憐眞同入謁璧拉爾古閭立畨訴已過失又以其旣事蒙古復貢埃及遂殺立畨亦憐眞奏劾之合兒班荅誅璧拉爾古立海屯季弟鄂聖爲王羅姆西境握托蠻國浸盛即今之土耳其國詳見西域上傳注中擾東羅馬屬地東羅馬王安鐸魯尼克思藉蒙古之力

平定其衆以女瑪里亞嫁合兒班荅蒙古人稱之曰脫司配那哈敦（譯義爲公主）武宗至大四年合兒班荅自素尼忒教改奉十葉教亦曰十亞（見西域上傳注）仁宗皇慶元年以庫款虧缺縱下侵蝕殺其相火者撒特哀丁薩費宗王科爾迷失謀叛於羅姆討平之併四子皆伏法（云是旭烈兀第九子之子考旭烈兀傳無是名也）建新城於報達之東埃及數將來奔先是埃及王那雪爾以權歸將帥不樂居位遜國他適親軍大將撒耳開思八雪爾歸國縊死鄙拔耳思阿勒坡統將喀喇桑柯爾（義爲黑鷹）與謨罕納（即元史地理志之撒耳柯思）鄙拔耳思即位號謨雜費爾蘇爾灘國人不願仍迎那等知那雪爾不相容率騎卒千人來奔合兒班荅命官授地待以寵禮思乘隙伐西里亞是年冬出師（西十二月十五日）出班賽云赤伊遜庫特魯克與角兒只兵咸從衆號十萬渡哀甫拉特河攻拉黑貝堡逾月不下遂班師皇慶二年以長子不賽因出鎮呼拉商時年九

歲呼拉商夙爲儲君分封之地故未及其長即開藩府賽云赤及阿爾囚爲將拉施特哀丁之子阿白都而拉體甫司財賦喀剌蠻人佔羅姆枯尼牙城云是握托蠻一類人案西域水道記卷一注自黑斯圖濟至塔爾罕皆噶勒察種噶勒察轉爲喀剌蠻蠻爲同類之意出班往征降定其眾察合台後王寬闍即位未二載即甍族叔達里括嗣位篤哇幼子葛伯克乘其飲宴剌之死西書云葛伯克繼其兄亦生布哈即位元史本紀泰定三年有藩王怯別獻豹等語怯別轉音即葛伯當是一人武宗至元二年宗親立篤哇次子也先不花即西書之亦生布哈併有海都舊地遣其弟古特魯克火者建藩於阿毋河南印度河東與呼拉商爲鄰古特魯克火者卒其子島特火者嗣族兄帖木兒古爾干與爭國皇慶二年遣使歸附於合兒班荅請助兵於是西域宗王敏干將呼拉商兵以往島特火者不能禦渡阿毋河歸見也先不花請兵復仇其時也先不花叛命與王師戰於騰格里山而敗即天山不暇西兵適朝使自西域還賚合兒班荅呈進方

物乃拘使臣殺之並其從者七十八本紀武宗至大元年六月遣脫里不花等二十八使諸王合兒班荅計其年分往返踰五載不應如是之遲當是仁宗初元所遣之使而元史失紀也復引兵禦王師而不能勝突而基斯單之地多爲王師所躪元史牀兀兒傳有之延祐元年敗叛王也先不花等軍於亦忒海迷失之地二年敗也先不花所遣將於赤麥干之地追出其境至鐵門關遇其大軍於札亦兒之地又敗之年分皆符也先不花不得志於東乃思逞於西延祐二年遣宗王葛伯克烏特火者亞索伏兒率兵渡阿母河與西域帥亞薩鄂爾戰於八脫吉思近地敗亞薩鄂爾殺布載擾呼拉商凡四月以糧乏又以王師已至塔剌斯亦息庫爾特穆爾圖淖爾西人稱爲亦息庫爾故軍返葛伯克謂亞索伏兒奉天方教陰附合兒班荅雖得呼拉商而不能守也先不花信弟言令捕亞索伏兒兵至拒捕葛伯克爲敗亞索伏兒慮大軍至力不敵遣族人誠帖木兒謁不賽因欲來從不賽因使請命於父允之並令庫兒迷失句圖干率二軍渡阿母河爲援海拉脫酋基亞代丁亦以兵從延祐三年秋西九月亞索伏兒正與

也先不花戰援軍至敗之掠布哈爾撒馬爾干忒耳迷民戶以南編置希部而干分地授耕亞索伏兒謁合兒班答令駐巴達克山堪達哈爾兩山之中先是朮赤後王族人巴拔避禍率萬人奔於西域延祐二年往擾貨勒自彌之地其時朮赤後王爲謁思伯鎮守貨勒自彌之將爲庫特洛克帖木兒巴拔兵至拔之俘其民五萬人而歸亞索伏兒聞之自忽氊引兵疾馳截其歸路盡奪俘掠此役當在亞索伏兒未擾呼拉商之先謁思伯遣宗王阿克布哈來詰巴拔之亂延祐二年秋西九月至蘇爾灘尼牙謂若巴拔所爲請君討之若由主命則請以兵相見合兒班荅謝曰我不知其稱兵犯境非有命也殺巴拔父子禮其使而遣之麥喀酋倭邁宰特來奔麥喀爲教主謨罕默德墓所謨罕默德之壻阿里後人世爲之酋倭邁宰特既嗣而弟兒爭位埃及以兵助爭者倭邁宰特逃以合兒班荅奉十葉教與

同教延祐三年來乞援合兒班荅遣哈赤狄兒堪的率千人衛以還國次年春行至巴索拉爲伯都音人夜攻覆其眾伯都音爲阿剌比土人之名歷考西書此外無蒙古兵入阿剌比之事元史郭侃傳之大房近人因明史有天方改大房爲天房以附合之甚誤倭邁宰特哈赤狄兒堪的僅以身免更一載始得復國延祐三年冬西十二月十六日合兒班荅薨年三十六合兒班荅御眾以寬好酒色致不永年子六人長不賽因餘幼卒女三人二女皆嫁出班一幼卒

合兒班荅補傳終

阿里不哥補傳西域書作阿里布喀義謂潔淨之牛蒙古稱牛曰布哈哈喀二音互用阿里不哥事實具見元史而西域書所紀有元史所未詳者爲補傳以著之

元史譯文證補十四

兵部左侍郎總理各國事務衙門行走加三級 臣 洪鈞 撰

阿里不哥睿宗子憲宗世祖之弟憲宗南征命留守和林等地憲宗崩於軍以序以賢世祖當立而阿藍荅兒渾都海脱火思脱里赤等謀立阿里不哥中統元年世祖即位於開平阿里不哥亦僭號於和林城西按坦河以上本元史案按坦河似即阿爾泰河朔方備乘謂阿爾泰河在科布多西北入哈屯河考之俄圖喀屯河在克姆克姆赤克正西約七百里克姆克姆赤克即謙謙州西域書云阿里布喀夏居阿爾泰山冬居乞兒吉思所轄之地即其母唆魯禾帖尼湯沐之地寬廣三日程故知部地在阿爾泰河左近和林城西別無按坦河當云和林西北乃合從其叛者憲宗子阿速帶史表作阿速歹玉龍荅失昔里給史表又作昔里吉西域書稱失勒給及察合台後王世祖既即位遣察合台孫不里之子阿畢世喀與其弟往轄察合台分地以防阿里不哥阿畢世喀哈木耳作阿卜世干又作阿卜世喀其弟名喀薩兒行至陝西爲叛黨所獲致於阿里不哥當即阿藍荅兒渾都海等輩中統元年大敗其軍於姑臧見本

紀其時察合台分地爲合剌旭烈之妃倭耳干納主治已九載阿里不哥立貝達爾之子阿魯忽見察合台諸王傳以代倭耳干納使爲已援而防伯勒克世祖遣諭阿里不哥不奉命殺阿畢世喀二王引兵而東令出木忽兒旭烈兀子喀拉札爲前鋒遇世祖所遣亦孫哥之軍戰而敗衆皆散亦孫哥爲朮赤哈薩兒之子史表作移相哥本紀亦作也先哥今改伊遜克西書稱伊遜喀改本音是憲宗元年本紀又作亦孫哥今從之中統元年帝至和林時阿藍答兒渾都海西涼之軍已爲王師所覆叛帥伏誅據本紀增入阿里不哥駐謙謙州憂不敵遣使歸款請俟馬肥而後入覲並將約伯勒克旭烈兀阿魯忽三王同來推戴帝允之令速入朝勿俟三王之至令亦孫哥留兵守和林以待自回開平遣散餘軍本紀中統元年十二月帝至自和林是年親征未遇阿里不哥即歸蓋由於此中統二年秋後阿里不哥至和林僞言歸順出不意突攻亦孫哥敗之遂據和林兵踰沙漠而南帝聞警亟集兵再親征本紀二年十月括馬徵兵修燕京舊城屯軍近郊皆事起倉卒得西域書始明顛末冬戰於昔木

土淖爾（西域書作昔木而台云近戈壁詳太祖本紀譯證阿兒卻空哥兒注中在獨石口東北四百里本紀是年十二月以昌撫蓋利泊等罹兵革免今年租賦是知戰地離獨石口不遠）諸王合丹等（見本紀）擊敗其衆帝不令逐北俟其自悔阿里不哥見不追越十日回軍再戰於阿兒忒之地（云亦近戈壁復近曲兒貫兒克山此山名無考案本紀合丹等既斬其將及其兵三千人塔察兒與合必赤等復分兵奮擊大破之追北五十餘里似亦兩役惟西域書謂再戰之役自曉至夕未分勝負而阿里不哥退與元史異今兩存其說於注中）阿里不哥旋遁其時阿魯忽已代倭耳干納而阿里不哥徵求牛馬軍資糧饟使者絡繹於道阿魯忽吝於供給悔從逆殺其使將歸命於朝阿里不哥因是亟引而西欲攻阿魯忽道經和林不守而去帝撫定和林以罹兵免賦稅車駕還大都（西域書言將追阿里布喀以中土有事變故歸考本紀三年二月李璮叛投宋或二年冬叛狀已露故即班師又本紀是年七月諭將士舉兵攻宋十月宋兵攻瀘州劉整擊敗之或因有事於宋故不暴師於北）中統三年（西一千二百六十二年）

阿里不哥之將哈剌不花與阿魯忽戰於布拉城及賽喇木淖爾兵敗哈剌不花沒於陣（耶律希亮傳中統三年從大名王至忽只兒之地會宗王阿魯忽至誅阿里不哥所用鎮守之人欲附世祖復從大名王及阿魯忽二王還至葉密里城五月爲阿里不哥兵所驅西行千五百里至孛劣撒里之地六月又西至換扎孫之地又從至布拉城又西行六百里至徹徹里澤剌之山后妃輜重皆留於此希亮母

及兄弟亦在焉希亮單騎行二百餘里至出布兒城又百里至也里虔城而哈剌不花之兵亦至希亮又從二王興師還至布拉城與哈剌不花戰敗之盡殲其衆二王乃函其頭遣使報捷年分兵事戰地皆與此合西書稱賽喇木淖爾曰速忒庫爾元史暗伯傳客居于闐宗王阿魯忽之所世祖遣薛徹干等使阿魯忽以通好阿魯忽留使者數年弗遣案阿魯忽爲阿里不哥所立故先未附世祖然中統三年已欲歸款朝廷數年不遣恐非事實阿魯忽恃勝輕敵還駐伊犁河濱城中散遣其兵未幾阿速帶率第二軍繼至入自鐵門奪阿力麻里城阿魯忽敗退踰天山而南至和闐喀什噶爾僅右翼從左翼已潰阿里不哥亦至阿力麻里駐冬阿魯忽復退至撒馬爾干耶律希亮傳於布拉城戰勝之後云十月至于亦思寬之地四年至可失哈里城四月阿里不哥兵復至希亮又從征至渾八升城案于亦思寬當即烏斯勘在喀什噶爾西北見訛跡邗釋地戰勝之後不應西退先勝後敗傳未詳言也至元元年本紀謂阿里不哥自昔木土之敗不復能軍試以希亮傳考之便知其誤阿里不哥擾阿魯忽之地戶口逃亡餱糧無出又病疫部下將士以其多殺阿魯忽之衆皆蒙古人自戕同類羣議其非時玉龍荅失已歸附朝廷駐兵阿爾泰山云近綽巴堪河無考本紀至元元年先書賜諸王玉龍荅失印先朝獵戶後書阿里不哥與諸王玉龍荅失阿速帶來歸蓋有以也又哈木耳云憲宗御印在阿里不哥處玉龍荅失向索阿里不哥不敢匿以印與之據此則賜印賜獵戶有由來矣於是部衆多往投之阿里不哥失衆憂阿魯忽乘

弱來攻乃使倭耳干納偕馬思忽惕往議和阿魯忽娶倭耳干納任用馬思忽惕治布哈爾撒馬爾干等地收其財賦軍勢復振海都附阿里不哥攻阿魯忽爲所敗阿里不哥無兵無餉無助勢益蹙至元元年來降（西一千二百六十四年）入謁後帝熟視無言既而哭阿里不哥亦哭帝曰試據理論之我弟兄二人孰應嗣大位阿里不哥曰昔日我爲是今日帝爲是耳宗王阿濟格（當卽阿只吉見史表察合台位下）謂阿速帶曰殺我兄弟阿畢世喀非汝耶（西人兄弟不分是兄是弟不能辨別）阿速帶曰此奉阿里不哥之命今我臣服於帝若帝命殺汝我亦不能不從也帝禁止其爭次日令四親王三大臣鞫訊其從官阿里不哥自引僭號抗命之罪無預諸臣其將最長者爲禿滿（見本紀）奮然曰是我等謀也請勿罪阿里不哥而置我等於刑帝獎其忠復研詰阿里不哥乃曰不魯花（西書作布爾喀而本紀謀臣中有不魯花必卽其人）阿藍荅兒二人勸我先帝已崩兩兄將

兵在外指世祖及旭烈兀我爲留守義當卽位於是誅其謀臣凡十人本紀僅具五人非只五人史省文也王大臣議免阿里不哥阿速帶之死無昔里給之名而復有等字疑不解其故諭知旭烈兀伯勒克阿魯忽三王俾其審議以聞帝從之旭烈兀伯勒克咸議爲是阿魯忽則謂已之分藩未由帝命未便置詞至元三年阿里不哥卽病卒葬於太祖睿宗墓旁元史阿老瓦丁傳至元八年世祖徵礮匠於宗王阿里不哥王以阿老瓦丁亦思馬因應詔案西域書至元三年阿里不哥已卒且僭號拒命窮蹙始降不應復令分藩蓋是阿八哈而誤作阿里不哥也

阿里不哥補傳終

元史譯文證補十五

海都補傳

拉施特無海都專傳分見於諸傳中朔方備乘有海都傳融合元史紀傳而成今考西書有元史所未及者采輯其說參證元史洵乎較備

兵部左侍郎總理各國事務衙門行走加三級臣洪鈞撰

海都太宗諸孫合失子太祖征西夏合失生太祖凡五征西夏不知何役當是在前西夏爲河西地蒙古稱河西音似合失轉音爲合申名以合失志武功也合失嗜酒早卒太宗痛之自此蒙古人諱言河西惟稱唐古忒西夏立國始唐時曾賜國姓繫以唐代志所自始也憲宗二年遷太宗後王分地遷海都於海押立其地在金山南天山北巴勒喀什泊爾之東南詳海押立考朔方備乘海都傳云憲宗六年令諸王還所部遣石天麟使海都海都拘留不遣案元史是年帝會諸王於欲兒陌哥都六月幸斛亦兒阿呇以宋人違命囚使會議伐之七月命諸王各還所部以据明是來會後令還部何氏畢引此一語殆誤會史文耶海都自以太宗子孫不得嗣大位爲憾而憲宗奪太宗後王兵柄志不得逞憲宗六年斷事官石天麟使北邊爲所留此出石天麟傳世祖初元阿里不哥僭號海都

附之繼攻宗王阿魯忽爲所敗阿里不哥歸命於朝海都仍自擅於遠屢使徵召皆以馬瘦道遠爲解世祖初卽位推恩太宗諸王亦賜海都金帛至元二年分四親王南京屬州以蔡州隸海都然海都有異志區區分地歲賜非所慕也權智過人善於籠絡朮赤後王如伯勒克等咸與善太宗分地在葉密爾河者亦多屬之其後禾忽卽從叛可以爲證以上有元史有西書海都居地與察合台後王封境接壤至元三年察合台孫阿魯忽薨其妃倭耳干納立謨拔來克沙前王合剌旭烈之所生也察合台曾孫八剌在朝世祖命歸國輔治思藉其力控制海都八剌既至廢謨拔來克沙旋與海都戰於錫爾河敗其衆掠人畜無算而朮赤後王忙哥帖木兒助海都兵回攻而勝八剌退至錫爾河南西域語曰麻賚兒俺那爾義爲過河之地脅布哈爾撒馬爾干民戶輸助軍實備再戰太宗諸孫奇卜察克自海都處至爲之和解罷兵而布

哈爾等地海都亦得分其歲入八剌攻西域宗王阿八哈海都亦助兵既渡阿母河海都兵先歸（詳阿八哈傳他西人書謂海都陰告其將相機行事故先離去）至元七年八剌戰敗而歸旋襲察合台孫尼克伯嗣九年攻海都隕於陣察合台四世孫托喀帖木兒嗣旋襲海都輔立八剌子篤哇得其助由是叛命犯邊（以上詳見察合台諸王傳）先是海都叛迹漸著廷議伐之世祖曰宗室之情惟當懷之以德遣平陽馬步站達魯花赤鐵連爲使令先詣忙哥帖木兒所相與計事而後行鐵連先詣海都海都與宴嘉其雄辨厚贈之遂至忙哥帖木兒所具告以故王曰祖宗有訓叛者人得誅之如通好不從奉師以行天罰我卽外應掩襲勦絶不難矣鐵連還悉以事聞因言於帝曰海都兵繁而鋭不宜速戰來則堅壘待之去則勿追自守既固則無虞矣帝然其言（此據元史鐵連傳觀多桑阿八哈傳言忙哥帖木兒兵至海都禦之八拉克乘機侵併分地海都乃乞和於忙哥帖木兒而攻八拉克先敗復得忙哥帖木兒助兵五萬以敗八拉克據此則忙哥帖木兒先固奉命討叛繼乃改

節與和鐵連傳謂海都覘伺拔都王爲備已嚴意乃帖然統稽元史西書世祖從未得忙哥帖木兒之助鐵連告帝之言僅謀自守亦與忙哥帖木兒東西夾攻之計不符果如王言海都豈能兼支兩大元史牙忽都傳至大三年察八兒來歸牙忽都進曰今陛下洪福齊天拔都罕之裔首已附順叛王察八兒舉族來歸特揭拔都罕後裔歸順何所指耶恐是鐵連傳未盡得實而多桑所言本於元西域史殆不誣也然忙哥帖木兒雖討海都而旋與和且助以兵敗八剌此據西書增入海都由是無西顧憂至元十二年海都篤哇以十二萬衆圍畏兀兒王火州城久始解巴而朮阿而忒的斤傳謂索女而去西書謂援兵至乃解於是敕追海都八剌金銀符見本紀其時八剌已沒其子篤哇從叛故追其符也元史地理志阿力麻里下注至元五年海都叛舉兵南來世祖逆敗之于北庭又追至阿力麻里云云元史類編據以增入五年本紀今考紀傳皆無是事追符之命乃在十二年不知此注所本命丞相安童輔皇子北平王那木罕備邊於阿力麻里元史三年六月已有北平王之封疑出鎮在十二年之前西書更有世祖子闊闊出昔里吉托克帖木兒諸王咸從元史有脫鐵木兒必卽托克帖木兒西書未言爲何王之裔又言從軍者有七王世祖先命宗正府札魯花赤昔班使海都令罷兵置驛來朝海都聽命旣退軍而丞相安童軍已克禾忽大王部曲盡獲其輜重海都懼將逃謂昔班曰我不難殺汝念我父嘗受書於汝姑遣汝歸以安童之事聞非我罪

也此據昔班傳細審元史西書諸叛王之劫北平王實與海都不謀故本紀言海都弗納先已退軍之說殆不誣也是時托克帖木兒有異志思叛朝廷而奉昔里吉合謀夜劫那木罕營併獲安童遣使通好於海都海都弗納西書云以那木罕闊闊出交忙哥帖木兒以安童交海都元史無考故删海都弗納據本紀增入覲下伯顔之戰元史西書皆未言及海都合而不合情形顯然諸王叛者相屬西書謂太宗後人及察合台别子後裔皆叛世祖命伯顔北征諸王忽魯帶帥其屬來歸與伯顔軍合此本元史擊昔里吉於斡兒罕河西書作鄂爾坤河則當在和林矣相持旣久俟其懈麾軍爲兩隊破之諸王牙忽都先亦被執至是脫歸伯顔傳與西書所紀畧同惟傳謂相持終日西書謂多日爲異傳下云昔里吉走死則誤矣牙忽都逃歸本牙忽都傳昔里吉遁也托克帖木兒帖石河托克帖木兒遁乞兒吉思伯顔襲奪托克帖木兒輜重昔里吉不能援托克帖木兒以爲怨遂附於撒里蠻西書音似撒兒班又云將奉以爲主使告海都忙哥帖木兒案史表撒里蠻爲憲宗孫玉龍荅失子多桑云是察合台子殆誤脅阿里不哥之子要木忽兒來從西書音似要都庫兒要木忽兒不從而戰托克帖木兒敗遁被獲要木忽兒勸昔里吉殺之托克帖木兒善戰好乘白馬謂戰血濺白馬如婦女之

施朱也托克帖木兒既死撒里蠻無助昔里吉取其兵拘撒里蠻以致於朮赤後王名曰庫赤無考經烏斯勘之地撒里蠻舊部來奪之同攻昔里吉將戰昔里吉部眾畔遂被擒亦擒要木忽兒將獻於朝而來歸東經帖木哥斡赤斤部地其後王受要木忽兒之賂中道劫之當即乃顏西書謂乃顏爲斡赤斤後人僅以昔里吉來獻世祖賜撒里蠻以地及軍士流昔里吉於海島未久卒以上皆出西書撒里蠻執昔里吉來歸見元史而西書記事特詳李庭傳諸王昔里吉脫脫木兒反庭襲擊生獲之啟皇子只必帖木兒賜之死與紀傳多不合其下又云十四年入朝世祖勞之昔里吉之叛即在十四年安得於十四年之先被獲賜死此傳誤舛殊甚要木忽兒旋入海都其後來歸至元二十一年牙忽都與土土哈得海都諜人知其虛實破其精兵海都敗走得所俘掠軍民此本牙忽都傳是年北平王與安童等歸西書但云那木罕後被釋本紀但云至自北邊石天麟傳云語以宗親恩義及臣子逆順禍福之理海都悔悟遣天麟與北安王同歸則明非牙忽都土土哈戰勝迎回也朔方備乘恐失事實二十二年海都犯邊土土哈與大將朵兒朵哈共禦之二十四年宗王乃顏叛於遼東諸王合丹勢都兒應之西書云乃顏爲斡赤

斤五世孫合丹爲哈準四世孫辛都兒爲朮赤哈薩兒四世孫考諸王表斡赤斤位下無乃顏哈準位下第二代有合丹哈薩兒第二代有勢都兒當卽辛都兒本紀二十四年六月諸王失都兒所部鐵哥率其黨取咸平府渡遼欲劫取豪懿州七月乃顏黨勢都兒犯咸平皆卽其人元史諸王表舛漏殊甚未可以斷西書之非約海都相犄角海都亦允助兵此出西書云乃顏等之叛由海都唆之世祖恐其合令伯顏在和林阻遏之親征乃顏自江南浮船入海至遼河以運軍糈羅璧傳可證軍疾行二十五日卽至其境分二軍蒙古軍以玉惜帖木兒統之西書作亦速帖木兒云是博爾朮孫與史傳合漢軍以李庭統之史傳尚有董士選西書無之蓋李庭爲首將也及遼河遇其衆乃顏軍以車環衞爲營王師三十營間以漢軍步隊皆執長矛大刀軍進退時與騎卒共乘一馬及敵則下騎先進董士選傳乃顏軍飛矢及乘輿前士選等出步卒橫擊之其衆敗走是役以漢軍步隊制勝西書記兵制特詳世祖乘輿駕四象輿有戰臺置中軍旗鼓戰自晨至午破其衆獲乃顏誅之西人謨克波羅時在中國其書云乃顏此時不過三十歲又云乃顏喜天主教世祖軍中有許多天方教猶太教人多詈其信奉異教車駕還京命皇孫帖木兒暨玉惜帖木兒土土哈李庭等留討合丹勢都兒此下西書所紀敗金家奴及貴烈河之戰略與元史同不載二十五年正月海都犯邊六月

其將暗伯著燮犯業里干淖爾管軍元帥阿里帶戰卻之秋篤哇犯邊冬海都又數犯邊皆見本紀海都戰事西書不如元史之詳惟云是時以杭海山南大戈壁爲界王師七軍屯界上數與海都戰而伯顏駐和林爲重鎮於是皇孫帖木兒鎮金山前衛親軍都指揮使玉哇失從甯遠王闊闊出丞相朵兒朵哈擊海都軍破之復擊其將八憐八憐敗海都使秃苦馬領精卒三萬據撒剌思河以拒玉哇失玉哇失率善射二百人卻之二十六年海都兵至和林宣慰司怯伯同知乃滿帶副使八黑鐵兒皆叛應海都北鄙大震七月世祖親征皇孫晉王抵杭海戰不利車駕歸明年海都又入寇時朵兒朵哈方居守大帳詔遣牙忽都同力備禦軍未戰而潰二十九年諸王明里帖木兒叛從海都伯顏敗之於阿撒忽秃嶺會有譖伯顏與海都通者御史大夫玉昔帖木兒代之未上而海都又至伯顏欲誘之深入且戰且行七日衆不可海都遂脱去是年秋土土哈略地金山獲海

都之戶三千餘詔土土哈進取乞兒吉思三十年春王師次謙河海都引兵至虜都阿思之民都阿思無考成宗元貞初海都犯西番界大德元年土土哈之子牀兀兒北征踰金山至荅魯忽河敗其將帖良古追奔五十里還次阿雷河與海都撥師孛伯遇孛伯陣河上高山牀兀兒渡河擊敗之追奔三十餘里二年篤哇徹徹禿等潛師襲火兒哈禿牀兀兒覆其軍然是年防秋將帥懈不爲備而敵掩至駙馬闊里吉思以無援兵敗被執五年海都篤哇大入八月朔戰於鐵堅古山武宗本紀係迭怯里古越二日海都悉眾來大戰於合剌合塔王師失利明日復戰官軍分五隊爲海都所乘囊加歹以千八衛之乃返牀兀兒與篤哇相持於兀兒禿之地殺篤哇兵幾盡以上皆見紀傳瓦薩甫紀是役爲海都勝而牀兀兒傳推爲戰勝功第一本紀六年五月諭和林潰軍征雲南其戰傷而歸及嘗奉晉王令旨諸王永和爾令旨免者不遣七年五月以大德五年戰功賞北師銀鈔幣帛據本紀以觀則王師敗於海都而牀兀兒一軍勝篤哇也海都得勝而歸旋死海都於至元二十

七年遣子阿部干等率兵助西域叛將尼佛魯慈擾呼拉商後乃敗退見阿魯渾等傳朮赤子偰爾達之曾孫那延與族人貴烈克相戰爭海都篤哇助貴烈克於是那延亦與海都篤哇戰凡十五役那延勢不支其時成宗已即位那延遣使入朝思請王師與旭烈兀後王三面合攻海都篤哇成宗將允議親征爲掃穴犁庭之計太后闊闊真謂帝遠出往返須二三載恐中原有變止之帝乃遣使歸謝以徐議（史無考朮赤後人事實絕少得此點綴物罕見珍案世祖時即用鐵連來則堅壘去則弗追之計故王師迄未深入今欲一鼓蕩平自非大舉親征不可西書此說似非無理成宗太后亦名闊闊真見徽仁裕聖皇后傳亦非無據多桑云拉施特紀中國可汗事至此而止）追海都死篤哇請內附海都子察八兒亦請和七年十一月遣諸王滅怯禿玉龍帖木兒使於察八兒八年察八兒使至賜幣六百疋九年又與篤哇遣使至賜銀千四百兩鈔七千八百餘錠（此本元史）初海都之卒也或欲立其子烏魯斯（當即武宗本紀之叛王）篤哇以己之得國由於察八兒故亦助察

八兒嗣位。其後篤哇子也先不花等與察八兒子弟搆釁戰爭，因是二人亦失歡。大德十年，戰於忽纏、撒馬爾干中路，察八兒敗；再戰，篤哇敗。乃與察八兒議和，議有成矣，部衆多散處，而篤哇攻其不備，遂躪察八兒所轄塔剌斯、畢那克特等地（畢那克特在錫爾河濱，見西域上傳。多桑此處稱畢匿基，又有昆遂克、扯克兒兩地，無考）。其時武宗鎮金山，亦襲察八兒所部於也兒的石河，盡俘其家屬營帳，餘衆悉潰。察八兒僅以三百人奔篤哇，潰衆亦多歸於篤哇（武宗本紀：大德十年，踰阿勒台山，追叛王烏魯斯，獲其妻孥輜重。八月，至也里的失之地，受諸降王明里帖木兒等降。海都子察八兒逃篤哇部，盡俘其家屬營帳。駐冬阿勒台山。降王禿曲滅復叛，與戰，敗之，北邊悉平。是役為海都搠亂結局。也里的失即也兒的石河，足證西書非妄。月赤察兒傳亦云掩取其部人凡兩部十餘萬口）。是年篤哇薨，子寬闍立，未二歲亦薨（西書云在位僅十八月，則當在至大元年薨。武宗六月之遣使，月赤察兒之奏請安撫，皆在是年，蓋猶未薨，或薨信尚未至也）。宗王達里忽繼立。篤哇次子怯伯乘其飲宴，剌之死。察八兒乃與達喀察兒、禿曲滅（月赤察兒傳作禿苦滅，西書音似帖克默，乃是轉音）及烏魯斯之數子（當即叛王，見武宗本紀。以上三人皆海都子，見後注）合謀攻怯伯，而為怯伯所敗。察八兒不敢留，至大三年遂來朝禿曲滅在道爲怯伯部人所殺武宗本紀大德十年察八兒已逃於篤哇而月赤察兒傳至大元年察八兒禿苦滅果欲奔寬闍不見納去留無所遂相率來降紀傳顯形牴牾得西書乃恍然其故所紀年分亦符先是世祖有旨以叛王海都分地五戶絲爲幣帛俟其來降賜之已藏二十餘年矣至是尚書省以爲言武宗曰世祖謀慮深遠若是待諸王朝會頒賞既畢卿等備述其故然後與之使彼知愧六月壬申察八兒入朝設宴大廷康里脫脫即席陳西北諸藩始終離合之由去逆效順之義且告祀太廟達里忽既被殺國人立篤哇長子也先不花盡併海都舊地此本西書察八兒益無所歸仁宗延祐二年封汝甯王置王傳官察八兒薨子完者帖木兒嗣泰定元年孫忽剌台嗣泰定帝崩爲其太子起兵拒文宗兵敗走不知所終此出元史類編

海都補傳終

元史譯文證補十八

兵部左侍郎總理各國事務衙門行走加三級臣洪鈞撰

哲別補傳

（元史本紀先作哲別後乃歧異百出親征錄亦作哲別今從之）

哲別別速特氏其部先附札只剌泰赤烏部與太祖戰於荅闌版朱思之野（西域書作塔闌巴兒朱思今從史錄）軍敗衆潰哲別遁匿林藪中太祖出獵見之令左右追捕博郭兒濟請行（即博爾朮）乘太祖戰騎以往馬口色白長馬也蒙古名之曰察罕忽失文秣驪（明武備志粉嘴馬曰叉汗忽失文莫林）博郭兒濟射哲別未中而哲別射斃其馬以是逸去後以窮困乏食來歸太祖惜其勇釋不誅（太祖十三翼戰事之後哲別來降親征錄曰哲別之來實以力窮故也與西域書同祕史敘於闊亦田戰事之後係誤又謂是泰赤亦兀之脫朵格家人親征錄與西域書皆無是語故不採入以上皆本西域史又云哲別乃一種箭名元史語解哲伯梅針箭也語同祕史但謂是軍器之名未晰）先令爲什長繼將百人復升千戶太祖征乃蠻哲別與虎必來二人爲前鋒（祕史有四人親征錄西域書止此二人）太祖即位之五年金人築烏沙堡命哲別襲殺其衆六年自將南伐哲別前驅拔烏沙堡烏月營遂入居庸關抵中都而

還復攻東京不拔夜引去逾數日兼騎倍道乘未備馳至克之（祕史作東昌係訛乃東京）八年金兵復保居庸仍爲哲別所取（皆本元史）十一年丙子太祖北還先是太祖平乃蠻誅其部長其子古出魯克遁入西遼盜據其國太祖既平禿馬乞兒吉思之叛遂命哲別征古出魯克敗之軍及天山南自喀什噶爾追至撒里庫兒道上近巴達克山界斬其首以徇各地（附見西域傳上）軍中獲良馬千騎口皆白色歸以獻曰臣請償昔者射斃之馬（此出西域書甚有文情）十四年太祖親征西域下撒馬爾千西域主阿拉哀丁謨罕默德先遁命哲別速不台各將萬人深入敵境窮追勿捨遂追西域主竄入海島而死獲其母妻及其珍異以獻（詳西域傳獲其所棄珍寶見元史速不台傳）復攻下西域各城入其西北鄰部曰阿特耳倍占曰角兒只曰失兒灣（詳見西域傳上）戰無堅對望風皆靡裹海北大部曰奇卜察克嘗納逃人索之不與太祖十六年西域略定乃命哲

別速不台進軍裏海之西以討奇卜察克土土哈傳謂茂里乞主霍都奔欽察以是致師此外各書皆無佐證惟觀太祖討平諸國雖未必兵以義動亦大都師出有名裏海北濱素無往來何至窮兵絕域土土哈傳語必有因惟親征錄秘史垂河之役已言速不台盡滅茂兒乞則又不合矣軍入高喀斯山奇卜察克阿速撒耳柯思等部集衆來禦衆寡不敵復追於險乃以甘言誘奇卜察克我等同類無相害意勿助他族以傷同類奇卜察克引退軍既出險敗阿速等兵追奇卜察克出不意突至奮擊殺其部酋霍灘之弟玉兒格及子塔阿兒速不台傳引兵繞寬田吉思海展轉至太和嶺鑿石開道出其不意至則遇其酋長玉里吉及塔塔哈兒方聚於不租河縱兵奮擊其衆潰走矢及玉里吉之子逃於林間其奴來告而執之餘衆悉降遂收其境案寬田吉思海即裏海太和嶺即高喀斯山鑿石開道則軍迫於險可知奇卜察克兵已退而爲蒙古所乘故曰出其不意玉兒格即玉里吉也塔阿兒即塔塔哈兒也西文原作塔伊兒阿剌比文阿伊二音西人每每誤譯證之元史必是塔阿兒故爲改正土土哈傳謂欽察國主亦納思西域書及馬加國史皆謂奇卜察克王名庫灘華文霍忽等字音西人每譯成庫猶之蒙古源流每譯豁忽等音爲郭則庫灘必是霍灘曷思麥里傳與其主霍脫思罕戰遂平欽察據此二語則欽察國主當是霍灘霍脫霍灘音叶思字或是罕字之誤西北種族國非一部部各有長意者亦納思爲欽察東部之酋霍灘爲西部之酋未可知也軍東北至浮而嘎河告捷於太子朮赤請濟師時朮赤已下烏爾鞬赤駐軍於裏海東部衆多暇分兵大半往助十七

年冬新兵既至浮而嘎河冰合遂下阿斯塔拉干焚掠其城遇奇卜察克兵又敗之浮而嘎河入裏海處地名阿斯塔拉干商賈大埠也曷思麥里傳尋征康里至孛子八里城與其主霍脫思罕戰又敗其軍遂平欽察西人考得阿斯塔拉干先時波斯商人貿易所萃回紇語謂城曰八里孛子當即波斯之訛猶言波斯城揣擬有情惟康里在鹹海東決不在烏拉嶺以西裏海之北以此爲康里不合傳又云與其主霍脫思罕戰又敗其軍遂平欽察則仍是欽察而非康里霍脫當是欽察國主說見前觀遂不台傳郎與曷思麥里傳軍行次第不符明人修元史絕不知康里欽察與阿速等部孰東孰西以致紀述各異不足據也軍分爲二復引而西一軍追敗兵過端河一軍至阿索富海之東南平撒耳柯思阿速等部西書尚有哈薩兒部烏拔奇部不備載遂自阿索富海履冰以至黑海入克勒姆之地即元史西北地之撒吉剌秘史之客兒綿詳見撒吉利釋地大掠而北兩軍復合霍灘遁入俄羅斯境乞援於其壻哈力赤王穆斯提斯拉甫俄羅斯者西北之大國也唐懿宗咸通三年始立國於北海之南其後拓地益廣南鄰黑海北宋時俄行封建之制諸侯王自以其地分畀子孫國分七十同族日事爭奪哈力赤爲南俄列邦其王穆斯提斯拉甫能兵屢戰勝同族視蒙古蔑如也允其妻父之

請遣告訃掖甫王穆斯提斯拉甫羅慕諸委翅（速不台傳與斡羅思大小密赤思老遇一戰降之密赤思老即穆斯提斯拉甫之異譯訃掖甫王年長故爲大）集列邦王議兵事於是扯耳尼哥王穆斯提斯拉甫司瓦托司拉甫勒委翅（此王年幼故爲小密赤思老俄語諸委翅猶云之子訃掖甫王穆斯提斯拉甫爲羅慕之子扯耳尼哥王穆斯提斯拉甫爲司瓦托司拉甫之子或作諸委翅或作勒委翅則隨上文字音而變）與南俄諸王皆至訃掖甫（諸王名繁不備載）羣議出境迎擊勿待其至並告於俄首邦物拉的迷爾王攸利第二請出兵爲援分運軍糧自帖尼博耳河特尼斯特河以至黑海東北哲速二將聞俄羅斯起師遣使十人來告蒙古所討者奇卜察克夙與俄羅斯無釁必不相犯蒙古惟敬天與俄教相若奇卜察克素與俄有兵怨盡助我以攻仇人俄諸王謂先以此言餌奇卜察克今復餌我不可信殺其使二將復遣人至謂殺我行人其曲在汝天奪汝魄自取滅亡今以兵來請決勝負庫灘又欲殺之俄人釋歸約戰（俄史謂蒙古又遣人來告前言非誑我已誓於天矣決不相犯請勿用兵以此觀之實俄自取兵禍）哈力赤王先以

萬騎東渡帖尼博耳河敗蒙古前鋒獲裨將哈馬貝殺之諸王皆隨而東蒙古軍退追至喀勒吉河或稱喀勒喀又稱喀勒斫西南入阿梭富海之河即速不台傳之阿里吉河或云追十日或云追十三日遇二將大軍時俄兵八萬二千分屯南北南軍爲計掖甫扯耳尼哥等部之兵北軍爲哈力赤等部及奇卜察克兵哈力赤王輕敵貪功不謀於南軍獨率北軍渡河戰於孩耳桑之地即曷思麥里傳之鐵兒山乃地名非山名時屬欽察之地戰期或云西一千二百二十三年或云二十四年而謂二十三年者爲多蓋在太祖十八年癸未夏勝負猶未決而奇卜察克兵怯敵先退陣亂蒙古軍乘之俄兵大敗哈力赤等王得脫渡河而西即沈其舟後至者不得渡悉被殺俄之南軍不知北軍之戰亦不知其敗而蒙古軍猝至困其營三日不下誘令納賄行成俟其出疾攻之殲戮無算速不台傳謂一戰降之不言獲而言降亦非無故獲計掖甫扯耳尼哥等部之王縛置於地覆板爲坐具蒙古將領高坐其上飲酒歡會多歷幾者哲別令曷思麥里檻致扯耳尼哥王於太子朮赤誅之

此據曷思麥里傳兼本西書是役也俄亡六王七十侯兵士十死其九攸利第二王得請兵信令其姪過羅斯托王瓦西耳克康斯但丁諾委翅卒眾往助過羅斯托城今日過羅斯托弗哀行至扯耳尼哥閭軍敗亟引退是時俄列城皆無備禦不能爲戰守計惟俟兵至乞降免死舉國大震乃蒙古軍西至帖尼博耳河北至扯耳尼哥城諾拂郭羅特夕尼斯克城而止是冬端河浮而嘎河冰合全軍涉冰東行捷書至太祖行在命以馬十萬犒師封朮赤於奇卜察克以轄西北之地十九年甲申朮赤西行哲別速不台歸太子部兵自率所部平康里而東返中道哲別卒蒙古之滅康里不知在何年西書亦失考但似在戰勝俄羅斯之後而已元史阿沙不花傳阿沙不花康里國王族也初太祖按康里時其祖母苦滅古麻里氏新寡有二子皆幼國亂家破無所依一夕有數駞皆重負突入營中驅之不去發視其裝皆西域重寶遂驅駞至京師時太祖已崩太宗立盡獻其所有據此則康里之滅當在太祖季年西域還師之後故距崩期不遠奇卜察克在西康里在東繫於哲速二將東還之下庶爲近似曷思麥里傳言軍還哲伯卒與西書同哲別子生忽孫爲千戶其子哈拉亦特從旭烈兀入西域哲別弟蒙都薩洼見隸拖雷麾

下其子烏勒思亦入西域阿八哈在位時令守海拉脱八脱吉斯邊界後人在西域者甚衆

哲別補傳終

元史譯文證補二十二

西域補傳上

兵部左侍郎總理各國事務衙門行走加三級臣洪鈞撰

西域爲唐波斯昭武九姓吐火羅等地唐初大食滅波斯故波斯之名中土不著而康史安何諸國興廢益不可考案遼史兵衛志屬國軍有波斯或其遺族或舉地望而言元史無波斯惟脫力世官傳言其祖國初領畏吾兒阿剌温滅乞里八思四部以兵從攻四川他處部族罕見八思之稱疑卽波斯昭武九姓在錫爾河阿母河等地吐火羅更在其南大食爲阿剌比人奉謨罕默德之教以教王爲大君稱曰哈里發卽郭侃傳之合里法元史類編云元史合字皆讀如哈畏是或亦云哈里甫都報達在波斯西境元初波斯東境非哈里發所轄或謂報達卽波斯者非也近儒多持此論朔方備乘以唐書波斯傳爲報達傳尤誤古時阿剌比人游牧於西里亞者西里亞在地中海東詳旭烈兀傳西里亞人稱之若曰大抑繼而波斯人稱之若曰大希其後阿昧尼亞人突耳基斯單人稱之若曰塔起克拉施特謂成吉思汗起兵伐塔起克國其解如此詳見條支考阿昧尼亞在裏海西突耳基斯單在鹹海東突耳基爲突厥轉音斯單言地猶言突厥之地錫爾河一帶皆是唐書大食傳有陀拔斯單是知斯單之稱由來已久今人多作斯丹不知斯單之於古有徵也大抑大希塔起與大食音

類唐書大食之稱蓋由於此大食既滅波斯益拓土而東分設大酋轄治各地未及三百載主權日替東方諸酋弱肉強食建邦啟土國姓屢易朝名綦多曰他海爾朝曰薩法爾朝曰薩蠻朝曰賽布克的斤朝曰布葉朝曰塞而柱克朝雖皆從教受哈里發冊封然不過虛名羈縻教主之權惟祈禱天帝文與鑄錢必用哈里發名國政軍令則不預焉塞而柱克烏古斯之部長也亦作烏斯又作古斯西人疑即烏孫案裏海東濱有城名烏孫哈達哈達言城猶言烏孫城西人所疑未嘗無見然烏孫烏斯兩音可通又蒙古稱水曰烏蘇亦與烏孫音近遼史會同元年烏孫來貢又屬國軍有烏古有烏孫強合爲一究無確據但可存疑居錫爾河及鹹海裏海間北宋中葉時據地自主塞而柱克之孫率其部族滅布葉朝盡併其地西至地中海見羅姆國見下傳後王瑪里克沙有僕曰奴世的斤執刀衛左右甚見寵任除僕籍爲貨勒自彌部酋職視闔帥即元史地理志之花剌子模唐書西域傳之貨利習彌西人譯爲柯拉自姆詢之波斯人審定字音始知唐書譯音尤勝元史地在鹹海西南裏海東詳見西北地附錄釋地其子庫脫拔丁謨罕默德乘塞而柱克朝之衰諸

酋裂土自王亦僭稱貨勒自彌沙（沙爲君稱唐書突厥回紇傳可汗以下曰設曰察曰殺皆別部將兵酋蓋卽沙也）金旣滅遼耶律大石西來敗塞而柱克之兵復遣將征貨勒自彌時庫脫拔丁已卒其子阿切斯戰敗被擒誓臣服歲貢金乃與盟釋歸（遼史耶律大石至尋思干西域諸國擧兵十萬號忽兒珊來拒戰忽兒珊大敗駐軍尋思干回回國王來降貢方物尋思干卽撒馬爾干忽兒珊卽唐書大食傳之呼羅珊其時塞而柱克建都於是部見下馬魯注中今審字音以呼拉商爲最合）阿切斯子伊兒阿斯蘭亦服屬西遼而吞併東南近境（時塞而柱克王曰辛耆耳亦曰散耆耳爲瑪里克沙之子亦納貢於西遼）伊兒阿斯蘭子塔喀施於宋光宗紹熙五年滅塞而柱克朝殺其王托古洛耳受報達哈里發那昔爾之封是爲貨勒自彌之朝本其始起部落爲名以別於塞而柱克宋甯宗慶元六年塔喀施子阿拉哀丁謨罕默德嗣位復并巴而黑句海拉脫句馬三德蘭句起兒漫各部之地（注見下）戰敗奇卜察克自以地廣兵雄莫余敢侮本國奉謨罕默德教而西遼奉釋教貢於異教是爲大恥其時撒馬爾干酋鍔斯滿亦不甘臣西遼而

願從西域王西遼使者至貨勒自彌舊例使者坐王側王斥辱之使者忿爭即分斫其軀舉兵向西遼兵敗併其將破獲（大方歷六百五年西歷一千二百八九年間）王乃僞爲將之僕也者其將令回國取貲贖主得逸歸而貨勒自彌之地已徧傳王隕於軍王弟阿立希耳與其伯叔將分國自立王歸乃定次年復與鍔斯滿合兵敗西遼凱旋以女妻鍔斯滿遂西遼監治撒馬爾干官遣使代涖未幾鍔斯滿與使者不相能殺之西域王輕兵掩襲乘未備破其城鍔斯滿頸繫刃首冪布以乞降（回俗殮亡者以布蒙首降王如此請死之意也）王女以鍔斯滿先娶西遼王女怨其夫寵禮不相等唆父殺之於是撒馬爾干布哈爾悉入版籍（兩地詳見西北地釋地）建新都於撒馬爾干稱貨勒自彌之烏爾鞬赤城爲舊都焉（烏爾鞬赤即元史之玉龍傑赤祕史之兀龍格赤別有考）乃釐酋古出魯克竊西遼之國攘直古魯之位西域王互恃角之故突耳基斯單之地向屬西遼者亦被割據（詳見太祖本紀譯證）國

之東南境有郭耳圖西書云郭耳爲族類名印度河西皆其地西之巴而黑海拉脫亦其分部其王希哈潑哀丁攻西域王而敗旋病没姪馬赫模特嗣位貢於西域王在位七年被害或謂卽王主使阿立希耳前以訛傳兄死分國自立之嫌避於郭耳非洛斯固都城至是請於兄欲得馬赫模特之位王遣使錫冠服乘其迎受突前殺之於是郭耳地亦併入天方歷六百十二年西歷一千二百十五六年統計疆圉東北至錫爾河錫爾河見一統志北源爲納林河南源爲塔爾河兩河既合中國仍謂爲納林西域人則謂爲錫爾數百年前本稱賽渾土語謂河爲達里雅故曰錫爾達里雅東南至印度河北至鹹海裏海鹹海裏海黑海考附後西北至阿特耳佩占西鄰報達南濱印度海國勢洸洋奄有波斯昭武九姓諸國故土無以名之循漢書之名名曰西域揣度元史命名之意實有苦心特無列傳以相發明則無由釋地矣元史列傳改稱回回國則甚謬西域王既并郭耳後得其屬地曰嘎自尼卽西北地附錄之哥疾甯詳後釋地在印度河西五六百里本郭耳故都時有將據地自擅至是亦歸併檢舊藏文卷得哈里發那昔爾與郭耳王書告以貧勒自彌人志在囊括席捲須愼防之惟謀於西遝南北合

攻庶可得志從前希哈潑哀丁之搆兵蓋哈里發啟之也從前塞而柱克王遣官治報達奪哈里發權那昔爾怨之唆塔喀施覆其國塞而柱克既亡那昔爾欲得義拉克阿鄭之地塔喀施不與亦憾之迨西域王日事吞併教于兵力不足以制乃以書告郭耳前王基亞代丁爲希哈潑哀丁之兄原書錯綜互見融貫其說而附錄於此王見書大怒遣使報達欲如塞而柱克朝故事遣官涖治專以教事屬哈里發祈禱文增己名並封己爲蘇爾灘蘇爾灘猶言皇帝曰沙曰汗曰瑪里克艾之元史等書速檀鎖潭算灘算端之稱皆即此當時僭稱尊號未有冊封故爲此請今土耳其稱蘇爾灘波斯即稱沙那昔爾不允王乃傳集各教士數那昔爾不能廣闡教化之罪報達之阿拔斯朝實奪怨辛之位今宜廢那昔爾別立阿里後裔爲哈里發謨罕默德傳教有兩派一爲其壻阿里一爲其伯叔後人阿拔斯怨辛則阿里之子當時佔怨辛位者乃倭馬亞後人非阿拔斯而是時哈里發爲阿拔斯後裔故云然詳見報達傳衆教士應曰然遂發檄起師先平義拉克之亂亦曰義拉克阿鄭省文稱義拉克瀛環志略作以拉亞日迷爾又云一作以辣波斯人云應曰阿拉克阿鄭西人作義拉克阿术迷係誤先有大酋據守而屬於西域王哈里發遣木剌夷人刺之令法而斯阿特耳佩占兩部主分其地敗法而斯兵擒其部主沙特阿塔畢沙特其名阿特畢猶言大畢今新疆回部稱其酋長曰比比即畢也割地輸賦乃釋之阿特耳佩占部主鄂思伯克敗遁旋亦來請成天方曆六百十四年西曆一千二百十七八年

鄂思伯克亦作鄂思伯卽畢比等稱朮赤後王諤思伯皆是唐書突厥傳有努失畢疑亦此稱餘詳本紀譯證注遂往報達中途大雨雪土
馬僵斃前鋒在庫兒忒山中卽曷思麥里傳之曲兒忒乃族類名非國名在報達北三百數十里黑海之東南今屬土耳其負固山中不甚
受約束爲土人所攻一軍幾盡沒教人謂爲天譴乃引退至義拉克分地諸子以
義拉克昇屋肯哀丁以起兒漫遼史耶律大石西至起兒漫卽位卽其地瀛環志略作給爾滿亦作克爾曼劉郁西使記作乞兒鸞西人
亦稱克兒漫克赤句梅克藍皆近印度洋爲今俾路芝之地昇吉亞代丁昇札拉而哀丁忙果
必而體札拉而哀丁卽元史之札蘭丁丁謂教札拉而謂崇高言教之崇高忙果謂天必而體謂送與言天所與也祕史作札剌勒丁尤勝元史以下從祕史以嘎自
尼句八迷俺句波斯忒昔義斯單部內首城今此部多半屬阿富汗郭耳之地鄂斯拉克沙爲
王毋土而堪哈敦所鍾愛欲其子傳位昇以貨勒自彌句呼拉商
卽唐書之呼羅珊瀛環志略作哥剌森海國圖志又作可拉撒哥拉撒馬三德蘭三部志略作馬郎德蘭馬撒地蘭圖志又作馬撒得蘭馬三德蘭從其音合者以上
分地次序自西而東而北蓋舉地勢而言非伯仲叔季之次序也西域之民竊議其私祿位於子王有兵四
十萬皆康里人突厥人西書稱突克蠻突克卽突厥蠻謂同類與突耳克同義詳突厥回紇考康里兒元史與民不洽士
而堪哈敦爲康里巴牙烏脫部主勤克石之女康里人多從至西

域入伍籍勇於戰陣王倚其力戰勝攻取以是康里將多跋扈横索土而堪之權亦以是埒於其子國雖大本未固也先是太祖伐金傾國遠出乃鐵茂兒乞得以其暇復然餘燼煽結遠近太祖十一年丙子自引大軍北還當時太祖伐金已如破竹而先自引歸殆非無故此可補元史之闕次第命將定遼東之亂見元史討蔑兒乞元史速不台傳丙子征蔑里乞親征錄記於丁丑皆與西書相合祕史云牛兒年征伐金前乃是乙丑係誤平禿馬祕史命孛羅忽勒征豁里禿馬惕在丙寅後伐金前元史十二年丁丑禿滿叛命鉢魯完朵魯伯討平之在伐金後與西書同祕史亦有僅稱禿馬惕者豁里二字不得其解案西域史云拜嘆勒湖東有四族曰呼里曰不里牙特曰廓拉失曰禿馬特四族總名之曰巴兒忽特呼里豁里音同或此族亦從叛祕史牽連言之餘詳朮赤傳及部族考祕史之說先後兩役西書則云禿馬雖平孛羅忽勒亦歿於是役與親征錄語同英人霍耳郛特疑即今之土默特旗聆音生義不可為訓猶今之奈曼巴林二旗必非元初之乃蠻巴鄰也自將征西夏克之命哲別征古出魯克戰勝逐北逃至喀什噶爾民銜曾恨殺其部卒復西奔僅三人從哲別追至撒里庫爾道上近巴達克山界有山谷曰韋拉特呢不通行人古出魯克匿伏於內哲別遇牧羊人詢得蹤跡乃守隘口而令獵者入擒得之斬其首以徇各地本紀失載

僅見於曷思麥里傳此役在太祖十三年親征錄在戊寅相合祕史在伐金前不合錄云至撒里桓地克之祕史追至撒里黑崑地面案徐松西域水道記塞勒庫勒在葉爾羌城西八百里爲外藩總會之區又注云塞勒庫勒西南三日程曰乾竺特乾竺特西北九日程曰拔達克山宋時拔達克山界至何處不可考而塞勒庫勒之即撒里庫爾可無疑蓋祕史之撒里崑爲庫字轉音惟衍黑字錄云撒里桓殆訛西書謂獻其首於太祖則必行經葉爾羌和闐等地與史傳持其首以徇地之說互相發明西域書敘述此役亦非甚詳但云哲別敗古出魯克於昆都雅河即今之裕勒都斯河在天山南又云西域殺商奪貨之時古出魯克僅有和闐葉爾羌數城以意揣之當是先平天山西北西遼故都之地又追逐至天山以南而蕆事於葱嶺之西

西遼境內悉定於是東惟蒙古西惟貨勒自彌兩大國壤錯界接而西征之役起當西域王自報達東歸既定諸子封地遂至布哈爾其時天山西北西遼之地已入蒙古萑苻悉靖行旅無阻與上注語參觀有西域商三人自東來賫太祖所饋白駱駝毛裘麝香銀器玉器述太祖語若謂予知貴國爲極大之邦君治國才能遠邁於衆予慕悅君等於愛子君亦應知予已平女直盡撫有諸部族予國之兵如武庫予國之財如金穴予亦何必再攘他人地耶願與君締交通商賈保疆界即夕王召內中一人曰馬罘摩特入見謂汝爲我民當

以實告聞彼征服大賀氏然否多桑書字音如曰唐喀氏義不可解其所謂唐必非唐宋之唐及注西游記有謂漢人爲桃花石一語循是以求乃悟即契丹之大賀氏也蒙古稱中國爲契丹今俄羅斯人尚然唐大音近法文於花哈等音每訛爲喀西人譯波斯史誌帖木兒事爲唐喀氏汗即契丹皇帝遣使於帖木兒考其所載年分爲明洪武三十一年正傳安等被留導游之時因知唐喀氏之稱由契丹而來西人考古錢之書有契丹錢鑄於宋仁宗慶歷三四年間云錢上有唐喀氏字音是知契丹盛時仍沿大賀氏之舊稱故鄰國亦以是稱之因啟盒取珍珠與之馬黑摩特對以實然王又曰蒙古汗何等人乃敢視我如子彼兵數幾何馬黑摩特見王有怒意乃曰彼兵雖眾然與蘇爾灘相衡猶燈燄之與日光也王意釋令往報如約未幾又有西域商自東還太祖命親王諾延各出貲遣人隨以西行購其土物有眾四百數十皆畏兀人行至訛脫喇兒城即訛答剌亦即斡脫羅兒西游錄又作訛打剌在錫爾河濱今城已湮廢哀忒蠻所譯更有太祖命人告城酋之語亦是守約通商締好之意不錄城酋伊那兒只克悉拘之元史作哈只兒只蘭禿本康里人土而堪哈敦之弟授王爵有格兒汗之稱以蒙古遣細作告於王王令盡殺之惟一人得逸歸報西域人訥薩斐云內中四人爲所遣餘皆商侶以其詗訪各地出產盛言蒙古之強迹近窺探故殺之然亦伊那兒只克之意非王命也耶律楚材西游錄云訛打剌城渠酋嘗殺命吏掠商賈西伐之舉由此皆符合祕史謂撒兒塔兀勒殺使臣兀忽納等百人兀忽納兒下當報達之

被兵也哈里發薔忿思報復而環顧列邦無可謀者聞蒙古盛强乃遣使潛來導以西伐然太祖方修鄰好無用兵意多桑未載哀忒蠻載之其後札剌勒丁自印度西還建國首攻報達謂蒙古之兵由哈里發招致多桑又載之則其始起事必有因故據以增入哀忒蠻云薔使人之髮薔字於頂迨薔髮稍長乃潛縱東行既謁太祖具言來意詢以何據則請薙髮讀其頂上字若云請汝來攻貨勒自彌國然太祖重信約以方修好不欲用兵云云據此以觀實是西域自取滅亡而太祖兵以義動矣既聞逸者歸報驚怒而慟免冠解帶跪禱於天蒙古禮節見本紀譯證誓必雪恨其時古出魯克餘孽猶未靖乃先遣西域人波合拉爲使當即祕史之兀忽納偕蒙古官二人往詰責謂先允互市交好何背約如訛脫喇兒所爲非王意請以酋爲償返所奪貨不則以兵相見王箠死波合拉薙蒙古官鬚釋歸以辱之自聚兵於撒馬爾干忽錫爾河北贊至蔑兒乞部人自康里境來王亟由布哈爾至氊的城至則聞古出魯克已死蔑兒乞遂王北行抵海哩句哈迷池兩河間見蔑兒乞人被殺者相屬於道一人傷未死詢之則云蒙古軍夜追及戕我等而東去計行

程當未遠也進軍追之越日追及拉施特未言蒙古將何人訥薩費謂係朮赤阿卜而嘎錫未言蔑兒乞但云朮赤逐古出魯克已散之餘黨戕之於喀白里喀立鈕兩河間而去西域兵追及朮赤欲戰諸將以衆寡不敵出師時惟奉命平乃蠻餘孽未奉命與他國搆兵我退而彼復進若僅偏師乃可以戰朮赤怒謂見敵而逃何以歸見我父及諸弟遂戰朮赤十盪十決幾攻至中軍旗下者數矣札拉而袞丁敗蒙古旁翼來援中軍朮赤不得逞夕罷戰多爇火以疑敵未曉即馳去歸告太祖大見嘉奬與此微異案元史耶律留哥傳子薛闍從征西域帝曰回回圍太子於合迷城薛闍引千軍救出之身中槊此言哈迷池河疑河旁有合迷城或即此役又案速不台傳已卯追蔑里乞部主霍都至欽察戰於玉峪敗之蔑兒乞之滅錄云蘄河祕史云垂河蓋即吹河考今俄圖塔什干北偏西約五百里有喀迷池克河必即此哈迷池河東至吹河僅四百餘里西流盡處距錫爾河咫尺速不台此役未必遠至欽察史傳之言不盡可憑而與貨勒自彌之軍相遇則地里極合至康里居地偏考西書當以鹹海之東爲合他西域人亦有謂速不台之師者蒙古將遣使來告我所仇者蔑兒乞與他國無釁出師時奉主命若遇貨勒自彌人當以友誼相待今請分所掠以犒師王輕其兵少乃曰汝雖不仇我上帝令我仇汝蒙古遂戰蒙古兵敗其左翼攻至中軍札剌勒丁以右翼敗蒙古兵來援中軍至夕始罷戰勝負略相當蒙古兵多然燈火於營乘夜疾馳去王亦歸撒馬爾干知蒙古爲大敵心怯戰集諸將議計以與野戰不利不如深溝高壘任其飽掠

颺去議既定乃以其軍分守錫爾河阿母河各城太祖十四年己卯天方歷六百十五年西歷一千二百十九年會師於也兒的石河元史也兒的石河即額爾齊斯河案額爾齊斯上游有華額爾齊斯喀喇額爾齊斯華言黃喀喇言黑黃黑二水合流則爲額爾齊斯河光緒九年中俄科布多界約有黑伊爾特什河即喀喇額爾齊斯河伊爾特什與也兒的石音合據是以觀則額爾齊斯河亦必稱爲也兒的石今西國圖即作伊爾帖石以馬乏芻秣緩師期畏兀兒王巴而朮巴而朮阿兒忒的斤見元史列傳省文稱巴而朮柯耳魯王阿而斯蘭即哈剌魯詳柯耳魯釋地阿力麻里王雪格那克的斤即伊犁西游錄作阿里馬西書作阿而麻里詳見太祖本紀譯證皆以兵來會衆號六十萬偵者歸報蒙古兵不可勝紀飢餐羊馬之乳渴不得水則飲其血行不賫糧戰不反旆萬衆一心有進無退王亦惶懼計無所出太祖軍至錫爾河無禦者原書評謂西域王漫無布置坐守致斃不類其向日所爲或謂觀象者告王凶星守舍戰必不利惟當堅守待時或謂王既併各地志滿氣驕將怨其王王疑其將故使分守各城以防內亂訥薩斐則謂有西域人貝鐸哀丁全家受刑怨其王知國之隱情投入蒙古獻策僞爲康里將與成吉思汗書云我等所以盡力輔王成大業者爲土而堪哈敦故也今王乃不孝其母大軍如來我等當內應故遺其書使王見之王果大疑遂不敢在軍中而爲分地自守之計揣度不一觀速不台傳其主委國而去則未嘗力禦固可知矣秋薄訛脫剌兒城耶律楚材傳己卯夏六月帝親征回回國禡旗之日雨雪三尺當日軍行之路自額爾齊斯河上游直南行逕烏魯木齊伊犁等地迤邐而西南以至錫爾河有邱長春西游記行

程可考計師行迅速亦須兩月餘故他西書謂西十月至城下合之中歷則九月間也分軍爲四察合台窩闊台一軍留攻城朮赤一軍西北行攻氊的城阿剌黑元史伯顏傳祖阿剌黑千戶職平忽𪊲有功得食其地忽𪊲即忽氊見下祕史卷五失兒古額秃之子阿剌黑即此伯顏之曾祖速律哥圖又即失兒古額秃也速客圖句托海一軍東南行攻白訥克特城皆循錫爾河太祖自與拖雷將大軍逕渡錫爾河趨布哈爾城名今亦爲部名以斷其援兵是時西域王駐撒馬爾干在東布哈爾在西其舊都烏爾鞬赤更在西北搗其中則新舊都呼應不靈所以斷其援也先西破布哈爾返而東攻撒馬爾干太祖兵法如是察合台窩闊台之攻訛脫喇兒也伊那兒只克部兵數萬繕守完備王分軍萬人令將哈拉札率往助守攻五月不下哈拉札以力困議降伊那兒只克自知無生理誓死守哈拉札夜率親軍潰圍遁被獲乞降因詢得城內虛實數其不忠之罪而誅之遂克其城伊那兒只克退守內堡一月始下檻致撒馬爾干大軍鎔銀液灌其口耳以報殺商奪貨之仇夷其城殲其衆朮赤一軍先至撒格納克遣畏兀人哈山哈赤諭降被殺力攻七晝夜

城破大俘馘以哈山哈赤之子主其地復下奧斯懸句八兒眞（詳巴耳赤邪釋地）過失那斯三城行近氊的（見元史西北地附錄皆在錫爾河下游西北濱西書云鄭忒乃氊的之訛）守將先遁招降未下兵巳傅城樹雲梯四面入驅民赴鄉以未抗拒得不殺以阿里火者主其地卽西域商三人中之一也西距鹹海二日程有養吉干城亦下之（見元史西書音似因吉懸城已久湮廢近年俄人於沙磧中掘得古城遺址考卽此城）遣畏兀兵萬人歸以土人補軍額尋以其不服約束擅殺伍長統帥台納爾驅散其衆阿剌黑三將至白訥克特攻三日降其城分康里兵與民於兩處盡殺康里兵取工匠隨軍驅民間壯丁以往忽氊（見西北地附錄伯顏傳作忽纏）（法文稱苦程詳忽氊釋地）城酋帖木兒瑪里克守河中洲矢石不能及與城守爲犄角造舟十二艘裹氊塗泥以禦火箭日與蒙古軍戰三將以兵力不足請濟師師至驅民運石於山塡河築堤以達於洲帖木兒瑪里克見事急以舟七十二艘載軍士輜重以往白訥克特蒙古軍

先以鐵索鎖河斫斷之始通而兩岸皆追兵前路亦多阻捨舟登陸且戰且行兵死傷殆盡僅三人從射追者中目乃得脫遂至烏爾韃赤取其兵以往養吉干殺朮赤所置守吏復回烏爾韃赤其後從札剌勒丁太祖大軍先至賽而奴克城（他書或謂即塔什干無據）遣丹尼世們諭降之簽壯者爲兵令導者循沙漠僻路行突至努爾城前鋒將岱爾巴圖招降之城中未備禦即乞降太祖令速不台收撫令如向日賦額輸金錢千五百底那（西域金錢名今中國金貴一底那合銀二兩有餘尤侗忽魯謨斯竹枝詞紅土銀砂白石灰鵝姑青緣寶成堆爭把底那誇戲去鐵牌絡索鬬羊來）十五年春師抵布哈爾（書紀師至城下在西三月則爲中歷正二月）晝夜不絕攻城兵二萬突圍遁追及於阿母河殲焉民出降太祖入至教堂歷一時許復出城（原書云教中戒飲酒成吉思汗以酒囊置堂中以經卷籍馬足經箱爲馬槽）登教士講臺傳集民人諭以背約殺使起兵復仇之事上帝生我如執鞭之牧人用以箠撻羣類非汝等得罪上帝天何生我丹尼世們譯其語以令

於衆籍富民令出窖藏財物時猶有康里兵據內堡驅民塡壕以進十二日堡破悉死令民畢出城既出則以兵圍之取爲奴焚其城師循賽拉甫散河至撒馬爾干凡五日程分軍下河濱寨堡西域王先駐撒馬爾干督民修城浚池聞蒙古師衆懼而謂敵軍投鞭足以斷流我不可以居此卽先去城有兵四萬志費尼云實有十一萬六萬爲康里突而克一類人五萬爲塔起克人波斯人牆堞高固守具完備太祖見不易攻令先圍城禿赤等三路師亦皆傅城下土兵出戰客兵不爲援中伏盡殞土兵卽波斯塔起克人客兵卽突而克康里人康里兵自以與蒙古同類事亟而降不至殘害故無鬭志太祖誘其降許先以妻孥出城民不得已亦降守將阿兒潑汗引親軍潰圍遁內外城兩重五日悉下以康里兵三萬別居一處令薙髮結辮示將入軍籍夜乃盡殺之取工匠三萬分於各營民丁三萬任役作餘民五萬令出金錢二十萬復其故居遣官守城命哲

別速不台各率萬人追西域王戒以遇彼軍多則不與戰而俟後軍彼逃則亟追弗捨所過城堡降者勿殺掠不降則攻下之取其民爲奴不易攻則捨去毋久頓兵堅城此則深合機宜若如祕史所云自回回往的城邊繞去不許動他百姓兵入敵境數千里安能如是西域王之兵撒馬爾干也蒙古兵甫渡錫爾河智謀之將勸王速徵貨勒自彌等處之兵結一大軍備戰號召部民同心禦侮力扼阿母河則錫爾河外險雖失猶有內險可守或勸王往嘎自尼如敵深入則赴印度其地暑熱山多敵不敢進王以其計萬全從之使人至烏爾鞬赤告其母妻往馬三德蘭山堡避兵王渡阿母河行抵巴而黑其子屋肯哀丁自義拉克遣使至迎父西行有兵有餉可以共守王又改計從之札拉勒丁時從父願假統帥之職守阿母河王斥其少不更事不之許旋聞布哈爾陷繼聞撒馬爾干亦陷王亟往義拉克從兵皆康里人陰謀叛王有戒心宿

輒易處一夕已他徙而空帳爲叢箭攢射幾滿至你沙不兒見長恩麥里傳即本紀之匿察兀兒地里志之乃沙不耳西四月十八日至此城聞蒙古兵已渡阿母河僞言出獵逃赴義拉克西五月十三日出逃哲速二將抵桌綽克彼處土語五道河之解地形舊圖中欲渡阿母河而無舟伐木編枝榦爲箱篋罩輜重器械於內裹牛羊皮於外繫馬尾驅以泅水得不沈没將士攀援以隨全軍遂渡既渡河分道行哲別入呼拉商彼時呼拉商分四郡一馬魯一你沙不兒一巴而黑一海拉脫巴而黑民納幣輸款破薩伯城沿路探詢王蹤跡分遣人招降各城前鋒至你沙不兒民饋糧請俟其主歸擒後歸附哲別至城下西六月初五日亦饋糧令貴紳出見予以太祖榜示大意謂天已畀我西域降者得安不降者殺無赦速不台軍經徒思兒本紀枯姆合音同昆其地有昆河故名在呼拉商與義拉克之中馬三德蘭之東南噶部珊句伊斯法楞塔蠻干句西模囊即西北地附錄之西模娘等地不遇西域王欲西赴義拉克哲別自馬三德蘭踰山而南兩軍遇於合而拉耳城裏海南義拉克北今波斯台喝而覽都城東城

已廢軍復合西域王與屋肯哀丁率數萬人守義拉克之可斯費音城即地理志可疾云賁音二字併合急讀軍譽至父子分路遁王與吉亞代丁入喀隆堡遂遇蒙古軍射傷其馬居堡中一日即西往報達追者至知王已離堡不攻而追王改道西北逃入雖而哲寒山堡駐七日至基蘭裏海西南濱部名彼時爲其國西北邊省元史西北地附錄之低廉在此部內志略作義蘭又伊蘭倚蘭復東至馬三德蘭行李盡失蒙古軍亦入馬三德蘭破其會城曰阿模爾即西北地附錄之阿模里掠阿士特拉拔特裏海東南商賈市埠有城王竄匿海壖憂窮追無已時謀入裏海艤舟以待馬三德蘭舊有部酋爲王所殺地亦被并其子思復仇白王所在兵跡至王亟登舟有三騎入水追之溺而斃射以矢亦不及舟至東南隅小島王胸脇中寒憂悸成病島民供粗糲乏醫藥病革召其子札剌勒丁鄂斯拉克沙阿克沙阿克沙當是其季子命札剌勒丁嗣位以佩劍繫其腰越數日卒無殮具埋屍土中他西書考得王卒爲西一千二百二十一年正月十一日合之中歷爲太祖十五年十二月間

（耶律楚材傳庚辰冬大雷楚材曰回回國主當死於野時序亞台速不台傳滅里逃入海不月餘病死亦合惟速不台傳繫之於壬午係誤滅里卽瑪里克西域語猶言王非其名也）屋肯哀丁遁起兒漫居半載餘率衆回至合而拉耳蒙古將台馬司句台納爾來攻遁入蘇吞阿錳脫堡攻半載堡破被殺西域王母土而堪哈敦居烏爾鞬赤（見耶律楚材西游錄）太祖自撒馬爾干遣使者丹尼世們往謂哈敦之子不孝於母開罪於我我欲得而甘心焉哈敦所主地我不相犯速遣親信人來我與面議土而堪置不荅而自避去先時兼并諸部落故酋皆居舊都恐爲變悉投之阿母河（忒耳迷酋八迷俺酋斡克石酋巴而黑酋父子塞而柱克王托古洛耳二子郭耳王馬赫模特二子雪格納克酋二子）惟倭馬爾故酋未殺使導行仍害之途中入馬三德蘭伊拉耳堡據商山甚險峻哲速二將追西域王經其堡知王母在內留軍圍攻絕其汲道踰月不雨堡民渴欲死引軍入夕卽雨以王母妻送致太祖軍中（時太祖已在塔里堪卽本紀之塔里寒）殺其幼孫土而堪後隨大軍而東太宗六年沒於和林（王女四人以一與丹尼世們以二女與察

（合合察合台自留其一一與其將其先嫁錫斯滿之女爲葉密爾一商人所得太宗六年爲西一千二百三十二年）札剌勒丁與其二弟旣棄葬其父由芒格世拉克之地（裏海東偏南）至烏爾鞬赤自土而堪去後城無主守兵六萬多康里人聞札剌勒丁嗣位皆不服欲謀害事覺札剌勒丁與帖木兒瑪里克以三百騎出奔（西一千二百二十一年二月初十日爲太祖十五年底十六年初）南踰沙漠人呼拉商遇蒙古游兵七百人於訥薩城（西使記作納商）敗之將至你沙不兒蒙古軍追及（此是拖雷之軍見下）退至歧路令其將禦戰自從間道逸去追其將敗退札剌勒丁已去久復迷所向追者乃止札剌勒丁出奔後三日兵近烏爾鞬赤（此是朮赤等軍見下）鄂斯拉克沙阿克沙不敢居守亦出奔循兒後以行近訥薩遇游兵避入喀侖特耳堡兵來攻堡人出禦令其乘間逃逸蒙古兵見之不戰而追行抵小邨落曰勿世特又有游兵自他道至殺之惟札剌勒丁得脫由海拉脫東南遁入嘎自尼太祖旣定撒馬爾干十五年夏避暑於渴

石即西游記之碣石明史作渴石南即鐵門本紀移於十六年係誤秋命朮赤察合台窩闊台往征烏爾韃赤自將起師至忒耳迷詳西北地附錄釋地呼城開門納降不應攻十日破之大殺掠一老婦有大珠不肯獻而吞於口剖腹取其珠於是尸多被剖至賽蠻分軍收巴達克山等地賽蠻未詳命拖雷將兵往呼拉商爲哲別速不台後援平其未定之地阿母河北悉定遂自渡河當在十五年冬元史張榮傳從太祖征西域諸國庚辰八月至西域莫蘭河不能涉太祖召問濟河之策榮請造舟以一月爲期乃督工匠造船百艘遂濟河案一月之期太促或者史書故神其說然亦必在十五年冬阿母河土人稱阿母夜河以河濱有阿母夜城又曰阿母耳河莫蘭似是母耳之訛惟蒙古謂河曰沐漣又疑爲河之重言巴而黑城迎降太祖以將南行留其城恐爲後路患令民悉出焚城巴而黑即元史之班勒紇西北地之巴里黑西游記中秋抵河上乘舟以濟即夜行過班里城甚大亦即此城入塔里堪山中即元史塔里寒巴而黑東約四百里攻諸司雷脫柯寨先遣將往以山峻攻六月未下大軍至猛攻牆堞多毀守兵潰遁惟騎兵得脫步卒盡死凡七月始下屠而驗之十六年夏避暑於塔里堪以在山中故本紀曰寨朮赤察合台窩闊台攻烏爾韃赤其時王母先去札剌勒丁兄弟亦出奔城民公舉庫馬爾

爲首領前鋒兵至守兵出禦中伏敗衂朮赤下令軍中我父將以此地封我毋許焚掠遣人招降當西域王居海島時使諭城民力不能禦蒙古由民降敵紓禍而守將兵士不願遂堅守近城無石伐大木爲衝車垣堞堅厚猝不可破城跨阿母河（彼時阿母河尚入裏海城居河上）爲橋以通往來遣兵斷其橋三千人往皆死守者益膽壯朮赤察合台素有違言（觀元祕史可知）師不和六閱月不克使人告太祖於塔里堪太祖廉得其實改命窩闊台總諸軍（此與祕史親征錄徵異然敘事曲折入情考驛計時皆合）乃和解兩兄併力亟攻城破後巷戰七晝夜盡分民於軍一兵得二十四人既而悉戮之惟工匠婦女幼穉得免決河水淹其城察合台窩闊台赴塔里堪會師朮赤仍駐鹹海裏海間（元史元祕史皆云朮赤同來而親征錄與拉施特等書皆云朮赤未來語詳朮赤傳）拖雷一軍以脫忽察兒爲前鋒（親征錄祕史命哲別爲前鋒速不台繼之脫忽察兒又繼之卽此脫忽二字與西書不叶訛爲圖格據西書云係太祖壻下文所云又與祕史不合親征錄在壬午係移下一年祕史云兔年大誤）渡阿母河至訥薩擄民運石樹

礮攻半月城圮兵自缺口入大屠戮（原書謂殺七十萬人似太多）駐三日往喀命特耳堡以險峻不易下令獻衣裘萬襲以免（納薩斐時居堡中目擊其事謂民允獻衣莫敢往送有老人冒死應役詭其子於衆而後行既往果見殺）至你沙不兒城不知其已降肆殺掠城兵射死脫忽察兒（此與祕史不能相合）別將代統其衆以兵少不攻城分二軍一軍至薩伯自窪城三日破之（西一千二百二十年十一月爲太祖十五年冬）一軍至徒思下其屬堡馬魯者塞而桂克朝之故都也（舊名馬魯今名梅而甫卽本紀之馬魯與昔剌思係兩城爲呼拉商部內四郡之一後漢書木鹿城卽馬魯見安息考）哲別軍至馬魯察克（卽本紀之馬魯察葉可）馬魯守將巴哈夷倭兒先遁馬魯民遣人降附舊時守將木直而倭兒從西域王西奔王卒回至馬魯議守禦民之不欲降者奉爲城主士卒亦歸之其欲降者懼禍及告信於昔剌思蒙古軍中（昔剌思見本紀又名薩拉克斯與馬魯兩地時已有蒙古官駐守）巴哈夷倭兒已降蒙古請往收其地助以兵而行至則盡爲所害太祖十六年春正月（西一千二百二十一年二月二十五日）拖雷下安狄枯城遂討馬魯先逐城外突厥人（多桑云梅而甫

近處有突而克人名曰咯伊爲康里同類其頭目曰哀而托格洛耳率其衆四百四十戶避兵往阿昧尼亞之阿克拉脫之地後八年蒙古兵至阿昧尼亞復避往黑海之南小亞細亞之地羅姆王畀以昂格拉地使居與東羅馬鄰界生齒既繁其子曰握托蠻遂率徒黨佔東羅馬近境爲土耳其國開基之主案今土耳其人自稱其國曰握托蠻蓋由於此奮力攻城木直而倭兒知不支乃乞降佯允之軍入城併親族悉誅城民惟工匠婦女童穉得免發塞而桂克故王散者耳之墓西討你沙不兒（離梅而甫十二日程）城有礮軍三千礮五百具拖雷亦以礮軍三千人自他處運石至輔以雲梯火箭百計環攻乞降不允春三月城破（西四月初九日）脫忽察兒之婦率萬人入城遇人畜悉殺以報夫仇拖雷聞人伏匿積尸中令悉斷其首分男女髑髏堆成阜夷其城惟工匠四百未死分軍毁徒思城外哈里發墓（爲哈侖阿襌阿夫之墓哈侖見唐書作訶論徒思先降於折別速不台追兵去留守者被殺拖雷部將先下其城至是又分軍蹂之）自由苦亦斯單至海拉脫（海拉脫一曰海里卽木紀之也里脫字爲尾音可不讀明史哈烈一名黑魯所謂元駙馬帖木兒既君撒馬爾千又遣其子沙哈魯據哈烈卽是地也今屬阿富汗俄羅斯欲窺印度此爲要衝英國助阿富汗築礮臺備守禦並思於印度河西開鐵路以達堪達哈爾堪達哈爾西北卽海拉脫海拉脫之東爲印度固斯大山横截南北不便行軍故海拉脫爲阿富汗門戶亦卽西北印度門戶英人所以越境助守也你沙不兒東南五日程案本紀云還軍經過木剌夷

國大掠之渡撥撥闌河克也里等城祕史蒙文則云抛雷已取亦魯等城渡撥撥闌河攻出黑扯連城城破後回軍與太祖相合亦魯卽也里之轉音卽海拉撥撥闌河出黑扯連城無考河與城字音相類疑卽西北地附錄之朱里章城城以朱里章河得名在裏海東南隅與木剌夷據地相近故軍掠其部他處河名城名更與撥撥闌不叶故疑是也又皆亦斯單之地亦多木剌夷人居堡亦可大掠西書無攻朱里章城之事不能融合但可存疑力攻八日兩軍死傷甚衆守將亦隕民乃請降惟誅守兵萬二千人旋奉太祖命東往塔里堪會師太祖以札剌勒丁居嘎自尼未下議率三子親征秋自塔里堪南行經凱而徒俺城一月下之踰印度固斯大山西人皆稱興都故海國圖志作興都哥士哥字與京音不合故改固斯猶言山至八米俺以其城當衝留攻之命將失吉忽禿忽東南往喀不爾山中阻札剌勒丁旁抄之兵喀不爾今阿富汗都城在焉卽西北地附錄之可不里當札剌勒丁之奔嘎自尼也其地數有內亂守將迭被殺札剌勒丁至衆情推戴復有西域王母弟阿敏瑪里克阿敏瑪里克本守他城避兵出走東南入嘎自尼合於札剌勒丁故祕史云篾力克走出與札剌勒丁相合庫拉起人賽甫曷丁阿格拉克率衆來助庫拉起爲族類名本居阿母河北避難來此疑是喀喇赤之異譯喀不爾土人亦起兵應之有衆六七萬騎聞大軍南來禦之巴魯安

在喀不爾之北遇蒙古兵攻堡者敗之殺千人越八日失吉忽禿忽至戰竟日互有勝負次日再戰以阿格拉克所部不言賽甫爾丁者文稱阿敦亦然驍勇鬭併力攻之仍不能勝札剌勒丁先令兵下騎以待見戰酣乃齊上馬衝突失吉忽禿忽大敗而退卽本紀忽都忽與戰不利之役西書作失吉庫圖庫與元史人異案祕史太祖命失吉忽禿忽做頭哨與札剌勒丁對陣而敗失吉忽禿忽卽失吉庫圖庫西人讀忽禿忽不顧曰乃譯成庫圖庫又元史張拔都傳從近臣漢都虎西征回紇河西諸蕃漢都虎亦卽忽禿忽也西書載失吉忽禿忽係成吉思汗征韃靼時所掠童子其時皇后孛兒台尚未生子使育之遂視如子兵敗而歸成吉思汗謂向日太易取勝故輕敵致敗自此不可易視戰事迨大軍至戰地相度地勢示以失機之故而責之大祖將略於此可見一斑祕史則云太祖助金軍平塔塔兒於營中拾得小兒河額命太后畜爲養子喚做第六個兒子乃是太祖義弟西書謂是孛兒台從子說異陣獲一駿馬二將爭欲之阿敏以馬策擱阿格拉克之面札剌勒丁以其爲王母弟不能禁抑阿格拉克怒率康拉起人去之喀不爾衆亦散札剌勒丁無如之何乃還至嘎自尼復退至印度河太祖破八米俺皇孫謨阿圖堪死之察合台子西書世系表皆作謨阿圖堪而此處又作乇杜干今改一律書云時察合台他往比歸而成吉思汗不令知僞言他適及與八三子共飯佯發怒察合台惶恐伏地謂不敢逆父命成吉思汗乃曰汝既有是言我當告汝謨阿圖堪已陣亡汝不許傷悲於是察合台忍淚侍食太祖怒屠

其城畜類無遺毀爲平地失吉忽禿忽既敗太祖疾南行軍中不及炊皆啖米至嘎自尼則札剌勒丁已去遣官主其城仍疾追之及於印度河札剌勒丁屢招阿格拉克等來助猶未至而太祖追及聞其欲渡河卽夕列陣迫之曉而戰先敗其右翼獲阿敏瑪里克殺之（本紀云札闌丁與滅里可汗合帝自將擊之擒滅里可汗卽此瑪里克乃西域王爵之稱非名也）未幾左翼亦敗中軍僅餘七百人猶死戰太祖欲生致札剌勒丁將士不發矢而惟環攻札剌勒丁策其馬自數丈之高崖投入印度河鳧水而逸時太祖十六年冬也（月分不可得而詳矣西游記年分同元史係誤）尋遣巴剌句土爾台（元史親征錄只有八剌祕史則既遣巴剌往追復以欣都思惕與巴黑塔惕兩種人之間有阿魯句馬魯句馬塔剌撒等種再命朵兒伯朵黑申往征西書之土爾台疑卽朵兒伯惟阿魯等名無可徵考西書有阿格拉或卽阿魯究非確據馬魯必非梅而甫之馬魯今印度有馬塔拉斯城甚似馬塔剌撒然城在中印度之東當日兵未至此且於兩種之間亦不符合祕史此後但言巴剌自欣都思惕回軍未及朵兒伯一字他書又無可考只可闕疑仍從西書作土爾台）渡印度河追之破壁耶堡（壁耶河名）躪轢木而灘（志略作木而丹）拉火耳（志略作勞爾又云一作剌合亦作剌懷爲克什米爾之都城木而灘其屬部也皆西北印度地已在印度斯單界內）費耳沙波兒茂里克波

兒等地（波兒言城印度語）不知札剌勒丁所在攻木而灘城未下大暑熱遂班師太祖十七年春以札剌勒丁未獲軍退後嘎自尼民必復叛附命窩闊台往僞爲查閱戶口令民出城俘戮之取工匠從軍巴魯安之敗海拉脫城亦叛命按只吉歹往攻（哈準大王之子見元史宗室表西書作伊兒知吉歹哈準先太祖卒）六月餘始下屠城殺一百六十萬人軍旋恐有遺孽復遣兵突往再殺二千人惟十六人以居鄉得免（內有一士人紀其事曾謝波斯人云蒙古當日殺戮之慘數百年來休養生息猶未復原西書則云蒙古誠好殺然亦其人反復有以致之觀太祖賜邱長春詔曰來從去背實力率之故然是可知已）太祖自循印度河西岸北行捕札剌勒丁餘黨時阿格拉克與他族相仇殺先死蒙古騎兵與波斯步兵至或殺或逐醜類悉平窩闊台既定嘎自尼請進兵昔義斯單太祖以天暑止之（親征錄云命三太子循河而南至不昔思丹城欲攻之遣使來稟命上曰隆暑將及宜別遣將攻之與西書說同昔義斯單部之首城曰波斯忒親征錄謂不昔思丹蓋併文言之也當云昔義斯單之波斯忒城乃合祕史有昔思田即昔義斯單也昔義斯單在印度河親征錄語微誤）是夏避暑於巴魯安（即本紀八魯灣地有山溪故曰川本紀作十八年誤祕史作巴魯安客額兒音叶）巴拉等自印度旋軍

來會六月以西域大定設達魯花赤監治其地秋起師窩闊台來會於古南柯而干印度山北境自此渡阿母河歷布哈爾召熟悉天方教之教士曷世哀甫等二人來見詳述教規太祖謂所言亦是惟赴麥哈禮拜我不謂然上帝降靈無在不燭何爲拘拘一地哉今此後所禱文用已名免教士賦役按邱長春西游記云壬午八月二十七日從車駕北回九月朔渡河橋而北九月杪已至邪米思干壬午爲太祖十七年是此年即凱旋矣乃多桑書是年仍在印度河上游次年欲從印度東入梯伯特以征西夏而山高林深險巇難進乃改道仍回八米俺以踰印度山冬駐撒馬爾干等語梯伯特即西藏蒙古源流作土伯特考其自注未言本自何人但引中國元史謂成吉思汗至東印度角端見乃班師玩其詞意蓋爲元史所誤而二十年正月還宮則拉施特與他書所紀年分相同在途歲月過多無事可敘乃牽引元史以意附會不知元史此說固不足憑也多桑著書時元史已有譯本西游記時尚未譯故有此誤今並刪去而以西游記與拉施特所言爲本庶爲得實又案太祖東歸之時正哲別速不台入欽察敗俄羅斯之時豈因二將暴師於遠故遲行以俟軍信耶召朮赤來會並令驅獸向東南備畋獵時朮赤獵于錫爾河北經撒馬爾干渡錫爾河令西域王母妻及其親族辭別故土向國而哭原書下云行[illegible]皆回其面前過不知何意豈羞辱之耶察合台窩闊台獵於布哈爾來獻所獲朮赤稱疾不至惟驅獸至塔什干供上行圍西書皆言朮赤未來會與元史

異

皇孫忽必烈旭烈兀來迎於葉密爾河葉密爾河見葉密爾考書紀忽必烈時年十一歲旭烈兀時年九歲忽必烈西書音爲呼必賚今改呼必賚甚合忽必烈殺一兔旭烈兀殺一鹿以獻書紀成吉思汗割兔鹿肉拭中指謂是蒙古射獵禮蓋割鮮之義且嘉幼孫能武也太祖於途次大犒三軍西書有地名曰布喀蘇起庫未詳二十年正月還宮西歷一千二百二十五年二月哲別速不台既追西域王入海島復獲王之母妻軍由馬三德蘭南至義拉克風馳電掃所向無前降合而拉耳掠枯姆定哈馬丹下贊章皆城名贊章見元史西北地附錄破可斯費音以民嚴守多傷士卒殺四萬人北入西域之西北鄰部曰阿特耳佩占此下行文多此鄰國非西域王本境矣部主鄂思貝克年老鄂思貝克本欽卜察克人其先世爲塞而柱克王之僕後人爲阿特耳佩占阿而俺而部之酋塞而柱克亡遂爲自主小邦稱阿塔畢下於蘇爾灘并下於沙西使記石羅子國其王名奧思阿塔卑卽阿塔畢乃君稱非名也不敢抵禦迎饋衣馬等物二將納降以其部內莫干之地裏海西庫耳河南饒水草便游牧遂駐冬西北有角兒只國卽曷思麥里傳之谷兒只在裏海黑海間高喀斯山南聞大敵近境亟謀設備不知阿特耳佩占已降附[illegible]遣使約鄂思貝克明春合力夾攻蒙古而是

冬二將即往角而只鄂思貝克之將阿庫世反爲前鋒突厥人西書作突而克庫而忒人皆從征鈔掠其境曷思麥里傳招諭曲兒忒失兒灣沙等城悉降曲兒忒即庫兒忒在阿特耳佩占西南山中族類之名非城名或有城曰曲兒忒亦未可知此時當已降附故來從軍未及帖弗利司角兒只都城名角兒只人來樂阿庫世戰不利蒙古繼進敗之西一千二百二十一年二月爲太祖十六年軍南還再經台白利司阿特耳佩古都城在倭而米雅湖東旭烈兀後王都於此進攻梅拉喀台白利司南近倭而米雅湖東南隅時似別一部落後歸阿特耳佩占數日城破大殺掠西三月三十日欲從梅拉喀往哀而陛耳小國名亦城名在梅拉喀西南以山路狹隘即庫兒忒人所居山內改而南行意趨報達梅拉喀西南往報達不及千里哈里發那昔爾聞警徵哀而陛耳毛夕耳即元史地里志之毛夕里在哀而陛耳西北隔體格力斯河美索卜塔米牙各部主發兵助守志略作美索不達迷亞僅哀而陛耳毛夕耳兵至蒙古軍聞有備亦未往回至哈馬丹徵民貢獻民以去年已輸納不堪一再需索遂殺留守官攻城兩日蒙古兵多夷傷而守將遁去民無固志城遂破縱兵大掠復北行破愛而達必爾城台白利司東南鄰近之城復西至台白利司鄂思貝克畏

而避去留將居守納幣得免曷思麥里傳云帝遣使趣哲別疾馳討欽察今觀所紀師程則自哈馬丹北行後再不向南是時爲太祖十六年辛巳正親將追札剌勒丁之時西域指日底定乃令移得勝之師北征欽察遣使授策必在是年速不台傳於庚辰年追西域王之役誤繫之於壬午年又誤云明年請討欽察本紀於北征之師又一字未及元史疏舛闕略於斯爲甚細考西書則印度河之戰哲速二將並未在列此又祕史之誤復北下賽拉白城遣使招下阿而俺之貝列堪城使人被害攻下之無男婦悉誅西一千二百二十一年十月事爲太祖十六年九月甘札城迎饋輸款阿而俺省城爲當時阿而俺北境角兒只帖弗利司城之東南得不被兵西北入角兒只復敗其衆角兒只南境大擾國都驛騷時哲速二將已奉太祖命北征奇卜察克以角兒只境內山巒峻險溪澗縈繞戎馬艱阻不欲假道退而東行渡庫耳河破失兒灣之沙馬起城失兒灣國都城名沙馬起裏海西濱部落曷思麥里傳云失兒灣沙城豈彼土省文之稱耶又破得耳奔特亦可云得耳奔奔字亦可讀如班地理志有打耳班卽此今屬俄沙馬起在南得耳奔特在北踰高喀斯山北行此路最爲平易東傳裏海速不台傳引兵繞寬田吉思海展轉至太和嶺寬田吉思海卽裏海太和嶺卽高喀斯山徐氏松魏氏源何氏秋濤皆揣擬未得其實失兒灣部主拉施忒守山堡未下二將令以鄉導人來卽罷攻拉施忒遣十人至殺一人以徇九人不善導者視此軍遂踰高喀

斯山而北或作高加索加字音不叶改略以後軍事見哲別補傳時爲太祖十七年壬午多桑此節所敘二將軍情多本於阿黎意本阿拉育勒體耳居於毛夕耳部見闊易詳說當可據哲速二將去後不久復有蒙古一軍三千人自東來元祕史太祖遣札刺勒丁之後搠兒馬罕云西邊有巴黑塔傷種的古妵合里伯王可命那里出征遂命搠兒馬罕征合里伯王或即此軍合里伯即哈里發西域諸地皆從其教故云然時西域潰卒聚於合而拉耳城有衆六千軍至或殺或逐西南至撒瓦見西北地附錄東南至枯姆至柯傷見地理志前此未被兵之城至是悉罹鋒鏑西至哈馬丹焚城入阿特耳佩占搜捕合而拉耳逃衆復敗之有遁入台白利司者傳檄指索鄂思貝克不敢抗匿悉以縛送軍東返太祖東歸定四子分地以和林舊業分拖雷蒙古源流謂幼子圖籟守產是也以葉密爾河東濱之地封窩闊台今塔爾巴哈台一帶耶律希亮傳葉密里城乃定宗潛邸湯沐之邑西書之說誠爲有據見葉密爾考以錫爾河東之地封察合台東至何處不得其詳惟西書云察合台夏至伊犁近處之山避暑則東界當至伊犁其時烏魯木齊尚隸畏吾兒見西北地附錄駙來帖木兒封地悉併烏魯木齊東南在內蓋後來之事非始封也蒙古源流云次子珠齊於托克瑪克地方即汗位托克瑪克在吹河西說當不誤惟誤以察台台爲長子朮赤爲次子耳以鹹海西南貨勒自彌之地并鹹海裏海之北封長子朮赤彼時如西北地附錄中撒耳柯思阿蘭阿思俄

羅斯等地尚未平定郎奇卜察克之地雖被兵亦未盡服觀西北地附錄之分域乃就其後而言當日未能如是也朮赤令其將成帖木兒駐守烏兒鞬赤

附考元史本紀

太祖十四年己卯夏六月西域殺使者帝率師親征取訛荅剌城擒其酋哈只兒只蘭禿案克訛苔剌城西書在十五年耶律楚材西遊錄苦盞城西北五百里有訛打剌城此城渠酋嘗殺命吏掠商賈西伐之舉由此又云戊寅遣行在明年大舉西伐自是十四年起師

十五年庚辰春三月帝克蒲華城夏五月克尋思干城駐蹕也石的石河秋攻斡脫羅兒城克之案也石的石河必是也兒的石之訛在尋思干東北數千里駐蹕乃是十四年事元史之誤蓋誤於聖武親征錄遺脫己卯而從庚辰年起庚辰夏駐也兒的石河此後編年記事遂盡移下一年未又云自出師至此凡七年庚辰至乙酉祇有六年其誤可知元史從之無年不誤矣斡脫羅兒即訛荅剌蓋元史十四年事本之他書十五年以下多本親征錄地名譯字不同遂致層見疊出

十六年辛巳帝攻卜哈兒薛迷思干等城皇子朮赤攻養吉干八兒眞等城並下之夏四月駐蹕鐵門關秋帝攻班勒紇等城皇子

朮赤察合台窩闊台分攻玉龍傑赤等城下之冬十月皇子拖雷克馬魯察葉可馬魯昔剌思等城案十六年攻城駐蹕皆是十五年之事而十七年之追札闌丁乃是十六年之事魏源云薛迷思汗即尋思干西游記作邪米思干鈞案卜哈兒亦即蒲華今稱布哈爾馬魯察葉可爲一城馬魯爲一城昔剌思又一城諸城名詳傳注中

十七年壬午春皇子拖雷克徒思匿察兀兒等城還軍經木剌夷國大掠之渡搠搠闌河克也里等城遂與帝會合兵攻塔里寒寨拔之夏避暑塔里寒寨西域主札闌丁出奔與滅里可汗合忽都忽與戰不利帝自將擊之擒滅里可汗札闌丁遁去遣八剌追之不獲案西游記云辛巳上將兵追算端汗至印度與西書印度河之戰年分相合自是十六年事瑪里克爲西域王爵之稱加汗字不合滅里可即瑪里克也徒思爲一城匿察兀兒爲一城餘地詳傳注中

十八年癸未夏避暑八魯彎川皇子朮赤察合台窩闊台及八剌之兵來會遂定西域諸城置達魯花赤監治之西書云朮赤未來與此異鈞案親征錄三太子克玉龍傑赤城大太子還營所上攻塔里寒寨破後二太子三太子歸覲與西書說同邱長春西游記辛巳壬午年間屢言及二太子復過三太子醫官而始終未及大太子亦是一證置達魯花赤亦

當從西書記於十七年長春壬午九月卽隨帝北歸必是壬午年事

十九年甲申帝至東印度國角端見班師 案太祖未渡印度河何由至東印長春西游記班班可考程同文跋

西游記謂元史言角端見與耶律楚材傳同蓋本於宋子貞所作神道碑極以歸美文正然非實錄也魏源註西游記語同怪誕不經斥之誠當惟元世角端瑞應朝野同聲非止晉卿墓碣陶宗儀輟耕錄云金華黃先生溍嘗曰子將以舉子經學取科第有一賦題曰角端亦嘗求其事實否乎余曰未也因記史記司馬相如傳獸則麒麟角端之語退而閱之按注郭璞曰角端音端似豬角在鼻上堪作弓又云似麒麟而無角毛詩疏云麟黃色角端有肉張揖云角端似牛角可以爲弓以此推之豈亦麟之屬與及考符瑞志名臣事略癸辛雜識等書乃始得其詳蓋太祖皇帝駐師西印度忽有大獸其高數十丈一角如犀牛然能作人語云此非帝世界宜速還左右皆震懾獨耶律文正進曰此名角端乃旄星之精也聖人在位則斯獸奉書而至且能日馳萬八千里靈異如鬼神不可犯也帝卽回馭至元庚寅江浙鄉試八月二十二日夜二鼓院中彷彿見一物馳過甚疾其狀若猛獸者軍卒從而喧哄因出角端爲賦題是知元人傳述已久追以命題試士但言是西印度非東印度輟耕錄又謂白湛淵先生續演雅十詩發揮有云西狩獲白麟至死意不吐代北有角端能通諸國語角端北地異獸也能人言其高如浮圖蓋在當時播爲雅頌之音藉藉人口明初史局諸公震於衆說遂闌入正史其以西印度爲東印度則宋子貞誤之也今印度犀牛革堅逾甲以火鎗鉛彈擊之彈匾而革不傷一角生鼻端多力能與虎鬬性喜水惡象見必觸之死形狀與郭璞張揖說合惟重大逾牛不僅似豕或者當日軍行見此詫爲異獸其後展轉傳訛遂至鋪張符瑞西書記太宗之世駐守阿母河南之軍再入印度破拉火耳城太宗冀期在城破後二日蒙古將領豈遂忘旄精人語耶必無是說可知又親征錄元祕史皆不載僅蒙古源流有之此書多怪誕之談尤不可據

二十年乙酉春正月還行宮 按西書所載年分相同

西域補傳上終

西域補傳下（太宗定宗憲宗三朝事）

兵部左侍郎總理各國事務衙門行走加三級臣洪鈞撰

太祖既定西域，置達魯花赤以監治，命四子各出兵千人駐守。八迷俺句嘎自尼句塔里堪句石潑干（巴而黑西）阿里阿拔脫句格溫（元祕史太祖追札剌勒丁瀕申河以拒，格溫斡羅罕釋為河名，當即此格溫。親征錄云：上避暑八魯灣川，候八剌那顏，因討近敵，悉平之。八剌那顏軍至，遂行，至可溫寨。可溫即格溫，亦為寨名）皆阿母河以南地，西域西境，鞭長莫及，控制未周。大軍既還，餘燼復熾。西域王子吉亞代丁避兵喀命堡，候兵退，潛出號召。時義拉克為西域二將竊據，曰阿塔畢托干太石，曰也特克汗（汗與阿塔畢皆其僭號）。吉亞代丁先欲得也特克為助，而托干太石殺也特克，奪亦思法杭之地（義拉克首城有二，一哈馬丹，一亦思法杭，見地理志）。吉亞代丁至亦思法杭，托干太石奉以為主。既得義拉克，復得呼拉商、馬三德蘭二部。吉亞代丁無才，不能馭眾，惟以官號畀給，向為密米爾者（略如侯爵）晉為瑪里克，向為瑪里克者晉為汗諸將專恣自擅無餉以給任其掠奪故部眾有恩札剌勒丁者札剌勒丁既泅水得免潰卒亦多渡河沿途掠衣食以行敗印度別部之眾聞巴拉等軍來追謀入得里（中印度都城名志略作德列）請於其酋伊勒脫迷失（亦突厥一類人）其酋畏之婉詞以謝使往木而灘（其時木而灘拉火耳別爲印度西北列邦）札剌勒丁不敢往退入朱隄之地（克什米爾西北）居無何有吉亞代丁舊部來歸勢漸振西南至信地（印度西南部名志略作信地元奘西域記作信度）敗其酋喀阿札之兵壞其數城得里酋伊勒脫迷失連結他部率眾來逐札剌勒丁見不敵謀歸故土復舊業太祖十八年癸未凱旋而東札剌勒丁亦回軍而西留其將居守郭耳之地自引兵循印度克兒漫中間大沙漠以向西北（孔道尚在北以避元兵故行沙漠蓋西渡印度河經今俾路芝南境之路）道亡士卒頗眾至克兒漫惟餘四千人西遼故將薄拉克哈朮潑率眾來投途經克兒漫守酋阻之薄拉克殺而奪其地（哈朮潑宮官之稱薄拉克本西遼人降西域王爲宮官故有此稱西使記稱爲黑契丹國由其爲西遼人也）適札

剌勒丁至迎謁納女備後宮居一月覺薄拉克有據地自主意以其首先歸附忍而不發仍西行入法而斯將至設剌斯時爲法而斯都城即地理志之泄剌失郭侃傳劉郁西使記之不羅子國蓋以城名爲國名也遣告其酋沙特阿塔畢令其子阿蒲貝克耳率衆來迎時吉亞代丁侵奪法而斯地沙特怨憾迺降禮札剌勒丁亦妻以女札剌勒丁遂至亦思法杭旗幟純白冒蒙古軍狀蒙古旗幟尚白見蒙達備錄吉亞代丁來拒望見卽遁而其部將偵知非蒙古軍以札剌勒丁英武不如吉亞代丁昏懦易制仍奉以來拒衆三萬札剌勒丁見已兵少乃誘以甘言非來爭國欲相助光復舊物也吉亞代丁信之迎以入不爲備札剌勒丁卑禮散財結其將校突攻吉亞代丁奪其位義拉克呼拉商馬三德蘭三部咸臣服首謀攻報達以蒙古之來哈里發致之也那昔爾怨西域王稱兵犯境遣使蒙古導以西伐見上傳注中太祖二十年乙酉西一千二百二十五年引兵至庫昔斯單報達東南屬部攻呼思特拉城庫昔斯單之首城攻具

未備不能下西北至牙庫拔城距報達不百里報達將來禦中伏兵破殺追潰卒直至報達（報達本城名非國名）北向攻達枯克城他克里特城（皆報達北境）哈里發先以鴿書徵哀而陛耳兵（酉陽雜俎云大理丞鄭復禮言波斯舶上多養鴿鴿飛行數千里輒放一隻至家以爲平安信是知西域久用鴿書不獨宋曲端縱鴿點軍爲異事也劉郁西使記亦云風駝急使乘日可千里鵓鴿傳書日亦千里案今西國向有鴿書之法置薄紙於鵝毛管中傳鴿以飛據云速於火輪車惟不能久歷一時許便已倦飛故沿途分設鴿驛易鴿而行如置驛然每用於未設電綫之處且防敵國來攻割斷電綫以備不虞飛行數千里日可千里等說尚未盡事實也）酋以兵至戰敗被擒札剌勒丁釋之北入阿特耳佩占其酋鄂思貝克避往甘札留其妃蔑里克守台白利司札剌勒丁圍城民議降令蔑里克退居倭而米雅湖北庫頁城割台白利司爲賂札剌勒丁既攘其地以角兒只國奉天主教屢侵犯天方教人之地議往伐罪破土並城（台白利司西北本他部地已歸角兒只）敗其兵七萬角兒只大將意萬遁於克格堡攻之分軍進侵其國而台白利司叛令吉亞代丁代統諸軍自歸台白利司殺叛者娶蔑里克（書云天方教規婦非被出不得改嫁鄂思貝克曾言我婦如妄殺一

奴一僕我卽離異及是遂殺一僕令敎士來照律斷離而札剌勒丁娶之遣軍往甘札鄂思貝克復避去遂併甘札之地復赴角兒只則已聚兵并糾阿蘭亦名阿思部元史之阿速詳阿蘭阿思釋地勒斯克句奇卜察克等人助戰皆高喀斯山北部族復敗其衆攻帖弗利司都城天方敎人爲內應引軍入脇民從謨罕默德敎西一千二百二十六年三月初九日破城事定移軍向凱辣脫部名亦城名在萬湖西北角而克兒漫酋薄拉克輸款蒙古以札剌勒丁勢大宜亟除爲請札剌勒丁聞之分軍南至亦思法杭薄拉克遣使來迎卑辭解免時凱辣脫之軍已敗於敵札剌勒丁不及究乘機撫之復回帖弗利司是年西九月攻孤尼城譯下文困喀而斯城皆在帖弗利司南此二城本屬土耳其今屬俄越月僞將還征黑海之東阿勃哈齊部而潛回軍攻凱辣脫仍不能下凱辣脫部主阿釋阿甫先與其兄達馬斯克部主謨阿雜姆不相能至是歸誠於兄謨阿雜姆遂爲和解兵旋退是年西十月回至阿特耳佩古誅民之爲盜者在角兒只之兵未幾亦退札剌勒丁有

部將駐守甘札爲木剌夷人所刺乃東伐木剌夷而蒙古軍已至塔密干札剌勒丁敗其前鋒追數日蒙古軍大集將領曰塔奇曰巴庫曰阿薩徒干曰台馬司曰台納爾分五軍向義拉克以進札剌勒丁回守亦思法杭蒙古軍亦踵至星者謂四日內戰必不利過此則吉故閉關不出蒙古軍來攻城分遣二千人往羅耳山內掠糧（羅耳在亦思法杭西亦一部落見地理志）札剌勒丁令三千人往敗之擒四百人至城割其肉以飼犬遂觀星擇日定期出戰（戰期在西一千二百二十七年八月二十七日）吉亞代丁前以殺一文士兒弟間多齟齬及是率所部他去札剌勒丁先令右翼攻蒙古左翼敗之向喀傷追逐（亦思法杭北）行既遠而中左軍接戰皆爲蒙古所敗騎兵四散奔北步兵逃入城追敵之右翼回亦潰乃蒙古軍雖勝亦重創太祖疾大漸信至亦退北趨合而拉耳又東趨你沙不兒行甚疾棄其擄獲戶口渡阿母河而去（華而甫云成吉思汗凶問至故蒙古

軍亟退案西歷是歲爲太祖二十二載臨崩之年華而甫書好遏聽說而此語卻有至情蒙古源流云太祖崩於七月十二日多桑云西八月十八考日計程能否即達殊未敢定今作疾大漸信至期日較爲寬展札剌勒丁不敢入城逃於羅耳隱匿八日始出亦思法杭已謀立新主札剌勒丁歸衆情乃安遣兵躡蒙古軍後覘其所向賞右翼將士罰敗將有差吉亞代丁至庫昔斯單聞傳言札剌勒丁戰沒遂請哈里發援立復其位既不果又不敢歸展轉從避由木剌夷入克兒漫薄拉克以弓弦縊之死從兵五百人盡沒角兒只聞札剌勒丁新敗圖復仇大聚高喀斯山南北各部族曰阿眛尼亞庫耳河阿拉斯河中間之地皆是本昔時部名時已分裂爲諸部多服屬於角兒只曰阿蘭見上曰賽而里耳未詳曰勒斯克德人哈木耳云勒斯克人居高喀斯山西北從瑞典挪威而來蓋俄羅斯之同類曰奇卜察克曰蘇散未詳曰阿勃哈齊見前曰苦西人考此部名不可得案新唐書大食傳大食西有苦者亦自國北距突厥可薩部地數千里有五節度勝兵萬人土多禾有大川東流入亞俱羅商賈往來相傳今譯音舛錯係苦字音是知宋末元初部名尚在惜乎西書無考屯於阿而俺之北衆四萬札剌勒丁迎敵慮兵寡登山以望奇卜察克人最多居敵之半乃使往告昔者我

父欲代汝部以我救解得免今相迫何無情也奇卜察克遂引去又告角兒只汝所仇者惟我請以單騎鏖戰不必多傷士卒角兒只允之迭遣驍將出皆不能勝札剌勒丁乘其怯憊已單騎進大敗之於是阿尼忒（毛夕耳北）麻而頓（毛夕耳西北）兩部來屬愛而西楞亦來附（小部名）（城名黑海南）報達哈里發木司丹錫爾使來議和要以二事一毛夕耳句哀而陛耳句阿部亦句哲瀛耳（亦曰哲拔耳）四部本屬哈里發不得脇爲屬國一禱告文仍用哈里發名札剌勒丁從命遂受波斯可汗之封（札剌勒丁欲爲蘇爾灘哈里發謂波斯向無蘇爾灘稱號封爲可汗從與凡之薛稱也後又改爲沙恆沙猶言衆君之君皆示隆異西書曰巴而斯即華書之波斯新唐書西域傳那色波亦曰小史西接波刺斯猥揭羅西北即波刺斯皆指波斯而言而譌爲刺譯音之誤是知波斯當曰波而斯）造大墓於亦思法杭以葬父先迎其尸置於哀阿特牢堡（後數年墓猶未成而蒙古兵至取其柩至和林焚之）以蒙古兵來時凱辣脫人侵奪阿特耳佩占屬地並掠茂里克而去興師圍凱辣脫城半載城下（西一千二百三十年四月初三日破城）娶其部主阿釋阿甫之妃時阿釋阿甫

因其兄謨阿雜姆已沒往達馬斯克嗣兄位聞凱辣脫陷遂與埃及國主喀密耳(亦其兄)羅姆國主開庫拔脫並毛夕耳諸部合約連兵以伐札剌勒丁戰於愛而靖古城(黑海南偏東)札剌勒丁病新愈兵數寡爲敗回至凱辣脫載擄獲及其妃往台白利司令其相屯兵界上阿釋阿甫使至謂有札剌勒丁在可以東禦蒙古我誠不願戕害但請勿再相擾其相以告札剌勒丁許諾甫欲議和而蒙古軍至

太宗即位之二年以西域未定命綽兒馬罕統三萬人西征(此役不載本紀元史之察罕傳又另是一人故紀傳皆無考然西域大帥察罕行省則見於曷思麥里傳此太宗時事誤作太祖祕史太宗即位與兄察合台議云巴黑塔惕種的王合里伯已命綽兒馬罕征進西書作察馬罕不謬祕史亦作掤兒馬罕爲斡帖格夕人)軍由伊斯法楞至合而拉耳札剌勒丁以天寒敵軍未必驟進從容調兵遣偵探自往贊章阿八哈耳(皆見地理志皆城名在台白利司東南)突遇蒙古前鋒逃歸台白利司即赴莫干集兵兵未集而軍奄至復逃時阿特耳佩古阿而俺等處見札剌勒丁勢敗皆殺守兵

以應蒙古其相亦思背主自立札剌勒丁誅其相取其兵殺甘札叛民遺納薩斐乞師於丹馬斯克阿尼忒麻而頓等部皆不果兵雖漸集而乏儲偫乃與諸將議往亦思法杭庶易集衆得貲議定而阿尼忒使至勸西入羅姆襲其國用其衆乃可禦敵且請發四千騎衛行札剌勒丁信爲實乃往阿尼忒中途駐營夜飲土人來告昨夕有兵經此形狀不類宜爲備札剌勒丁不謂然天未曉營已被圍部將突圍而入扶札剌勒丁登騎以出宿醒猶未解至阿尼忒閉城不納從者僅百人蒙古軍逐於後迂迴其道以避兵入梅法而定見下夕憩於鄉村兵忽至從者盡死僅單騎逃殺追者乃脫入庫兒忒山中土人刼之欲加刃自道姓名乃送至頭目家有土人挾殺弟之怨入其家刺之死西域貨勒自彌朝之後亡時太宗三年宋理宗之紹定四年也西歷一千二百三十一年札剌勒丁身不逾中人寡

言笑饒膽略臨陣決機雖衆寡不敵而意氣自若然自恃其勇過示整暇飲酒作樂往往誤事爲嚴厲以馭下將士亦多怨蓋戰將才非君人者之度也多桑此節所紀多本於納薩斐志費尼瓦薩甫阿黎意本阿拉首勒體耳並他西域書或謂札剌勒丁實隱去未死被刺者乃其廄卒今觀多桑所紀彙萃衆說確鑿可據未死之說不足憑也

綽兒馬罕既平札剌勒丁遂躪阿尼忒愛而西楞梅法而定三部之地體格力斯河哀甫拉特河皆自西北向東南流入波斯海灣兩河間地南爲義拉克阿剌伯皆屬報達北爲美索卜塔米牙全部梅法而定爲美索卜塔米牙內一小部落愛而西楞更在其北當黑海之東南面破沙而來脫城殺民萬五千人麻而頓東二日程下麻而頓部亦美索卜塔米牙內小部落部主避於堡未獲殘你夕班城之鄉麻而頓東南分軍入毛夕耳部美索卜塔米牙東南境內克模那薩城俘戮其民又一軍東北至必忒力斯城萬湖西南隅今爲土耳其要地民避入山焚其城略阿而奇施城分軍至梅拉喀以民納降未大掠西南至哀而陛耳中途斬馘突克蠻義謂突厥一類庫兒忒等族類不可勝計哀而陛耳部主舉兵以禦毛夕耳兵亦出軍退而南至達枯克城報達北境報達哈里發木司丹錫爾集

所部與諸國之兵及阿剌比八爲助蒙古軍旋退埃及國主喀密耳有兄弟之國屬地在哀甫拉特河故亦應哈里發之命引兵自丹馬斯克東歷沙漠過哀甫拉特河聞蒙古兵入凱辣脱者亦退遂往阿尼忒國其城意不在禦蒙古而在乘機奪地阿尼忒部主瑪素脱出降喀密耳令已子沙李轄之挈瑪素脱歸埃及西一千二百三十二年十月十八日事喀密耳復佔赫生句開法二城近梅法而定自此回國綽兒馬罕駐營於台白利司諭城輸款民獻布帛令依樣織造以貢和林定賦額及歲進布帛數阿特耳佩占部先併於札剌勒丁及是屬於蒙古太宗七八年間復取阿而俺部焚甘札城由莫干入角兒只國女主魯速檀避於烏沙訥忒堡別軍至體格力斯河破哀而陛耳城內堡不下圍四十日汲道斷絶民納賂行成軍退太宗九年蒙古軍將入義拉克阿剌伯報達全部地名因古時阿剌比八至此立國故名報達北境大擾木司

丹錫爾治城練民兵以備屯軍於哲拔耳汗默林山（體格力斯河相近之山）大敗蒙古軍哀而陛耳達枯克所擄戶口皆被奪未久軍又至哈里發出兵軍旋退十年春蒙古軍再入義拉克阿剌伯至佩匿斤城（報達北二百餘里）哈里發遣七千騎往禦遇伏盡隕無一騎返是年綽兒馬罕部將分下阿拉斯河庫耳河中間角兒只所屬各土酋之地（其地昔為阿昧尼亞總部繼而瓜分亞剖各部土酋略如土司之類皆受封於角兒只）將嘎達罕取開達巴古（句）法而沙摯速忒二城將謨拉爾取商喀耳城（其札西）及附近堡綽兒馬罕弟竺拉取喀程城（其札南）將察格塔取羅黎城蒙古軍遂進取脫馬尼歲（句）商姆素亦而台（皆帖弗利司南）帖弗利司各城將圖格塔攻蓋恆城（以上城名皆無考者多）守將阿拔克為角兒只大將意萬迺之子來降太宗十一年商喀耳等土酋皆款服（內有一酋曰渥不里俺著角兒只史多采其說）阿拔克與商喀耳酋瓦拉姆從至孤尼為古時阿昧尼亞都城招降不從困之民乏食乃降令民出掠

其城喀而斯城聞之大懼卽獻管鑰一城見前蒙古軍自此回莫干太宗十二年阿拔克偕阿釋阿甫妻湯姆塔卽凡剌勒丁破凱㧞脫城所娶者爲角兒只大將意萬迺之女先名古而奇也脫入朝和林太宗厚撫之於其歸詔諭綽兒馬罕盡返侵地未幾又諭綽兒馬罕角兒只國及其屬地歲貢外不得額外苛斂裏海黑海之中全境胥定綽兒馬罕卒副帥貝住繼任貝住爲蒙古別速特人乃馬真皇后稱制之二年西定羅姆詳見下別將約索倭耳分軍入西里亞西里亞全境南北長東西狹東鄰阿剌比沙漠西濱地中海埃及在其南羅姆小阿昧尼亞在其北詳旭烈兀傳經木拉梯亞城時屬羅姆守吏分藏庫與民而自南遁阿勒坡富民多從徙軍追及盡奪其財賄至阿勒坡西北亞北境首部受其餽獻而退歸經木拉梯亞民納四萬金錢以免招降阿勒坡西之俺體育克天主教部近地中海部主伯海們脫第五先未允其後仍來降別部之天主教人亦納款歲輸賦耶穌墓在西里亞境內耶路撒冷之地謨罕默德教人尊之天主教人立紅十字會謀復墓各率黨類居西里亞故西里亞境有天主教部落皆自歐羅巴往皇后稱制之四年貝住取凱

辣脫城行太宗之命以與湯姆塔使主其地軍入美索卜塔米牙（見前注）下羅哈（麻而顛西）你夕班（麻而頓東南）等城民盡室以行軍及舍海而蘇耳城（報達北八日程）鴿書告警於韃達時炎夏馬多斃遂退次年軍至牙庫拔城報達兵往禦敗蒙古軍多爲所俘定宗崩後一年軍復入達枯克城殺報達置吏憲宗二三年間軍入美索卜塔米牙大掠殺民萬人自貝住據帥符西域西北各部落或歸誠貢賦或搶攘未定其提封較廣而服屬無畔心者則有羅姆國小阿昧尼亞國（在阿昧尼亞西南加小字以別之）角兒只國羅姆在黑海南本東羅馬國屬地唐書所謂拂菻也（詳下拂菻考）宋神宗元豐三年賽而柱克朝王瑪里克沙之弟素立蠻沙率突厥人古斯人（西人謂古斯曰烏孫轉音見上傳注）八萬帳（一帳若干人不詳）自撒馬爾干西來奪其地建都於枯尼牙仍東羅馬之名名其國曰羅姆（馬字音本不叶而華書習用已久不能改易姆字亦須用吳下俗音乃叶無他字可代）第八世王開廓蘇嗣位五載而貝住軍至以

礮毀愛而西楞城復破內堡守將兵民皆死惟工匠婦女得免開廓蘇率二萬騎至舍挖司城羅姆東有佛耶兵二千爲助古時波斯等國皆稱歐羅巴人爲佛耶即法蘭西也地中海有址潑耳島當時謀復耶穌墓人據島立國此兵即由此島而來郭侃傳西渡海收富浪殆亦此島富浪亦即佛郎將曰約翰里米那塔句博尼法斯喀司脫洛二將皆西人名復乞師於小阿昧尼亞王海屯第一與希姆斯西里亞境內部名梅法而定二部皆不至開廓蘇與貝住軍戰於愛而靖占城矢下如雨羅姆兵敗棄輜重而逸貝住恐有伏不追逐一日夜後乃取其輜重追至舍挖司民乞降未殺惟隳城焚其兵刃西北擾塔喀特城西南擾愷撒里牙城愷撒本羅馬大將定亂後王位見瀛環志略其後西國取其名爲皇帝之稱今德意志稱合衆國之君曰愷撒是也里牙即尼牙之變音宋史拂菻傳元豐四年其王滅力伊改撒改撒即愷撒之異譯開廓蘇將及其長吏來議納款歲貢金錢四十萬的那布帛若干疋馬若干騎奴僕若干名曰議成乃報其主開廓蘇大悅允議貝住在羅姆兩月即退師歸經愛而靖占令民輸餽不允攻下之越二載開廓蘇率國

人立其子亦思哀丁開喀而甫司以其弟屋肯曷丁開立宦阿斯蘭（句）阿拉哀丁開柯拔脫爲輔國人有欲立開立宦阿斯蘭者宰臣社姆薩丁娶開喀而甫司之母故助其子得位而令開立宦阿斯蘭赴和林進歲貢行後殺其黨與開立宦阿斯蘭既謁定宗其從官巴海曷丁台而朮滿訴社姆薩丁三罪一娶王妃一以私黨妄殺一立嗣君未請命可汗定宗令開立宦阿斯蘭爲王而廢開喀而甫司定宗崩後一年還至羅姆（往返凡三年）貝住以兵衞送入國殺社姆薩丁令開喀而甫司與開立宦阿斯蘭分國而治以舍挖司河爲界（舍挖司城以河得名今屬土耳其）昆弟仍爭競不相下乃議昆弟三人三分其國憲宗二年召開喀而甫司入朝畏其弟不敢行令開柯拔脫代往已之二臣爲從繞黑海而北先謁拔都乃赴和林開立宦阿斯蘭之黨僞爲開喀而甫司書續遣二臣往謂先遣二臣一有殘疾

慮失儀一藏毒物慮謀害可汗拔都得書考驗無實乃令後二臣爲從官前二臣賫貢物分道以往開柯拔脫道卒四臣既至各譽其主憲宗仍令分治其國歲賦亦均分詔書未至昆弟已爭國而戰開立畬阿斯蘭被擒下獄憲宗五年貝住以羅姆歲貢不入興師問罪開喀而甫司逃入東羅馬貝住出開立畬阿斯蘭於獄使主全境旭烈兀至西域開喀而甫司上書求附旭烈兀乃行憲宗前命分國爲二（別見旭烈兀傳）小阿昧尼亞之不助羅姆也意在觀勝負決向背蒙古既勝乃介喀襤墊主札喇爾納款於貝住遣使承償以往開廓蘇之妃及子先避兵其國貝住令獻以爲信海屯奉命惟謹乃收其降定宗卽位遣弟生拔特入朝小阿昧尼亞有數城先爲羅姆所奪定宗令貝住爲返其地憲宗卽位海屯請於拔都爲達誠悃拔都勸令入朝憚道遠復恐內亂不果往廹阿兒渾行省

西城見下定小阿昧尼亞賦則過重民不從令則籍沒其産或掠賣子女爲奴婢欲自往申訴妃卒又不果憲宗三年乃成行先見貝住於喀而斯城亦往謁拔都復見拔都子撒里荅西書作撒耳塔克或謂其入天主教與小阿昧尼亞同教故海屯見之語出小阿昧尼亞史既至和林憲宗優遇之居五十日辭歸取道撒馬爾干以返角兒只國雖已觕定而女主魯速檀仍居於堡貝住屢招不出拔都亦遣人招致魯速檀以子達比特爲質於拔都求卹羈之爲貝住聞之恚甚魯速檀夫弟私於外而有子西俗一夫惟一婦外遇而有所出謂之私生不容於家不襲爵分産亦名達鄙忒同音異字以爲之別魯速檀女嫁開廓蘇撃以俱往拘於維姆者十年至是貝住令商喀耳西索之歸使主角兒只國即位於麥茲他起耳之禮拜堂天主教規如此麥茲他起耳地名以兵向烏沙訥忒堡魯速檀仰藥死定宗初即位貝住令達鄙忒入朝拔都亦令達比特入覲定宗乃以達鄙忒主角兒只原有東方之地達比特主西境

之伊米勒梯句嗚格勒里句阿卜喀昔之地皆有王號而達鄙忒爲上小阿昧尼亞角兒只皆天主教國也多桑云札剌勒丁死後綽只一將所行之事拉施特等書紀述不詳皆由他書蒐考增入書凡十餘種不贅錄西里亞境內達馬斯克部主亦介毛夕耳部主貝特累丁囉魯納降於貝住部民分貧富三等輸賦是爲西域極西之地其後復叛去西域東境當太宗命綽兒馬罕征札剌勒丁時復命朮赤部將成帖木兒自烏爾鞬赤率所部往呼拉商平其餘孽即命爲呼拉商長官屬於綽兒馬罕太祖分地諸子未及西域如公家之產也者故四子皆得遣官涖治以分賦稅太宗所遣者開里拉特拔都所遣者奴薩爾察合台所遣者庫而圖喀拖雷諸子所遣者佟嘎蓋其時拖雷已薨故云皆爲成帖木兒之輔呼拉商雖被兵而居民素殷富流離既復珍貨尚充溢成帖木兒久心豔之旣轄其地大肆搜括札剌勒丁雖滅餘衆有匿呼拉商部內者綽兒馬罕所置

守吏往往被害康里兵萬人竄入你沙不兒徒思山中兩城名見上傳札剌勒丁舊部將喀拉札句徒干桑古爾統之成帖木兒數往攻不能逐開里拉特力戰於薩伯自窪城凡三晝夜始敗其衆喀拉札遁昔義斯單康里兵三千入海拉脫爲開里拉特所殺八脫吉斯守將岱爾巴圖案上傳亦有此名疑是一人八脫吉斯地名在海拉脫東北亦奉太宗命來征案元祕史太宗謂曾命綽兒馬罕征進去了如今再教斡豁禿兒同蒙格禿兩箇做後援征去是太宗命將實有多人喀拉札逃匿山堡攻圍兩載始下岱爾巴圖以書告成帖木兒呼拉商民未從喀拉札叛徒以汝婪索不已致民思變今可汗命我轄呼拉商汝當相讓時綽兒馬罕亦徵成帖木兒西行令以呼拉商馬三德蘭兩部屬於岱爾巴圖成帖木兒乃使開里拉特入謁太宗盛稱成帖木兒之才太宗信之遂命領治呼拉商馬三德蘭全境開里拉特副之不復受綽兒馬罕節制成帖木兒以呼拉商人射里甫哀丁爲烏魯克必闍赤書謂是掌印官

蓋兼掌印信文牘木青作筆的赤亦作筆的庫齊蓋多桑所引之書有阿剌比文土耳其文波斯文未卽審定畫一烏魯克釋義爲大見椿園氏新疆外藩紀略畏兀語亦蒙古語蒙古源流亦有烏魯克）志費尼人巴海勒丁謨罕默德志費尼掌賦稅（志費尼地名其子亦以志費尼爲名卽作書紀蒙古事者見前書目以下省文作巴海勒丁）奴薩爾三人亦協以治事太宗七年成帖木兒卒奴薩爾繼任年老事皆決於開里拉特成帖木兒有屬官曰庫而古司別失八里人也（見釋地）幼隸朮赤麾下從出獵適太祖書至倉卒無讀者庫而古司能解之朮赤喜令以畏兀文授其子成帖木兒建闕於貨勒自彌庫而古司佐治文牘復從至呼拉商僧與巴海勒丁入謁太宗述簿籍出入之數言西域事甚悉朝有大臣曰鎮海（太宗三年以鎮海爲丞相卽其人西書音爲欽海蓋譯音之誤）亟賞之欲令繼成帖木兒任而丹尼世們哈朮潑（當卽上傳之丹尼世們哈朮潑爲宮官之稱）請以成帖木兒子翁古帖木兒嗣父職値鎮海獨對力舉庫而古司太宗命權二部之事有治績則爲眞奴薩爾遂解任開里拉特與射里甫哀丁皆鞅鞅失權勢乃唆翁

古帖木兒捏造庫而古司罪狀入告太宗命阿兒渾（西書作阿兒袞從元史作渾詳下）偕二使臣往驗庫而古司聞之自往和林以巴海勒丁代攝其職逐遇使臣令西返庫而古司不從爭競羣毆齒折血涌夜令其僕持血衣潛赴和林自隨使臣而西開里拉特等乘機拘辱之太宗見血衣大怒令皆至和林聽訊開里拉特行至布哈爾爲人所殺庫而古司等至太宗命鎭海數大臣鞫之皆誣告不實（原書云翁古帖木兒獻帳殿甚華美太宗悅之置宴其中風起帳傾意不懌庫而古司至獻帳更華美又一寶石帶得諸葉謝羌商人太宗新有腰疾束之而愈益大悅觀耶律楚材傳請禁斷貢獻帝不允曰彼自願貢獻者宜聽之可見當時風尚）太宗先欲以翁古帖木兒交拔都由其父爲朮赤部將也繼以鎭海勸止知拔都性嚴往必致死乃自定罪以年少爲人所誤得赦免令庫而古司復任自阿母河以往文臣之事胥取決焉阿兒渾亦直庫而古司令佐以治事太宗十一十二年間（天方歷六百三十七年西一千二百三十九年四十年）庫而古司到官傳集蒙古官吏西域紳耆諭以上意各循

職分毋踰法度綽兒馬罕所置義拉克阿特耳佩占守吏多方朘削恐中飽不以奉上追其賦入官凡蒙古將士不得妄殺淩虐部民民乃大和流亡復業海拉脫亂後幾無人煙拖雷曾由其地徙千戶至別失八里太宗八年以百戶歸海拉脫十一年又以二百戶歸次年檢閱戶口已至六千他地亦類是翁古帖木兒之誣訴庫而古司皆射里甫哀丁播弄所致訊以刑盡得其朋謀陷害情事庫而古司取供狀入告並自往中途聞太宗崩而歸射里甫哀丁之妻訴於察合台之妃時察合台已薨書紀察合台所駐之處曰烏爾克抑甫烏爾克義為大亦為親戚抑甫不得其解時阿兒渾以庫而古司事皆自專不以分任往依察合台遂令捕庫而古司訊取供狀以達和林鎮海不獲於乃馬眞皇后已去位朝右無援庫而古司遂死鎮海為丞相由耶律楚材所舉見楚材傳乃馬眞皇后稱制楚材以憂卒則鎮海亦必不安於位鎮海傳云定宗即位以鎮海為先朝舊臣仍拜中書右丞相則其先去位可知書謂察合台後王喀喇忽拉古執而古司以沙塡塞其口而死喀喇忽拉古即宗室世系表之合剌旭烈也乃馬眞皇后

以阿兒渾代之，仍用射里甫哀丁催科，嚴迫呼拉商、義拉克之民，輸納不如令者悉下獄。阿兒渾自往台白利司，晃西北各屬邦使臣徵取歲貢，聞射里甫哀丁死，東歸視事，乃釋獄中諸囚。自太宗崩後，諸王自以敕令徵西域貨財，使騎絡繹於道（與元史語合）。皇后稱制之四載，朝議立新君，阿兒渾亦往與議（書云忽立而台，義謂會議，蒙古語）。盡取前後所奉諸王敕令以往，定宗既立，乃上聞，定宗嘉之，諸王由是斂抑（書謂當時貢獻甚多，而貴尤最喜者惟此，蓋以是為禁過諸王之據也）。從往官吏皆受職於朝，以火者法克哀丁代射里甫哀丁之任。阿兒渾既歸，自知開罪親貴，越二歲復赴和林，行至塔剌斯，聞定宗崩（即新唐書康國傳之怛邏斯城，西游錄作塔剌思城，因河得名，今城已廢，而河名依然，在吹河之西、錫爾河之東）。定宗在位時，已令野里知吉帶征西（見定宗二年本紀。西書云面鼻闊曰野里知吉帶，嘗詢俄羅斯人習蒙古文者，以為實然），西域東境仍屬阿兒渾，西境則野里知吉帶主之。途遇阿兒渾，告以上命，軍行過境，須備糗糧，乃返。其時諸王求貨者復相屬於西域

元史譯文證補二十二下　十三

且令預支數年民賦阿兒渾於憲宗初元復東行會議立帝至則憲宗已即位再以諸王橫索馳使擾民及科則未平準等事上陳憲宗命與從來官吏集議條例以聞乃議援謨罕默德牙剌瓦赤元史又作牙老瓦赤祕史作牙剌洼赤西書字音似伊耳瓦赤所定阿母河北計丁出賦之例事見太宗元年本紀作麻合沒的滑剌西迷案麻合沒的即謨罕默德滑剌西迷又即牙剌瓦赤之訛也按貧富分則此外一切科斂悉予禁革按富者人出十的那極貧者人出一的那憲宗報可丁賦所入惟備兵饟郵驛及使臣馳傳此外毋應付毋聽諸王濫發敕令此可與元史相印證錫阿兒渾獅首金符以巴海勒丁佐之察合台後王所遣之沙拉智袞丁亦爲之佐憲宗元年以阿兒渾充阿母河等處行尚書省事法台魯丁匿只馬丁佐之法合魯丁即巴海勒丁音稍異其爲一人無疑匿只馬丁則與沙拉智袞丁更異然西域人名元史譯音未必盡合憲宗遣官二人拖雷子忽必烈旭烈兀西書音作呼喇古亦有作阿喇護者阿里不哥西書音作阿里布喀末哥西書音作謨喀各遣一人司其位下分賦內無拔都所遣不得其解或在憲宗所遣之二人內亦未可知分西域爲四省省名不詳疑即呼拉商馬三德蘭伊拉克阿特耳佩占四部省官稱瑪里克頒金獅符蒙古萬戶將音杜綽

克擅殺枯姆守吏阿兒渾以詔書便宜行事戮之於徒思沒妻孥入官西域政事始漸具條理焉拉施特云阿兒渾衛拉特人童穉時家貧父以之易牛肉札拉爾一武弁得之撫育長成爲親兵游至貴顯志費尼則云其父爲衛拉特千戶二說不同又云其人能畏兀文太宗使治文書曾令與柯班往中國辦一要事案元史太宗時無柯班其人惟太宗三年有遣搠不罕使宋假道爲宋所殺一事不罕合音爲班或即是也角兒只史謂阿兒渾公正有才甚爲拔都所賞嘗召往奇卜察克議事察合台分地税賦亦多由其審定後人在西域者功名亦顯別見合贊傳野里知吉帶至西域未久奉拔都之召會議立君至則拔都推戴蒙哥野里知吉帶欲立失烈門議不洽次年復會於斡難河憲宗即位野里知吉帶西返其二子從失烈門等謀逆事覺伏法追捕野里知吉帶以付拔都誅之事詳憲宗本紀補異元史憲宗元年以宴只吉帶違命遣合丹誅之仍籍其家宴只吉帶即野里知吉帶也西域東境之屬國其舊有者曰克兒漫新建者曰海拉脱克兒漫爲西遼故將薄拉克所據遂自立國既殺吉亞代丁見前請封於哈里發有蘇爾灘之稱以其爲西遼人亦謂爲黑契丹國西域稱西遼曰喀喇契丹喀喇者黑也黑契丹國據劉郁西使記增入並據西書證之岱爾巴圖用兵於昔義斯

單時招令服屬兼趣入朝薄拉克以年老遣子洛肯哀丁火者代往未至而薄拉克卒兄弟之子庫特貝丁嗣位太宗封洛肯哀丁火者爲克兒漫蘇爾灘使歸國而徵庫特貝丁來和林令隨牙剌瓦赤赴漢地治事太宗十三年命牙老瓦赤主管漢民公事元史可證定宗卽位謀返國未果憲宗卽位牙剌瓦赤爲言於上治事有功且無罪被廢仍授以蘇爾灘遣歸洛肯哀丁火者避往羅耳復避之報達尋入覲申訴憲宗亦召庫特貝丁至使質對不直洛肯哀丁火者令庫特貝丁殺之旭烈兀西征庫特貝丁迎至瑣的見西北地附錄海拉脱國肇始於郭耳郭耳前王基亞代丁以歇薩爾堡封其相臣之弟台朮哀丁握斯鑾傳其子屋肯納丁阿蒲倍廓耳娶基亞代丁之女太祖西征郭耳已滅而歇薩爾堡獨以險固得久存巳而黜西南印度固斯支峰西坡堡據坡上聞至今猶存屋肯納丁自結於蒙古常率其子射姆斯哀丁謨罕默德庫而忒至太祖窩闊

台營定宗即位先一年屋肯納丁卒射姆斯哀丁嗣（拉施特作旭烈兀傳稱曰瑪里克射姆斯哀丁庫而忒）定宗元年偕撒里諾延同往信地（憲宗三年命塔塔兒帶撒里土魯花等征欣都思怯失迷兒等國今定宗元年已見撒里豈先征西南印度至憲宗時再出師西北耶諾延爲官人之稱）撒里與木而灘拉火耳二城議和爲之居間定饋獻物數（木而灘餽金錢十萬拉火耳餽的那三萬布三捆奴僕百名二城皆見上傳）蒙古他將嫉之誣以受賂與印度得里部酋交通得里兵來將爲內應（得里見前）射姆斯哀丁懼及禍往見岱爾巴圖以與其父有舊留之定宗二年岱爾巴圖卒子哈而庫喀圖與不協控諸察合台後王也速蒙哥射姆斯哀丁自往申訴也速蒙哥逐之（也速蒙哥見世系表）乃往依拔都憲宗即位入覲和林王大臣咸謂其先人與我蒙古交厚爲之游揚以其爲郭耳故王懿親可藉其力撫定其地封以海拉脫句札姆句八開而斯句庫蘇治句富納赤句圖乾克句開沙（即歇薩爾）非洛斯闊（前古耳都城）喀而朮斯單句謨而噶伯句馬魯察克（即本紀之馬魯察葉可）法里阿白（疑即上言阿里阿拔脫）北及阿母

河而止東南則哀司非沙耳句費而拉句昔義斯單是時昔義斯單尚未全定觀阿八哈傳可見喀不爾即西北地附錄之可不里疑察合台後王占之故屬篤來帖木兒梯而拉句阿富汗斯單阿富汗本族類名當日僅一部落非如今日之地廣得稱國也以上所紀地名大抵寨堡之類居多非幅員甚廣以至於印度河世爲西域東境附庸稱臣納貢錫以命服寶劍刀斧命阿兒渾畀以金錢五十萬貲助建國旭烈兀西征射姆斯哀丁迎謁於撒馬爾干從征木剌夷令招降賽耳塔石堡挾其酋長來謁西域既開藩因屬於旭烈兀以其都於海拉脫故謂之海拉國享國百餘年帖木兒西來始滅明史哈烈傳亦作黑魯即海拉多桑於此節言之不詳霍耳鄂特書備引海拉脫史立國緣起展卷瞭如據以增入其封地亦較多桑所紀爲多海拉脫史西域人謨因曷丁所作紀至明孝宗宏治五年而止前數十年法國人譯以西文多桑著書時且猶未見此書也自海拉忒東行乃抵印度河渡河而東則入印度太宗季年駐守八米俺嗄自尼等處之軍見前渡河往征困拉火耳城得里酋遣將來援途中其將謀叛煽惑兵士反戈以攻得里城拉火耳無援遂陷城破後二日太宗薨天方教人以爲天譴軍亦旋返其後復入印度

擾其邊境。憲宗三年，命撒里等征印度斯單、克什米爾，元史云塔塔兒帶撒里土魯花等，而拉施特所紀但有撒里，謂撒里係塔塔兒台之土土喀里育特人，故近時西人謂元史之塔塔兒帶誤以部族名爲人名，而土魯花疑是達魯花赤之訛，所疑固當然，無以解於等字也。此傳但舉撒里，以合西域書，更加等字，以合元史。又拉施特云憲宗命撒里入印度接應先往印度之軍，則其先已有兵在印度也。屬旭烈兀節度。師入克什米爾，涉印度斯單界，大掠而返，獻俘獲於旭烈兀。拉施特略於印度軍事，所言止此，然未深入中印度，間可知也。其後元兵數入印度，別有考。印度斯單所指之地甚廣，非僅止中印度，克什米爾則不在印度斯單之內，椿園氏誤以溫都斯坦爲國名，非是。拉施特又云撒里一軍，其後散於各處，皆屬西域宗王轄調。

西域補傳下終

元史譯文證補二十三

兵部左侍郎總理各國事務衙門行走加三級臣洪鈞撰

報達補傳

謨罕默德事實世系附案明史稱謨罕默德生而神靈自西書觀之不過左道惑衆者流蓋明史所紀得之彼土教人故多諛西教與天方敎勢若冰炭故多毀然據事直書一洗彼教夸誕之語固易得實也其言上帝初生阿當肇造人類本猶太教語耶穌襲其說謨罕默德亦襲其說而各以已爲得眞宰心傳凡此譎言並從刪棄杭世駿景教續考所云阿丹即阿當也報達應作八格達劉郁西使記始見報達之稱元史無之惟憲宗本紀三年六月命旭烈兀征西域哈里發八哈塔等國八哈塔即報達哈里發爲教主之稱云等國者旭烈兀所征非止報達史文不明遂若兩國今審字音以八哈塔爲近而報達之稱已屢見於諸儒著作正史之八哈塔反不甚著故舍正史而從西使記作報達云八格達亦作八格達脫元祕史之巴黑塔惕字音最合

報達城名直波斯海灣西北據體格力斯大河天方教主哈里發之所都也天方教刱始於謨罕默德陳宣帝太建三年生於阿剌比麥喀之地或謂太建二年西書有二說一五百七十一年四月二十日爲太建三年一五百七十年八月二十日爲太建二年海國圖志作太建元年西書無此說也其族曰柯勒奚施或云同族分數派一曰哈深人多貧一曰倭馬亞人多富謨罕默德出哈深派其父曰阿白塔拉其母曰阿米那其本名曰阿蒲而喀生本阿白塔拉猶言阿蒲而喀生爲阿白塔拉之子本謂子嗣謨罕默德乃阿剌比人

贊美之詞非其名幼時親喪家貧給事於富商二十五娶其寡居主婦曰哈的札以是雄於財先時阿剌比人禮拜星日造偶像以祀神無所謂教也猶太教天主教亦有至麥喀者耶穌在世時嘗謂門徒我死後當更出一人闡揚至教古時猶太教人亦有此語無稽傳述歷千百年謨罕默德四十歲時僻居寂處默思冥索欲剏新教以應斯言幼時有昏仆之疾（如今羊頭風癇之類）至是復發謂天帝宣召覲承眞誥其妻女與其婿阿里（阿里爲謨罕默德同族兄弟其父阿卜他立白爲一族之長）其友阿部倍克耳皆篤信之鄰近愚民聞其議論亦多從者而族衆以爲狂麥喀有殿中置黑石相傳天所降也（西人謂即落星石當不謬）殿亦設土木偶像遠近之人瞻拜祈福者歲時不絕而謨罕默德專主崇奉上帝力闢偶像之非族衆嫉之謀加害幸其叔伯哈姆札其族長阿卜他立白救護之得免其壻倭脫鑾亦曰奧自鑾偕徒黨咸渡紅海徙

居西岸以避禍（地名阿比西尼亞紅海西岸南口）未幾倭馬亞族人曰倭馬爾來從教謨罕默德遂與阿部倍克耳倭馬爾爲新教首領歲五十（西六百二十年）婦哈的札死娶新入教之女曰騷達又娶阿部倍克耳女曰阿夷舍歲益廣置妻室倭馬爾之女亦奉巾櫛屢夢登天寤則以上帝所謂告門徒書之是爲可蘭經（西域水道記作庫魯安不如可蘭）麥喀北牙脫里之來禮拜黑石者聞其異亦來從是時阿卜他立白死阿布拉哈貝爲族長與謨罕默德不協禍益亟唐高祖武德五年（西六百二十二年）謨罕默德自麥喀避難往牙脫里是爲天方教紀歷之始年爲黑蚩拉大節日黑蚩拉譯義謂逃奔也（詳下天方教歷考）改牙脫里爲麥地拿（義爲城如言教師之城明史天方古筠沖地又曰默伽復云默德那回回祖國地近天方案默伽即麥喀默德那即麥地拿同在阿剌比境內而明史區之爲二誤矣）造禮拜堂爲天方教第二聖殿（首則麥喀之黑石殿）遠近歸附黨與日盛憤柯勒奚施族人之仇思強以入教遣人掠其商旅武德七年攻敗麥喀人殺其仇人阿

不札耳戰時不親臨陣惟在室祈禱戰既勝羣謂祈禱得天祐次年麥喀人三千來攻謨罕默德惟千人戰敗已亦受傷又二年麥喀人來困麥地拿城議和而去猶太教人爲敵助敵退攻殺猶太教人七百欲赴黑石殿禮拜麥喀人拒之與約十年不相犯乃允其往又二年麥喀人與阿剌比別族相仇殺謨罕默德與之友議助力其時徒黨已有萬人麥喀人懼不敵亦入教乃盡毀黑石殿內偶像敗麥喀東南各族類阿剌比全境畢宗其教示諭門徒若天主教若猶太教不從我者厚取其稅斂而不必強制以其同奉上帝同一根本也此外之教必脅之伐之滅之而後已（指火教釋教）太宗貞觀六年往麥喀禮拜令此後異教人不容入殿瞻禮招東羅馬人入教不從議用兵而病作是年卒於麥地拿（西六百三十二年六月初八日）就死所建墓就墓所建禮拜堂謨罕默德無子惟生數女有女曰法梯味

嫁阿里爲婦爻死時惟法梯昧尚在謨罕默德居麥地拿時凡他適必命一人代司教事名之曰哈里發義謂代天治事此哈里發之稱所由起也病時未定所傳卒後公議立阿部倍克耳爲哈里發時波斯與東羅馬累歲搆兵國是日衰替阿部倍克耳出二軍一至西里亞一入波斯乘其敝以斥境在位二年卒於報達之地（西六百三十四年或云爲猶太人毒死其時報達城尚未建）臨没定以倭馬爾嗣位倭馬爾能兵憑倚武力數敗波斯蠶食其地以東至於印度西侵西里亞及阿非利喀北岸之脫里潑利（今義大利國之對岸隔地中海）東羅馬王海拉克里育斯兵敗於西里亞之北西里亞全境破并一將曰阿拔謨薩奪美索卜塔米牙句庫肯斯單二地（西六百三十八年至四十一年二地皆見西域等注中）一將曰阿謨爾自西里亞入埃及以占地倭馬爾亦講求文治於體格力斯河哀甫拉特河會流入海之處建巴索拉城（西六百三十五年）哀甫拉特河西建苦法城（西六百三十八

年城名見元史西北地附錄皆造禮拜堂設書院以黑蚩拉節日爲元旦貞觀十八年西六百四十四年爲人所害謨罕默德之壻奧自蠻嗣位其將阿拔搭拉古波斯疆宇益廣奧自蠻自率師船由西里亞出地中海侵掠日斯巴尼亞國海濱地而歸奧自蠻用人以愛憎爲去取衆不平高宗顯慶元年西六百五十六年爲阿部倍克耳之子所殺其僚壻阿里嗣位時諸大酋自相爭鬬玩視教主阿里在位四載阿孛堵阿滿害之西六百六十年阿里長子哈山嗣位未一載以部衆思亂畏而遜位後八年哈山爲婦毒死哈山有弟曰忽辛應嗣爲哈里發而丹馬斯克大酋謨阿費牙來奪其位西六百六十一年謨阿費牙爲倭馬亞族人自稱謨阿費牙第一阿剌比西里亞埃及波斯人皆奉令惟謹國勢復合爲一先時哈里發皆居麥地拿至是遷於丹馬斯克在西里亞境內分見傳中及西北地附錄釋地定議哈里發之位必屬倭馬亞人毋許他族僭奪故稱爲倭馬亞朝據地中

海各島海舟常至東羅馬鹵掠海拉克里育斯以水師來爭而謨阿費牙已有兵船千七百艘軍勢甚盛敗東羅馬水師困康斯灘丁諾白爾都城七載不能下乃罷東取昔義斯單句喀不爾見西域上傳西取俺體育克見西域下傳昔利齊小阿昧尼亞之古名事在西六百六十三四兩年繼又侵突而基斯單西六百七十二年案唐書西域傳永徽中石國爲大食所破永徽元年西六百五十年則其兵鋒遠被可知又令其子栢濟特爲將下撒馬爾干西六百七十六年又往古地中海西岸爲東羅馬所敗遂建城於土匿斯以駐兵今爲法國所屬小邦高宗永隆元年卒西六百八十年子栢濟特第一嗣阿里子忽辛既失位其徒黨以爲憤聚衆至十四萬奉以爲主至哀甫拉特河爲苦法守酋戰敗忽辛隕於陣高宗宏道元年西六百八十三年平阿剌比人之爲亂者是年栢濟特第一卒子謨阿費牙第二嗣四十日即辭位旋卒時各大酋皆懷覬覦麥地拿酋末而換第一入據其位於是波斯之呼拉商部自立爲國巴索拉酋亦自稱

哈里發而爲末而換部將所敗位遂定令屬地鑄錢用阿剌比文臣下咸習阿剌比語攘阿昧尼亞之地在位二十二年卒（西七百五年）子威利特第一嗣東收阿母河錫爾河及裏海各部族併西印度之信地西收阿非利喀北境渡海以攻日斯巴尼亞國在位十一年卒（西七百十六年）弟蘇勒滿嗣圍東羅馬康思灘丁都城一載請成而退在位一年卒（西七百十七年）倭馬爾第二嗣（不知是子是弟）不好兵在位三年遇害（西七百二十年）末而換第一之子栢濟特第二嗣在位三年卒（西七百二十三年）弟希沙姆嗣在位十九年卒（西七百四十二年）臨歿之年有忽辛四世孫宰特爭位來戕希沙姆殺之在日斯巴尼亞之兵爲佛郎國所敗（阿剌伯等地稱法國曰佛郎國西人曰佛郎人）自是日斯巴尼亞北境得安次年栢濟特第二之子威利特第二嗣好色不理事在位二年爲其下所殺（西七百四十四年）威利特第一之子栢濟特第三嗣是年即卒弟伊孛拉希姆嗣旋爲末而換第二

逐而據位西七百四十五年或謂被逐者即栢濟特第三栢濟特別作野息特兩歲之中四易其主倭馬亞朝哈里發素薄待其下阿剌比人猶未忘謨罕默德教澤而爲別派攘竊益疾視倭馬亞人謨罕默德叔伯之裔曰阿拔斯其後人衣尚黑倭馬亞朝人白衣阿里之後人綠衣稱謨斯阿費達即黑衣之謂唐書所謂黑衣大食是也阿拔斯之孫謨罕默德轄呼拉商部自以教主本族義得纘承統緒沒時以屬其子依白喇希姆相時而動勉成父志呼拉商人遂奉依白喇希姆爲哈里發往麥喀禮拜中途爲倭馬亞人所獲置諸獄其弟阿蒲而阿拔斯繼立天寶八年西七百四十九年即哈里發位於苦法遠近響應攻敗末而換第二逃入埃及次年追獲殺之倭馬亞人屬集於丹馬斯克阿蒲而阿拔斯之叔伯阿白搭喇盡殲其族惟阿孛都拉蠻一人逸入日斯巴尼亞自立爲哈里發阿蒲而阿拔斯即位之四年西七百五十二年遷

都於益拔耳城（哀甫拉特河東 體格力斯河西）是爲阿拔斯朝又二年卒（西七百五十四年）弟阿蒲札非而嗣治國事甚有條理國人頌之曰阿而曼蘇而（爲得勝之義）阿里後裔之在阿剌比者自立爲哈里發攻以兵敗死肅宗寶應元年（西七百六十二年）始建城於報達在位二十一年卒（西七百七十五年）子愛而每諦謨罕默德嗣十年卒（西七百八十五年）子哈里突以謨薩嗣德宗貞元二年（西七百八十六年）始遷都報達是年卒子阿蒲謨罕默德哈而侖嗣興學施治頌聲載道常稱美之曰哈而侖阿而阿釋鄰近之國亦聞風傾慕在位十九年卒（西八百五年）卒後三子分其國長子阿敏轄報達西里亞埃及阿非利喀阿剌比等地次子麻謨訥轄波斯東至於突而基斯單三子謨阿塔遜轄小亞細亞（黑海南爲小亞細亞）阿昧尼亞北至於黑海鼎足而峙爭端以起阿敏攻謨阿塔遜爲其將他海爾所敗奪報達殺阿敏立麻謨訥爲哈里發阿里之黨亦奉阿里後人阿里

治而利達爲哈里發麻謨訥不與爭且娶其女改黑衣爲緑衣以悦阿里之黨（注見前）國人見其所行不合廢之議立其叔伯伊白拉希姆袁而謨哈立克未幾阿里治而利達死事遂解麻謨訥仍爲哈里發穆宗長慶三年（西八百二十三年）往攻東羅馬大風覆其師船復以衆往布而噶爾部人助東羅馬與戰敗衂而歸阿拔斯朝自此衰荼大將他海爾轄呼拉商部自立爲國（爲他海爾朝所由起見西域上傳）文宗大和七年（西八百三十三年）麻謨訥卒弟謨阿塔遜嗣慮各部酋背叛本國之兵不足恃收買突厥人爲奴僕（西書作突而克）訓練成親軍建城於報達北百里曰薩米而阿居焉在位九年卒（西八百四十二年）子瓦體克壁拉嗣旋卒子幼親軍擁立其弟謨塔瓦起而壁拉爲哈里發其子與親軍通使殺其父而立已親軍從之遂立其子木司灘錫爾壁拉懿宗咸通三年（西八百六十二年）親軍立其孫木司敦壁拉是時阿里後人曰哈散曰牙

亞本倭馬爾復來爭位木司敦壁拉得他海爾之助殺牙亞本倭馬爾哈散逃入達拔而斯單（在馬三德蘭境內唐書波斯傳陀拔斯單即此）在位四年（西八百六十六年）親軍作亂殺之謨塔瓦起而次子謨阿塔茲壁拉嗣僅三載（西八百六十九年）親軍脅令遜位瓦體克壁拉之子謨台諦壁拉嗣殺親軍首領仍爲首領之子所殺在位一年謨阿塔米忒嗣位（西八百七十一年）以計收親軍之權仍遷歸報達在位二十二年（西八百九十二年）謨阿塔梯忒壁拉嗣十年（西九百二年）謨克塔非壁拉嗣七年（西九百九年）謨克塔的而壁拉嗣位時年十三衆廢之立阿白塔拉又殺之仍立謨克塔的而壁拉繼而其弟喀海而壁拉嗣位親軍復擅權被廢（西九百三十四年）哀而哈諦壁拉嗣位定親軍大將之稱曰哀密耳阿而遲姆阿（義謂將領中之首領）政由其出哈里發惟主教而已七年卒（西九百四十一年）謨塔奇壁拉嗣三年（西九百四十四年）親軍廢之以鐵烙其目成瞽木司塔克非嗣兩年謨梯亦壁拉嗣

二十八年（西九百七十四年）台亦壁拉嗣十七年（西九百九十一年）喀諦而壁拉嗣四十年（西一千三十一年）喀津姆貝阿謨爾亦拉嗣四十四年（西一千七十五年）埃及人攻報達圍城乞援於塞而柱克王圍始解遂授塞而柱克王哀密耳阿而濕姆阿之職謨克塔諦貝阿謨而亦拉嗣二十年（西一千九十五年）木司灘舍而壁拉嗣二十三年（西一千一百十八年）木司塔而舍壁拉嗣十七年（西一千一百三十五年）拉施特壁拉嗣一年謨克塔非貝俺木而亦拉嗣二十四年（西一千一百六十年）木司灘兆慼壁拉嗣十年（西一千一百七十年）木司塔諦貝俺木而亦拉嗣十年（西一千一百八十年）那昔爾釁丁亦拉嗣四十五年（西一千二百二十五年）蒙古平西域哈里發東方屬國餘者無幾哀脫塔海而壁拉嗣一年木司丹錫爾壁拉嗣十六年（西一千二百四十二年）蒙古兵屢侵其境國勢益危木司塔辛壁拉嗣位之十五年（西一千二百五十七年以上所云壁拉譯義爲恃天阿剌比語）旭烈兀既滅木剌夷謀攻報達木司塔辛無才喜聽樂觀劇（西使記謂哈里法患頭痛伶人

作靳琵琶七十二絃聽之立解亦一證也國事皆決於下附近屬國若羅姆若法而斯若克兒漫皆降服蒙古若哀而陛耳若毛夕耳等部猶依違未定埃及亦大部而道遠且憚蒙古不敢來援低瓦苔兒者報達之官名也郭侃傳有紂苔爾或即此惟傳言將此言相傳爲人名此爲官名職視宰相正副各一人其大將曰素黎曼沙其筦財賦官曰謨牙代丁皆用事報達城有十葉教人聚居一處阿里後人一派曰十葉教阿拔斯後人一派曰素尼教今士耳其爲素尼教波斯爲十葉教木司塔辛縱兵劫掠謨牙代丁亦奉十葉教怨哈里發殘其同類不惟不懲治部兵反謂盡滅十葉教人庶不生事遂輸誠於旭烈兀願爲蒙古臣僕旭烈兀徵貝住之喪師疑報達不易下慮挾詐責以要約質據謨牙代丁復具書悉以國事相告勸進兵並勸哈里發裁兵額以節饟糈有警則徵調屬國之兵爲衛木司塔辛吝於財從其言低瓦苔兒之副曰哀倍克與哈里發不協謀廢立謨牙代丁知其謀以告哀倍克知

其通蒙古亦以告木司塔辛皆不究旭烈兀使至書云我征木剌夷令汝助兵非有他意欲締好也而兵不至汝席祖業迪前光但日入之後月始照耀日出則月没矣我蒙古自我祖西征滅貨勒自彌服塞而柱克羅姆爲塞而柱克分國故云平低楞即西北地附錄之低𢺶木剌夷堡在低楞者居多當即指滅木剌夷收撫諸阿塔畢凡此諸國逃人入汝境者汝開門延之我蒙古人至則稱兵以拒今我自至汝如見機毀平城壘親來納降或先遣將相大臣來議汝位得保我兵不入如欲戰則速集衆以待屆時飛走路窮汝無後悔木司塔辛覆以書曰汝少年偶然得志便藐視天下自西自東凡信上帝崇正教者皆我管屬我一震怒則義而闌之人皆羣起而逐汝蒙古以歸上而安義而闌即波斯地之古稱義謂高朗由其地勢高也上而安即突而基斯單之地亦古稱特我不願衆庶罹鋒鏑故相容耳汝安得令我平毀城壘哉蒙古使者出城百姓努目視幾欲加刃謨歹代丁以兵護送未被害

旭烈兀得書議進兵木司塔辛問計於謨牙代丁則勸以納賂行成而哀倍克不允議久之始令素黎曼沙集兵謨牙代丁不迅籌饟踰五月兵始集饟仍遷延不發木司塔辛復遣二使往說自來列邦攻報達者無不受天譴歷引塞而柱克貨勒自彌等國故事爲證旭烈兀斥其妄報達東界有山爲義拉克阿鄭句義拉克阿拉伯兩部分界山有得而屯刻堡守將曰忽珊姆哀丁以事怨哈里發旭烈兀知其情招致之果來見令占奪旁堡爲大軍前驅忽珊姆哀丁先允繼歸而悔旭烈兀聞其中變令怯的不花往誘出堡擒之使招堡中人悉出毀其堡殺其兵忽珊姆哀丁亦見殺旭烈兀將自進征憲宗遣星者霍殺哀丁至軍前元史云憲宗酷信巫覡卜筮之術凡行事必謹叩之殆無虛日此亦一證詢以攻報達事而星者奉教曰如攻報達日不出雨不降士馬亡年歲荒風霾地震國有大喪詢之奉佛人及將士皆曰吉

詢之納昔兒哀丁則素仇哈里發納昔兒哀丁徒思人奉阿里教先在若喝以斯單木剌夷人酋處爲從官作詩以獻木司塔辛報達之相以書告木剌夷大酋謂其交通哈里發屬其愼防乃拘置阿剌模忒堡中木剌夷之主復釋而用之力言無此六殃引昔時哈里發爲人致死之事以折霍殺哀丁霍殺哀丁云如無此災殃則殺我迨報達旣平其言不驗遂被殺遂決計深入令貝住爲右翼發羅姆涉毛夕耳自報達西北進不花帖木兒句蘇袞察克句偕朮赤孫三人曰帖而嘎曰土拉爾曰庫理將別隊佐之令怯的不花句庫圖遜爲左翼自報達東南羅耳之境進旭烈兀將中軍自報達東境進郭侃句伊而喀西人曾見元史者謂當即郭侃惟伊而喀二字不審何義今作爲兩人見旭烈兀傳注鄂勒克圖句阿而袞阿喀他書多以爲即行尚書省事之阿兒渾喀而拉克筆帖齊筆帖齊官名即元史之必闍赤賽甫曷丁句科者納昔兒哀丁句阿拉哀丁阿塔瑪里克志費尼皆從法而斯之阿塔畢遣其姪謨罕默德沙率兵以助憲宗七年冬大軍躪乞里茫沙杭城城名見元史西北地附錄德人哈木耳云西一千二百五十八年正月初自哈馬丹起程正月十三日殘破乞里茫沙杭合之中歷在憲宗七年十一十二月間召右翼貝住等將東渡體格

力斯河上游來議軍情以羊胛骨卜之吉蒙古以羊胛卜卦見耶律楚材傳旭烈兀進至呼耳汪河貝住等仍西渡體格力斯促師進發其時報達遣低瓦荅兒哀倍克及將費度曷丁句喀拉辛酷耳駐守體格力斯河東之牙庫拔句八奇賽哩皆城名聞貝住等軍已在河西行漸近乃亦引兵西渡遇前鋒將蘇衮察克於盎拔耳城報達西北不及百里蒙古軍敗退費度曷丁老於戎行持重不輕進哀倍克不從追及於堵耆耳河體格力斯哀甫拉脫兩河中之橫河昔人開此河以便運道蒙古軍背水爲陣戰竟日無勝負入夜兩軍皆駐營報達營地低下蒙古軍夜決河堤淹其營次日進攻覆其衆西一千二百五十八年正月十八日二將死之哀倍克逃歸報達郭侃傳云其將紂荅兒遁去侃追之夜暴雨明日水深數尺情節微有似處貝住等至報達西城外據其街市西正月二十二日怯的不花既平羅耳先猶未降附故曰既平兵亦近城而旭烈兀中軍已駐報達城東西正月十八日已至城圍遂合城跨體格力斯大河分東西二城西城外環市廛內有子

城東城壁壘峻厚牆上築敵臺百六十三座嘗見西人所繪報達城圖坐東南向西北東城有牆西城無之劉郁西使記云城有東西城中有大河西城無壁壘東城固之以甓甚合而又見他書專考天方教人在東方之事則云西城亦有牆寬廣尺寸咸備並云先建西城後建東城異說紛拏殊難審定中軍營於阿鄭門通義拉克阿鄭之路故以此名其門郭侃句伊而喀句怯的不花營於開而拔提門布而嘎句土拉爾句庫理句希拉們綽兒馬罕之子勇冠三軍蒙古人呼爲金柱鄂勒克圖營於速克蘇而灘門此河東軍也西則不花帖木兒貝住蘇袞察克等軍體格力斯河上下游皆泊舟置礮以防其逸築牆掘濠一晝夜工畢近城無石運於遠山撤民居屋甓爲礮臺攻具畢備遂進攻哈里發懼遣謨牙代丁等出乞如前議納降旭烈兀曰此我在哈馬丹時之議今我在報達城下矣速令素黎曼沙低瓦答兒來見遲日別遣官紳出拒不見下令亟攻毀阿鄭門敵臺責布而嘎等不督兵力攻軍遂登城據其臺西二月初低瓦答兒具舟以遁爲守兵所扼仍回城郭侃傳所謂合里法登舟以遁有浮梁扼之乃自縛詣軍前降是也哈里發先後

遣長子炎子出見拒之如前（西二月初五初六日）旭烈兀遣人召低瓦苔兒及其大將出城哈里發來否聽之（西初七日）哀倍克素黎曼沙不得已乃出謁次日悉伏誅越日哈里發挈其三子暨親族官紳三千人出降（西二月初十日當已在憲宗八年正月）令諭民棄器械勿再抗拒以哈里發父子等置怯的不花營軍入城（西二月十三日）大殺掠惟天主教人（納司托而教）及他國人居屋不入凡七日民求免乃下令停刃被殺者已八十萬人角兒只兵從征尤盡力屠戮旭烈兀自入城（西二月十五日）至哈里發之宮令畢獻庫儲復詰窖藏自於井而出之黃金珍異充牣其中搜宮中得婦女七百人內監千人旭烈兀以城中伏尸積穢移駐於鄉（西二月二十日）遣使招諭庫昔斯單（報達東南部落）事定欲殺哈里發木司塔辛自知不免請沐浴而後就死同死者長子及內監五人皆裹以氈置衢路驅戰騎蹴踏而斃木司塔辛四十六在位十六載（西書則只十五年蓋必滿一歲乃為一年也西一千二百五十八年）

二月二十一日見殺合中歷在憲宗八年正月報達阿拔斯朝第三十七代至此國亡次日復殺其次子及親族等幼子謨拔來克沙以倭而朵哈屯乞免得不死後娶蒙古女生二子自謨罕默德剏立新教從者風靡招徠之窮濟以威力闢地萬里驅策諸侯王顛首慴伏莫敢異趨雖其後嗣寖衰徒擁虛號然有國者非受其冊封卽無以自立於臣民之上冊封之禮哈里發遣使錫以纓首巾一方約指一枚刀一柄騾一騎韉轡具備飾以瓌寶使者至國官僚郊迎國主迎於國門之内以口嘬使者手背如卑幼見尊長西書又謂以口嘬騾蹄似乎言之過甚然西書固鑿鑿言之使者宣命首以衞護其教爲勖國主聽受惟謹蓋歷六百餘載而哈里發之位始絕亦可謂悠久矣當報達城破時哀脫搭海而壁拉之子阿卜而喀辛阿黑昧脫逃入阿剌比旋至西里亞世祖中統二年西一千二百六十一年埃及王比拔而斯迎以至國立爲哈里發受其冊封爲蘇而灘謀復報

達以騎兵二千及阿剌比兵衞以東行旣踰哀甫拉特河遇其族人哀而哈勤率衆七百來合破歇拉城蒙古將喀拉布哈報達守將阿里巴圖皆以兵至戰於畚拔耳城中伏軍敗阿卜而喀辛無下落是年西十一月二十九日惟哀而哈勤得逸入埃及嗣爲哈里發竊號一隅寄托籬下蓋不足舉數云明時土耳其國滅之自此不聞有哈里發矣此傳所紀譏罕默德事實世系皆由他西書譯出若旭烈兀滅報達則本多桑書也

附考

咸豐二年壬子湖南長沙府人藍煦撰天方正學一書稱穆罕默德之父曰爾卜竇喇希母曰阿米納穆罕默德係其道號字曰穆斯特發而不言其名穆罕默德有四大弟子一曰額補白克爾即傳之阿部倍克耳一曰歐瑟勒郎傳之倭馬爾一曰歐土禡尼即傳之奥自蠻一曰爾理即傳之阿里穆斯特發之女爾理之婦曰

法土默郎傳之法梯昧其稱阿里次子哈山之弟則曰侯賽尼亦忽辛之異譯大抵天方教在東土者盡係阿里一派所謂十葉教也

報達補傳終

木剌夷補傳案太祖本紀作木剌夷太宗本紀作木羅夷憲宗本紀作沒里奚郭侃傳作木乃兮劉郁西使記作木乃奚今考字音乃字不如剌字之叶從元史之始見者其所據地皆在山隘裏海南山南北狹東西長約五六百里多此種人居堡砦亦斯單在裏海東南多山亦為木剌夷人所據但可稱為種落不成為國○康里補傳附

元史譯文證補二十四

兵部左侍郎總理各國事務衙門行走加三級臣洪鈞撰

木剌夷非國名也釋義為舍正路入迷途蓋其同教之人詈之如此木剌夷人亦奉天方教謨罕默德在世時曾謂門徒火教之異派有七十猶太教有七十一耶穌天主教有七十二我教將來殆必至七十三然其沒後異派數且踰百大抵論上帝論神魂意見略歧喧呶即起未大異也其顯然樹幟相攻者則以教主之位故謨罕默德之壻阿里既被戕次子忽辛復失位教人多以為不平雖已有哈里發仍別立伊瑪姆亦教首之謂特不如哈里發之權勢必為阿里之後勿令他族攙越謂阿里靈魂一脈相傳集於伊瑪姆之體穿鑿其說者

謂上帝之靈亦式憑之而其位益不可變易阿里後第五代札非而沙體已定其長子伊思馬哀耳嗣位繼以其嗜酒背教規黜之嗣其次子十葉教人（阿里一派曰十葉教）異議又起謂教主之位帝鑒在茲非可朝令夕改乃羣奉伊思馬哀耳之子是爲伊思馬哀耳之教爲木剌夷之所自起（拉施特書稱之曰伊思馬哀耳蓋以教名爲國名不稱木剌夷）北宋中葉時教人相率至波斯之地其頭目曰哈山沙巴哈居於低楞宋哲宗元祐五年逐阿剌模忒堡長官奪其堡（西一千九十年九月初六日事）又占鹿忒巴耳堡（阿剌模忒見元史西北地附錄在裏海西南鹿忒巴耳在可斯費音西北相近地）分遣同黨於裏海西南山內險隘處築堡以居裏海東南苦亦斯單之地亦如之（木紀掩雷還軍經木剌夷國大掠之卽苦亦斯單之堡也）塞而柱克王瑪里克沙發兵捕逐而瑪里克沙卒兵亦罷（西一千九十餘年）哈山沙巴哈教規凡徒黨必應奉教殺仇人陰謀行刺必致死乃已塞而柱克王之相尼匝姆烏而瑪里克其首先被刺者也（西一千九十六年十月十六日）塞而

柱克後王散者耳屢遣兵往攻夜寢時有人卓刃於地遺書於案天曉見之大恐遂不敢遣兵哈山沙巴哈死時在西一千一百二十四年五月二十三日旭烈兀破阿剌模式堡內中藏書甚多志費尼從軍取其書以出內有哈山沙巴哈傳故志費尼紀之甚詳今但撮要錄之傳位於倫白賽耳堡主曰基牙布速而克烏米特倫白賽耳即西北地附錄之蘭巴撒耳西書亦作倫姆賽耳蓄刺客益盛殺人益多與交好者有所仇皆可請其洩忿散者耳之相阿部訥昔耳報達之哈里發木司塔而舍璧拉拉施特璧拉皆爲其所刺死其畜刺客之法頭目所居堡內築爲宮室苑囿務極華美音樂佳麗供奉奢侈肯爲出力殺人者乃得入蓄童子自十二歲至二十皆擇有膽略慤不畏死日喻以天堂福地享用之樂旣而醉以異釀如下所云喀施設酒乘昏迷時載之入縱恣所欲其後復飲醉仍載以出醒後詢所遇則謨罕默德所云天堂福地殆無以過終老是鄉庶幾大快乃令往殺某某事成復其故處不幸身喪魂升於天樂亦如是則皆踊躍用命或爲商賈或爲奴僕不遠千里以行其志此節考釆西人

譯克波羅及倭櫝力克兩人之書皆元時人曾至中國復遊西域語必不謬劉郁西使記所云大略相同然不如西書之詳盡天方教戒飲酒而木剌夷人不禁同教之詈稱名之由所由來也宋甯宗慶元四年西一千一百九十八年復古可斯費音左近之阿斯蘭庫沙堡貨勒自彌王喀塔施以兵至僞降而夜從地道入殺其兵未幾兵再至又請降請分先後行以納還侵地先行者不被殺害則以次出堡否則死守諾之而前隊去後無繼者蓋已盡行矣其詭譎類如此太祖西征大軍旣渡阿母河木剌夷遣人輸款志費尼云木剌夷人自言亦如此案其時木剌夷酋長爲只拉而哀丁哈山旋死其子阿剌愛丁謨罕默德嗣位太宗本紀元年木羅夷國主來朝當是其子首先輸款元史亦可徵也其後西域主札剌勒丁自印度西還建國令其將鄂而堪轄呼拉商侵掠其部人鄂而堪往甘札破剌而死蒙古五將西伐之役見西域下傳木剌夷乘機占塔密干札剌勒丁將伐之而使至其相與其使者同飲至醉乃曰公等軍中皆有我輩人特公等曹然耳不信請證諸從者呼其五僕至一爲印度人謂

某月日某處左右無他人卽可加刃以未奉命故不敢其相大懼札剌勒丁聞之投五僕於火議用兵以輸賦納貢得免憲宗卽位之二年以木剌夷凶悍無道命皇弟旭烈兀統軍西征乃蠻人怯的不花率萬二千人先行元史憲宗二年正月遣乞都不花攻末來吉兒都怯寨七月命怯的不花征沒里奚似屬兩事然乞都不花卽怯的不花非兩人末來吉兒都怯亦必係木剌夷之堡詳下吉兒都苦堡注中怯的不花西書作怯的不睹猶是哈喀之異譯怯的不花爲乃蠻人足補元史之闕次年之苦亦斯單下其數堡復至塔密干攻吉兒都苦堡塔密干地名亦山名在裏海南偏東郭侃傳之禱寒山卽塔密干山乞都卜卽吉兒都苦堡西使記作乞都布傳記所云城在山上險峻難攻皆與西書同案本紀之吉兒都怯寨當卽此堡惟末來二字不得其解疑末字爲木字之誤木來與木剌夷音相近也以在山上故元史不曰城而曰寨本紀七年始平此寨與西書所紀時序相合高踞山巓徑絕攀援矢石仰攻皆不能及怯的不花築營兩重掘濠兩道令其將布里駐守自引兵攻掠左近城堡未幾吉兒都苦守者劫營殺布里傷士卒頗衆怯的不花聞警亟回別遣他將四往攻掠吉兒都苦堡病疫木剌夷首長阿剌愛丁謨罕默德遣精銳百餘人備藥及鹽藥草名海那不知何物謂可治疫突

營而入完守如故憲宗五年冬阿剌愛丁謨罕默德死當阿剌愛丁始嗣位僅九歲（太宗本紀來朝之年爲十七歲）既長有疾類癡醫者不敢治謂伊瑪姆如天天豈可治哉十八歲生子名兀克乃丁庫沙定以爲嗣衆望屬之而其父懷忌虐待其子兀克乃丁庫沙告於衆我父不能理事以致人心離涣蒙古兵來衆以爲然一日父醉卧林間爲人所殺咸謂卽其子主使（西一千二百五十五年十二月初二日在憲宗五年冬郭侃傳兀魯兀乃算灘卽兀克乃丁也其父阿力卽阿剌也惟郭侃傳劉郁西使記所言情節與西域書不同孰是孰非未可遽定）兀克乃丁庫沙既嗣位遷居梅門迭司堡憲宗六年旭烈兀至西域令怯的不花庫喀伊而喀力攻苦亦斯單各城堡遂克枯姆城（庫喀似是郭侃惟伊而喀不得其解彼時漢人往往加以蒙古名稱元史列傳屢見之）旭烈兀至嚕部珊遣使諭降繼又遣海拉脫境內官吏往諭有徒思人火者納昔兒哀丁及數醫士皆勸兀克乃丁庫沙勿再抗拒取禍乃遣其弟薩恆沙偕使者來謁諭以盡墮其堡親來納降則汝父從前虐

待蒙古人之咎我可以恕既而兀克乃丁庫沙不至旭烈兀進至波斯單（在馬三德蘭南面山內）復遣使來求寬限一載當自來謁吉兒都苦堡及他堡當諭令歸順旭烈兀知其意在緩兵若至冬寒則蒙古騎卒艱於入山攻戰仍西行下其屬堡抵迭馬温脱城（裏海南面之山統名曰迭馬温山曷思麥里傳所謂禿馬温山是也城亦當在山內）再招降乃允遣諭吉兒都苦堡降附（在憲宗六年秋冬之間）而仍不自至梅門迭司阿剌模忒倫白賽耳三大堡完守如故旭烈兀遂令布喀帖木兒庫喀伊而喀自馬三德蘭進爲北軍台古塔兒（齊合禿）怯的不花自胡瓦耳（旬）西姆囊進（兩地皆見西北地附錄西姆囊即西模娘）爲南軍旭烈兀將中軍爲東路自搭勒干城以進（時在憲宗六年冬初）兀克乃丁又遣其幼子來輸款尚未及十齡旭烈兀遣歸進軍至梅門迭司周視形勢議令攻衆將以冬寒馬乏食請且返布喀帖木兒不謂然乃復遣人諭限五日出降許以不死兀克乃丁庫沙延宕計窮與其臣

火者納昔兒哀丁出降火者爲讀書人之稱謂亦爲貴人納昔兒哀丁其名也郭侃傳之下者納失兒西使記之大者納失兒當即此人惟在梅門送司而非在吉兒都苦叉傳作守將記作相臣皆不相合時憲宗六年冬也西一千二百五十六年十一月二十日出降盡獻其藏貨亦不至如傳說之甚此可與西使記所云金玉寶貨甚多之說相參遲日大軍入堡令兀克乃丁庫沙遣人偕蒙古官諭下四十餘堡盡隳之而阿剌模忒倫白賽耳二堡仍拒命旭烈兀自至阿剌模忒力攻始降阿來曷丁阿塔瑪里克志費尼得其內藏書籍測量儀器苦亦斯單平毀五十餘堡來告藏事遣將困倫白賽耳久始克之統計不過一百數十堡郭侃傳言下一百二十八城數不甚遠西使記謂所屬山城三百六十已而皆下三百其一百之訛乎木剌夷人居於西里亞者亦使人往諭降事定欲殺兀克乃丁庫沙而已與誓約未可背盟未幾兀克乃丁庫沙自請入朝乃誅之於途中志費尼則云既至而憲宗拒不見遣歸行至通噶脫山並從者皆被殺憲宗曾諭旭烈兀盡除木剌夷人故分其人於各營俟其酋行後下令無少長悉誅在苦亦斯單殺一萬二千人他處亦如之西使記所謂王師既克誅之無噍類是也然究

未淨絕海拉脫史云西一千五百年海拉脫仍有木剌夷人間有得脫者皆逃匿其居西里亞者不稱曰木剌夷曰哈施身其人善以麻葉釀酒醉人使迷名其葉曰哈施設故名其人曰哈施身歐羅巴人不能言哈施身訛而爲阿殺辛今西國人謂人之謀殺人者曰阿殺辛語本於此居西里亞者自成一部落周約數百里昔時天主教人謀復耶穌墓者隕命於此輩之手指不勝屈後爲埃及所滅木剌夷興滅起訖凡一百七十六載傳七代西使記謂霸四十餘年未盡事實

附康里補傳 西書字音亦爲康里

康里別作康鄰康鄰見元祕史古高車之後拉施特阿卜而嘎錫所言皆同元史不忽木傳云世爲康里部大人康里卽漢高車國也是元史亦謂魏書曰高車蓋古赤狄之餘種也初號爲狄歷北方以爲勅勒諸夏以爲高車丁零其語略與匈奴同而時有小異或云其先匈奴之甥也無都統大帥當種各有君長爲性麤猛黨類同心至於寇難翕然相依鬭無行陣頭別衝突乍出乍入不能堅戰其遷徙

隨水草衣皮食肉牛羊畜產盡與蠕蠕同惟車輪高大輻數至多後徙於鹿渾海西北百餘里部落彊大常與蠕蠕爲敵又或謂古時其部侵掠他族鹵獲至多騎不勝負有部人能製車車高大勝重載乃盡取鹵獲以返故以高車名其部（語出阿卜而嘎錫）元魏以後不見於史蓋其部衆已爲蠕蠕所破突厥既盛東西萬里悉歸役屬名號改易書籍無徵蒙古崛興康里始著其居地直鹹海北而西及於裏海西與奇卜察克爲鄰南與貨勒自彌接壤本紀之西域即貨勒自彌國也西域王母爲康里巴牙烏脫部主女（曷思麥里傳尋征康里至孛子八里城與其主霍脫思罕戰敗其軍霍脫烏脫音近識以存疑）能相夫主國事多用康里人爲兵將訛脫剌城渠酋掠蒙古商賈殺其命吏以致西伐之師渠酋即康里人王母之弟太祖十六年辛巳以西域不日底定命哲別速不台北征奇卜察克既殘其衆復敗俄羅斯軍十九年東入康里乘勝席捲

前無堅敵遂躪其部西書記征康里不詳元史速不台傳蔑里乞部主番都齊欽察速不台追之與欽察戰於玉峪敗之康里在東欽察在西如往欽察必經康里則當帝征西域之前已兵臨其境然阿沙不花傳云太祖拔康里時其祖母有二子皆幼國亂家破無所依一夕有數騎皆重負突入營中發視其裝皆西域重寶遂載二子越數國至京師時太祖已崩據此則康里之拔必在太祖季年其爲哲速二將北征之役更無疑義而速不台在太祖朝僅一至欽察傳乃誤爲兩役亦可取以爲證康里本仍游牧舊俗既被兵部落遂潰其居地屬朮赤拔都封境部人亦從至奇卜察克其東歸朝廷者入兵籍其後遂置康里衛王族子孫仍授康國王爵仕於朝功名文學多顯者竊考漢之康居與高車音近唐之康國與康里字同不忽木傳康里卽漢高車國也兩漢書無高車但有康居魏書敘高車始起未著何時所謂匈奴單于之幼女嫁爲狠妻生子滋繁成國荒渺無稽之說等於槃瓠卽使有之亦決非秦漢以後之事其居地又與漢康居唐康國鄰近竊疑康居高車音既從同族非異類特東西別處部落遂殊漢之康居或卽是高車二字元之康里或卽爲康居分支皆未可知書傳無徵用志疑案

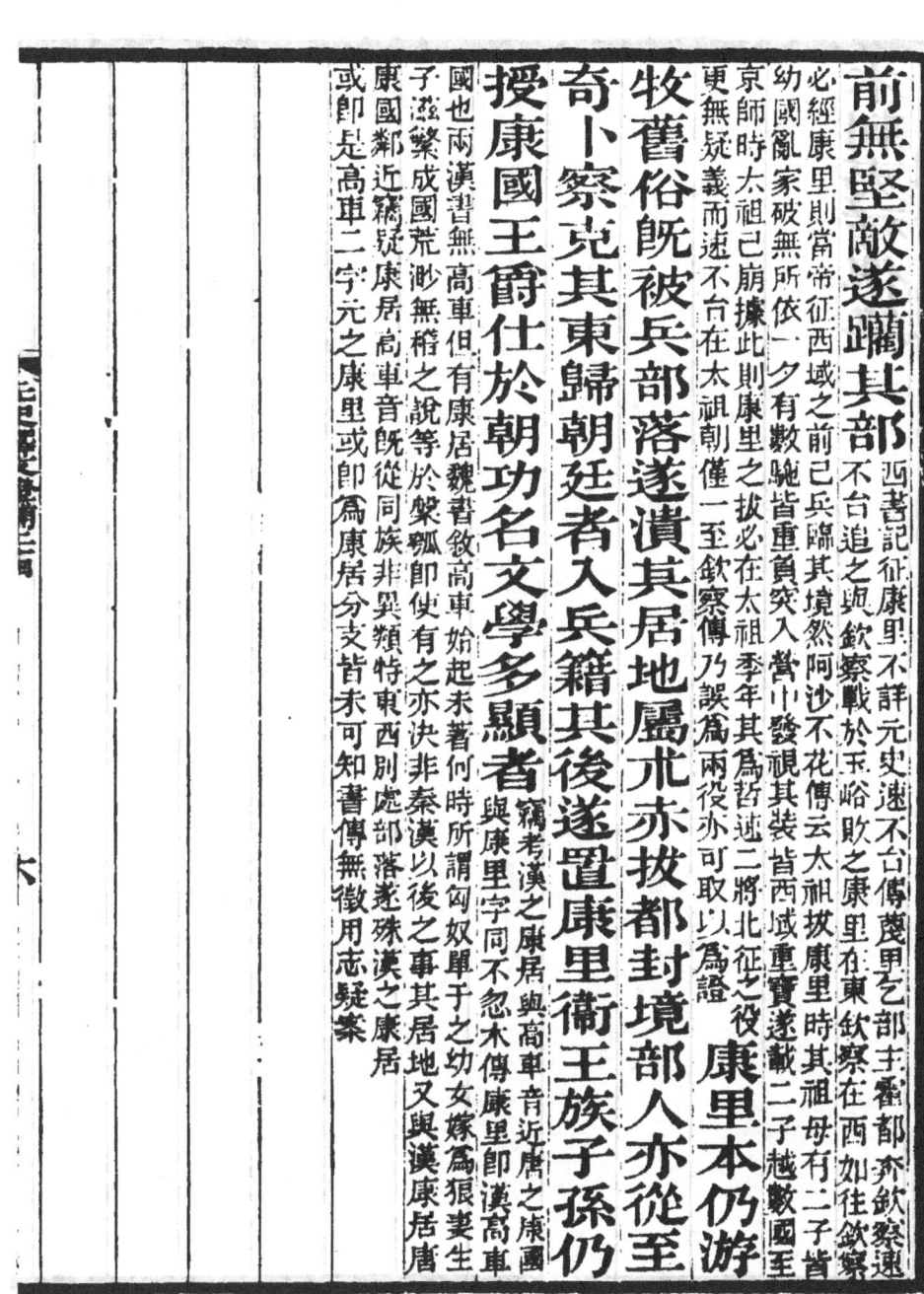

木剌夷補傳終

元史譯文證補二十六

兵部左侍郎總理各國事務衙門行走加三級臣洪鈞撰

地理志西北地附錄釋地上

篤來帖木兒位下察合台五世孫詳察合台世系考

途魯吉

元史書法係部名非城名經世大典圖在可失哈耳北阿力麻里西南蓋卽西人所稱突而基斯單也突而基爲突厥轉音元史作途魯吉蓋未能考義但取叶音稽之唐書爲西突厥十姓可汗之地今西洲之土耳其國先亦突厥族類故鄰邦稱爲土耳其是可爲途魯吉卽突厥之一證

柯耳魯地

柯耳魯亦部名圖在阿力麻里西北元代阿力麻里在今伊犁西就字音地望考之蓋卽元史之哈剌魯元史沙全傳哈剌魯人也

罕的斤傳匣剌魯人祖匣沓兒密立以斡思堅部哈剌魯軍三千來歸匣即哈字之訛元史紀傳皆作哈音西域書皆作喀音唐末波斯地人伊斯他克勒稱爲喀耳立怯云此部人在古斯之東契丹之西原文不作契丹作唐嘎氏詳見西域補傳邱長春西游記注古斯部人拉施特稱爲喀耳魯克云其始祖爲烏古斯汗與蒙古同出一源部落居地近喀押立即元史之海押立在今伊犁西詳海押立考喀耳魯柯耳魯字音地望參較同符太祖本紀六年西域哈剌魯部主阿昔蘭罕來降以其遠在西陲故稱西域李吏部回紇回回辨謂哈剌魯即哈喇火州望文生義其說大誤元祕史太祖命忽必來征合兒魯兀惕其主阿兒思蘭降附來見太祖太祖賜以女合兒魯兀即哈剌魯忽必來見元史太祖本紀又作虎必來祕史於人名地名部名譯音最審當作哈兒而非哈剌凡喀字音蒙古皆變爲哈如可汗爲合罕喀喇爲哈喇是也據此則其部名當是喀柯等音而非哈音拉施特亦云巴魯喇斯族人忽必來西書譯音忽誤作庫祕史

作巴魯剌撒自以巴魯喇斯爲叶征喀耳魯克克即兀音之變未煩兵力阿而斯蘭自來臣服蒙古稱之曰撒兒特案祕史譯文作撒兒塔兀勒即此撒兒特又太祖之征西域亦稱之曰撒兒塔兀勒西人云今錫爾河一帶居民猶有撒兒特名目其義何居向無確解同治年間英人名紹游歷喀什噶爾著書敘述風土考得撒兒特爲土著不逐水草移徙之謂語出乞兒吉思蓋回紇語也蒙古此語當亦本之至兀勒二字爲語尾字音蒙古之兀猶華語之的無關字義新唐書葛邏祿本突厥諸族在北廷西北金山之西跨僕固振水包多怛嶺有三族永徽初三族內屬顯慶二年置都督府三族當東西突厥間視其興衰附叛不常後稍南徙自號三姓葉護兵强甘於鬬至德後葛邏祿浸盛與回紇爭强徙十姓可汗故地盡有碎葉怛邏斯諸城案其地望所謂北廷西北金山之西正與經世大典圖形相符葛邏祿柯耳魯字音亦近元史類編文翰傳補遺葛邏祿迺賢字易之本葛邏祿氏世居金山之西後散處內地漢姓爲馬隨兄塔海仲良宦江浙遂家明州長於歌詩時浙人韓與玉能書王子充善古文人曰爲江南三絕至正間用薦爲編修官有金臺集海雲淸嘯集行世元史無葛邏祿之部必是柯耳魯迺賢考唐書自知即葛邏祿人故以爲氏也四庫全書提要河朔訪古紀二卷納新作納新族出西北郭囉洛因以爲氏郭囉洛原作葛邏祿納新原作迺賢今改正郭囉洛者以西域圖志考之即今塔爾巴哈台元時諸色目人散處天下故納新僑居南陽後移於鄞縣案提要之考地是矣唐時葛邏祿兵强地廣塔爾巴哈台自宜在其境

內若元初則塔爾巴哈台爲太宗分地葛邏祿必更在西多桑地圖列此部於巴勒喀什淖爾東南與唐書元大典圖合祕史古出魯克往西遼經畏兀兒哈兒魯以往程途亦合故知柯耳魯郎葛邏祿也蓋唐季兵強地廣至宋而衰僅守一隅之地元定宗時天主教王遣使潑闌喀批尼東來其紀行書亦有是部地望皆合惟稱爲喀洛拉則又葛邏祿之變音矣輟耕錄載色目三十一種有哈剌魯苦里魯匣剌魯似是異部然輟耕錄成於明初其時元史已出故所紀大元宗室世系悉與元史世系表同其載蒙古七十二種內中複出甚多如木里乞滅里乞滅里吉歹末里乞歹四種實一種也如是之誤不一而足故知不可爲據

畏兀兒地

部名北自別失八里至哈喇火州以南皆其轄地元史屢見畏吾兒亦作畏兀兒所謂高昌國王亦都護是也畏吾兒卽唐之回紇元祕史作委兀兒又作委吾邱長春西游記至昌八剌城其王畏

午兒中國北方讀回如輝統夥諸書實應作畏作委不當作回其誤由於唐書至紇與兀吾北方字音無大區別今西人書作畏孤兒西人無紇兀等字音故訛爲孤阿卜而嘎錫書訓義爲聚言其氣類合聚不復離渙今回人心最齊此解近似可爲唐書回紇傳注解元史巴兒朮阿兒忒的斤傳敘其始起甚詳所謂薛靈哥水卽今俄羅斯之色棱格河禿忽刺水卽今之土拉河惟遷交州後稱居是者九百七十餘年疑有訛字上文明言與唐人攻戰唐以金蓮公主妻玉倫的斤之子自唐初至宋末不過六百餘年作史者不應併此不知李吏部謂元史此傳全係杜撰一以歲次太遠一以金蓮公主唐書無徵歲次之誤辨已見上元和林有金蓮川見耶律鑄雙溪醉隱集詩注金蓮公主之稱似有由來元歐陽圭齋高昌偰氏家傳亦溯發祥於和林三水虞文靖公集撰高昌王世勳碑曰畏吾兒之地有和林山二水出焉曰禿忽刺曰薛靈哥其六大光降樹在兩河間樹生癭癭裂得嬰兒五等語與元史同唐遺金蓮公主和親後遷交州等語並同畏吾兒之卽回紇多有證據豈可輕信異說執正史之微疵而遽詆爲杜撰耶

巴兒朮後裔封地何時改屬於察合台後王無可考核當是海都亂後失國歸朝元史謂巴兒

朮既卒而次子玉古倫赤的斤嗣未言長子拉施特哀丁所紀有足備軼事異聞者附錄於此畏兀兒王巴兒朮臣服太祖從征至西域又至西夏太祖妻以女阿爾屯別吉（元史傳作也里安敦表作也立可敦元祕史作阿勒阿勒屯互相參校自以祕史爲叶）未幾太祖崩緩婚期太宗卽位議遣王姬下嫁而阿爾屯卒無何巴兒朮亦卒（此與元史不同）巴而朮先有子名怯石邁因嗣亦都護位（元祕史作亦都兀惕西書作伊的庫）旋卒乃馬眞皇后命怯石邁因之弟薩侖柢嗣立憲宗卽位薩侖柢來朝而別失八里之地流言忽起謂薩侖柢將盡戮民之從天方教者其僕告變蒙古官賽甫爲丁監治別失八里亟要薩侖柢返詢無是謀而其僕堅證之事聞於朝付忙哥撒兒鞫治刑訊薩侖柢遂誣服令其弟倭肯赤殺之代其位（元史玉古倫赤蓋卽此倭肯赤）從天方教人則大悅薩侖柢崇釋氏民與異教故設謀害其主有二臣同死一臣流於遠僕賜賞其時憲宗與太宗子孫不協故凡

附太宗之人在畏兀兒地者斥逐殆盡

哥疾甯

城名在巴達克山西南印度河東今西圖亦稱嘎自尼爲古時國都其見於華書者魏書西域傳伽色尼國在忸密南忸密卽布哈爾（詳下不花剌釋地）伽色尼嘎自尼音類言其地望當云東南或魏書統言國境非專指都城惟所紀里數不足爲據魏書於諸國道里多誤非止此也大典圖方位皆合

可不里

城名亦在巴達克山西南今稱喀不爾阿富汗建都於此西書云古稱喀不拉宋眞宗景德至孝宗淳熙年間（西一千年至一千一百八十二年）地屬嘎自尼國後屬郭耳復併於貨勒自彌太祖西征遂歸蒙古西人考唐書有高附當卽其地蓋高附喀不音近地望亦合特無他證佐

耳當在哥疾甯北而大典圖在東似誤

巴達哈傷

城名亦部名今稱巴達克山自喀什噶爾越葱嶺以至吐喀里斯單必由巴達克山經行吐喀里斯單卽唐之吐火羅今屬阿富汗火字音西書毎譯成喀字音斯單猶言地方西人謂當作以斯單羅以合音則似里字故曰吐喀里斯單西域地名多從古語審音考地沿流溯源揣摩得之十可七八唐元奘西域記渡縛芻河至鉢鐸創那國縛芻卽阿毋河當日元奘東歸在阿毋河上游過渡正從巴達克山東越葱嶺則鉢鐸創那又巴達克山之異譯元祕史有巴惕客衅亦卽此

途思

案本紀拖雷克徒思當卽途思此爲西域孔道名城近時孔道已更城市始漸蕭索唐時哈里發哈而侖葬墓於此蒙古西來發其墓城亦被毁元太宗時蒙古官庫而古司重建城當在巴達克山之西當屬不賽因今

大典圖乃在東北而屬篤來帖木兒豈葱嶺西南近地別有途思城耶無考

忒耳迷

城名（見西域補傳上）亦曰忒耳昧特俄羅斯地圖稱忒耳迷在阿母河北出鐵門而南以渡阿母河古時皆取道此城今改於忒耳迷之西渡河元史薛塔剌海傳從征忽纏帖哩麻賽蘭諸國帖哩麻即忒耳迷云諸國者元史之誤大唐西域記自覩貨邏國順縛芻河北下流至呾蜜國殆即忒耳迷西域多以城名爲國名故疑是也綱目作帖力迷

不花剌

圖在撒麻耳干西偏南其爲布哈爾無疑元史皆作卜哈兒亦作蒲華剌字收音僅此一見案西國輿圖布哈爾都城稱布哈拉與

此正同元史人名不花者皆應作布哈義謂牡牛也西域人云最古之城唐中宗時（西七百年後）屬於阿剌比（即唐書之大食）唐昭宗後（西九百年後）西域之薩蠻朝（見西域補傳上）建都於此案唐書西域傳安者一曰布豁又曰捕喝西瀕烏滸河布豁捕喝皆布哈之異譯阿母河源出蔥嶺曰鄂克疏河又曰瓦汗河亦曰烏汗河唐書烏滸當是烏汗轉音元奘西域記作縛芻河或是鄂克疏轉音代遠千年音經重譯誠難吻合而烏滸縛芻之即阿母河可無疑義布哈爾在唐時其名已見謂非最古城哉（前六十年英人游歷著書云阿母河古稱朮渾繼稱鄂克蘇斯後稱阿母達里雅）

那黑沙不

城在布哈爾之東今爲布哈爾屬地名那克捨迫即魏書之那識波國唐稱那色波唐書曰那色波亦曰小史蓋爲史所役屬居吐火羅故地東阸蔥嶺西接波剌斯（即波斯）南雪山西人考波斯史云波

斯薩山朝（漢建安五年波斯滅而復興王名薩山故曰薩山朝）奴失而宛王在位時（西五百三十一年至五百七十九年爲中國梁武帝中大通三年至陳宣帝太建十一年）中國可汗兵至兩河之間（即錫爾阿母兩河）近那克捨迫之地敗海脫勒汗（考其時序必係魏周之兵惜魏書周書無考）元英宗至治元年後（西一千三百二十一年）蒙古稱其地曰喀而什因察合台第五代孫蔦貝克汗（篤來帖木兒前二代王與篤來帖木兒同父兄弟）曾於其地建立宮殿蒙古稱宮殿曰喀而什故亦名城爲喀而什（明茅元儀武備志卷二百二十七韃靼方言稱殿爲哈而什各兒當即此喀而什哈喀二音通用）

的里安

圖作的安里在不花剌柯提之間查古時貨勒自彌之南有城曰搭里安今廢或即此應在柯提南

撒麻耳干

明史謂元太祖蕩平西域易前代國名以蒙古語始有撒馬兒罕之名案元史皆稱尋思干或云薛迷思干惟西北地附錄稱撒麻

耳干邱長春西游記作邪米思干元祕史作薛米思堅亦作薛未思加耶律楚材西游錄尋思干者西人云肥也以地土肥饒故以名得此注釋於是尋思干薛迷思干等稱皆可豁然貫通西人云此爲鄰部之稱若其本境自稱則實是撒馬兒罕唐書西域傳康者一曰薩末鞬亦曰颯末建在那密水南唐元奘西域記亦云颯末建國唐言康國也那密爲納林之訛撒馬兒罕與薩末鞬颯末建同條共貫著於唐書曷嘗是蒙古語更徵諸塔什干塔什干即唐之石國（詳下察赤釋地）唐書石國西南五百里至康國今自塔什干至撒麻耳干道里適合康石二國可以互證徼外之地已則不考而漫以誆人明史於是乎失言矣明史又謂撒馬兒罕即漢罽賓地隋曰漕國唐復名罽賓此真臆說（黄楙材游歷芻言妄分尋思干與撒馬爾罕爲二謂西遼都城一在尋思干一在撒馬爾罕此等臆說皆不足信）

忽邅

圖在察赤南撒麻耳干東則此城必濱錫爾河錫爾河見一統志卽納林河納林河行至安集延北與塔爾河會始有錫爾之稱中華載籍惟云納林元史郭寶玉傳次忽章河進兵下尋思干城劉郁西使記過忽輦河邱長春西游記霍闌沒輦由浮橋渡回語沒輦謂河案蒙古謂河曰沐漣沒輦卽沐漣也明史西域傳沙鹿海牙西北臨大河曰火站架浮梁以渡李吏部光廷謂忽章忽輦霍闌火站一音之轉實則納林河耳然此數音與納林絕不相類異名曷自莫釋疑團今譯西書錫爾河濱有苦程城以城名爲河名猶中國長江在京口爲京江也西人於火忽等字音每訛爲苦邅章等音又訛爲程遂謂之苦程俄圖音如霍鄭較叶回部之浩罕亦稱霍罕西人則謂之柯堪波斯之呼拉商部西人云柯拉森凡此之類不勝枚舉耶律楚材西游錄苦盞城西北五百里有訛打剌城是華書亦有作苦字音者

元史伯顔傳祖阿剌平忽禪有功薛塔剌海傳從征忽纏諸國徐松西域水道記霍罕屬城有霍占皆即元史地志之忽氈河以城名諸書疑案昭若發矇矣同治五年俄羅斯併之屬錫爾達里雅省西國圖書又稱爲苦程特新唐書西域傳石國南二百里所抵俱戰提西南五百里康也苦程特當云忽氈特正與俱戰提音類方向道里皆符石國至康此城爲孔道是又可爲唐書釋地

麻耳亦囊

今曰瑪爾噶朗地併於俄在費而干省内俄語曰麻耳格蘭其南又有諾倭麻耳格蘭諾倭譯義爲新

可失哈耳

今曰喀什噶爾爲漢疏勒故地唐書疏勒居迦師城迦師喀什音類疑此城名起於古昔其見於西域書者大食東來侵奪其地在

唐開元年間地名亦同阿黎意本阿拉育勒體耳之書有云可失噶爾豁旦(即和闐)東西突而基斯單等地先屬喀喇契丹闊兒汗(即西遼古兒罕見祕史)成吉思汗即位之十三年(西一千二百十八年)地皆入於蒙古後屬察合台據此則太祖之滅屈出律曷思麥里以其首徇各地望風皆下必是太祖十三年事元祕史作乞思合兒合讀如哈

忽炭

即和闐唐書于闐國有瞿薩旦那屈丹豁旦諸稱西人考之瞿薩旦那本乎梵音當是印度人之稱突而克人云屈丹波斯阿剌比人云豁旦夫瞿薩旦那為印度梵音自是確論若屈丹豁旦之分正恐未必元祕史作兀丹元史又作斡端耶律楚材西游錄作五端

柯提

圖在花剌子模東南俄圖音同他國圖或作喀忒唐昭宗天復至宋眞宗咸平年間西九百年至一千年間貨勒自彌都城在此貨勒自彌即花剌子模亦即唐書西域傳之貨利習彌國唐書又云一曰過利疑即柯提之轉音今俄圖離機窪城六十餘里有柯提城即西人之所謂喀忒元史之所謂柯提

兀提剌耳

西游錄苦盞城西北五百里有訛打剌城以圖中方位道里計之若合符節本紀之訛荅剌斡脫羅兒元祕史之兀荅剌兒兀的剌兒皆即此城句尾當有兒字音西域小阿昧尼亞王海屯入朝和林其紀程書亦作訛忒拉兒城已久廢

巴補

今俄地圖自那馬干至忽氊路中有巴魄城屬費而干省當即巴

補西游錄以苦盞八普可伞三城並稱蓋自西南來先過苦盞再八普再可伞魄普字音尤近苦盞即忽氈可伞即柯散皆見西北地中費而干本係古國俄人取爲省名非俄刱造唐書西域傳石東南千餘里有怖悍者山四環之地膏腴多馬羊西千里距堵利瑟那東臨葉水出葱嶺北原色濁西北流入大磧此可證石國之右涯素葉河即此葉水元奘西域記作怖悍怖音敷廢反正與費而干音合費字讀如夫以二字合音道里方位形勢皆不差謬唐書怖悍係誤當作怖大典圖巴補在忽氈東不誤惟與麻耳亦囊位置未盡洽合

訛跡邢

圖作訛跡在可失哈耳西北自是葱嶺以西之地西人謂即烏斯勘音在堅肯之間回部亦稱訛耳勘巴卑爾釋地書云烏斯勘爲昔之費而干會城案也罕的斤傳有瓦斯堅或即此元祕史太祖命沙兒塔

兀勒人馬思忽惕管不合兒句　薛米思堅句　兀籠格赤句　兀丹句乞思合兒句　兀里羊等城兀里羊或即訛耳勘之異譯同治十二年西一千八百七十一年　西人游歷至此謂已荒廢耶律希亮傳中統三年十月自布拉城至于亦思寬之地于亦思寬當即烏斯勘下云四年至可失哈里城知與喀什噶爾相距非遠也

倭赤

今曰烏什漢于闐地徐松西域水道記烏什城據瑚赤山東南面山係小石山高聳孤立回語謂山石突出爲烏赤即烏什也城以山得名元稱倭赤似較今稱尤叶俄人稱之曰烏赤烏什

苦叉

今曰庫車漢龜茲地當準部未平時今之伊犁亦曰苦而叉至今西國輿圖仍稱伊犁爲苦而叉圖理琛異域錄俄羅斯南面諸國

有庫策皆謂即今庫車然其時庫車與俄界隔絶不應列諸鄰部或指伊犁而言未可知也

柯散

今俄地圖納林河與塔爾河會流處之北曰那馬干那馬干六十華里有城曰喀散喀散西北與塔什干遥遥相望西游録有可伞城即此經世大典圖柯散在察赤東南方位字音全合唐書甯遠者本拔汗那或曰鏺汗元魏時謂破洛那去京師八千里居西鞬城在眞珠河之北有大城六遏波之治渴塞城高宗三年以渴塞城爲休循州都督渴塞柯散音近眞珠河即納林河亦即錫爾河方位亦合存以俟考

阿忒八失

耶律希亮傳四年至可失哈里城四月阿里不哥兵復至希亮又

從征至渾八升城希亮毋從后避暑於阿體八升山疑城以山得名西人云山在亦息庫爾（即特穆爾圖淖爾）南面山西麓出水曰阿忒八失河入於納林河昔俄人廓斯屯柯游歷至此云其地甚繁庶又一俄人云河邊有古城遺蹟據其所言並考俄圖此城當在阿力麻里亦剌八里之西南臨阿忒八失河城以河得名經世大典圖形相合先當爲布魯特游牧地今併於俄屬七河省

八里茫

圖在倭赤北無考

察赤

即今之塔什干唐之石國錫爾河東濱塔什干爲名城元史紀傳皆不載惟成宗大德元年有薛迷思干塔剌斯塔失元三年民賦等語塔失元即塔什干明孝宗宏治年間撒馬爾干王帖木兒後

人巴卑爾立國於喀不爾巴卑爾見瀛環志略波斯志中喀不爾作噶布而志略云武宗正德年間立國說不相合案明宏治十三年爲西一千五百年巴卑爾敗於譯斯伯人豈敗後始立國於噶不爾歟譯斯伯尤赤後人爲元代分封西北著名之汗其所部人後遷於東即此譯斯伯名其部族詳上著書釋地謂塔什干爲俗稱著作家不云塔什干多云柘折或云察赤國朝康熙四十二年西一千七百二年英人莫邇游歷著書稱塔什干爲察赤先於莫邇游歷者謂塔什之義爲石干爲城國案唐書西域傳石或曰柘支曰柘折曰赭時漢大宛北鄙也去京師九千里南五百里康也右涯素葉河王姓石治柘折城故康居小王窳匿城地西南有藥殺水入中國謂之眞珠河亦曰質河唐元奘西域記亦云赭時國唐石國也西臨葉河柘支柘折赭時皆與察赤音近其謂塔什干爲唐石國確無疑義唐書之素葉河元奘作葉河無素字西人考古謂錫爾河古稱藥克殺藥克殺當即唐書之藥殺葉河當即藥字轉音錫爾河匯合眾流最遠之源則爲納林即唐之

那密水唐書分析言之未能融會遂成異派各有主名天山葱嶺西北之水皆出中國無入中國者必是唐書之誤

也云赤

圖在亦剌八里西無考劉郁西使記有亦運河或在此河濱以水得名

亦剌八里

圖在阿力麻里西南必瀕伊犁河元憲宗時小阿昧尼亞王海屯入朝和林歸程紀行謂抵伊闌八里克後渡伊拉河伊闌伊拉皆伊犁異譯唐書本有伊列河之稱耶律楚材西游錄又作亦列八里謂城回紇語亦突厥語蒙古先時謂城曰巴剌哈孫（此見元祕史邱長春西游記）繼稱八里則沿回紇語（今波斯謂城亦曰巴剌）至明代薊門防禦考則云北虜謂城爲合托（此見茅元儀武備志合當讀如哈）似又兼西域語（今裏海東南面有城曰烏孫哈達哈達即哈托）蓋斥地愈

廣收撫種類愈繁本國語言亦隨而變曷思麥里傳有亦八里城疑卽此明史有亦力把里國謂別失八里國王納黑失者罕爲從弟歪思所弒而自立徙其部落西去更國號曰亦力把里續文獻通考曰亦力把力不知古何國地竊以私意補之曰唐時西突厥地高宗顯慶二年蘇定方等渡伊麗河攻阿史那賀魯平之地隸都護府自安西北庭淪陷後始不可考居沙漠間在肅州西北二千七百里有熱海周數百里俗呼亦息渴而元名其地爲別失八里案此語誤元初別失八里卽今烏魯木齊屬畏吾兒亦剌八里當屬阿力麻里卽長春西游記至阿里馬城鋪速滿國王來迎知此地別有酋長阿力麻里王名見西域補傳上明永樂十六年歪思弒其從兒王納黑失只罕自立爲王徙其國西去遂更國號曰亦力把力亦力把里亦力把力皆卽元之亦剌八里以城名稱之本非國號妄得爲更亦息渴而明史而作兒卽特穆爾圖淖爾今各西國輿圖俱稱亦息庫爾從其俗稱音未差池載於明史由來已久西域水道記特穆爾圖淖爾亦曰圖斯庫爾不云亦息渴兒恐徐氏考

之未盡

普剌

元人著作屢見此城西游錄作不剌劉郁西使記作孛羅元史耶律希亮傳作布拉地望字音皆合今城已廢當在博羅塔拉河左近南臨賽喇木淖爾西域書稱曰普剌特稱賽喇木淖爾曰速忒庫爾海屯紀程書云先經普拉特城再經速忒庫爾憲宗時法國教士路卜洛克東來紀事云普剌特城有台呑人爲鎔金製器之工匠蒙哥西征旋師挈以至此台呑人卽今德意志人法人有此稱謂至今猶然語意近乎輕藐德人不樂聞之

也迷失

城名無可徵引惟速不台傳平奇卜察克軍歸略也迷里霍只部獲馬萬餘望文生義差可附會圖在普剌東北西人考之謂元史憲宗本紀耶律希亮傳之葉密里卽此也迷失詳葉密爾考

阿力麻里

元之阿力麻里在今伊犁西，遺址無徵，要非甚遠。自元史世祖本紀、地理志西北地注二說歧誤，遂聚訟紛如。徐松西域水道記既辨地理志阿力麻里爲海都分地之非（是察合台分地），復考正北庭西北行四五千里至阿力麻里道路之差，世祖本紀阿力麻里在和林北方位之誤，皆詳覈可據，惟改阿力麻里爲阿里瑪圖，則爲千慮一失。阿里瑪圖自是河名，阿力麻里自是城名。圖有也，里當即八里之省文，猶言城。阿里瑪、阿力麻皆謂果，譯字不同，急讀之音仍無別（此當是回紇語，若蒙古語則果曰者泥，西梨曰阿力麻，見茅元儀武備志。耶律楚材西游錄則云土人目林檎曰阿里馬，尤各不同）。李吏部光廷誤於世祖紀皇子北平王建幕於和林野里麻里地一語，謂阿力麻里在今烏里雅蘇台，而以今伊犁西之阿力麻里援西游錄、西游記斷爲當作阿里馬。經世大典圖明作阿力麻里，明在庫車之北，元之别失八里西游錄作别石把西游記作鼈思馬皆奪里字地非同文述者各異豈可望文生義强爲區分耶多桑書作阿耳麻里克仍是八里克謂城之義

合剌火者

今曰哈喇和卓元之火州詳下

魯克塵

西域水道記吐魯番鎮城曰廣安唐之安樂城其東七十里爲火州元火州治今曰哈喇和卓又東五十里曰魯克沁東漢之柳中城也魯克沁卽魯克塵

别失八里

元别失八里有二一在高麗北陶宗儀輟耕錄高麗以北名别失八里譯言連五城也罪人之流奴而干者必經此其地極寒海自

八月卽冰明年四五月方解八行其上如平地征東行省每歲委官至奴而干給散四糧須用站車每車以四狗挽之案元史遼陽省有狗站卽此回語五爲別失城爲八里輟耕錄之說不謬一在今之烏魯木齊元爲北庭都護府舊有回鶻五城故名別失八里與輟耕錄義同元初屬畏吾兒耶律楚材西游錄金山南有回鶻城名別石把邱長春西游記西至鼈思馬大城回紇王部族勸蒲萄酒海都亂後高昌失地遂屬察合台後王朔方備乘合丹傳謂憲宗遷合丹於別失八里卽今之喀喇沙爾何所據而言不得其解

他古新

西域水道記今吐魯番廣安城西二十里爲古交河城唐之西州貞觀時安西都護治自雅兒湖西南行百里爲布幹臺又西南七

十里爲托克遜臺托克遜他古新音類惟圖中方位在魯克塵東北不合西人考之亦云即托克遜豈圖之偶誤耶

仰吉八里

城亦無徵惟海屯紀程書有之稱爲仰吉八里克西往伊犁孔道所經案西域水道記瑪納斯河東岸里許有城墉舊基曰陽巴勒噶遜乾隆四十二年於其東建南北二城北曰康吉南曰綏甯後改綏來縣治所謂陽巴勒噶遜當即仰吉八里舊址陽仰音近徐氏自注陽漢人語巴勒噶遜準語城也城向陽有城基故名合漢語準語爲一解近附會

古塔巴

西域水道記準語呼圖克拜者吉祥也今彼中之諺易曰呼圖壁譯爲有鬼乾隆二十九年於其地築城曰景化原注昌吉縣城西一百一十里三十八

年移甯邊巡檢駐之呼圖克拜河出城南八十里之松山北流出山逕瑪納斯營卡倫西凡北流二十五里爲渠口疏東流渠六西流渠五又北流五十五里逕景化城北流百餘里與羅克倫會呼圖克拜亟讀之便似古塔巴地圖方位亦合

彰八里

元史或作昌八里或作操八里其見於海屯紀程書者作昌八里克西域水道記昌吉河發源孟克圖嶺北麓四源並發匯而北流至山外分爲渠經昌吉縣治其城曰甯邊乾隆二十七年建案圖中方位亦卽在此命名之義問諸水濱矣元史李進傳至元十九年命屯田西域別失八里二十三年海都及篤哇等領軍至洪水山進與力戰軍潰被擒至操八里遁還至和州操八里卽彰八里固知地在別失八里及哈喇火州之中也

月祖伯位下 案月祖伯爲朮赤第五代孫元史又作月卽別西書皆稱之曰諤思伯元史今改本作諤思伯是也其所部人後有遷於東者稱爲諤思伯部海國圖志引外國史略云哈薩克所有居民各分種類其土民稱爲他盆與白西人風俗略同其餘屬土耳其者或爲士百之族類所謂他盆卽大抑大希之異譯蓋指阿剌比人見西域補傳上白西卽波斯土耳其非謂今之土耳其國乃是突厥之變音烏士百卽諤思伯也朔方備乘朮赤傳謂月卽別一作月祖伯自後部落遂以月祖伯爲號其說良確然亦是後來之事非諤思伯沒後卽有是稱且由播遷異地得此種族之名非在原地西北地附錄誤繫於城名之下亟宜改正

撒耳柯思

元祕史太祖命速別額台征迤北康鄰等十一部落內有薛兒客速惕卽撒耳柯思元祕史蒙文於斯思等音譯作速者甚多如俄羅斯作斡魯速是也祕史太宗時又稱薛兒格速惕格客譯字之異蒙文語尾惕字今作特猶華語的字非部落本名此部在高喀斯山北圖列於阿蘭阿思之南偏東方位相近拉施特哀丁云薛兒喀西亞別作扯而開思今西書多稱扯而開思又有阿拔喀思阿拔奇之稱昔時阿速部人詈此部人曰喀雜克猶云强盜今

何

俄南境端河濱有部落曰端司科喀雜克即朔方備乘等書之端戈薩司其人善馳驟俄之突騎悉出於此沿襲惡名轉成男號撒耳柯思地今入俄有不服俄者遷入土耳其張穆蒙古游牧記乾隆四十年定塔爾巴哈台之東霍博克薩里爲舊土爾扈特部北路以策伯克多爾濟領之授盟長注云初策伯克多爾濟來歸獻金削刀及色爾克斯馬色爾克斯者洪豁爾屬部也得其馬以獻

賜名寶吉騮列

御廐八駿之一案色爾克斯即撒耳柯思洪豁爾即控噶爾土爾扈特稱土耳其曰控噶爾蓋乾隆三十六年撒耳柯思猶未併於俄也

阿蘭阿思

部族名即元史之阿速朔方備乘以今俄南境近臨黑海之阿索

富城當元之阿速見解甚是惜未賅備或以今哈薩克爲阿速大誤阿速部西域人稱爲阿蘭又曰阿蘭你又曰阿思則爲阿速之轉音地理志稱阿蘭阿思葢二名並舉或彼土自有此稱俄羅斯書稱爲耶西亦阿思阿速音轉其部族居高喀斯山北西濱阿索富海阿索富城以阿索富海得名在阿索富海黑海南北分界陸地間城建何時不可考阿索富海先名速噶忒後改阿索富或云阿思人自以部名名之說與何氏合然謂海非謂城明史阿速傳背山面川川南流入海所背之山即高喀斯所面之川即端河入阿索富海西域人云阿思都城曰麻其斯案即太宗之阿蘇蔑怯思西書或作蔑克思見拔都補傳注立國已多歷年所先從天主教後從天方教元史列傳阿速人甚多今西人考之謂內多天主教人名如口兒吉即角兒只之轉音英國古王有角兒只第一角兒只第二之名口兒吉之子曰的迷的兒即狄米忒里之轉音揑古剌傳無氏籍惟云在

憲宗朝與也里牙阿速三十人來歸子爲左阿速衛千戶則當是阿速人揑古刺卽尼古老之轉音（今俄君之祖名尼古老第一俄君太子名尼古老第二狄米忒里俄先代名此者亦多）也里牙阿速卽葛里耶斯之轉音案魯申繻曰名有五有信有義有象有假有類以名生爲信以德命爲義以類命爲象取于物爲假取于父爲類蒙古命名有義有象有假而取物爲多泰西尙類其類也不以父以古人故同名最多天方教人亦然但聞其名卽知其國元世諸色目人皆得入仕西人之說或不誣也元世祖時費尼斯國人（今爲義大利屬地）謨克波羅入仕於元著書云阿速人多入軍籍從天主教伯顏平江南師至常州城將乞降阿速軍入城城中蓄良醞甚多酣飲醉臥兵民盡殺之而拒守招降不從乃攻破其城悉屠其衆與元史伯顏傳說異而屠城不異史書紀述有時不及私家著錄之眞採之可以補常州府志元阿速卽漢奄蔡詳奄蔡

考

欽察

部族名在烏拉嶺西裏海黑海以北元史作乞卜察兀今改奇卜察克譯音最叶俄書稱其地曰波羅物次稱其種人曰波羅物齊他國皆稱奇卜察克古時東羅馬國稱之曰庫滿亦云庫滿尼元初天主教王使臣潑蘭喀批尼法王使人路卜洛克小阿昧尼亞王海屯皆道出其地皆稱庫滿惟波斯地人稱奇卜察克與蒙古同相傳有二解一謂突厥族派凡五一爲奇卜察克與蒙古同屬烏古斯汗之後烏古斯汗與亦脫巴阿部戰敗退至兩河間（未言何河）有陣亡將弁婦懷孕臨蓐軍行倉猝無產所就空樹中生子烏古斯汗收育之名以奇卜察克義謂空樹越十七年烏古斯戰勝亦脫巴阿人遂降其部未久復叛乃令奇卜察克往牙愛克河（即烏拉河）亦脫

巴阿居中以鎮撫之因以名部此拉施特哀丁與阿卜而嘎錫之言也一謂荒野平地之民亦云戴世脫奇卜察克義同語出波斯俄之波羅物次同解此近世西人之説也就二者衡之拉施特哀丁生於元代仕宗藩之朝與蒙古老成人討論掌故撰爲國史阿卜而嘎錫爲朮赤裔孫身當明季去元猶近説當可信然所謂烏古斯汗者不知何時人何國主鋪敘戰功且踰波斯而至埃及中西古籍咸無可徵故近世西人非不知其説而解爲荒野平地之民者無徵故也西人涉獵華史元魏之時烏孫西徙葱嶺自是厥後杳不知其所之而唐初突厥所屬之可薩部直裏海北即在奇卜察克之地西書稱曰哈薩兒亦云役於突厥在唐中葉又有部族自東而西哈薩兒部被逼西徙舊時游牧地悉屬别姓謂此部族即是烏孫俄稱奇卜察克爲波羅物次物次當是烏斯轉音今

俄南境帖尼駁河古名烏蘇河帖尼駁河入黑海之地曰烏速立姆那猶言烏速海灣當由烏孫居此故有烏斯烏速烏蘇之稱不惟筆之於書且繪爲圖以明種族遷變蹤跡俄羅斯考古輿圖亦於蒙古未來之先列烏孫部於奇卜察克北境以實元人王惲之說而明已之並非烏孫蓋嘗遍求西書考尋其說究屬揣摩擬合初無實據烏孫西徙而爲奇卜察克於理有之於傳亦仍無徵焉耳

阿羅思

今官私文書定稱爲俄羅斯詳審西音似云遏而羅斯遏而二字滚於舌尖一氣噴薄而出幾於有聲無詞自來章奏紀載曰斡羅思鄂羅斯厄羅斯兀魯斯直無定字又曰羅剎邏察羅車羅沙則沒其啟口之音促讀斯字變爲剎察歧異百出有由來也其族類

曰司拉弗哀（弗字更須照吳下音讀乃合）旣非烏孫亦非羌種佛書羅剎尤爲儗不於倫其國名最晚著而族類之名則早見西書（中國齊末爲西五百年日耳曼人南侵羅馬本境空虛有司拉弗哀人自東來居其地見羅馬古書烏孫通貢元魏亦在是時其非烏孫可知無怪俄人不承即他國西人亦稱非是）俄史釋司拉弗哀義謂榮耀歐洲他國則釋爲傭奴瀛環志略謂唐以前爲西北散部受役屬於匈奴此說最爲近似元人所謂林木中百姓是也唐季此種人居於俄今都森彼德普爾之南舊都莫斯科之北其北鄰爲瑞典挪威國國人有柳利哥者兄弟三人夙號雄武侵陵他族收撫此種人立爲部落柳利哥故居地有遏而羅斯之名遂以是名部他西國人釋之曰遏而羅爲搖艣聲古時瑞典挪威國人專事鈔掠鶩舟四出柳利哥亦盜魁故其地有是稱是說也俄人所不樂聞（法國東北境有諾爾蠻省古時即爲瑞典挪威人侵掠據地自立爲國英國亦然）柳利哥建國在唐咸通三年其部初無城郭至是建諾物哥羅特諾物謂新哥羅特謂城（在俄今都南二百餘

華里微偏東城非古城名則依舊後嗣漸拓而南遷於計掖甫近鄰黑海行封建之制瓜分豆剖地裂亂生蒙古西來橫挑大敵元師再舉稽首稱臣明世蒙古衰而俄始強明季西人艾儒略職方外紀謂亞細亞西北之盡境有大國焉曰莫哥斯未亞魏源曰卽鄂羅斯也俞正燮議此書不知有俄羅斯豈知外域音殊字別況此時鄂羅斯尚未兼併西費雅之地乎案魏氏說是也然職方外紀所云非音字之殊乃名稱之異俄自降藩蒙古遷都於莫斯科泰西列邦風氣阻隔不以自主之國相待故明時西人多不稱俄羅斯但名之曰莫斯科未亞而未音不叶又應如上之弗哀合音弗應從吳音外紀作莫哥斯爲字之倒置未亞而猶言地方又曰莫斯科未忒未字音不叶說見前則言其國之人至今泰西猶有是稱詞近輕忽亦俄人所不樂聞瀛環志略有沒壽味當是由此傳訛俄羅斯至今而極大經世大典地圖猶可考見當時俄域僅據一隅云

不里阿耳

圖作不撒耳今曰布而噶爾西域人稱之曰孛老耳亦曰孛拉耳疑即元史兀良合台傳之孛烈兒故元秘史謂之孛烈兒又曰孛烈兒蠻則謂孛烈兒之部人元初布而噶爾分東西二部西部在黑海西今仍曰布而噶爾爲土耳其屬國光緒五年土敗於俄布而噶爾幾歸俄屬俄爲之立君遣官監治使爲我用而其君有貳心於俄所遣官被斥未幾衛士逐其君國人不服仍迎還而其君畏俄禍堅遜位國人擇立今君則素附於奧者奧亦畏俄蠶食鄰近小邦故力庇之光緒十四年俄奧幾將搆衅各出重兵屯於界上相持不下者已兩載今猶未定也東部在裏海北烏拉嶺西當浮而嘎河東喀馬河濱西部出於東部以歲饑移徙而爲今國經世大典地圖在欽察東北蓋東部也其都城亦名布而噶爾離喀山城二百五十華里

遺跡尚存元太祖時哲別速不台北征兵躪其境太宗時拔都西伐都城始毁其部亦滅拔都之鄂而多先駐於布而嘎爾嗣建薩萊城於浮而嘎河下游始冬夏分駐焉拔都於布而嘎爾鑄錢今猶有存者此部人從天方教

撒吉剌

黑海北境海水形如蟹兩螯左螯則黑海彎環東注右螯則為阿索富海兩海通注而中有陸地為之分界其兩螯交抱間又有陸地縱横各數百里今名客勒姆昔名撒吉剌其地南濱多山北皆平壤有撒吉剌河發源南山山之北有撒吉剌城河經城中西北流復東北入阿索富海今俄改城名曰辛福洛普爾於是撒吉剌之名遂泯撒吉剌為希臘語漢之先希臘人於此通舟楫利商賈故知厥稱為古客勒姆即元祕史之客兒綿有客勒姆城故祕史

注爲城名今廢祕史每以乞瓦綿客兒綿二城並稱案乞瓦綿即求綿（音在每門之間綿字亦非甚叶）在烏拉嶺東圖理琛異域錄謂之圖敏

花剌子模

鹹海西南裏海以東阿母河下游以西皆是地名最古中國周初波斯之火教書已見此地名春秋時波斯以箭頭字鐫石亦見此名（字形多如箭頭作个字形西人名爲箭頭字）波斯語解謂地低平唐書西域傳有貨利習彌國即花剌子模之異譯審定字音當曰貨勒自彌（初作西域補傳所譯西書都作柯拉色姆繼譯西北地乃悟即花拉子模復詢波斯人考正其音則爲貨勒自彌知唐書譯音尤勝元史今俄地圖鹹海裏海間地字音如貨勒自彌又知東方輿地俄圖勝於他國）元奘西域記作貨利習彌迦多迦字唐書謂居烏滸河陽烏滸即阿母河古時阿母河入裏海河自布哈爾東南徑西北行距鹹海三百餘里分支西行花剌子模在其南故云居水之陽惟西域記云捕喝國又西四百餘里至伐地國又西南五百餘里至貨利習彌迦國捕喝

郎布哈爾方位不能相合若以西南爲西北庶幾近似元奘書例書行者親游踐也書至者傳聞紀也未履其地但憑傳說所以致誤其部都城本在喀忒郎西北地之柯提前見後遷於烏爾鞬赤多桑云當作忽爾坎赤蒙古人稱爲烏爾根赤阿剌比人又訛爲郭而占尼牙明洪武二十一年帖木兒毀其城後重建非舊址今烏爾根赤在機窪城北數十里古城在西北彼時阿母河西入裏海城跨河爲南北二城

賽蘭

元史薛塔剌海傳稱爲國明史亦列西域國中邱長春西游記賽藍城有回紇王其所謂王殆不過酋長而已未足云國西域人稱爲賽而拉乃是賽蘭本音拉施特哀丁云塔剌斯賽而拉二處突而克人久居於此蓋本是西突厥故域又云地爲海都所轄則是世祖成宗時賽蘭尚未屬朮赤後王也而海都所據之地亦約略

可見

巴耳赤邗

卽本紀之八兒眞元時潑闌喀批尼何海屯紀行之書作巴耳勤今西國藏有古錢上有巴兒勤字音當是此城所鑄今地已湮沒無考

氈的

賽蘭巴耳赤邗氈的三城皆西臨錫爾河而氈的尤在下游爲錫爾河將達鹹海之處俄人前於鹹海設水師築礮台於錫爾河濱距礮台三十華里地名壳而枯特卽此城舊址乞而吉斯人冢墓甚多

地理志西北地附錄釋地上終

元史譯文證補二十六

兵部左侍郎總理各國事務衙門行走加三級臣洪鈞撰

地理志西北地附錄釋地下

不賽因位下旭烈兀後第八代汗自有傳

八哈剌因

波斯海灣內海島地狹而長近海灣西岸登岸則阿剌比地也何王所拓之地西書無考

怯失

波斯海灣島名先爲通商大埠亦云怯夕與八哈剌因東西斜向相望大典圖形甚合中國唐宋時商賈船常至此貿易忽里模子既興怯失乃衰今已廢怯失未興之時海島商賈皆聚於昔喇甫城爲元時起兒漫部內之城濱海對面卽怯失島

八吉打

圖無而元史書法非尋常城邑之名蓋即西使記所謂報達國也元史憲宗紀作八哈塔祕史作巴黑塔今西人多稱爲八格達又曰八格達特即祕史之巴黑塔惕詳報達補傳不贅因後西域旋亂報達迭遭兵燹帖木兒西來復定於一其後復亂而土耳其國盛强嘉靖十五年（西一千五百三十四年）奪報達之地天啟三年（西一千六百二十三年）波斯人奪回崇禎十一年（西一千六百三十八年）仍爲土耳其所割今居民不過數萬人

孫丹尼牙

詢之波斯人謂當作蘇而灘尼牙案蘇而灘係彼土帝稱尼牙猶言都會在可斯費音西北二百里即志內可疾云蒙古王所建城見台古塔爾傳在彼時爲王畿今波斯猶有此城則僅一城名而已

忽里模子

波斯海灣口外島名應在怯失之東圖無職方外紀云百爾西亞（即波斯）南有島曰忽魯謨斯赤道北二十七度其地悉是鹽否則琉黃之屬草木不生鳥獸絶迹人著皮履雨過履底輒敗多地震氣候極熱人須坐臥水中没至口方解又絶無淡水勺水亦從海外載至其艱如此因其地居三大州之中凡亞細亞歐羅巴利未亞之富商大賈多聚此地百貨騈集人烟輻輳凡海内極珍奇難致之物往輒取之如奇即此島也詢之波斯人字音當作忽爾模斯元史音未盡叶今貿易遷徙海島荒凉不復如艾儒略之説瀛環志略謂波斯東南隅有惡未嶼古時海船互市於此久已荒廢惡未即忽爾模斯之訛

可咱隆

城名近波斯海灣先屬法而斯部見旭烈兀補傳可當讀如喀

設剌子
城名。當曰設剌斯，先爲法而斯部都城。旭烈兀時，法而斯爲附庸之邦，故郭侃傳、劉郁西使記皆稱石羅子國，以城名爲國名。旭烈兀後，法而斯亡，詳旭烈兀傳。
泄剌失
圖在設剌子東，今無此城名，古亦無考。前六十年，英人游歷書云，自西而東，先過喀咱隆，再過設喇斯，後過咳喇合，與大典圖形甚符，而字音不符，未可遽斷。
苦法
圖無。城在波斯海灣西北，哀甫拉特河西，與歇拉城相近。歇拉爲古名城，後漢書自安息西行至阿蠻國，從阿蠻西行至斯賓國，從斯賓南行度河，又西南至于羅國九百六十里，安息西界極矣。自

此南乘海乃通大秦西人考之謂于羅郎歇拉從斯賓度河郎度體格力斯裒甫拉特兩河

瓦夕的

圖無案體格力斯裒甫拉特兩河之中南境有城曰蝸夕特必郎此瓦夕的

兀乞八剌

圖在毛夕里東南案八格達城北百餘里昔有城曰亦克八爾阿剌比人考他書稱爲兀克八剌方位字音均與圖符聞城已廢而俄圖仍載之稱爲亦克八爾

毛夕里

本一小國在體格力斯河西圖符中統三年國滅見旭烈兀傳俄圖音若毛夕耳他國圖音似木蘇耳

設里汪

圖在兀乞八剌之東案體格力斯河東有支河曰呼耳汪濱河有城亦曰呼耳汪元史地名凡有里字多爲耳字音之變惟呼設二音不合而圖形甚合或者西圖字音變其土語耶

羅耳

本爲國名有大羅耳小羅耳不賽因時羅耳已滅故列之城名中今西圖稱羅里斯單猶突而基斯單印度斯單之例惟今圖在呼耳汪東南而大典圖在東此有微異然大典地圖僅志方位大概未可規規求合

乞里茫沙杭

今城猶存當云克里曼沙罕克里曼沙西域故王名當是建城之王以王名爲城名非古城也自東來趨報達此爲孔道見報達傳

蘭巴撒耳

圖在乞里茫沙杭正東今波斯無此地惟裏海西南隅昔有堡後爲城曰倫白賽耳爲木剌夷酋長所居見木剌夷傳字音相類今波斯人皆知此城應在孫丹尼牙東疑圖有誤

那哈完的

當作那哈温忒新唐書大食傳阿沒或曰阿昧東南距陀拔斯單十五日行（唐書原無單字然必係陀拔斯單不可少單字）南沙蘭一月行北距海二日行居你訶温多城宜馬羊俗柔寬故大食常游牧於此唐書所紀都盤六國方向程途殊難考合惟阿昧當即阿昧尼亞尼亞與尼牙同義其國本在裏海西南北距海二日行蓋言其北境非指都城陀拔斯單今西圖作達拔里斯單在裏海東南隅方向程途不相上下你訶温多必是那哈温忒阿昧尼亞應在那哈温忒之北或已南徙

阿昧爲古時大部而久已滅亡分裂漢書安息西有阿蠻國殆即阿昧

亦思法杭

城爲波斯古都亦見西域下傳明史作亦思弗罕

撒瓦

裏海南偏西今城猶存在波斯今都台喝而蘭城西南一百五十里西域補傳見此城名

柯傷

當曰喀傷在亦思法杭北見西域下傳

低簾

裏海西南濱有地名低楞西書謂古有基蘭部低楞爲基蘭部內山地元史低簾當即此案唐書大食傳有岐蘭疑即基蘭然云岐

蘭東南二十日行得阿没則不相合應在撒里牙阿模里之西而大典圖在南亦不合詢之波斯人則謂低簾必係低楞之訛

胡瓦耳

當作海瓦耳俄圖音同波斯人云亦有别稱音類哈耳即胡瓦耳胡瓦耳正哈耳之轉音應在阿模里南西模娘西圖形未合

西模娘

當作西模囊在海瓦耳東微偏南圖在胡瓦耳北不合此係古城西域補傳曾見

阿剌模忒

本係木剌夷之寨堡北濱裏海其東則阿模爾今大典圖乃在阿模里西南未合

可疾云

今城猶存可疾當作可斯末一字無合音之字不得已而以賚音二字切合成音圖中位置微有差處

阿模里

當作阿模爾爲馬三德蘭部內省城直裏海正南大典圖形尙合

撒里牙

馬三德蘭部內城近阿模爾今尙存圖形符合爲古時達拔里斯單省城本曰撒里末牙字音則語尾所增唐書陀拔斯單或曰陀拔薩憚其國三面阻山北瀕小海居婆里城西人考唐書謂婆字當是娑字之誤娑里撒里字異音同城名亦同西人此論未可斥其謬妄

塔米設

裏海東南隅城名圖符阿剌比語曰塔米斯波斯語類乎塔米賽

元史作設伺無大異在達拔里斯單部内

賛章

俄圖稱此城音如散欝與元史爲近他國或稱生占在可斯費音西北與圖形符惟孫丹尼牙在南相距不過百里圖乃東西分列相距頗遠與今西圖異位

阿八哈耳

案今西圖應在蘇爾灘尼牙東微偏南與大典圖異城名見西域下傳非始於阿八哈大王也

撒里茫

今曰蘇立曼尼牙猶蘇爾灘尼牙之例蘇立曼爲天方教人之名名此者甚多報達之哈里發亦有是名何人所建未及博考大典圖形亦未盡合今屬土耳其

朱里章

大典圖形當今裏海東南隅今距裏海東隅約百里有朱里章城遺址阿剌比人稱爲角兒占或又稱戈而千本河名自東南來入裏海朱里章城以河得名元史元祕史皆有𦉈𦉈闌河祕史又有出黑扯連城拖雷曾渡河以攻此城裏海東南河道落落可數無同名者惟朱里章河與𦉈𦉈闌字音微近出黑扯連亦是𦉈𦉈闌之變音疑卽此朱里章也

的希思丹

今考西圖當曰的喝以斯單喝以二字併合急讀元史作希由無合音字也大典圖位亦合今爲俄波交界

巴耳打阿

西域下傳有阿而俺部在裏海西巴耳八阿爲從前阿而俺部都

城近苦耳河元末明初帖木兒西來曾駐巴耳八阿十日乾隆初年其地叛亂波斯兵討平之城遂燬今其城尙有小村落曰巴耳岱卽打阿之變音今屬於俄圖在毛夕里不誤特過於偏西

打耳班

譯義爲門蓋裏海西濱北踰高喀斯山之要道古時波斯於此築牆阻高喀斯山北部族來擾之路如中國之長城打耳班其通行之地也今西圖曰得耳奔特哲別由西域北征阿速欽察卽由玆路元史所謂繞寬田吉思海展轉至太和嶺卽高喀斯山也大典圖方位甚合

巴某

圖無西人云法而斯部有拔姆城或卽巴某案姆字當讀如吳下俗音不讀作毋泰西文字譯以華音輒不能合由字音不全也然

曾以姆字詢波斯人彼謂本國無此字音則恐西人由某字音以致訛拔姆之卽巴某宜似可信

塔八辛

圖無案苦喝以斯單部内有此城名亦云塔八三又云塔八斯地有雙城阿剌比人謂雙爲哀因故曰塔八斯哀因急讀之卽爲塔八辛

不思忒

圖在極東南隅蓋昔義斯單部之首城親征錄作不昔思丹恐有奪字當曰不思忒昔義斯單乃合昔義斯單祕史更作昔思田

法因

圖無西人云苦喝以斯單北境有城曰喀因亦曰法因昔爲苦喝以斯單首城木剌夷人據之當卽此法因

乃沙不耳

圖無審音考地必是昌思麥里傳之你沙不兒本紀之匿察兀兒親征錄之你沙兀兒在徒思西明史坤城傳後有你沙兀兒

撒剌哈歹

圖無今波斯國中亦無此合音之城名不得已而摹擬以求合曰今波斯裏海西南有城名雷赫歹或卽撒剌哈歹又哈達譯城波斯語元史之昔剌思城又名撒剌克斯或卽撒剌哈達之譯又裏海東南有沙黑陸特城如誤將陸黑二字倒轉卽是撒剌哈歹

巴瓦兒的

圖無案元史列傳阿剌瓦而思回鶻八瓦耳氏太祖征西域駐蹕八瓦耳之地阿剌瓦而思來降所謂八瓦耳必卽此巴瓦兒的西人云馬魯正西四百數十華里有城曰阿陛賁而特舊名巴賁兒

特殆卽此城惟太祖西征旣渡阿毋河卽東南行以至印度河未西至馬魯焉有駐蹕馬魯以西之事則又恐元史列傳之訛今地已入俄

麻里兀

圖在巴里黑西北巴里黑卽本紀之班勒紇則麻里兀必是馬魯見於本紀爲古時名城後漢書安息東界木鹿城號爲小安息去洛陽二萬里木鹿卽馬魯疆界道里皆不甚差謬新唐書大食傳呼羅珊木鹿人馬魯爲呼拉商部內四大城之一傳當云呼羅珊之木鹿人文義乃明今皆稱爲梅而甫正麻里兀之變音

塔里干

裏海西南有城曰塔密干印度河上游之西北亦有山寨名塔里堪卽本紀之塔里寒寨今大典圖在東界則應是塔里寒然南之

哥疾甯可不里皆屬篤來帖木兒不應缺此北面波斯城寨名塔里干者頗多未可執一以斷

巴里黑

圖在東界卽本紀班勒紇察罕傳板勒紇人西游記作班里缺黑字音西游錄作班城并缺里字音今俄圖稱巴而黑他國地圖或稱巴而克明史坤城傳後亦有把力黑部

吉利吉思撼合納謙州益蘭州等處

吉利吉思亦作乞力吉思又作乞兒吉思卽今之哈薩克今俄羅斯稱哈薩克曰乞兒吉思（案哈薩克分三部必不止一族吉利吉思殆是哈薩克始起部族）謂乞兒義謂四十吉思爲女語出回紇古時匈奴以漢地女四十人嫁夫居此故蒙是稱與元史說合又卽唐之黠戛斯唐書曰黠戛斯古堅昆國也地當伊吾之西焉耆北白山之旁或曰居勿曰結骨其種雜丁

零乃匈奴西鄙也匈奴封李陵爲右賢王衞律爲丁零王後郅支單于破堅昆郅支留都之故後世得其地者訛爲結骨稍號紇骨亦曰紇扢斯直回紇西北三千里南依貪漫山地夏沮洳冬積雪人皆長大赤髮晳面綠瞳以黑髮爲不祥黑瞳者必曰陵苗裔也以十二物紀年如歲在寅則曰虎年氣多寒雖大河亦半冰其君曰阿熱遂姓阿熱氏駐牙青山周柵代垣聯氊爲帳其文字言語與回鶻同青山之東有水曰劍河偶艇以度水悉東北流經其國合而北入於海堅昆本强國地與突厥等其酋長三人曰訖悉輩曰居沙波輩曰阿米輩共治其國（案輩卽別乞之別伯克之伯亦作畢作比酋長之稱也）貞觀二十二年聞鐵勒等已入臣卽來朝以其地爲堅昆府高宗世再來朝景龍中獻方物中宗勞之曰而國與我同宗非他蕃比屬以酒乾元中爲回紇所破自是不能通中國後狄語訛爲黠戛斯蓋回紇謂

之若曰黃赤面云又訛為戛戛斯回鶻稍衰阿熱即自稱可汗回鶻伐之不勝挐鬬二十年不解回鶻將句錄莫賀導阿熱破殺回鶻可汗阿熱遂徙牙牢山之南牢山亦曰賭滿距回鶻舊牙馬行十五日會昌中阿熱遣注五合素上書武宗大悅命太僕卿趙蕃持節臨慰其國使譯官考山川國風又詔阿熱著宗正屬籍遼史太宗六年穆宗應歷二年景宗保甯八年皆來貢案黠戛斯與乞兒吉斯音合貪漫賭滿音同字異皆當即今之唐努山元史之唐麓嶺雖異稱而對音同回鶻舊牙在元和林徙居山南十五日行程不相上下案一統志引朔漠圖云自和林北行三千里至昻吉爾海子自此又行五百餘里至謙州及吉利吉思今考昻吉爾當即拜哈爾湖由昻可剌河先入於湖故以此稱之昻吉爾即昻可剌也自和林北行當東轉至今庫倫乃直北至今恰克圖再西北行至拜哈爾湖之西南隅約程途二千餘里若和林直北別有捷徑則不過千餘里即至拜哈爾之西南矣復西行千數百里乃達謙州朔漠圖之說不能吻合豈昻吉爾海子別有所指歟然謙州吉利吉思皆在和林西北非正北也劒河即元史之謙河在唐努山烏梁海境內俄地圖曰烏魯克姆河烏魯譯義為大姆字

當如吳下俗音閉口讀之出以鼻音宋張文潛明道雜志曰經傳無嬸妗二字蓋嬸爲世母之合音妗爲舅母之合音今如字讀之未必合音疑其說不讎及以讀姆字之法讀母字便切合矣克姆合音如肯亦如侃變音爲謙華字無姆音不得已而以穆木等字代之故水道提綱作華克穆河別作克木亦作客木烏魯克姆河西南行將及二百里轉而西北行七百餘里貝克姆河自東北來會提綱作貝克穆河兩河合而西北行四百餘里西南之克姆池克河曲折流東北六百餘里而來會提綱作克穆齊克二河會流處地名克姆克姆池克提綱作克穆克穆齊克上克姆指東之克姆河下爲西河之名克字爲語尾助詞可不讀合音讀之音似肯肯池元西域史備載其地音似肯肯助卽謙謙州之所由來也俄羅斯旣稱哈薩克爲乞兒吉思又稱爲肯助特猶言謙州特一則

部名一則水名特爲衆之統詞元史或省文但曰謙州以河爲名史言至當此三大源皆在中國界上自此全河正北行入俄羅斯界不三百里而河流加廣爲俄之葉尼賽河遂無克姆之稱曲折而北先西北繼東北千數百里昂可剌河東來合流西北入北海昂可剌河入於拜哈爾湖而復出與葉尼賽河東西相並北行後折而東入於葉尼賽元史謂謙河注於昂可剌河未合當云繼合昂可剌河入海唐書言劒河偶艇以度水悉東北流似指克姆池克河或指葉尼賽河元史云吉利吉思境長千四百里廣半之謙河經其中西北流所謂長指南北而言則爲葉尼賽河且知元時但有謙河之稱而無葉尼賽之名又言西南有水曰阿浦東北有水曰玉須皆巨浸案俄圖葉尼賽河旁支甚多核其名稱介在疑似未可强附烏魯克姆起於多特淖爾華言陶托泊泊之正東不

及二百里有闊索果勒水泊華言庫蘇古爾西出一支入陶托泊所謂古爾果勒皆湖泊之別稱與淖爾同義玉須或即庫蘇闊索然元史言東北又言會於謙而注於昂可剌河似在葉尼賽下游則亦未可強附案徐松誤以昂可剌河即謙河又誤以厄爾庫爲阿浦伊里穆爲玉須魏源以謙河即昂可剌河上游玉須即伊里穆阿浦即葉尼賽其誤相等何秋濤之考水道爲確然以貝克穆河當東北之玉須則非蓋秋濤但見西國輿地全圖水道不備未及見俄之細圖也然則今之唐努山烏梁海正漢之堅昆唐之黠戛斯元之乞兒吉思故地乾隆二十年烏梁海賊郭勒卓輝博博等譌傳準酋阿睦爾撒納煽哈薩克阿布賚汗入寇二十一年三月以阿睦爾撒納煽烏梁海梗哈薩克道詔札哈沁公札木禪從哈達哈勦烏梁海叛賊有固爾班和卓者奇爾吉斯宰桑也攜千餘戶潛赴烏梁海車布登札布及車登三不勒等邀擒之因進兵哈薩克界朔方備乘備載其事國朝西北部族久無奇爾吉斯之稱其即爲哈薩克即元之乞兒

吉思無疑俄人之稱因名徵義尤足闡明元史唐書解黠戛斯爲黃赤面自與皙面之說矛盾固知其未是也乞而吉思何時西徙攺爲哈薩克於傳無徵元史劉哈剌拔都魯傳世祖諭曰自此而北乃顏故地曰阿八剌忽者素產魚吾今立城而以兀連當卽兀良哈今作烏梁海史省哈字速不台傳兀良人卽省哈字之證是爲唐努山北之烏梁海非蒙古之烏梁海別見部族考朔方備乘謂兀連當是兀速卽地理志附錄之烏斯何氏蓋未知元時乞兒吉思之東固有烏梁海部族不必攺史文以附合烏斯、憨哈納思當卽地理志之撼合納元祕史有哈卜哈納思疑同乞里吉里下里字當是思字之訛卽吉利吉思也三部人居之名其城曰肇州汝往爲宣慰使傳明西齋偶得阿爾楚哈乃元肇州地今阿爾楚哈有廢城卽肇州故城也蓋卽阿勒楚喀近松花江故云素產魚蓋其時海都叛亂漠北民避兵而南者七十餘萬乞兒吉思東西分徙或在此時俄圖葉尼賽河上游有烏斯河東來入之河濱有二村鎭曰上烏薩下烏薩皆爲烏斯轉音元史謂烏斯因水爲名在謙河之北說合元史賈塔剌海傳謙謙州卽古烏孫國也烏孫何時居此漢書無徵豈因烏斯而誤會歟抑烏斯之水因烏孫而得名歟元史又言撼合納在烏斯東謙河源所從出專言烏斯東則當是貝克姆河之源直多特淖爾正北三萬餘里若烏魯克姆河之源則當言東南此地名俄圖亦無考謙州沃衍宜稼聞諸俄羅斯人地利實然元史言吉利吉思遇雪則跨木馬逐獵唐書黠戛斯傳結骨東有木馬突厥三部落俗乘木馬馳冰上以板藉足屈木支腋蹴輒百步今考元西域史得木馬之狀刳木如小舟長二三尺寬半尺底平而前後仰人著足二舟中繫繩舟首如馬有轡削木為篙刺地蹴行冰滑勢疾用逐野羊野馬鮮得脫者以執轡故謂之木馬若論形狀當曰脚舟伴色揣稱不越二名昂可剌去大都道里倍於吉利吉思又言鉃羊肋熟東方已曙則已在赤道北六十度左右考俄圖昂可剌河入葉尼賽河在五十八九度中葉尼賽河西有葉尼賽斯科城圖理琛異

域錄伊聶謝去北海大洋一月程夏至前後夜不甚暗不數刻東方日出卽其地矣益蘭州地無考此與謙謙州皆非州邑之州蒙古崛起沙漠未循漢制而邱長春西游記已見欠欠州其爲譯音之字而非州郡之稱審矣案魏源海國圖志元代北方疆域上下二考其誤不可勝糾惟以吉利吉思卽唐書黠戛斯國之音轉確論也

附謙河考

多特淖爾在赤道北五十一度二十六七分卽喀托泊西北一支溢出爲烏魯克姆河猶言大謙河此與提綱語異淖爾東二百里有闊索果勒大湖華言庫蘇古爾南北縱三百里東西百里西出一支曰阿喇賽河通於多特淖爾淖爾東北有霍端河札喇河烏累河三河相合而滙淖爾東南有士什奇特河呼克河合入阿喇賽河以匯淖爾南有哈爾瑪河北有罕古爾蓋河皆匯淖爾淖爾東北又有小淖爾相聯綴烏魯克姆河西行烏魯河東南來入又西有三河無名北

有騰吉茲河合圖魯克塔哈河來入又西南行哈爾瑪河罕薩林河自北來入布斯河合哈色勒河自東南來入又西南行哈克姆河南出於帖里淖爾北流入之（帖里郎特里泊）又西行轉北達得齊穆河自北來入（疑郎提綱之多集瑪河）又西北行哈爾戛河合森戛勒河自西南來入塔爾巴哈台河亦自西南來入又西北行烏魯斯治貝河色金河畢里貝河布連河南來注之河轉北郎折西北霍布托河東匯於淖爾復出淖爾西行轉而南流注之拜斜特河東北來注之北岸有數小河來注皆無名而貝克姆河自東北合諸水來會（秋濤謂華克穆河北流四百里而會貝克穆河考之俄圖當云西北）貝克姆河起於多特淖爾正北三百里兩源並發合而南行東來一支與合南逕哈喇布魯克淖爾（俄圖與河不通）行益西斜爾魯克河自東南來會轉西北行巴什河自東北來會東南東北並有小河來會無名轉而北阿薩斯河自東來會伊蘇克東源三支

中源出克得穆車泊北出那雅泊南出瑪那泊合而西南流來會庫克姆河自南來會貝克姆河又西北哈姆薩喇河東出於圖吉淖爾而西流其北一支合克爾雷海河齊什克姆河索羅克河皆西南行而相合克爾雷海河齊什克姆河皆在正北其地爲托羅斯塔班中俄第十九界牌又合北之鄂爾雷霍爾泊水東北之哈塔爾蘇克水以入貝克姆河貝克姆之分源惟斯爲大貝克姆河又西北斜斯達克姆河合烏古特河自東北來會貝克姆河又西行士畢河自北來會其西一水無名歡果爾河自東南來會貝克姆河西南行音斯提克姆河自北來會又東合達布蘇河西合斜斯帖爾里克河而匯於烏魯克姆河案貝克姆河形曲折凡行七八百里而合於烏魯克姆河中途所入之水與秋濤案語異同處甚多可以參考至於譯音微異卽爲同矣兩河既合乃西南流北有伊爾別克河與西一水合而注之南有圖而雅河挾數小水又挾善干河葉克列斯河合而注之圖爾雅當卽圖蘭秋濤謂盆蘭州當在圖蘭旁望文生義不可爲據烏魯克姆河又

西行巴彥果勒河帖滅爾蘇克河葉列克姆河北來注之巴喇克河莫霍爾阿喇勒河巴延古勒河佳果勒河東南來注之又西北行不數十里而克姆池克河自西南來會合流處之南是爲克姆克姆池克蓋合東西河名以爲地名也克姆池克河發源唐努山之西麓（秋濤云北麓未是乃唐努西峰之盡處）始東流有小楚雅河大楚雅河巴爾魯克河等河與合繼北流有阿拉什河自西北挾諸水與合繼東流吉爾戛庫河自東南與合又東北流阿克河雅雷克姆河先後自西北與合札達克河合昆得爾蓋河自東南與合凡行四百餘里而東北會烏魯克姆河自是全河北行出華界入俄界曰塔爾闊克山界牌在焉緯綫五十一度五十七分罕騰格爾河西來入之罕騰格爾河與雅雷克姆河南北二源相望皆出罕騰格爾山克姆河又東北烏斯河發源華境葉爾吉克塔爾哈克台戛山（即秋濤所云塔爾噶克）西

南流至烏斯第二十界牌而入俄境未出境時有索斯費爾河東來注之既出境後有闊雅爾特河沙哈什河東南合而注之烏斯河西南行逕上烏薩下烏薩又西行入克姆大河凡行二百餘里秋濤所言方向里數恐誤克姆河轉向西北庫魯米斯特帖普斜里河喀則爾蘇克河先後自東來入克姆河至是寬廣是為葉尼賽河南河西並有數河來入轉東北又轉西北而阿巴堪河自東南喀爾雷罕嶺發源中途挾諸水最北一支曰威巴特河行五百里而入葉尼賽

地理志西北地附錄釋地下終

西域古地考一　元史譯文證補二十七

兵部左侍郎總理各國事務衙門行走加三級臣洪鈞撰

康居奄蔡

漢書康居國王冬治樂越匿地到卑闐城去長安萬二千三百里不屬都護至越匿地馬行七日至王夏所居蕃內九千一百四里戶十二萬口六十萬勝兵十二萬人東至都護治所五千五百五十里又云其康居西北可二千里有奄蔡國控弦者十餘萬人與康居同俗臨大澤無涯蓋北海云案史記大宛傳張騫告天子謂康居在大宛西北可二千里國小南羈事月支東羈事匈奴若其冬夏所居相距九千餘里則必提封萬里而只十二萬戶等於烏孫月氏與博望侯國小之言不合且一歲之中驅馳一萬八千餘里以避寒暑不將爲道長耶此必無之事也烏孫傳言西至康居

蕃內地五千里烏孫治赤谷城在今伊犁之南康居在烏孫西北二傳相較便不能合九千里數疑有訛字或有奪文（徐松漢書西域傳補注亦疑之）何氏朔方備乘恢張漢業引近俄疆謂康居蕃內爲俄國之莫斯科舊都地而以奄蔡列俄北境以實班氏北海之說噫過矣案漢書大宛傳北與康居接大宛爲今浩罕安集延等地今之塔什干爲其極北邊界（見下）亦當爲西界魏書康國康居之後也遷徙無常不恆故地自漢以來相承不絕其王本姓溫月支人也舊居祁連山北昭武城因被匈奴所破（唐書謂爲突厥所破似誤）西踰葱嶺遂有其國枝庶分王並以昭武爲姓示不忘本舊唐書亦謂康國卽漢康居新唐書康者一曰薩末鞬亦曰颯秣建元魏謂悉萬斤蓋卽今之撒馬爾干唐高宗永徽時以其地爲康居都督府此皆康居故土之可徵者也新唐書石或曰柘支曰柘折曰赭時漢大宛北鄙去京師九千

里東北距西突厥西北波臘南二百里所抵俱戰提西南五百里康也圓千餘里右涯素葉河王姓石治柘折城故康居小王窳匿城地所謂柘支柘折赭時即元史西北地之察赤今之塔什干詳察赤釋地西南至撒馬爾干道里適合此康居小王地可徵者一康南距史百五十里史或曰佉沙曰羯霜那居獨莫水南康居小王蘇薤城故地西百五十里距那色波見那黑沙不釋地北二百里屬米南四百里吐火羅也有鐵門山左右巉峭石色如鐵爲關以限二國以金錮闔此即西游記之碣石鐵門西域記亦謂羯霜那國東南山行三百餘里入鐵門兩旁石壁其色如鐵既設門扉又以鐵錮多有鐵鈴懸諸門扇因其險固遂以爲名明史渴石在撒馬兒罕西南六十里又西三百里大山屹立中有石峽行二三里出峽口有石門色如鐵番人號爲鐵門關似非眞門詢之西人昔誠有門今則無

矣碣石渴石佉沙羯霜皆一音之轉此康居小王地可徵者二安者一曰布豁又曰捕喝元魏謂忸密西瀕烏滸河治阿濫謐城康居小君長罽王故地案烏滸河即阿母河布豁捕喝正布哈爾之轉音魏書云忸密在悉萬斤西今布哈爾固在撒馬爾干西惟魏書悉萬斤去代一萬二千七百二十里忸密去代二萬二千八百二十八里不能相合意二萬爲一萬之訛魏書阿弗太汗國早伽至國在忸密西諾色波羅國在忸密南皆云去代二萬三千餘里則二萬非訛字然魏書所言諸國道里亦不甚可憑康居五王城道里當以漢書爲準詳下此康居小王地可徵者三何或曰屈霜你迦曰貴霜匿即康居小王附墨城故地鄰國四至唐書未言西域記言自屈霜你迦國西二百餘里至喝捍國又西四百里至捕喝國則當在布哈爾之東此康居小王地可徵者四火尋或曰貨利習彌曰過利居烏滸水之陽東南六百里距戊地西南與波斯接西北抵突厥曷薩乃康居小王奧鞬城故地案貨

利習彌即元史西北地之花剌子模本係地名亦爲國號至今名猶未泯也元初花剌子模之都城曰烏爾鞬赤與奧鞬音叶火尋亦當即奧鞬變音元史訛爲玉龍傑赤突厥曷薩即突厥之可薩部居裏海北烏滸水即阿母河古時阿母河不入鹹海自布哈爾之南轉而北行距鹹海數百里折而西南行以入裏海奧鞬城當西流處之南故曰居水之陽詳花剌子模釋地烏爾鞬赤考鹹海裏海黑海考此康居小王地可徵者五徐松漢書西域傳補注亦備引唐書惜未能實徵今地東西南北四境說亦多誤更以漢書道里考之最近者爲窳匿王治窳匿城去都護五千二百六十六里去陽關七千五百二十五里搭什干城固最東也次近者附墨王治附墨城去都護五千七百六十七里去陽關八千二十五里其近相等者蘇䪥王治蘇䪥城去都護五千七百七十六里去陽關八千二十五里以是推之唐之何國史國殆必鄰近其遠者罽王治罽城去都護

六千二百九十六里去陽關八千五百五十五里布哈爾在西里數之多誠宜最遠者奧鞬王治奧鞬城去都護六千九百六里去陽關八千三百五十五里去陽關里數不應反少於鬭城恐誤此在五王中極西北境以今地圖方位考之大段不爽至欲規規里數求其吻合病未能也然則康居全境起今伊犁以西歷大宛月氏安息北界而西訖於裏海其北境不可知大約及於鹹海綜厥土宇橫亙西陲不待附以北荒已非褊小晉書康居在大宛西北可二千里與粟弋伊列鄰接粟弋即粟特見下伊列見陳湯傳在烏孫北蓋即今伊犁其王治蘇薤城地和暖饒桐柳蒲陶多牛羊出好馬泰始中其王那鼻遣使上封事獻善馬曰治蘇薤城當是昭武之分王非康居之統主蘇薤在大宛西不及二千里晉書但引用史記而不知與已說剌謬也通考引漢書康居傳與大月氏同俗下又引地和暖饒桐柳蒲萄多牛羊出好馬徐松西域傳補注因疑漢書有奪文今案此出晉書非漢書漢書之紀奄蔡全本史記大宛傳中張騫語

驀身所至者大宛月氏大夏康居而傳聞其旁大國五六云盡北海云明是揣度傳言疑而不斷案後漢書奄蔡改名阿蘭聊國居地城屬康居土氣温和多楨松白草民俗衣服與康居同裴松之注三國志引魚豢魏略奄蔡國一名阿蘭西與大秦東與康居接故時羈屬康居今不屬也後魏書粟特國在葱嶺之西古之奄蔡一名温那沙居於大澤杜佑通典奄蔡漢時通焉西接大秦東南二千里與康居接去陽關八千餘里控弦十餘萬土氣温和臨大澤無涯岸多楨松白草及貂畜牧逐水草蓋近北海至後漢改名阿蘭聊國後魏時曰粟特周保定四年來貢方物今以地望道里徵之自康居西境貨利習彌之地西北行出裏海北濱再西行二千里乃臨黑海所謂大澤蓋黑海也漢時黑海爲羅馬東鄙故云西接大秦若俄莫斯科舊都與羅馬賅章渺不相屬何論更北隋書

鐵勒傳拂菻東則有恩屈阿蘭北褥九離伏嗢昬等拂菻卽東羅馬其都城臨地中海峽在黑海西而黑海南境悉入版圖故云阿蘭在拂菻東更以西書徵之戰國時裏海黑海之北粟特族居之後有耶仄亦族（仄亦合音併讀）自東方來服屬於粟特居裏海西高喀斯山北傳國多歷年所後稱阿蘭亦曰阿蘭尼又稱阿思亦曰阿蘭阿思（見下附譯）今考耶仄亦爲奄蔡轉音阿蘭尼爲阿蘭聊轉音阿思爲阿速轉音阿蘭阿思則見元史西北地附錄然則漢奄蔡卽元阿速明史阿速城背山面川川南流入海大澤之卽黑海復奚疑焉魏書謂粟特去代一萬六千里又云粟特商人多詣涼土販貨則非甚遠可知朔方備乘謂當是二萬六千里改古史以伸己說未爲是也通典謂奄蔡土氣溫和又曰粟弋後魏通焉一名粟特出名馬牛羊珍果葡萄酒其土地水美故也大禾高丈餘子如胡豆附

庸小國四百餘城魏太武帝時遣使朝貢史記正義引括地志曰奄蔡酒國也黑海之濱氣候暄和故能廣植葡萄多釀美醞若北海之濱雪窖冰天漢魏之時窮荒未闢安得有酒國於此哉黑海之境葡萄味美甲於天下鈞在俄都賓親嘗之俄通國之酒皆此處所出洵酒國也後漢書嚴國在奄蔡北屬康居出鼠皮以輸之若奄蔡已臨北海則此國將在海外後書無北海一語蓋已知張騫此說不可爲憑瀛環志略謂此大澤即鹹海一傍張之一狹小之楚則失矣齊亦未爲得也耶律鑄雙溪醉隱集行帳八珍詩駝蹄羹注康居南鄙伊麗迤西沙磧斥鹵地往往產野駝麢沆注麠沆馬挏也麠沆奄蔡語也國朝因之又注奄蔡兩漢西域傳無音大宛傳宛王昧蔡師古曰蔡千葛切書二百里蔡毛晃韻蔡桑葛切廣韻亦然奄蔡蔡千葛切爲是今有其種率皆從事挏馬據此則康居奄蔡元人猶知其故地奄蔡不見元史蓋即阿速

也

魏書以粟特卽奄蔡後漢書分粟弋奄蔡爲二曰粟弋國屬康居出名馬牛羊葡萄衆果其水土美故葡萄酒特有名通典以粟弋卽粟特而亦與奄蔡分爲二國且曰粟弋附庸小國四百餘城似非一國元史類編西域傳引十三州志云奄蔡粟特各有君長而魏收以爲一國誤矣漢書陳湯傳郅支單于遣使責闔蘇大宛諸國歲遺師古曰胡廣云康居北可一千里有國名奄蔡一名闔蘇然則闔蘇卽奄蔡也史記正義引漢書解詁曰奄蔡卽闔蘇也名稱互歧諸說不一折衷考異爰采西書當商周時古希臘國人已至黑海古希臘文稱彭特亥斯譯義卽爲黑海行舟互市築室建城周定王時黑海北濱有希臘城名奥略威最著稱秦漢之時羅馬繼之故亞細亞洲西境部族播遷於歐羅巴洲者惟希臘羅馬古史具載梗概今譯其書謂裏海以西黑海以北先有辛

卑爾族居之（距今二千六百餘年）盖東方種類城郭而兼游牧者（黑海北境有辛卑爾古城黑海峽口初名辛卑爾峽今俄人名烏拉嶺一帶曰西悉畢爾殆由於此中國漢後鮮卑部名尚係後見）厥後有粟特族越裏海北濱自東而西奪辛卑爾地辛卑爾人四散大半竄於今之德法丹日等地有衆入羅馬為羅馬擊殺無遺東漢時有郭特族人亦自東來其王曰亥耳曼粟特族人敗潰不復振晉時匈奴西徙（西書音如昏尼為匈奴之變音）其王曰阿提拉用兵如神所向無敵亥耳曼自殺（據云時正百歲）其子威尼達爾率郭特人西竄召集流亡別立基業阿提拉復引而西戰勝攻取威震歐洲羅馬亦憚之立國於今馬加之地希臘羅馬郭特之人多為其所撫用與西國使命往來壇坫稱盛有詩詞歌詠皆古時匈奴文字（羅馬有通匈奴文者匈奴亦有通臘丁文者惜後世無傳焉）羅馬史稱阿提拉仁民愛物信賞必罰在軍中與士卒同甘苦子女玉帛一不自私鄰國貢物分頒其下筵宴使臣以金器皿而自奉儉約樽簋以木將士被服飾金

而已則惟衣皮革是以遐邇咸服人樂爲用宋文帝元嘉二十八年（西歷四百五十一年）阿提拉西侵佛郎克部（即今法國時爲羅馬屬地）羅馬大將義都思率郭特佛郎克等衆禦之戰於沙隆之野（在今巴黎東四百里）兩軍死者五十萬人阿提拉敗歸南侵羅馬毁數城而去尋卒諸子爭立國内亂遂爲羅馬所滅（瀛環志略謂東漢順帝時匈奴犯羅馬羅馬王安敦窮追至北海犁其庭蓋伏尸百萬聞諸西人羅馬是時並無其事不知志略何由致訛今譯羅馬書乃知必是沙隆之戰阿提拉國之滅特年代不合而追至北海之說則全無影響也）當郭特之未侵衆特也有部落曰耶仄亦居裏海西高喀斯山北亦東來族類而屬於衆特厥後郭特匈奴相繼攘逐獨耶仄亦部河山四塞恃險久存後稱阿蘭亦曰阿蘭尼又曰阿思亦曰阿蘭阿思皆見東羅馬書今案耶仄亦即漢奄蔡元阿速昔時俄羅斯人稱阿速曰耶細爲耶仄亦變音阿速於明後始爲俄羅斯所併享國之久可謂罕見奄蔡一國衆特一國一爲大部一爲附庸後漢書通典十三州志說合其曰衆弋者僅一

粟字嫌切音未足，因增弋字，當作粟弋特，而刪特字也。其曰闖蘇者，闖字爲啟口時語助之音，西方文字往往而有。戰國時希臘人海洛檟特之書，其言粟特音如闖蘇特，故知是也。郭特之名，華書無徵。魏書粟特傳，匈奴殺其王而有其國，傳至王忽倪已三世。稽其時序，似即郭特王亥耳曼自戕之事，而不合者多，難於論定。郭特西徙，因其故王之名，遂有日耳曼之稱。臘丁文作日耳馬尼，法稱阿耳馬尼，俄稱該耳曼，於原音爲近。羅馬撫用其衆，資其勇力，既滅匈奴，而羅馬亦爲郭特所滅。志略作峩特今德意志列邦，皆郭特之後，故亦稱日耳曼。泰西諸國靑目赤髮之人，大率爲其苗裔。西人云：郭特西徙，分爲二部，西部赴瑞典、日斯巴尼牙等地，東部則羅馬收撫之。瀛環志略云：西土以日耳曼爲貴種，佛郎西、英吉利立國之祖，皆日耳曼人。諸國每遭喪亂，輒招致日耳曼列侯或世子爲王，大國如英吉利，小國如希臘是也。今德人固自承郭特之後來自東方法人則不承郭特豈以兵衅有意見存乎其間歟復聞諸德人德意志爲土語之解得名已久昔時日耳曼人別有方言因即以爲國號非始自今也然則歐洲種族溯源鼻祖大率震方竊笑近世諸儒强以烏孫加諸俄羅斯而彼堅不承在中土則惟元人王惲一言在西土則諸國載籍皆無可據豈知俄羅斯而外固有自東來者而亦爲彼所自承者耶嘗遇俄人久居北京識華文者詢以烏孫之說彼曰顔師古謂青眼赤鬚狀類獼猴此或是今之德人爲烏孫一族若我俄人自是司拉弗哀之族並不如是始訝其言擬不於倫迨考西事久之乃悟俄人之語由郭特來也

西域古地考一終

西域古地考二　元史譯文證補二十七

兵部左侍郎總理各國事務衙門行走加三級臣洪鈞撰

安息

瀛環志略曰東漢和帝永元九年西域都護班超遣掾甘英往通大秦抵條支臨海欲渡安息西界船人告以海水廣大往來須齎三歲糧英疑憚而止大秦屢欲遣使於漢爲安息遮遏不得通考泰西人地圖安息即今之波斯條支即今之阿剌伯東漢時大秦正當全盛未分東西其國都在意大里之羅馬東境至西里亞猶太與安息接壤若由安息往大秦渡嬀水入安息境約三千餘里即已入大秦東境（何止三千餘里）再西北行約三千餘里渡海峽歷希臘之北境約二千里至意大里之東北境又西南行千餘里即至大秦都城計陸路萬里而近（道里皆未確考）自西里亞以西皆大秦地漢書所云

從安息陸路繞海北行出海西至大秦人庶連屬十里一亭三十里一置從無盜賊寇警者的確不誣又云道多猛虎獅子遮害行旅不百餘人齎兵器輒爲所食按西里亞以西皆大秦名都大邑四達通衢安得有猛獸遮害行旅蓋安息貪繒綵交市之利必不欲大秦之通漢故爲此誕說以阻漢使之西行所謂遮遏不得通者此也若由條支從海道往則阿非利加之大浪山一路自明以前未通舟楫歐羅巴東來海道率取道於地中海紅海條支都城在麥加乃紅海北岸而其東境又臨阿勒富海甘英所臨之海未知其爲阿勒富海抑即紅海若爲阿勒富海則須繞條支三面之海計水程六七千里至紅海之尾而海盡行陸路一百七十里至地中海之東南隅再登舟西駛約六千餘里而抵大秦都城計水程約一萬三千餘里若所臨係條支都城之紅海則西北駛千餘

里已至紅海之尾計水程不足萬里中間隔陸路一百七十里不能一帆直達然舍此則無道路計其水程速則四五十日遲亦不過兩三月半載儘可往返何至須齎三歲糧蓋安息總不欲大秦之通漢故使西界船人設此詞以難之甘英憚於浮海遂中止耳案徐中丞以條支即今之阿剌比別有考其云安息即波斯漢書有安息無波斯魏書有安息有波斯唐書有波斯無安息魏書安息國在葱嶺西都蔚搜城北與康居西與波斯相接去代二萬一千五百里波斯國都宿利城在忸密西古條支國也去代二萬四千二百二十八里詳述里至明是兩國西書無安息國名志略譯自西人不應有此臆說考西書之紀波斯始於中國成周中葉君其地者爲柯勒施朝志略之居魯士大流士皆柯勒施朝人也周顯王時希臘王阿來三得志略作亞勒散得敗波斯攘其地顯王三十三年

阿來三得滅柯勒施朝撫有波斯十年而卒諸將裂土自王互攻奪嗣爲其將賽會克斯所併爲賽會克斯朝時在周赧王初年後數十年波斯東北境帕而特國起其王自謂波斯族裔曰阿而薩克秦王政十八年爲帕而特建國始年謂之阿薩朝亦曰阿息聞波斯使臣云古時希臘人稱爲阿息居裏海東南臨阿母河傳國七世益強大拓地至裏海西南抵於波斯海灣與羅馬東界爲鄰漢獻帝初平年間遂滅賽會克斯後建安五年波斯故王之裔薩山復自立國爲薩山朝時帕而特國與羅馬搆兵垂百年晉時羅馬敗之薩山朝乘其敝恢復波斯故壤晉武帝時帕而特國亡波斯薩山朝至唐時爲阿剌比入所滅其王卑路斯逃入中國唐書所載相符案阿薩阿息皆與安息音類阿薩都城先曰帕而杜瓦爲帕而特國號所本他國人稱之曰帕而討尼薩前漢書安息治番兜城蘇林注番音盤番兜即帕而杜瓦帕

而特之轉音繼西徙都城曰喝克湯白洛斯上三字義爲百下三字義爲門後漢書安息居和櫝城和櫝即喝克湯之轉音兩城已隳圮無存漢書烏弋山離北與撲桃接烏弋山離東漢時改名排持即今俾路芝安息正當其北撲桃亦帕而特等稱之異譯阿母河即嬀水所謂臨嬀水商賈車船行旁國者是也安息之即阿薩殆無疑義志略以安息當波斯論乎疆域誠非異地然與魏書不合且漢末波斯仍自立國西晉時帕而特爲波斯所滅則不得以安息爲波斯也明矣西書繪帕而特錢圖面男像背女像與漢書鑄銀爲錢文獨爲王面幕爲夫人面語合其地多產良馬故漢使至界以二萬騎往迎後書其東界木鹿城號曰小安息去洛陽二萬里此即元史之馬魯爲西域衝途大郡新唐書大食傳呼羅珊木鹿人亦即此木鹿帕而特新舊都城皆在木鹿之西中西古籍互證以明

惟西書云晉武帝時帕而特國亡而魏書太延年間安息尚存疑其紀年有誤然西書又載帕而特亡後仍有一小國在裏海南山中阿剌比人先滅波斯乃滅此國是亦魏書之一證甘英所臨之海必非紅海而爲阿勒富海亦名波斯海灣由此登舟繞阿剌比三面以入紅海之尾紅海地中海之間陸路百七十里古時蘇彝士河未開但有溪河可通小舟以入地中海而不能容巨船紅海之中水程最滯無風逆風皆不得行往返程期或二三載安息人所謂海水廣大往來者逢善風三月可得度若遇遲風亦有二歲者故入海人皆齎三歲糧乃係實情並非誑語裴松之注三國志引魏略云大秦國在安息條支西大海之西從安息界安谷城乘船直截海西遇風利二月到風遲或一歲無風或三歲語極詳明可爲安息船人左證至云海中善使人思土戀慕數有死亡夫長

年涉風濤起居失調旅況淒寂憂能損人理有固然非危詞恐喝也古時羅馬所屬之西里亞迤東帕而特所屬之美索卜塔尼亞等地皆有獅子遮害行旅非結隊持械不敢行載在羅馬猶太古書匪爲誕說特往來商侶無歲無之俟伴偕行何難刻期而至一經沮抑便憚遄征遂致華夏輜車既徂西而忽輟犁韃名國欲通漢而無由誠憾事也已

條支

徐中丞瀛環志略謂漢安息即今波斯條支即今阿剌比番禺李吏部光廷漢西域圖考則謂條支國城在今俄羅斯國極南之摶里達部地黑海之所環也後書云城在山上周四十里臨西海海水曲環其南及東北三面路絕惟西北一隅通陸路考之西人所繪俄羅斯圖確在此地其云轉北而東又馬行六十日至安息蓋

其國當時兼得俄羅斯高加索五部地東界裏海而南通安息甘英之使大秦臨海欲渡蓋卽臨黑海之東岸而由安息以抵條支故安息人得阻之也漢時大秦國都在意大里亞之羅馬拓土而與安息鄰經其國行程及萬里故由海往徐氏以天方當之不知海水之環指城而言天方闊境數千何止四十且西北所通亦非一隅其臨海句多解不去良由未審地形耳案黑海北境古屬希臘通舟楫利商賈名其地曰撒吉剌（詳釋地）後爲羅馬所并希臘國史確然可徵固無條支之名亦非安息波斯所轄成周中葉波斯極盛之時西界至地中海北界至高喀斯山皆在黑海南而未有其北漢時安息繼興西界未至黑海（安息爲阿息之轉音詳安息考）黑海中片壤古時通陸之路極狹常沒水中厥後沙土繼長增高近經西人鬪治遂成衢路車馬暢行遐稽漢時必非立國建都之所且須向北轉東復

轉南再轉東乃達安息程途方向亦未盡符後漢書言安息南與烏弋山離接又於德若國下言自皮山西南經烏秅涉懸度歷罽賓六十餘日行至烏弋山離地方數千里時改名排持（此即今之俾路芝地圖會復據西人云俾路芝之名甚古則必是也）復西南馬行百餘日至條支若條支在黑海北濱當云西北行不能西南行說亦不符自來志西域者舉於漢書詳於魏書魏書曰波斯都宿利城在忸密西（忸密見唐書西域傳）古條支國也城方十里河經其城中南流杜佑通典亦云波斯即條支故地則必知波斯故都之所在乃可得條支之所在波斯全境多山多沙漠無南流大河惟西境體格力斯河衰甫拉特河並發源西北導流東南源遠流長匯合而入波斯海灣西書紀周赧王時希臘王阿來三得之將塞爾克斯據有波斯其後建城於體格力斯河西名之曰塞爾齊亞遂爲都城（或云漢初始建）河東舊有城曰特昔芬於是國都有東

西二城近時西人考後漢書自安息西行三千四百里至阿蠻從阿蠻西行三千六百里至斯賓國斯賓即昔芬之轉音從斯賓南行度河必是體格力斯河或哀甫拉特河漢書所云里數合於古羅馬千步爲一里之數皆可徵實東漢末波斯故王後裔薩山恢復舊業亦都於此唐時阿剌比人西來城始被毀肅宗寶應元年天方教主阿蒲札非爾於故城西北建八格達城即西使記之報達其後遷都於此亦跨河爲東西二城復於故城之地建離宮博考西書漢後波斯都城在體格力斯河殆無疑義跨河爲東西城故魏書謂河經城中南流唐書亦謂波斯王居東西二城魏書言宿利城後周書言蘇利隋書言蘇藺似皆塞魯之異譯新唐書既列波斯傳復於康國下云狼揭羅西北即波剌斯傳言廣萬里王治蘇剌薩儻那城似是兩國案波斯本應作波爾斯蘇剌亦即蘇利蘇藺之異譯薩儻那三字當是彼處方言謂城唐書下云謝颶北有弗栗恃薩儻那可以比例哀甫拉特河迤西波斯海灣西岸皆與阿剌比接壤西書又載古時阿剌比人東至體格力斯哀甫拉特兩河之間聚族而居爲附庸小國波斯等地稱阿剌比人曰塔赤克塔赤正與條支音叶又有大抑大希之稱爲唐

書大食所本今西人多稱波斯爲塔齊克族類而不知由於阿剌比也據是以考體格力斯河古爲塔赤克人居地其後乃被攘逐漢時此河上游當已無此種人而下游近海之處或尚爲其部地故漢書謂抵條支臨海欲渡聞波斯使臣云兩河下游西境今尚有古之阿剌比人不率教化類乎野番經其境者納賂乃免今體格力斯哀甫拉特兩河間地統名之曰義拉克阿剌伯由古時阿剌比人居此故蒙是稱合中西書籍以互證二千年之疑案可明近世西人考輿地者謂哀甫拉特河西古有大湖亦流入波斯海灣巨泊迴環與漢書所云海水曲環其南及東北三面路絕惟西北一隅通陸之形相合或者漢時條支故城在此今沙磧壅塞滄海桑田而沮洳遺跡地猶可考是說也亦足爲漢書條支城之一證徐中丞謂條支即阿剌比未可厚非其說特於族類之遷移名稱之緜起考之猶未盡耳

拂菻

拂菻之名唐時始見舊唐書云拂菻國一名大秦在西海之上元史愛薛西域苐菻人是元時猶有此稱漢大秦爲古之羅馬今之義大利劉宋時哥特族人滅羅馬瀛環志略作峩特今德意志合衆國皆哥特種人也東晉時羅馬分王居黑海西今土耳其都城之地轄治東境別之曰東羅馬羅馬國亡而東羅馬獨存明時始爲土耳其所滅其都城名康思灘丁諾潑里斯康思灘丁王名蓋始建城者潑里斯猶言城諾爲連屬字猶華文之字今亦省文稱諸潑爾東羅馬本國之書則稱康思灘丁諾潑凝其地土人省文惟稱潑凝急讀之音如潑菻阿剌比人稱之爲拂菻本屬城名假爲國號唐時阿剌比人滅波斯侵印度環葱嶺地悉歸役屬方言流播遂入中華此唐書拂菻所由來也瀛環志略以西里亞之耶路撒冷當唐書之拂菻係誤其地爲古猶太國雖曾倂於羅馬然未建國於此且撒冷之訛爲拂菻亦出臆度初無徵考舊唐書云拂菻東南與波斯接新唐書拂

菻古大秦也居西海上一曰海西國去京師四萬里在苫西北直突厥可薩部西東南接波斯東羅馬國都在地中海東濱故曰居西海上其屬境之通波斯者在地中海東黑海南南之西濱地中海南之中入西里亞南之東接阿剌比其東南則達波斯故曰與波斯接其地古稱富庶後漢書所謂從安息陸路繞海北行西至大秦人庶連屬十里一亭三十里一置從無盜賊寇警其地似之宋神宗元豐三年東方之天方教國塞而杜克朝人來據之遂不屬東羅馬而仍羅馬之名稱曰羅姆羅馬馬字音本不叶姆字不讀作母讀母字而出以鼻音乃合吳下俗音有此元兵西伐役爲外藩見西域補傳下元史之愛薛或即其產故謂爲茀林人明初土耳其國肇興地爲所奪屢經兵燹土曠人稀閭市蕭條非復曩日矣

突厥回紇

匈奴之後突厥最盛突厥旣滅回紇乃興今日者玉關以西天山南北悉爲回部案御批通鑑唐書稱回鶻之先本匈奴則似與今蒙古相類至遼史始有回回之名與回鶻並列而元史則回回回鶻彼此互稱紇轉爲鶻鶻又轉回音有緩急故傳譯不同亦猶畏羅之當爲衛拉特乃蠻之當爲奈曼也特詳辨之以釋諸史之舛互云無所謂突厥也而突厥之稱乃獨流傳於西土曰突而克亟讀之即突厥曰突克蠻猶言突厥同類今法人稱土而其國音如突而克月二字合音稱其人類曰突而克英人稱其國曰突而克以二字合音皆爲突厥轉音土耳其亦突厥一類人也始聞是說疑其不確徐而思之蓋自有故北史謂突厥爲匈奴之別種唐書謂回紇爲匈奴之後裔回紇在後魏時號鐵勒部落依託高車臣屬突厥自突厥有國東西征討皆資其用隋大業間始叛突厥後稱回紇是回紇亦突厥中一種耳唐開元時回紇始盛然惟十一部落西至葛邏祿而止度其斥境不越金山以視突厥盛時西破嚈噠東走契丹北并契骨威服塞外諸國其地東

自遼海以西至西海萬里南自沙漠以北至北海五六千里見前闕書大小廣狹迴乎不侔突厥極西之部爲可薩部亦曰曷薩西國古籍載此部名曰哈薩克即曷薩轉音亦曰喀薩克即可薩轉音裏海黑海之北皆其種落屯集中國唐時又有他族東來哈薩克地漸爲所擾引而益西宋時兩海之北奇卜察克號爲大部而哈薩克族類渙散湮沒不復可考又東羅馬古書載與突厥通使東羅馬即唐書之拂菻國也種落繁多幅幀遼闊匈奴而後實惟突厥而散居西土亦惟突厥舊部爲多開成年回紇爲黠戛斯殘破其相馭職擁外甥龐特勒等一十五部西奔葛邏祿一支投吐蕃一支投安西其近可汗牙十三部南來附唐會昌中三萬衆降於幽州三部降於振武而烏介可汗部衆十萬大中年間漂流凍餓祗存三千其後復爲黠戛斯掠歸塞北安西龐特勒居於甘州無復昔

時之盛朱之高昌元之畏吾兒爲回紇裔後分國唐書叙回紇部落起訖分明其盛也威令未行於鹹海裏海之閒其衰也播遷未越於葱嶺金山以外而突厥傳則言頡利之敗也其部落或走西域咄陸可汗之敗也西走吐火羅泰西載籍俱言突厥西來而不言回紇西徙稽之華史歷歷可徵今中國人於葱嶺西北西南諸部統稱之曰回國誠不敢謂已是而人非也嘗遇土耳其駐俄使臣詢其來歷彼自謂是突而屈亟讀之卽突厥史書譯音甚合今本國猶藏古書謂有三千人入中國爲兵餘衆輾轉西徙後値賽而朱吉特建國見西域補傳授地以居遂入謨罕默德教迫蒙古西來避而之黑海南境亦見西域傳注中其西徙之時在千載前蓋唐代也然則土耳其實是突而屈或稱突而克皆西人變音突克鑾之語則出於阿剌比人土耳其使臣復謂本國古語與蒙古相類者甚多因此而考回紇稱謂亦多本

於突厥可汗可敦特勒之名固無論矣突厥別部將兵者皆謂之設默啜可汗立其子弟爲左廂察右廂察毗伽可汗本蕃號爲小殺而回紇亦有左殺右殺分管諸部曰設曰察曰殺皆譯音之異今波斯王稱沙猶是突厥遺稱骨咄祿可汗及葉護之稱達干之名回紇並同突厥以突厥統之誠不爲過度其言語或亦多同至於突厥文字不復可考回紇文字至今猶存所謂托忒字體是也與西里亞文字相仿故泰西人謂唐時天主教人自西里亞東來傳教唐人稱爲景教陝西之景教碑碑旁字兩行卽西里亞字此其確證回紇之有文字實由天主教人授以西里亞文字之故此一說也回紇人自元以後大率盡入天方教而天方文字本於西里亞故信教之回人謂蒙古文出於回紇回紇文出於天方以歸功於謨罕默德此又一說也（咸豐二年長沙府人藍煦著天方正學一書卽持此論）各私其教傳會

所由皆屬妄說竊疑回紇文字亦本突厥特無左證以折異議六合之外存而不論惜哉古人此言爲誤不淺也

西域古地考二終

西域古地考三

元史譯文證補二十七

兵部左侍郎總理各國事務衙門行走加三級臣洪鈞撰

蒙古

元帝起於蒙古部族而元祕史十卷始終無蒙古部名惟云忙豁勒譯文解爲達達家忠宣公松漠紀聞云盲骨子契丹事迹謂之朦古國即唐書所紀之蒙兀部案舊唐書室韋契丹之別類也其北大山之北有大室韋傍望建河源出突厥東北界俱輪泊屈曲東流經西室韋界又東經大室韋界又東經蒙兀室韋之北落俎室韋之南又東流與那河忽汗河合又東經南黑水靺鞨之北北黑水靺鞨之南東流注于海地理志回鶻有延娃伽水一曰特延勒泊泊東北千餘里有俱輪泊泊之四面皆室韋所謂北大山必是大興安嶺俱輪泊當即呼倫淖爾爲黑龍江南源水道提綱稱

呼倫淖爾曰枯輪泊此外湖泊更無同音又以唐時回鶻地望證之故知是也據此以考元之先世在黑龍江南即所謂望建河唐後西南徙克魯倫河斡難河松漠紀聞又云盲骨子其人長七尺捕生麋鹿食之金人嘗獲數輩至燕其目能視數十里秋毫皆見蓋不食煙火故眼明與金人隔一江常渡江之南爲寇禦之則返無如之何所謂隔江當即克魯倫河蒙兀新唐書作蒙瓦尤與忙豁音類蒙兀忙豁二音一歛一縱祕史於忙豁字旁皆注中字明宜歛音口中不宜縱音口外忙豁歛音即蒙兀矣元時西域人拉施特而哀丁奉敕修史亦稱蒙兀勒不稱蒙古勒祕史勒字旁舌明宜輕讀番音極是蒙古源流作蒙古勒拉施特而哀丁謂讀蒙字宜略重略頓然後亟讀兀勒二字可謂考核詳盡祕史忙豁勒讀法當亦如是謂蒙兀人自言部族得名由來已久與松漠紀聞之說不謀而合至今波斯人仍稱蒙古爲蒙兀兒明時波斯書稱天山以北地曰蒙兀里斯單本是以斯單兒以合音爲里嘗

面詢波斯使臣詳審語音實非古字瀛環志略云明嘉靖間撒馬兒罕別部莫卧爾攻取中印度立國勢張甚謂莫卧爾即蒙古實即蒙兀兒萃中外之見聞以相印證其爲蒙兀而不當作蒙古明甚自契丹國志有正北至蒙古里國之文嗣後邱長春西游記孟珙蒙達備錄皆以蒙古定稱遼史無蒙古而有梅古悉疑即孟珙之所謂蒙古斯或以蒙古人謂銀亦曰蒙古因疑達達抗金故以銀爲國號揣測傅會似是而實非博明西齋偶得以爲蒙古之稱在金之先此說近似二說皆見張穆蒙古游牧記元西域史解蒙兀義爲孱弱亦爲魯鈍以刀鈍比例此必是元人所自言非拉施特而哀丁所能臆造易曰物生必蒙朔漠部名乃有合於華文訓義斯又史學家所樂爲稱引者矣元人稱西夏曰唐兀惕屢見祕史今改爲唐古特是亦兀變爲古之一證

馬札兒（卽控噶爾）

元史速不台傳拔都諸王五道並進馬札兒部元祕史蒙古文康鄰等十一部有馬札兒案馬札兒卽今之馬加其國今併入奧故中國公牘稱奧曰奧斯馬加而泰西諸國仍其舊稱曰鴻噶爾土人自稱仍曰馬加徐中丞瀛環志略作匈牙利乾隆年間椿園氏著新疆外藩紀略（今人稱此書曰西域聞見錄鈞有其書係乾隆時舊本但云新疆外藩紀略又但云椿園氏著朔方備乘謂七十一所著乃誤以其年爲其名）謂俄羅斯西北鄰控噶爾俄本控噶爾屬國稱臣納貢由來已久又曰控噶爾爲西北方回子最大之國建都之城名務魯木極廣大南北經過馬行九十餘日東西亦然城門二千四百城內大江三山河藪澤不可勝計宮室綿亙數十百里皆以金玉珠貝爲飾地產金銀多於石子魏氏源謂此皆誤聽土爾扈特妄誕之談有同西遊演義小說何氏秋濤亦謂椿園氏所述控噶爾事多係傳

聞之譌俞氏正爕松文清筠皆嘗辨之然控噶爾之說實不始於椿園氏圖理琛異域錄謂俄羅斯汗與西費耶斯科國王戰勝西費耶王逃往圖里耶斯科國王拱喀爾汗所屬鄂車科付之小城又俄官噶噶林云我觀天下諸國沙障汗空科爾汗空科爾卽控噶爾又云曩時俄國曾與圖里耶斯科國王控噶爾汗搆兵取其阿藻城趙氏翼簷曝雜記亦謂兆將軍西征時聞西北有異國者其城周五百里皆銅鑄成龔卽控字之音兆惠西征在土爾扈特歸誠之前故知語雖無稽而傳述已久非始於椿園氏也魏氏謂圖里雅卽普里社控噶爾是汗名非國名徐中丞謂百年以來歐羅巴諸國與俄羅斯搆兵者惟土耳其與俄連兵前後近百年椿園氏所云交兵事其爲土耳其無疑土耳其都城名君士但丁一作康思坦胎諾格爾噶爾卽格爾上五字之訛爲控或由於轉音

省文舊本羅馬東都後來猶冒羅馬之名控噶爾都城名務魯木即羅馬之轉音也或云控噶爾乃圖里雅國王之名曾與俄羅斯爭地相戰土爾扈特酋烏巴錫傳述此事誤以汗名爲國名今考泰西人紀載圖里雅即普魯士國勢遠遜於俄乾隆年間並無與俄交兵之事姚氏瑩紀俄羅斯方域亦謂控噶爾即普魯社何氏秋濤則謂徐中丞以控噶爾爲土爾其都城之名說與默深異當以徐爲是然仍以圖里雅爲普魯士則非也圖里雅即土耳其譯語偶異爾案諸儒聚訟已久而折衷定論自惟徐氏何氏其誤以圖里雅爲普里社則椿園氏俄西北鄰一語誤之其以康思但丁諾格爾爲控噶爾則以意附會未可憑也今內府輿圖俄羅斯西南黑海通地中海之峽內有紅噶爾國廣東通志作紅孩兒是皆以土耳其爲鴻噶爾聞諸俄人謂中國呼土耳其爲鴻噶爾不審

何由又聞諸土耳其國使臣謂彼國從無鴻噶爾之稱惟百數十年前奧國之鴻噶爾屬國會入彼國版圖嘗考英吉利國兼并印度後崇上女主尊號曰英吉利君主兼印度后帝布魯斯國本日耳曼合衆國中之一自戰勝奧國合衆國推戴稱尊號曰布魯斯君主兼德意志合衆國皇帝以此例推則異域錄所云圖里雅國王拱喀爾汗王汗兼稱蓋以其兼轄鴻噶爾之地也西人紀載土耳其之侵割鴻噶爾始於一千五百十二年至一千五百六十六年爲中國明武宗正德七年至世宗嘉靖四十五年復自一千五百六十七年至一千六百九十九年爲康熙三十九年此一百三十三年中亦曾侵割而屢得屢失其後尙用兵於鴻噶爾圖理琛之奉使在康熙五十一年是時土耳其國勢尙强馬加或歸管屬控噶爾汗之稱沿而未改理當然也魏氏海國圖志引職方外紀

所言翁牙里附於土耳其國之後謂翁牙里今并入都魯機蓋亦襲舊聞而不知翁牙里即鴻噶爾亦即控噶爾圖志又於奧地里亞國之下繫以寒牙里匈牙利翁給里亞又曰雲音有異名無異地也俄史載比德王第一奪土耳其之阿索甫城土興兵伐俄比德王輕敵孤軍深入爲土軍所困出賂行成解圍返地乃得還是爲康熙五十年事阿藻城即阿索甫城噶噶林所言諱敗爲勝未足爲據而圖里雅國王控噶爾汗之稱則實出諸其口證以西例渙然無疑奧王之稱曰奧斯大里亞皇帝兼馬加君主是亦圖里雅國王控噶爾汗之一證至土耳其都城本羅馬東都建於地中海濱三面環海一面通陸形勢鞏固金城湯池實不是過松文清綏服紀略詩注謂相傳空喀爾國最大以銅爲城東西門相距若干路程詢諸英國使臣瑪噶爾呢乃知空喀爾本居海島恃水似

有銅城之固說固是已然謂其居於海島猶爲未盡事實瀛環志略又謂奧地利之匈牙利地在國之東界古時匈奴有別部轉徙至此攻獲那盧彌地於趙宋咸平年間立國稱雄一時久而寖衰今案西書當晉簡文帝時匈奴王阿提拉自黑海北轉徙至此立國於其地撫有哥特族人志略作峩特即今日耳曼族類與羅馬戰鬬境甚廣今義大利之北境德意志之南境盡入版圖旣而事敗哥特人亦叛之復爲羅馬所伐宋武帝永初年後寖就衰滅趙宋初馬加人自東而西循北海之南而至復立爲國鴻噶爾之稱鴻即匈字變音馬加立國匈奴已久滅而仍曰鴻噶爾者沿舊稱也志略之言考之未盡近世西人或疑鴻噶爾即匈奴雖見於東羅馬書未可爲據案俞正燮俄羅斯長編稿跋引佛書言此閻浮提內有三大國以崑崙爲中崑崙東及東南東北者中國爲一大國崑崙南及西南者

天竺爲一大國崑崙北及西北者洪豁爾爲一大國俞氏所謂佛書不知何名以意揣之當非漢晉以後之書崑崙之北從無洪豁爾之國名葢卽匈奴卽鴻噶爾也是可以援釋氏之言以廣西人之意張穆蒙古游牧記乾隆四十年定塔爾巴哈台之東霍博克薩里爲舊土爾扈特部北路以策伯克多爾濟領之授盟長注云初策伯克多爾濟來歸獻金側刀及色爾克斯馬色爾克斯者洪豁爾屬部也是亦以土耳其爲洪豁爾與佛書音合色爾克斯卽元史之撒耳柯思詳西北地附錄釋地鄰近土耳其故爲所屬馬加人髮睛皆黑自言是東方部族其語言頗有與蒙古同者如稱勇士爲把阿秃兒之類鈞奉使至奧謁奧君於馬加惜乎匆匆卽行不及詳考風俗

烏爾韃赤

烏爾韃赤西域都城名元史之玉龍傑赤由此致訛遂有疑卽玉龍哈什爲今和闐屬城者因此而疑太祖西域之師爲征西遼之

乃蠻酋者元史疏略音譯差池釋地無由所以誤也一統志塔什罕西南行數百里踰錫爾河又踰那林河爲賽瑪爾堪城又西南爲噶拉克則城(俄圖讀如扯拉克赤)又西爲烏爾根齊城(案此語誤扯拉克赤在撒馬爾干西南烏爾根齊在撒馬爾干西北自扯拉克赤西北行千餘里乃至烏爾根齊不能云又西也)又西臨達里岡阿泊是爲西海(案此語亦誤達里岡阿泊即鹹海乃在北非在西)烏爾根齊即烏爾鞬赤也錫爾河遠源爲納林河發源天山直特穆爾圖淖爾之南偏東(西圖稱爲亦息庫爾)西行約七百里轉西北又轉西南多此一曲約行五百里至瑪爾噶朗之北塔爾河亦稱古里察河自葱嶺北山西流挾東南諸水逕安集延城來會兩河合而西逕霍罕城約四五百里轉而西北又一千五六百里入於鹹海此論水道直綫若其河流旋折多作之字形以論水程奚止千五六百里幾以倍計納林之稱西圖無異詞迨與塔爾河會流而後始有錫爾之稱土語謂河爲達里雅故曰錫爾達里雅今人但知納

林不知

國朝官書明稱錫爾一統志謂踰錫爾河又踰那林河爲賽瑪爾堪城賽瑪爾堪卽撒馬爾干其東有薩拉甫散河起於霍罕城西南三百餘里之冰山曰薩拉甫散山西流六百餘里至撒馬爾干繞城而北而西又經布哈爾城又西南入於淖爾自東來者旣渡錫爾河再渡薩拉甫散河乃至撒馬爾干薩拉甫散舊名速嘎特稱爲那林官書之誤烏爾韃赤有新有舊昔時阿母河自布哈爾西北折而西又折而西南入裏海烏爾韃赤當河之西流跨河爲城直機窪城西北二百餘里鹹海南偏西三百里明中葉後阿母河爲沙磧塡壅不折而西逕北入鹹海城亦久廢惟存遺址俄圖稱其地曰枯尼牙烏爾韃赤枯尼牙譯義謂舊城此元之烏爾韃赤也布哈爾西北阿母河西濱直鹹海南偏東約五百里亦有烏

爾韃赤城爲後來重建在機纏正北數十里再北數十里則爲柯提城見元史西北地附錄亦稱喀忒重建烏爾韃赤時不可考當在元後此一統志之烏爾韃赤也元祕史作兀龍格赤俄地圖音如烏爾坑赤詢諸波斯人則爲烏爾韃赤耶律楚材西遊錄蒲華之西有大河西入於海其西有五里虔城梭里檀母后所居蒲華卽布哈爾梭里檀卽蘇爾灘西域帝稱母后所居見元西域史字音方向皆合惟自蒲華言之當云西北耳赤字爲西域語尾字韃之義爲城國譯根譯坑皆韃之變音讀韃字須著力故或譯作根或譯作坑烏爾韃赤爲西域貨勒自彌之國都卽元史之花剌子模亦卽唐書之貨利習彌唐書云貨利習彌漢康居小王奧韃城故地奧韃又卽烏爾韃湖名漢代可謂古矣魏源海國圖志引外國史略云布加拉西及裏海曰其瓦部通市之邑曰阿耳云治布

加拉郎布哈爾之都城本亦稱布哈拉其瓦郎機窪阿耳云治郎烏爾鞬赤之異譯惟亦是新城而非舊地

哈押立

元史憲宗二年遷海都於海押立今考西域書有哈押立地在阿拉套山西北阿拉套山見同治三年中俄界約巴勒喀什淖爾東頭之南其地北接阿爾泰山西支海都叛亂常出沒於金山南北月赤察兒傳海都分地近金山是也東南接伊犁元史地理志阿力麻里下注諸王海都行營於阿力麻里等處是也惟言阿力麻里爲海都分地則誤西域書謂阿力麻里爲察合台分地後王土哇以叛附海都故阿力麻里亦列行營至元五年世祖敗海都於北庭追至阿力麻里遠遁二千里以皇子北平王統諸軍於阿力麻里以鎮之西域人瓦薩甫云海都土哇與呼必賚可汗軍戰於哈押立阿力麻里與

哈押立相距非遠其有戰事固宜朔方備乘海都合丹等傳謂海押立在金山北爲今俄羅斯東境錫伯利部東距昂噶拉河西距額爾齊斯河北抵北海海都恃其險遠有跋扈志憑空結撰渺無證據案哈押立今西人多稱喀押立哈喀二音互用西人考古輿圖云喀押立亦稱喀白爾今俄有闊帕勒城道光二十一年建立卽元時海押立地境屬鄰壤字音變遷故西域水道記亦未考及

葉密爾

葉密爾河名地以河得名在今塔爾巴哈台境阿拉克圖古勒淖爾東徐松西域水道記額敏河源出塔爾巴哈台城東二百七十餘里之鄂爾和楚克山先爲錫伯圖河繼與固爾圖河會西流逕城南百里是爲額敏河額敏者回語清淨平安之謂音轉爲額密爾河徐氏躬履西域審音考義碻鑿可據今西圖亦作額密里河

葉密爾卽額密爾也元史憲宗本紀遷脫脫於葉密立地耶律希亮傳自沙州涉雪踰天山至北庭都護府至昌八里城夏踰馬納思河抵葉密里城乃定宗潛邸湯沐之邑北庭都護府卽今烏魯木齊馬納思河在其西北更西北行至今塔爾巴哈台城西域書謂太祖分地諸子以葉密爾河邊平地畀太宗定宗爲太子潛邸湯沐之邑爲此地無疑葉密爾葉密立葉密里皆一地也徐松謂阿力麻里亦曰葉密里蓋以阿力麻里卽今伊犁聲音相近故爲此說不知自有當之者劉郁西使記自和林經瀚海過龍骨河行漸西有城曰業滿又西南過孛羅城又西南行二十里有關曰鐵木兒懺察出關至阿里麻里城阿里麻里卽阿力麻里業滿當是葉密爾之轉音揆其地望計其行程故知是也

鹹海裏海黑海

葱嶺西北三大澤最東者曰鹹海泰西稱阿拉爾瀛環志略謂西域人稱達里岡阿泊南北三四百里東西二三百里三水中爲最小其西爲裏海泰西稱喀斯比安義謂亞細亞歐羅巴兩地中間之海華言裏海義本乎此南北縱千數百里北頭廣五六百里南頭廣四五百里裏海西爲黑海與地中海鄰廣二千數百里縱千餘里此三海者皆今名志西域者必以三海爲綱以納林阿母等河爲目而後可以釋地案水經注曰一水逕休循國南又逕難兜國北又西逕罽賓國北又西逕月氏國南又西逕安息國南城臨嬀水最大國也安息國詳安息考嬀水即阿母河河水與蜺羅跂禘水同注雷翥海唐書西突厥傳西界雷翥海徐中丞瀛環志略謂西洋地圖葱嶺以西惟印度河南流入大海其餘南北諸小河匯爲兩大支北爲納林南爲阿母皆以鹹海爲歸宿是即雷翥海無疑世多以裏海爲雷翥海誤矣鈞案中丞之辨但知西

人今圖而不知古圖明季以前阿母河實入裏海嗣後沙磧壅塞乃北入鹹海河故道見地圖中近時俄羅斯人擬議疏河故道可以利舟楫溉田野工艱費鉅未舉行也雷翥海之爲裏海斷無他惑魏源亦主裏海朔方備乘辨正其誤何氏誤魏氏不誤新唐書波斯滅後有陀拔斯單者或曰陀拔薩憚其國三面阻山北瀕小海居婆里城所謂三面阻山蓋卽波斯馬三德蘭部地形勢宛合北瀕小海卽裏海此皆唐書言裏海之證隋書鐵勒傳得嶷海東西有蘇路羯三索咽蔑促隆忽等諸姓閩波斯駐俄使臣云古時突厥人稱裏海爲荅剌汗海以其容納衆流不通外海有自主一方氣象故蒙是稱裏海北阿斯塔拉干爲互市大埠搭拉干卽荅剌汗地名由荅剌汗海而來今考元代有荅剌罕封爵譯爲自由自在蓋承突厥非始蒙古隋書得嶷爲荅剌轉音當卽裏海徐中丞以西域人稱鹹海曰達里岡阿今槩達里岡卽

答剌汗之異譯恐又誤以裏海當鹹海而益徵波斯使臣之言爲不誣也元史郭寶玉傳太祖封大鹽池爲惠濟王西人考驗裏海水味之鹹過於鹹海兩海相形如小巫見大巫則大鹽池必是裏海元史速不台傳繞寬田吉思海展轉至太和嶺（即高喀斯山）寬田吉思當作袞騰吉斯袞謂深騰吉斯謂海黑海水深色黑似可當之然速不台自西域北征欽察實循裏海西濱以往速不台傳又言乙未西征虜八赤蠻妻子於寬田吉思海八赤蠻之役載於西書乃在裏海元史所謂寬田吉思蓋皆言裏海也漢書康居西北可二千里有奄蔡國臨大澤無涯蓋北海云此誤以黑海爲北海實爲漢時言黑海之始（詳康居奄蔡考）魏書董琬等使西域還具言所見分其地爲四域兩海之間水澤以南爲一域所謂兩海必是裏海黑海是爲元魏時言裏海黑海之始歷考載籍惟鹹海無徵泰西古書亦

從未言及鹹海近時德國人考紀行之書謂前五六百年西人往東者稽其程途方向皆似逕從鹹海中策騎以過而不言繞道海濱又鹹海之南有東西流故水道當錫爾阿母兩河之中因疑昔時阿母河固入裏海卽錫爾河亦合於阿母以入裏海而鹹海巨浸爲近數百年渟蓄而成雖證佐無書其論要非無見耳

西域古地考三終

元世各教名考

元史譯文證補二十九

兵部左侍郎總理各國事務衙門行走加三級臣洪鈞撰

元帝崛起朔漠氊裘舊俗敬天畏雷尚巫信鬼無所謂教也太祖旣下中原首遣使賫金牌徵召邱處機詢道術然而淸心寡欲之方無當於禽獮草薙之略虛崇禮貌但冀長生世祖混一區夏雖亦以儒術飾治然帝師佛子殊寵絕禮百年之間朝廷之上所以隆奉敬信之者無所不用其至英宗時且詔各郡建八思巴殿其制視孔子廟有加駸至天魔按舞祕密受戒故有元一代釋氏稱極盛而西北三藩則又漸染土俗祇奉謨罕默德與天子異趨其時重致遠人一切色目咸與登進於是殊方詭俗重譯而至祆祠祆教蔓延宇內乃元史列傳僅著釋老何明初史局諸公之不考也案本紀中統三年括木速蠻畏吾兒也里可温荅失蠻等戶丁

爲兵四年敕也里可溫荅失蠻僧道種田入租貿易輸稅至元元年命儒釋道也里可溫荅失蠻等戶舊免租稅今並徵之十三年敕西京僧道也里可溫荅失蠻等有室家者與民一體輸賦十九年四月敕也里可溫依僧例給糧九月楊庭璧招撫海外南番寓俱藍國也里可溫主兀咱兒撇里馬管領木速蠻馬合馬遣使奉表同日赴闕馬八兒等國傳作也里可溫兀咱兒撇里馬及木速蠻主馬合麻與本紀撇里馬字異不知孰是又紀於也里可溫言主傳於木速蠻言主皆教主之謂非國主也十月敕河西僧道也里可溫有妻室者同民納稅二十九年也里嵬里沙沙嘗簽僧道儒也里可溫荅失蠻爲軍詔令止隸軍籍成宗大德十一年武宗卽位詔也里可溫荅失蠻並依舊制納稅武宗至大五年仁宗卽位罷僧道也里可溫荅失蠻頭陀白雲宗諸司泰定帝元年免也里可溫荅失蠻差役文宗天歷元年命也里可溫於顯懿莊聖皇后神御殿作佛事又案經世大典馬政篇

中統四年諭中書省於東平大名河南路宣慰司不以回回通事斡脫并僧道荅失蠻也里可温畏兀兒諸色人戶每鈔一百兩通滚和買堪中肥壯馬七疋（不以猶言不論）至元二十六年七月十日兵部承奉尚書省奏諸衙門官吏僧道荅失蠻也里可温斡脫不以是何軍民諸色人戶所有堪中馬匹盡數和買十四日兵部承奉尚書省劄付和尚先生也里可温荅失蠻斡脫等戶但有四歲以上騸馬曳剌馬小馬盡數赴官中納當面給付價鈔又至元十二年樞密院奏僧道也里可温荅失蠻欲馬何用二十四年楊總統奏漢地和尚也里可温先生荅失蠻有馬者已行拘刷江南者未刷江淮省言江南和尚也里可温先生出皆乘轎養馬者少今考木速蠻卽天方教當云木速兒蠻耶律楚材西游錄尋思干乃謀速魯蠻種落吾古孫仲端西使記沒速魯蠻回紇者性殘忍肉交手殺

而瞰雖齋亦酒脯自若皆即木速兒蠻邱長春西游記鋪速滿國王亦木速蠻轉音聞諸波斯使臣木速兒義謂正教蠻謂人類阿剌比語也苔失蠻亦木速兒蠻教中別派昔有教士伯克苔失拟行是教遂以人名名之蠻義同前今土耳其國內尚有此種教人也里可溫爲元之天主教有鎮江北固山下殘碑可證多桑譯著旭烈兀傳有蒙古人稱天主教爲阿勒可溫一語始不解所謂繼知阿剌比文回紇文也阿二音往往互混阿勒可溫即也里可溫多桑此語非能臆撰必本於拉施特諸人附考於後自唐時景教入中國支裔流傳歷久未絕元世歐羅巴人雖已東來而行教未廣也里可溫當即景教之遺緒文宗初服宮廷享殿亦藉彼教資薦冥福其餘可謂張矣元史孝友劉全傳馬押忽也里可溫氏事繼母張氏庶母呂氏克盡子職西俗一夫惟一婦既奉其教不得有庶母西人云昔時行教遠方者大率不易其俗明世利瑪竇等初入中國亦復如是其後教律乃嚴是說也華人奉彼教者亦

嘗言之非飾詞也經世大典之斡脫即猶太教審定字音當云攸特首字今譯爲勝次字大典譯音爲勝或稱如德亞則言其地如德亦攸特也自猶太失國戶口四散今歐羅巴諸國貿遷有無多猶太人波斯布哈爾等地種族甚夥聞諸西人今中國河南開封仍有猶太人華人不知但以回回統之地有猶太碑碑文附後其人多業屠牛本教理致茫昧若遺惟鼻高而鉤厥形未變案西土三教猶太最古天主天方二教皆濫觴於此今世所傳耶穌十戒爲古時摩西登西奈山受諸天帝者摩西即猶太教之宗主也專奉天帝七日一安息皆猶太之說其文字旁行自右而左與突厥同西人奉教者必習猶太文以耶穌經典用本國文字也鈞嘗游西國教堂從者謂堂中嚴禮節不免冠謂不敬笑應之曰耶穌即亞細亞人髮睛色黑與我貌同彼如有靈聞亞細亞人來且倒屣之不暇

必不以歐洲之禮苛我不免冠笑害焉又案錢詹事大昕廿二史考異武宗紀二年六月宣政院奏免僧道也里可温荅失蠻租税一條下云案元典章有一條云荅失蠻迭里威失戶若在回回寺內住坐並無事產合行開除外據有營運事產戶數依回回戶體例收差然則荅失蠻乃回回之脩行者也鈞案詹事此說微誤西域教規無論君民上下人等皆當崇奉本教非修行者乃爲教人也元典章所云蓋分別住寺住戶兩項人至元辨僞錄云釋道兩路各不相妨今先生言道門最高原注元人稱道士爲先生秀才人言儒門第一迭屑人奉彌失訶言得生天鈞案彌失訶見景教碑失作施詳西游記迭屑頭目注達失蠻叫空謝天賜與細思根本皆難與佛齊達失蠻即荅失蠻錢詹事元史氏族表石刻國子監貢試題名記色目有木速魯蠻氏又別羅沙西域別失八里人氏居龍興路錄事司其母回回氏妻荅失蠻氏當亦回回也原注西湖竹枝詞注以爲回回人又本速蠻氏回回之一種也此條下云案祕書志有節歇兒的原注大德十一

年官秘書少監又木速魯蠻氏卽木速蠻氏有脫穎者居南康路顧氏炎武山東考古錄元泰定帝嶽廟碑和倘也里可溫先生達識蠻每不拘揀甚麽差發休當者達識蠻亦卽荅失蠻統諸說考之木速蠻荅失蠻卽世俗所謂回回教本爲教名而假以爲氏族名也

附景教考

唐貞觀九年大秦僧阿羅本至長安太宗詔所司于義甯坊造寺一所度僧廿一人高宗時崇阿羅本爲鎮國大法主仍令諸州各置景寺錢氏景教序據冊府元龜所引天寶四載九月之詔謂波斯經教出自大秦傳習而來久行中國爰初建寺因以爲名將以示人必循其本其兩京波斯寺宜改爲大秦寺天下諸州郡宜准此此大秦寺建立之緣起而景教碑言貞觀中卽詔賜名大秦寺此夷俗之誇詞也因疑波斯本奉火祆阿羅訶初假波斯之名以

入長安後乃改名以立異金石萃編亦疑景教實自波斯而溯源大秦四庫全書提要謂天主即所謂祆神引玉篇說文祆字之訓爲證艾儒略作西學凡一卷附録唐大秦寺碑則其爲祆教更無疑義而利瑪竇之初來乃詫爲亙古未睹蓋萬歴以來士大夫大抵講心學刻語録即盡一生之能事故不能徵實考古以遏邪說之横行也瀛環志略則謂碑中一切詞語緣飾釋氏糟粕非火非天非釋當是胡僧黠者牽合波斯火教天竺佛教大秦天神教而搬爲景教之名仍疑即波斯火祆今案景教碑文潤色詞藻附會内典中士文人所爲無足辨證其徵實者則有天神告慶室女誕生於大秦景宿告祥波斯覩耀而來貢之語考耶穌母瑪利亞許婚未嫁而孕所謂室女誕生也耶穌生後有鄰國觀星象者謂有異人降世遠跡得之祗獻珍賚皆見西人所繪耶穌事迹圖像所

謂景宿告祥覲耀來貢也鄰國非是波斯就著稱者舉之耳耶穌爲猶太人其地在西里亞南境漢時西里亞悉屬羅馬分遣大酋轄治其誅耶穌亦羅馬酋之令而猶太人奉行之故即以大秦名其地七時禮贊七日一薦判十字以定四方皆彼教規戒其云西域圖記及漢魏史策大秦國南統珊瑚之海北極衆寶之山其土出火浣布返魂香明月珠夜光璧俗無寇盜人有樂康語意皆本諸史大秦傳則言羅馬無疑唐時羅馬已久滅中土不知沿襲舊聞以資夸飾又西國古書在中國東晉時西三百九十五年有聶斯托爾臘丁文作聶斯托爾斯爲東羅馬教士著書立說名盛一時教王以其賢擢爲康思灘丁諾白爾之主教其人㧻議耶穌爲立教之聖人非即上天之子不宜傳會穿鑿一時攻之者蠭起教王乃集衆主教焚其書流之於阿昧尼亞憂憤而死當時附其說者皆遣屏逐散居東方自稱

聶斯托爾教浸淫東來自裏海以東以至中土西人據此以考景教碑下東西兩行乃西里亞文字必是聶斯托爾教人久居其地用其文字著之於碑其說甚確至云大秦則假舊名以爲焜耀也求齋金石考略碑下及東西三面皆列彼國字式下有助檢校試太常卿賜紫袈裟寺主僧業利檢校建立碑石僧行通雜于字中字皆左轉弗能譯也又考西書元憲宗時教王使人路卜洛克至和林則已有聶斯托爾教人爲之譯語世祖時維尼斯國人謨克波羅至中國其書謂華地久有奉西教者明季利瑪竇至中國亦謂西教早入中土不知始於何代或云唐時或云元時近年回疆之亂俄人襲伊犁守之查得其地有聶斯托爾教內華民約三四百人俄人以木本水源之說招令歸附而誓不從英國游歷教士郞斯得勒會觀其教堂閱其經典尚有漢文書籍以不識華文故不知所始復云關內外亦有此種教人然則天主教之入中土實自唐景教始特其人奉公守法與當

民無異故歷久無詆議之者而諸儒考索碑文紛紜聚訟夫亦可以論定矣

附天方教歷考（注無鈞案二字者皆原注）

梅文鼎回教主辭世年月考曰據西域齋期（江甯王鴻堂刻單）以康熙二十七年庚午五月初三日起是彼中第九月一日謂之勒墨藏一名阿咱而月也至六月初三日開齋是彼中第十月一日謂之紹哇勒一名沓亦月是爲大節再過一百日至九月十三日爲彼中第一月第十日謂之穆哈蘭一名法而幹而丁月其日爲阿叔喇濟貧之期謂之小節鼎嘗以回回歷法推本年白羊一日入第六月之第八日與此正合又據齋期云本年庚午聖人辭世共計一千零九十六年（此太陽年）考本單開聖人生死在本年十一月十四日在彼爲第三月謂之勒必歐勒敖勿勒又名虎而達查西域阿剌必年是

開皇己未（鈞案：阿剌必即阿剌比）距今康熙爲一千零九十二，算減一爲一千零九十一，乃開皇己未春分至今康熙庚午春分之積年。又查己未年春分在彼爲太陰年之第十二月初五日，以距算一千零九十一減聖人辭世千零九十六，相差五年，逆推之得開皇十四年甲寅爲聖人辭世之年。約計甲寅至己未此五年中節氣與月分差閏五十五日，則甲寅春分當在彼中第十月之初。聖人辭世既是第三月，則在春分前七箇月，爲處暑月，即今七月也。自開皇甲寅七月十四日聖人辭世至今康熙庚午七月十四日，正得一千零九十六年，故曰其計一千零九十六年也。據此則開皇十四年甲寅是彼中聖人辭世之年，薛儀甫謂回回歷蓋以此而誤。又案教主以第三月辭世，而其年春分則在第十月，今彼以十月一日爲大節，蓋爲此也。徐松《西域水道記》：瑪木特玉素布之遷喀什噶爾也士八麗雅瑪獻所居地爲寺死卽葬焉墓在回城東北十里許回人卽墓爲祠堂曰瑪咱爾門外刻石柱記年一年一畫以派噶木巴爾初生爲元年派噶木巴爾於四月初十日成道生六十三歲而卒嘉慶二十四年六月初二日爲彼中第一千二百三十三年之終按回回術有太陽年彼中謂之宮分有太陰年彼中謂之月分齋期以太陰年爲準數至第十二月則齋齋滿日相慶爲元旦齋月卽彼中十二月所謂月一日者又不在朔以見新月爲準歷十二月爲一歲有閏日無閏月故歲首無定月大率每閏二年遲早一月如元年在十月二年則在九月五年則在八月之類令以初二日爲歲除是用太陰法見新月爲歲首也明史曰三百五十四日爲一周周十二月月有閏日凡三十年閏十一日言太陰年也準此論之計三十年應有一萬六百三十一日則一千二百三十三年積四十三萬六千九百三十四日又十分日之一以回回歲

實三百六十五日一百二十八分之三十一約之得一千一百九十六年又一百四日半弱從嘉慶二十四年六月初二日逆數之當托始於唐高祖武德六年三月初三日也自來考天方歷者詳核得實無逾徐氏然徵諸西書訪諸西人則是武德五年爲西歷六百二十二年而非六年且其紀始非教主初生之年辭世之年而爲避難出奔之年名曰黑蚩拉節西國坊間有鬻西歷天方歷紀年通表者購而譯之起於西歷六百二十二年七月十六日其法亦以西歷天方歷現在之年月日合而逆推惟逐年逐月排比編次特爲詳盡無可致疑證以他西書則年分起數確乎不易月日起數容有異詞然終無逾是表之詳盡著此表者德人或于斯敦非耳特表成於同治年間續之者奧人馬勒爾預推至西歷二千餘年而止光緒十六年庚寅正月元旦爲西歷一千八百九十

十年正月二十一日天方歷一千三百七年五月二十九日而徐氏所謂一千二百三十三年終應是西一千八百十八年十月三十日爲嘉慶二十三年二分二至中西歷同故月分相差至多不過四五十日則其年終當在九月初所謂六月初二日之說亦不相符豈喀什噶爾之教人數典忘祖歟抑東方之教於其教主有異說歟考彼教齋期西書備載穆哈蘭月十日猶華言正月初十日謂之阿叔喇節致齋一日勒墨藏月猶華之九月致齋一月終日不飲不食不浴不唾屏退婦女謝絕世務甚或緘默竟日至暮乃飲食居處復故次晨又如之疾病老幼得免然病痊仍必補齋且多施捨以消罪孽相傳是月上帝以可蘭經授謨罕默德故定此齋期至嚴極重梅氏之言足徵確鑿踰此而至第十二月謂之都勒哈綮月其第十日謂之白拉歷節爲阿剌比人本有之節相

傳其始生之祖將殺子祀天天帝降言已鑒汝誠勿戕汝子汝有一羊可宰以代故此節爲宴樂之節而不致齋十二月內並無齋期徐氏謂第十二月則齋齋滿日相慶爲元旦必是勒墨藏月之誤此月齋滿固相慶也鈞案六月初爲彼教九月底則年終便與西表相符又西書云彼教元旦爲黑蚩拉節日爲教主避難出奔之日須朔之令在教主避難出奔後十七年鈞案明史云回回歷法西域默狄納國王馬哈麻所作係謨罕默德並未作歷先時阿剌比人參仿猶太歷置閏月以合日躔每十九年閏七月略如中國歷法惟猶太正月起於秋分閏月必在六月是爲歧異勒墨藏齋月本在炎天故此三字譯義爲熱長贏盛暑而日斷飲食人恆苦之謨罕默德之後教主倭馬爾始廢閏月使一月之齋流行四時歲無定日其正朔亦然當日變法之年黑蚩拉節當在第三月一日而即以歲首一日應之亦由於此梅氏謂教主以第三月辭世語意正合特非

辭世耳至謂其年春分在第十月故彼以十月一日爲大節天方教歷不論節氣不問日躔此言殆誤光緒十六年春分在二月三十日入夜子時則已交閏二月初一日躔度昏曉西遲於東故西國春分在一千八百九十年三月二十一日合之中歷爲閏二月初一日而天方教歷通表則爲一千三百七年拉札潑月二十八日猶云七月曾以詢波斯使臣果無差謬且云是日春分爲波斯太陽年元旦之日因是而知西域宮分歷以春分爲歲首明史但言節氣首春分猶未盡也西書又云六百三十二年唐貞觀六年波斯王伊嗣俟鈞案見新唐書西書作伊嗣的扎而忒其子名卑路斯則與唐書同頒行新歷以三百六十五日爲一周略如西國歷法其後天方吞併波斯而民間耕穫賦納究以太陽年爲便故波斯之地有宮分月分二歷非皆出於阿剌比又明史謂三十年閏十一日以十二月爲動月徵諸西書則三十年內

以二五七十十三十六十八二十一二十四二十六二十九年爲置閏之年皆在十二月說較明史尤詳乃知數起開皇誤由明史梅氏專門歷算特沿明史之訛徐氏似爲得之然於彼教齋期知猶未審則紀年積數安必無訛疇人之術夙未嘗學述所見聞以質中土之治歷者彼教月名附以備考

第一月曰穆哈蘭月西音同

第二月曰薩法勒月

第三月曰勒必拉費勒月拉費勒義謂第一梅氏作勒必歐勒敖勿勒所謂敖勿勒即拉費勒也阿剌比語常有阿而二字爲語助詞讀宜輕帶如人名末有丁字則必是阿而丁歐勒即阿而故徐讀之有歐勒二音若急讀省文便成勒必拉費勒矣

第四月曰勒必拉喝勒月拉喝勒義爲第二

第五月曰祝馬達拉費勒月

第六月曰祝馬達拉喝勒月

第七月曰拉札潑月

第八月曰沙班月

第九月曰勒墨藏月西音微異當以梅氏爲準

第十月曰紹哇勒月西音同

第十一月曰楚而喀答月或云西而喀答

第十二月曰都而哈察月或云西而喝赤

元世各教名考終

元史譯文證補三十

舊唐書大食傳考證 唐書西域地名事實最爲徵信勝於元史

兵部左侍郎總理各國事務衙門行走加三級臣洪鈞撰

大食國本在波斯之西案釋地明晰勝於新唐書大業中有波斯胡人牧駝於俱紛摩地那之山忽有獅子人語謂之曰此山西有三穴穴中大有兵器汝可取之穴中並有黑石白文讀之便作王位胡人依言果見穴中有石及矟刃甚多上有文教其反叛案此皆彼教中人附會之詞非眞有是事於是糾合亡命渡恆曷水劫奪商旅其衆漸盛遂割據波斯西境自立爲王波斯拂菻各遣兵討之皆爲所敗永徽二年始遣使朝貢其姓大食氏名噉密莫末膩自云有國已三十四年歷三主矣案大食爲阿剌比人古時阿剌比人游牧於西里亞者西里亞人稱之若曰大抑波斯人稱之若曰大希繼而阿昧尼亞人突而基斯單人稱之若曰塔起克大抑大希塔起皆與大食音近故中國有大食之稱非姓也永徽二年時大食主奧自蠻爲謨罕默德後三代故云王三世惟云有國三十四年則當起於武德元年不合噉密莫末膩據西人云當是阿剌比語哀密耳阿而莫末甯之訛言信從者之君也奧自蠻之先倭馬爾首膺此號又阿剌比語敢密莫末甯言信從者之願其國男兒色黑多鬚鼻大而長似婆羅

門案阿剌比人膚理黝然僅不如阿非利喀黑人之甚今尙如是鼻大而長狀貌皆合婦人白晳亦有文字出駝馬大於諸國兵刃勁利其俗勇於戰鬬好事天神土多沙石不堪耕種惟食駝馬等肉案謨罕默德之教專主事天無所謂神土多沙石不堪耕種確合阿剌比地形俱紛摩地那山在國之西南鄰於大海其王移穴中黑石寘之於國案此卽麥喀之黑石殿也彼土傳爲天降西人謂卽落星石當不謬謨罕默德之先已供於殿並非其王移置龍朔初擊破波斯又破拂菻案拂菻傳云大食強盛漸陵諸國乃遣大將摩拽伐其都城因約爲和好請每歲輸之金帛遂臣屬大食爲拂菻非卽漢之大秦而爲大秦屬地在黑海南後歸東羅馬後漢書云從安息陸道繞海北行出海西至大秦人庶連屬十里一亭三十里一置終無盜賊寇警而道多猛虎獅子遮害行旅所謂人庶連屬十里一亭皆指拂菻而言宋元豐年間塞而柱克朝人自波斯地來奪踞其[illegible]屬東羅馬別爲羅姆國見西域補傳下元史愛薛西域茀林人茀林卽拂菻是元時猶有此名明時屬土耳其自此田野汧萊生聚蕭索非復昔時繁富矣始有米麵之屬又將兵南侵婆羅門此指印度呑併諸胡國此指印度河西及阿母河南北諸國勝兵四十餘萬長安中遣使獻良馬景雲二年又獻方物開元初遣使來朝進馬及寶鈿帶等方物案西人譯西域人他拔里書紀哈里發蘇勒滿事云西七百十六七年時大食將庫退拔自費爾干據今喀什噶爾之地遣使霍貝拉餽馬並他物於中國皇帝令來臣服謂否則我已立誓必踐中國土地中國皇帝令取土一包與之謂可踐踏以應其誓語近兒戲唐書無之而考其年分則在開元四五年其占喀什噶爾亦非無據錄之以誌異說其使謁見惟

平立不拜憲司欲糾之中書令張說奏曰大食殊俗慕義遠來不可寘罪上特許之尋又遣使朝獻自云在本國惟拜天神雖見王亦無致拜之法所司屢詰責之其使遂請依漢法致拜其時西域康國石國之類皆臣屬之其境東西萬里東與突厥施相接焉一云隋開皇中大食族中有孤列種代爲酋長孤列種中又有兩姓一號盆泥奚深一號盆泥末換案孤列卽報達補傳中之柯勒也奚深卽奚施也或云謨罕默德本族爲哈深派哈深奚深音亦類似其俗謂子曰本統謂子孫則曰本泥加泥字音以取多數末換亦見補傳其奚深後有摩訶末者案此卽謨罕默德勇健多智衆立之爲主東西征伐開地三千里兼克夏臘案夏臘當卽歇拉在哀甫拉特河西南濱見西北地附錄若法釋地一名彭城彭音所鑒反摩訶末後十四代至末換殺其兄伊疾而自立案卽補傳中末而換第二逐伊孛拉希姆奪據其位之事或云逐柘濟特第三柘濟特或作野息特尤與伊疾音合復殘忍其下怨之有呼羅珊木鹿人並波悉林舉義兵應者悉令著黑衣案呼羅珊卽呼拉商見西域補傳木鹿新唐書作木鹿木鹿城見漢書安息傳蓋卽元史之馬魯爲呼拉商部內一省並波悉林當是人名當時阿拔斯族黨有名阿布墨斯林者爲將領或卽此人旬月間衆盈

數萬鼓行而西生擒末換殺之遂求得奚深種阿蒲羅拔立之末換以前謂之白衣大食自阿蒲羅拔後改爲黑衣大食[案阿蒲羅拔即阿蒲而阿拔斯白衣改黑衣皆見補傳]阿蒲羅拔卒立其弟阿蒲恭拂[案即補傳之阿蒲札非而西人考唐書疑恭字爲荼字之訛]至德初遣使朝貢代宗時爲元帥亦用其國兵以收兩都寶應大歷中頻遣使來恭拂卒子迷地立[案迷地即愛而每諦]迷地卒子卒栖立[案傳作哈而突以謨薩]卒栖卒弟訶論立[案即傳之哈而侖惟唐書作弟爲異文]貞元中與吐蕃爲勍敵蕃軍大半西禦大食故鮮爲邊患其力不足也十四年詔以黑衣大食使含嵯焉雞沙北三人並爲中郎將各放還蕃

舊唐書大食傳考證終